DE MISLUKTE OMHAAL

Nico Dijkshoorn

De Mislukte Omhaal

En andere verhalen

INSIDE

Omslagbeeld: Harmen de Jong
Omslagontwerp: Loudmouth, Utrecht
Binnenwerk: Crius Group, Hulshout

ISBN 978 90 488 6141 5
ISBN 978 90 488 6142 2 (e-book)
NUR 489

www.overamstel.com

OVERAMSTEL
uitgevers

Inside is een imprint van Overamstel uitgevers bv
Met dank aan Voetbal International

Met dank aan sportvereniging MMO Hoogmade.

Inhoud

Vestje

Ik wil net zo'n grijs vestje als Marcel Keizer, de coach van Ajax. Het is een vestje dat je optilt. Al verlies je met 9-0 van VVV, dan nog denken de mensen thuis: 'Leuk vestje. Zou mij ook goed staan.' Het kan bijna niet anders of heel veel Amsterdammers lopen binnenkort ook in zo'n vestje. Zo gaat dat in de voetballerij.

Je kijkt als Amsterdammer, samen met je vrouw, naar voetbal en zij roept dertien keer op het verkeerde moment 'buitenspel!'. Je loopt naar de keuken om in de rust een zalmsalade te maken, want het is zondag, en daarna hoor je haar zeggen: 'Zo'n vestje zou jou ook goed staan.' Je negeert dat eerst. Vijf minuten later zegt ze het weer: 'Ik vind het een mooi vestje. Niet te donker, niet te licht. Mooie snit.' Je weet niet wat een snit is.

Je zegt: 'Gaan we nou opeens over vestjes zitten te lullen? Die kale horror-acteur zet iedereen op de verkeerde plaats. Die moeten ze kroketten laten verkopen op De Toekomst, die er voor hem niet is bij Ajax. Ja! Ik maak een woordgrap. Alles beter dan jouw gelul over vestjes. We hebben het hier over voetbal ja!, waar de is de mayonaise?'

Een dag later sta je in Modemagazijn Leo & Rob en je kijkt in de spiegel. 'Heb je ze ook een maatje groter?' Gezoek in het magazijn. 'Nee, allemaal op. Ze zijn niet aan te slepen. Iedereen wil er een. Zo'n gekkenhuis is het niet meer geweest sinds dat petje van Martin Jol. Wilde ook iedereen. Een dikke kop met een petje.'

Nu wacht ik op de eerste grijze vestjes aan tafel bij *De Eretribune* of *Studio Voetbal*. *Rondo* sla ik over omdat ik dat kleding-technisch geen interessant programma vindt. Alles wat Jack van Gelder aandoet, lijkt uit het Zwarte

Woud te komen. Jasjes die een ander heel leuk staan lijken bij Jack op jasjes uit een Duitse erfenis. In elk jasje lijkt Jack op een Duitse varkensboer.

Overigens, inhoudelijk vind ik *Rondo* ook niet interessant. Dit weekend vroeg Aad de Mos zich af waarom de beslissende wedstrijd tegen Zweden niet in De Kuip wordt gespeeld. Iedereen keek naar Ruud Gullit, maker van schijtlollige kleedkamerdocu's en assistent van de bondscoach, en die had er het volgende over te zeggen: 'Mooi gras in De Kuip.' Daar moest iedereen erg om lachen. Hahaha, die Ruud. Zat lekker geld te verdienen naast Jack en dan heel arrogant over het gras in De Kuip beginnen. Hilarisch. Ik dacht: een roomboterrondo overdwars in je melige mond.

Ik ben vooral benieuwd wie er voor het eerst een grijs Marcel Keizer-vestje gaat dragen bij *De Eretribune*. Het is natuurlijk gewoon het clubkostuum, maar Keizer tilt het vestje naar een heel ander niveau. Henk ten Cate probeerde dat ook. Die liep als hoofdcoach twee jaar lang te paraderen in een maffiakostuum. Zwarte hemden met zwarte stropdassen, zwarte schoenen en zwarte riemen. Het was alsof heel Ajax elke dag oefende op het overlijden van Sjaak Swart. Iedereen bij Ajax moest Henk ten Cate opeens Vinnie Luciano noemen, anders lag er de volgende dag een paardenhoofd in je bed.

Marcel Keizer doet het veel beter. Die laat elk weekend zien dat je er met een haarziekte niet uit hoeft te zien als iemand op afdeling 4b van een gesloten inrichting. Kees Jansma vind ik ook een mooie kale man. Oud-Heracles voorzitter Jan Smit bijvoorbeeld weer niet. Die kan aandoen wat hij wil, maar je moet naar dat hoofd kijken. Ik vind Jan Smit aanstootgevend kaal. Het luistert heel nauw. Glenn Helder: schitterend kale man. Jan van Halst: gevalletje gedwongen opname.

Glenn Helder, nu ik hem toch noem, die – en daar moeten we ons petje voor afnemen – wanhopig het spijkeroverhemd van Zeeman weer hip probeert te maken, tot nu toe helaas met weinig succes. Maar waar had ik het over? Oh ja, het grijze vest. Nu zult u als voetballiefhebber zeggen: Nico, wat zit je uit je nek te lullen over mode? Wij willen een gedegen analyse over de naar achteren gekantelde driehoek bij Sparta, die op dit moment voetballen alsof ze vijf naar achteren gekantelde driehoeken meedragen in hun voetbalbroekje, maar dan zeg ik: ja lezer, juist nu over mode!

Ik heb ooit zitten slapen en dat gebeurt me niet nog een keer. Ik zag, met eigen ogen, de opkomst van het John de Wolf-overhemd. Ik heb dat toen onderschat. Ik zag John af en toe tijdens een interview in een van zijn overhemden over voetbal praten. Ik dacht: Mondriaan met een hersenziekte. Ik dacht: dit hemd is ontworpen door Rob Scholten toen hij net had gehoord dat hij geen benen meer had. Ik nam het toen niet serieus. Ik dacht: nooit zal er iemand anders dan John de Wolf zo'n hemd dragen. Het zag eruit alsof Picasso midden in een hersenbloeding nog snel een overhemd had geschilderd.

Ik zat ernaast. Dat overhemd was een hit. Je ziet ze nu nog wel eens liggen in een kringloopwinkel. Dan hebben mensen er onderzetters van gemaakt of een keukengordijntje. Daarom sta ik nu op scherp. Dat zal mij niet meer gebeuren, dat ik als columnist mode-technisch een verkeerde inschatting maak.

Daarom zeg ik het hier nog eens: Marcel Keizer zal over vijftien jaar worden herinnerd als de man die Het Grijze Vestje introduceerde. Als de man die liet zien dat een kaal hoofd boven een leuk vest heel goed kan werken. En oh ja, als de man die Ajax binnen een maand wist om te toveren in een elftal vol mentaal kreupele voetballers.

Andy

Ik las in *Voetbal International* een interview met Andy van der Meijde. De kop boven het artikel luidde: 'Stond ik voor de harde kern in mijn onderbroekje'. Ik dacht: niet alleen voor de harde kern, komiek. In het interview vertelt Andy eigenlijk een heel interview lang waar hij allemaal in zijn onderbroek voor heeft gestaan. En het maakte hem geen reet uit, want niets maakt Andy van der Meijde een reet uit.

Je kunt de vraaggesprekken met dit soort gekkies van tevoren uittekenen. Ze hebben nergens spijt van. Als hebben ze zwaar onder de LSD een vuurpijl uit hun kont richting de bestuurskamer geschoten, dan nog kijken ze daar tevreden op terug. Al die verkeerde auto's voor veel te veel geld, de verkeerde vrouwen, de verkeerde kleding, het is het allemaal waard geweest.

In het geval van Andy van der Meijde klopt dat precies. Het is zijn verdienmodel geworden. Hij is, 44 kilo zwaarder dan tijdens zijn carrière, de ex-junk die nu zijn geld verdient met heel hard lachen om zijn eigen grappen. Dat doet hij in een auto en het wordt blijkbaar door heel veel mensen gezien als een verbluffend origineel concept. Voor de vorm zit er steeds iemand uit de voetbalwereld naast hem, zodat hij niet in z'n eentje zit te lachen, maar ik denk dat dat helemaal niet nodig is.

Je kunt dat programma, nu nog op internet maar binnenkort ook op de televisie, veel goedkoper maken. Zet Andy in een auto, laat hem door een stad rijden en hij ziet allemaal dingen die alleen Andy ziet: 'Kijk, een vrouw met twee tieten als waterbedden. Die heb ik nog lekgestoken toen ik met zes hoeren ergens in Praag wakker werd. Geen idee hoe ik daar terechtkwam.' Daarna weer de gulle lach. Zet Andy in een auto met een versnellingspook en je weet wat er gaat gebeuren – hij legt zijn hand eromheen en zegt: 'Ongeveer mijn maatje. Hahahahahahahahaha.'

Er zijn wel meer voetballers die heel veel geld verdienen aan hahahahaha, maar niemand is zo schaamteloos hebberig als Andy. Toch gaan voetballers graag naast hem in de auto zitten. Veel Ajacieden en ex-Ajacieden reden met hem mee. Dat snap ik wel. Als Erik ten Hag je coach is en Edwin van der Sar je baas, dan snak je naar één keer lachen in het jaar. Desnoods om Andy.

In het interview, waar je de gierende lach zelf bij moet denken, gaat het onder andere over zijn overgewicht. Kilo's te dik arriveerde hij bij PSV. Hij heeft geen minuut voor ze gespeeld. Gieren! Terwijl ik het interview las, dacht ik: hoe zou ik reageren als ik naast hem zat? Zou ik net als een van mijn favoriete mensen, Wim Kieft, heel besmuikt mee gaan zitten lachen om die ordinaire grote-lullen-dikke-buiken-humor? Ik hoop het niet, maar als zelfs Kieft naast Andy gaat zitten lachen, dan is er toch iets geks aan die hand.

Wim Kieft heeft meer in zijn neus gestopt dan Andy van zichzelf in vrouwen heeft gepropt en toch is Wim Kieft altijd de jongen gebleven die liever iets anders goed zou hebben gekund dan voetballen. Dat voel ik bij Kieft, de permanente melancholie en de spijt dat het allemaal zo laat in zijn leven pas goed is gekomen. Ik bewonder zijn wederopstanding. Ja, ik weet het, hij werd geholpen en hij kreeg een van de beste schrijvers van Nederland in zijn kielzog om het echte levensverhaal te vertellen, maar Wim Kieft is niet trots op al die verloren jaren.

Andy van der Meijde wel. Sterker nog, Andy IS een halve eeuw mislukken en daarna kijken of je er nog wat geld uit kunt slepen. Blijkbaar is daar een markt voor. Ikzelf droom er wel eens van, dat ik zes dagen naast Andy moet zitten. Ik denk dat ik me bij de eerste rotonde als een balletje van vlees uit die auto zou laten rollen.

Hoe zou ik zijn, naast Andy? Hoe bestrijd je dat bombardement van banaliteiten? Hoe moet je kijken als Andy, voor de duizendste keer, met het volume van een opstijgende straaljager, aan je vertelt in welke steden hij een geroosterde kip boven op zijn hoofd heeft gezet en daarna naakt boodschappen deed. 'Dus ik die slagerij binnen, met die kip op mijn hoofd. Hahahaha. Ik doe net alsof ik achterlijk ben, ik zeg: Verkoopt u kip? Verstonden ze niet want ik was blijkbaar in een ander land. Ik maak vliegbewegingen. Ik doe het geluid van een kip na. Met een kip op mijn hoofd. Hahahaha. Nou ja, dat soort dingen man, gek doen, heerlijk.'

Misschien zou ik ook dom lachen, maar ik hoop dat ik het volgende tegen hem zou durven zeggen: 'Ja, lachen Andy, maar wat voel jij nou eigenlijk, Andy, als je naar René van der Gijp, Rafael van der Vaart, Pierre van Hooijdonk en Theo Janssen kijkt? Denk je dan niet: waarom vragen ze míj niet? Dat moet toch vreselijk zijn, dat niemand jou serieus neemt. Dat je alleen maar mag opdraven als ze iemand nodig hebben die met een dikke rooie kop nog eens een keer vertelt over de keer dat hij op een fiets bij een Chinees restaurant naar binnen reed. Doet dat geen pijn? Als je Theo Janssen hoort praten over tactiek en looplijnen en je ziet de andere mensen aan tafel knikken, denk je dan niet: waar ging het mis met mij?'

Nouri

Ik ken Appie niet. Dus zal ik hem ook niet zo noemen. Abdelhak Nouri debuteerde op 21 september 2016 in het eerste van Ajax, tegen Willem II. In die wedstrijd zag ik waarom iedereen hem Appie noemt. Er kleeft iets onbezorgds aan die naam. Appie, zo noem je jongens die je raam kapotschieten. Ze kijken naar binnen, op zoek naar de bal, je ziet hun ogen en hun lach en je kunt niet kwaad worden.

Zo gingen de andere Ajax-spelers met Abdelhak Nouri om. Als hun Appie. Ik weet dat omdat hij tijdens zijn debuut, tussen al die voorzichtig schuivende spelers, al die behoedzaam manoeuvrerende voetballers, lachend over het veld dwarrelde. Sinds het debuut van Gerald Vanenburg had ik niet meer zo'n drift gezien.

Ik heb die wedstrijd ademloos naar Abdelhak Nouri zitten kijken. Hoe bij elk balcontact het leven door zijn lichaam stroomde. Na vijf minuten wist ik genoeg. Dit was een voetballer die voetbalde omdat hij niets liever wilde. En het was prachtig. Het is altijd een bijna religieuze ervaring als je iemand iets ziet doen wat hij het allerliefste doet.

Abdelhak Nouri voetbalde het liefst bij Ajax. Vooral bij Ajax. Ik herkende een paar oud-Ajacieden in dat kleine lichaampje. Jesper Olsen, Simon Tahamata. Ook zij voetbalden breed lachend. Nooit bang. Altijd op zoek naar iets bijzonders. Eindelijk zag ik weer eens een voetballer die zijn voet op de bal zette en om zich heen keek. Niet iemand van 110 kilo met 105 kilo beenspieren. Het was sierlijk. Abdelhak Nouri liep tijdens de wedstrijd te genieten. Dat zag je en dat zagen de spelers om hem heen.

Ik herinner me vooral één moment tijdens de wedstrijd. Steeds als ik nu aan Abdelhak Nouri denk, zie ik hem naast die stokoude Lasse Schöne staan. Voordat Lasse, uit een schitterende vrije trap, de 4-0 scoort, staat opeens Abdelhak Nouri naast hem. Of hij hem mag nemen. Hij wil scoren tijdens zijn debuut. De weigering van Lasse Schöne. En dan het prachtige, ontroerende gezicht van Nouri, zo zal ik hem blijven zien.

Hij lacht verontschuldigend. Hij heeft het geprobeerd. Nog veel mooier is de reactie van Schöne, die niet boos wordt omdat een jong pikkie de bal wil hebben. Hij snapt de honger van Abdelhak Nouri, die wil doen waar hij al een jongensleven van droomt. Scoren, voor Ajax-supporters. Lasse Schöne schenkt hem de volgende vrije trap. Als Abdelhak Nouri mist, moet hij tien euro betalen. Nouri scoort. En dan de ontlading. Maar vooral de blijdschap bij de andere spelers. Ik zag het: ze hielden van die jongen.

Daarom is Nouri's noodlot zo vreselijk. Dat juist iemand die iedereen vrolijk maakte, iemand die onbevangen aanviel op het leven zelf, zo wreed tot stilstand is gekomen. Daarom grijpt het stilvallen van Nouri mij zo aan. Ik zag een jongen die geen problemen zag. Die door linies wilde dwarrelen. Ik zag hem lachen op clubfoto's.

Nouri was alles wat wij ook willen zijn: iemand die gelooft in geluk en het omarmt als het maar even mogelijk is. Wie naar Abdelhak Nouri keek, begreep opeens heel even waar het in het leven echt om gaat. Niet buigen, maar dartelen. Niet zwijgen, maar jubelen.

Wij zagen zaterdag, toen Nouri door de knieën zakte, onszelf. We bedoelen het ook allemaal zo goed en het kan in een flits eindigen. Nouri schonk ons levensdrift. Liet ons voelen hoe het moet zijn om volmaakt gelukkig te zijn. Dat is een prachtig cadeau. Dank je, Abdelhak Nouri. Ik zal je nooit vergeten.

Zij waren van ons allemaal

Ik moet deze week veel aan Rob de Wit denken. Oud-Utrecht-speler en oud-Ajacied. Rob voetbalde zoals je zelf zou willen kunnen voetballen. Dat je voeten doen wat jij wilt. Dat je kunt doen wat je ter plekke bedenkt. Daarom was het een feest om naar Rob de Wit te kijken. Hij durfde te draaien en te pingelen waar andere spelers voor de makkelijke bal achteruit kozen.

Ik herinner mij nog goed hoe er over Rob de Wit werd gesproken. Ik was 24 jaar oud en als ik naar het stadion liep, hoorde ik het om mij heen. We hadden er weer eentje. Een geniaal, vrolijk genie op de linkerflank. Een linkspoot, in de tijd dat die nog gewoon linksbuiten stonden. Niemand dreigde naar binnen. Je ging buitenom en daarna scoorde je of je gaf in godsnaam dan maar een voorzet.

Aan de carrière van Rob de Wit kwam abrupt een einde door een hersenbloeding. Dat gebeurde tijdens zijn vakantie. De spelers van Ajax stuurden hem een kaartje: 'we wisten niet eens dat je hersens had'. Het bleek veel erger te zijn dan iedereen dacht. Rob de Wit zou nooit meer voor Ajax voetballen.

Rob heette in Amsterdam Robbie. Dat doen Amsterdammers graag, ie achter de naam zetten van mensen van wie ze het meest houden. Jopie, Sjakie, Robbie en Appie. Robbie verscheen af en toe nog eens op de televisie, tijdens een gala of een jubileum van Ajax. En dat deed pijn. Het omslachtig formuleren, de hardnekkige pogingen om nog steeds, al was het maar in woorden, de onbezorgde, dartelende voetballer te zijn. En dat lukte dan niet. Ik kon daar zelf heel moeilijk naar kijken.

Appie is Robbie. Dezelfde onbevangenheid en dezelfde voetbaldurf. Ik heb zojuist nog eens de schijntrap van Abdelhak Nouri bekeken, tijdens een wedstrijd in de UEFA Youth League tegen Spartak Moskou. Na de wedstrijd legt Nouri uit dat hij die beweging van zijn broer had geleerd. Op straat. Je doet alsof je de bal schiet, je tegenstander schrikt en gaat op de grond zitten. Daarna loop je met de bal om hem heen. Daarna houdt het publiek van je. Ze stoten elkaar aan en zeggen: we hebben er weer eentje, hoor.

In allebei de gevallen, bij het hartfalen van Abdelhak Nouri en de hersenbloeding van Rob de Wit, werd er door veel mensen in Nederland hetzelfde gevoeld. Hoe was het mogelijk, dat wat zo vrolijk en zonder angst was, zo abrupt veranderde in stroef leed, in onmachtige verstilling? Allemaal voelden wij de afgelopen week dezelfde vreemde sensatie, die je ook kan overvallen na een begrafenis. Hoe is het mogelijk dat de wereld om je heen gewoon doorraast? Hoe kan het dat Nouri niets meer kan en dat wij de volgende dag alweer antwoord moesten geven op de volgende vragen: bloemkool of broccoli? Witbrood of bruinbrood? Radio 1 of Radio 2?

Dat is wat mij deze week het meest heeft ontregeld, dat alles gewoon weer doorgaat. Dat de *VI* gewoon weer helemaal volstaat met transfernieuws en dat ze bij die en die club heel blij zijn met een nieuwe sponsor. Dat er deze week op allerlei voetbalvelden, tijdens allerlei oefenwedstrijden, weer zal worden gevloekt op de scheidsrechter en dat de supporters van de tegenstander worden bespuugd en bespot.

Dat laatste leek deze week even te veranderen. Zo ver is het blijkbaar gekomen, dat het verdriet van Feyenoord-supporters om Abdelhak Nouri's wrede lot groot nieuws was. Er werd over gesproken alsof het Israëlisch-Palestijns conflict was opgelost. Het medeleven van Feyenoorders werd gezien als een ongelofelijk mooi gebaar. Als een overwinning op de dagelijkse haat.

Je kunt dat zien als iets prachtigs, maar veel gebruikelijker zou het zijn geweest als dit gebaar ons niet eens was opgevallen. Zo werd het nieuws echter niet gebracht. Ook Feyenoord leefde mee, communiceerde Feyenoord via de sociale media. Dat woordje 'ook' zegt alles. Waarom niet gewoon: Feyenoord leeft mee. Hoezo 'ook'?

Abdelhak Nouri en Rob de Wit waren niet van Ajax. Zij waren van ons allemaal. Zo voetbalden zij ook. Abdelhak Nouri haatte niet, hij hield van. Voetbal, alleen maar voetbal.

Daarom hoop ik zo ontzettend dat alle Ajax- en Feyenoord-supporters, in de geest van Abdelhak Nouri, ophouden met dat domme, gecultiveerde haten van alles wat uit een andere stad komt. De Ajax-supporters brachten deze week een indrukwekkend eerbetoon aan Nouri – op een tiental figuren na die de huilende vader van een meter afstand stonden te fotograferen – maar het waren diezelfde supporters die Kenneth Vermeer dood wensten. Nog maar kort geleden bungelde een ex-Ajacied aan een touw uit het supportersvak.

Het zou prachtig zijn als ook clubs ophouden met het cultiveren van dit soort haatgedrag. Dat ze bij Feyenoord gewoon weer het woord Amsterdammer in de mond durven nemen en niet het belachelijke 020. Het zou mooi zijn als je bij AZ en Utrecht mag zeggen dat je hebt genoten van een Ajax-speler. Het zou geweldig zijn als de wedstrijd Ajax - Feyenoord voortaan in de geest van Abdelhak Nouri kan worden gespeeld. Met Feyenoord-supporters op de tribune.

Iedereen die deze week met zijn hart bij Abdelhak Nouri was, zou die switch moeten maken. Denk na waarom Abdelhak Nouri's lot je zo raakt. Als dat is omdat je een prachtige voetballer zag verdwijnen, neem dan die beslissing. Houd van voetballers, houd van doelpunten, bewonder de schoonheid van een passeerbeweging. Of die wordt uitgevoerd door een speler van Ajax of Feyenoord maakt niets uit. Juich om schoonheid en bedenk steeds hoe broos geluk kan zijn.

Liefdadigheid

Dit weekend was ik getuige van een groots moment. Het bewijs dat vrouwenvoetbal eindelijk serieus wordt genomen. Ik zag in de NOS-studio een echte grotemensenvoorbeschouwing op de wedstrijd Engeland-Frankrijk. Twee mensen aan een presentatie-desk, net als bij de mannen. Er was niet gekozen voor een speelse invulling. Want zo ging dat eerst.

De NOS, of welke andere omroep dan ook, stuurde een wilsonbekwame leerling-journalist naar een wedstrijd vrouwenvoetbal. Dat leverde gênante introuweerviews op. Er moest blijkbaar vanuit een geinige invalshoek worden geïnterviewd. 'Lisanne, we zitten hier op een berg vis. Vertel maar wat jij in het dagelijks leven doet.' Het tragische was dat speelsters half verlegen en half gegeneerd meededen aan dit soort onzin.

Ik ken dat wel. Als ze mij komen filmen of fotograferen willen ze ook dat ik heel hard in een potlood bijt, aan een dakgoot ga hangen of heel boos naar mijn eigen voet kijk. Niemand weet waarom, maar ik zeg altijd braaf ja. Dan ben je van het gezeur af. Dit weekend stond ik nog in het *AD Magazine* met een theezakje uit mijn mond. Ik ben dus wel iets gewend.

Ik herkende, tijdens de geinig gemonteerde filmpjes, het totale ongemak. 'Desiree, jij speelt in de spits ergens in Zwitserland. Kan je voor ons jodelend om een paar pionnen heen dribbelen met een paar ski's op je rug?' En dat deden ze dan maar. Beter heel lullige aandacht dan geen aandacht.

Daarin is iets veranderd. Tijdens dit EK wordt er door de NOS opeens gedaan alsof vrouwenvoetbal net zo belangrijk is als mannenvoetbal. Dat is natuurlijk onzin. Iedereen bij de NOS weet dat er deze maand eventjes keihard opportunistisch mee wordt gesurft op de Oranjegekte. Technisch heeft elke wedstrijd maximaal het niveau van een mannenvoetbalwedstrijd ergens diep in Nederland, op veld 7, maar wat maakt het uit. Er kijken miljoenen mensen, de stadions zitten vol met feestvierders, dus dan doet de NOS niet lullig. Acteren zij ook gewoon een maand dat het allemaal meeslepend en hoogstaand is.

Nu twijfel ik heel erg of dat wel een goed idee is. Ik kijk en luister nu een paar weken naar de verslaggeving rond het EK en ik verlang opeens intens terug naar de schijtlollige journalistiek die eerst werd bedreven. Tien keer liever zie ik de spits van Oranje schreeuwend door een muur oranje bakstenen lopen om te illustreren dat Engeland een flinke verdediging neer zal zetten, dan dat ik moet kijken naar analisten en journalisten die doen alsof ze vol vuur over vrouwenvoetbal zitten te praten.

Zondag hoorde ik ex-voetbalster Daphne Koster, vlak voor de wedstrijd, het volgende over de kwartfinale Engeland-Frankrijk zeggen. 'De wedstrijd die straks wordt gespeeld, dat is er wel eentje. Engeland-Frankrijk dat is wel eehhhh, dat is, ja... dat wordt er wel eentje. Dat betekent uiteindelijk dat óf Engeland óf Frankrijk de tegenstander gaat worden van Nederland en voor mij is dat wel een beetje de finale die er aan gaat komen.'

Naast haar zat de dienstdoende NOS-presentator te knikken. Ja, zo was het. Precies in dit ene moment, en zo zijn er nog wel honderden momenten aan te wijzen, zit de kern van mijn bezwaar tegen de gekte die er rond dit EK hangt. Het is allemaal zo onwaarachtig. Het is allemaal zo afgesproken positief. Laat ik het anders zeggen: het is allemaal zo vreselijk niet journalistiek. Het is liefdadigheid.

Want dit had de NOS-boy natuurlijk moeten zeggen na de analyse van Daphne. 'Dit was het, Daphne? Dit is wat je ons te vertellen hebt? Dat Nederland tegen de winnaar van deze wedstrijd gaat spelen? Daar hebben we je met een taxi voor naar de studio laten komen? Om ons te vertellen dat dit een wedstrijd is? Wat moet het anders zijn? Een paella-pan? En waarom zit je haar opeens heel anders dan vroeger, toen je nog voetbalde? Is dit verdomme waar ik geduldig naar moet luisteren? Iemand die voorspelt dat de winnaar van deze wedstrijd tegen Nederland speelt? Dat weten we al bijna een halve week! Zit je in een andere tijdzone of zo? Wegwezen. Mijn studio uit. Vort!'

Maar dat zei hij niet. Hij knikte en dacht het alleen.

Dat is niet iets bij vrouwenvoetbal alleen. Edwin van der Sar was als analist ook treurigmakend slecht. Hij had bij de grote clubs gekeept, hij had een Europacup gewonnen, hij kende alles vanbinnen en vanbuiten en er kwam helemaal niets uit tijdens zijn analyses. Het gras was groen, een bal kon raar rollen, het bleef voetbal en dat de beste mocht winnen.

Ik denk dat de NOS-journalistiek een grote inschattingsfout heeft gemaakt. Ze hebben, onder druk van de hossende massa en het geld, gekozen voor een positieve insteek, daar waar ze bij het mannenvoetbal juist kiezen voor de kritische insteek.

Als ik vrouw was en in het Nederlands elftal speelde, dan zou ik willen dat ze me net zo behandelen als de mannen. Ik zou de messcherpe en altijd eerlijke Kenneth Pérez willen als analist. Ik zou mij zwaar geschoffeerd voelen door publiek dat juicht om te juichen. Ik zou geen 'meid' willen zijn, maar een voetballer. Ik zou als vrouwelijke prof eerlijkheid willen. Mensen die oprecht, zonder man- of vrouwgedoe, vertellen dat het slecht is als het slecht is. Die op een scherm wijzen en zeggen: kijk, hier had ze zes seconden nodig om de bal te controleren. Dat moet beter.' Ik zou mij zwaar geschoffeerd voelen door al die liefdadigheid. Ik zou boos zijn op Daphne Koster.

Tijdens dit EK kun je als journalist kiezen: je juicht mee of je zwijgt.

Naïviteit

Kees Jansma gaf in het programma *Studio Voetbal* een opvallend antwoord op een vreemde vraag. De kern van de vraag was: is het wel goed voor journalisten en voetballers om aanwezig te zijn bij een WK-loting en een WK-toernooi in Rusland? Moet je dat nu wel doen, als bekend oud-voetballer, met z'n allen op de foto gaan met Vladimir Poetin?

Kees dacht van wel. Hij antwoordde dat het voor een journalist juist een uitgelezen kans is om in het land zelf reportages te kunnen schrijven. Juist naar Rusland, meende ik uit de woorden van Kees te begrijpen. Zo dicht mogelijk naar de bron van het kwaad en daar verslag van doen. En oh ja, tussendoor gezellig in de stadion, op de perstribune, 30 meter van Poetin zelf, naar een voetbalwedstrijd kijken. Even twee keer drie kwartier geen focus op het doodslaan van homoseksuelen en het laten verdwijnen van politieke tegenstanders, maar daarna weer aan de slag met het op onrecht betrappen.

Het verbaasde mij niet. Pierre van Hooijdonk en Kees Jansma waren ook aanwezig in Brazilië, waar complete arme wijken tegen de grond werden gewerkt om een frisse indruk te maken op de rest van de wereld. Armoe en geweld, het bestond even een maand niet meer. Dat werd aangestipt door journalisten, maar ondertussen denderde het voetbalfeest keihard door.

Het is een eeuwenoude discussie. Diep in de vorige eeuw ging de teammanager van het Nederlands elftal, Hans Jorritsma, als topspeler mee naar het WK hockey in Argentinië, waar op dat moment mensen werden gemarteld en politieke tegenstanders uit helikopters werden gesmeten. Jorritsma's daad van verzet: een dagboek bijhouden dat werd gepubliceerd in een Nederlands tijdschrift. Het netto resultaat van zijn actie: Hans Jorritsma keurig in de rij om voor dezelfde camera als Jorge Rafael Videla naar de wereld te zwaaien en zijn zilveren medaille te weigeren. Het zal niet veel indruk hebben gemaakt op de dictator. Hans was toch maar mooi komen opdagen.

Willem Vissers zat ook aan tafel bij *Studio Voetbal*. Ik ben benieuwd wat zijn toon wordt tijdens dit WK. Willem publiceerde een dag voor zijn optreden bij *Studio Voetbal* een lange reportage over Abdelhak Nouri, die lijkt te gaan over het verdriet, het medeleven en de invloed die Nouri had op zijn omgeving, maar uiteindelijk toch weer heel uitgekookt journalistiek gaat over de vraag wie er eigenlijk schuldig is aan zijn dood. Ik hoop dat Willem deze techniek in Rusland perfectioneert. Doen alsof je echt van de Russen houdt en ondertussen in de krochten van dat land zoeken naar onrecht, schuld en boete.

Wat mij bijna ontroerde was de verregaande naïviteit van Kees, Pierre en Willem. Zij lijken echt te denken dat Nederlandse journalisten een rol van betekenis kunnen spelen voor het vrije Westen. Het doet mij sterk denken aan een dorpskrant die de volgende kop op de voorpagina zet: 'Nunspeet waarschuwt China nog één keer'. De bekende Hollandse hoogmoed waaide weer eens straf over tafel bij *Studio Voetbal*.

Nederland, beschermer van het vrije gedachtegoed. De luis in de pels. Rusland zal rillen als Willem Vissers en andere journalisten een begeleid rondje door de achterwijken van Moskou mogen maken. Rusland zal vooral de Nederlandse journalisten vrezen, die precies weten wat goed en slecht is.

In de Nederlandse voetbaljournalistiek is Rusland nog steeds het land waar ze nu eenmaal naartoe moeten om hun werk te doen, en is Amerika het beloofde land van de onbeperkte vrijheid. Amerika, waar een zwarte American Footballer wordt ontslagen en verketterd omdat hij niet wil zingen voor de Amerikaanse vlag. Amerika, het land van Trump, de massale slachtpartijen, de homohaat, het racisme, de rednecks, de armoe en de sport.

Nooit hoor ik Nederlandse sportjournalisten eraan twijfelen of ze wel naar Amerika moeten reizen en om eerlijk te zijn: dat is wel consequent. Als het Nederlands elftal zich zou hebben geplaatst voor het WK, dan zou er een Oranje-optocht van kilometers lang door de straten van Moskou zijn getrokken. Wat zouden we trots zijn geweest als de Russen ons een lekker gek, raar volk hadden gevonden.

De hele Oranje-carrousel zou juichend rondjes hebben gedraaid in Rusland. Tom Egbers, die zondagavond de Ruslandvraag aan Kees Jansma en Pierre van Hooijdonk stelde, zou vanuit een gezellig aangeklede tv-studio in Rusland gezellige gesprekken hebben gehad met Nederlandse voetballers. Wij zouden met z'n allen, zonder enige reserve, hebben gekeken naar sfeerreportages uit Rusland. We zouden het Nederlands elftal hebben aangemoedigd. En die 'we', dat zijn precies dezelfde mensen die met tranen in de ogen en een fotocamera voor dat betraande oog langs de weg stonden om de door Russen uit de lucht geschoten Nederlanders te eren.

Het was een legitieme vraag van Tom aan Pierre van Hooijdonk: zou jij, net als Lineker, Pelé, Maradona et cetera hebben meegewerkt aan deze WK-loting?, en Pierre aarzelde misschien net iets te lang voor hij 'ja' zei, maar de vraag is vooral: zou Tom maar Rusland zijn gegaan? Zou een van de Nederlandse voetballers, na plaatsing voor het WK, zijn twijfels hebben geuit? We zullen dat nooit weten.

Het is vooral de grenzeloze naïviteit en de navelstaarderij van de Nederlandse journalistiek die mij op de lachspieren werken. Zij denken, eenmaal in Rusland, van binnenuit te kunnen schrijven over ernstige misstanden, maar wij weten allemaal waar het uiteindelijk opuit zal draaien: de gewiekste Vladimir Poetin midden in het perscentrum, gezellig op de foto, biertje in de hand, met twaalf Nederlandse journalisten. Het gebeurde onze koning ook. Nederlandse propaganda is Mickey Mouse-gedoe vergeleken bij de beïnvloedingsmachinerie van de Russen.

Ajaxgevoel

Het is nu dinsdagavond, twee uur voor de wedstrijd Juventus - Ajax en we hebben de ergste uitwassen van nationalisme nu wel gehad, hoop ik. Het voorlopige dieptepunt was de halfnaakte oproep van Harry Vermeegen, die een halfuur geleden heel woest naast zes kamerplanten in een – zo te zien – Spaans tuintje van een bij elkaar geschnabbeld huis het hele volk als één man achter Ajax probeerde te krijgen.

Zou Harry een Lederhosen hebben gedragen en op een balkon in München hebben gestaan, dan had hij met zijn vingers in zijn neus de Louis van Gaal Lookalike wedstrijd gewonnen. Nu, heel lullig naast die planten, kreeg Harry's oproep iets treurigs. Hij duwde zijn kop steeds in de camera, waarschijnlijk op zoek naar oude chemie met de veronderstelde miljoenen kijkers en riep daarna ongeveer iets als: 'Mensu, ik worgek, want we zijn toch verdomme met z'n allen achter Ajax en nou hoor ik darter mense benne die hopen dat onze jongens van ons Ajax gaan verliezen maar mensen we zijn vanavond met z'n allen WE, we zijn we, samen zijn we We want WE willen dat we gaan winnen,' etc.

Harry begon tijdens zijn rede steeds minder op Martin Luther King en steeds meer op Mart Smeets te lijken, ook iemand die heel dwingend wilde dat WE een of andere etappewinst vierden alsof we onze schele schoonmoeder feestelijk ter aarde hadden besteld.

Lezers, we kennen elkaar al wat langer en u weet wat ik vind van clubliefde. Alleen mensen die niet van voetbal houden, houden van een club. Ik wil er niets mee te maken hebben, mannen met een bouwvakkersreet onder hun clubshirt die zingen dat hun zojuist voor de zesde keer gedegradeerde club nooit verloren zal gaan. Toch maak ik vandaag een uitzondering. Ik begin het Ajax-gevoel uit de jaren tachtig en negentig een beetje terug te krijgen.

De tijd dat Ajax jaren lang achter elkaar wedstrijden speelde die ertoe deden. Ook toen waren er uitwassen, die eigenlijk altijd onder dezelfde naam figureerden: Freek de Jonge. Door het schijtlollige gedoe van Freek kon ik onverrichter zake huiswaarts keren omdat een zot, opgehitst door wat anti-nazi propaganda van Freek, een Oostenrijkse keeper een ijzeren staaf in zijn rug gooide.

Dat is nu heel anders. Op de een of andere manier ontroert mij dat, omdat ik denk te weten waarom Ajax opeens een club is die je wilt knuffelen. Het komt door Nouri en het is de dood van Johan Cruijff. Toen de een nog dartelde en de ander nog kroketten voor de hele familie kocht bij de verplaatste FEBO op het Stadionplein, was Ajax een ijskoude club geleid door een ex-keeper met een woordenschat van een leren bal en werd de club technisch geleid door een ex-voetballer die tijdens elk interview het wereldrecord transpireren uit een veel te klein lichaam verbeterde.

Het was allemaal niet fraai. Er werd fiscaal geknokt boven het bewegingloze lichaam van Nouri en er werd gênant getreuzeld met de vernoeming van het stadion naar Johan Cruijff. Pas toen het gezond verstand, de liefde en de trots weer door de aderen gingen stromen, werd Ajax weer Ajax. De verontschuldigingen van Ajax aan de familie van Nouri en de manier waarop Johan Cruijff nu wordt geëerd, hebben van de Amsterdamse lefclub opeens een wat menselijker orgaan gemaakt. Je hoeft je niet meer te schamen als je van Ajax houdt.

Zoiets bedoelde Harry ook te zeggen, maar die had net aan het blad van een coca-plant gelikt. Ik zie de hele dag op Twitter de berichten langskomen. Dolgelukkige mensen die hun kaartje fotograferen, foto's van het stadion in Turijn, het bekende dommelullengeschreeuw ergens op een plein. Ik denk dat daar de haat vandaan komt, waar Harry het over heeft. Het doet Feyenoorders en PSV'ers pijn, maar zij zien ook wat ik zie: Ajax doet alles goed. Ook als ze verliezen.

Ajax is opeens menselijk. Klaas-Jan Huntelaar, hij vooral, is het boegbeeld van Ajax. Een geduldige reservespeler die er drie belangrijke doelpunten in jast als het nodig is. De manier waarop hij na de winst op Real Madrid totaal buiten zichzelf de overwinning vierde met de fans. Ajax lijkt de laatste tijd verdomd veel op Feyenoord. Er wordt de club iets gegund.

Bij Ajax spelen jonge jongens die lachen na een overwinning. Dat is het geheim: plezier. Nog een uurtje nu. De laatste alinea's van deze column zullen gaan over de wedstrijd, maar eigenlijk maakt de uitslag niets uit. Ajax heeft al zoveel gewonnen dit jaar.

Vijf minuten na de wedstrijd – er werden hakjes gegeven in het strafschopgebied van Juventus. Er werd gezaalvoetbald tegen een van de grootste clubs ter wereld. Toen maakte het mij al niet meer uit. Zou Ajax hebben verloren, dan nog kon ik voortaan zeggen: ik zag Ajax een nieuw soort voetbal uitvinden. Geen totaalvoetbal, maar vreugdevoetbal. In een kwartfinale de bal aannemen alsof je met je broer op een veldje aan de rand van de stad staat te spelen.

Niet WE hebben gewonnen maar Ajax heeft gewonnen. Wij mochten kijken en Ronaldo mocht kijken. Erik ten Hag legde zijn handen even om Ronaldo's gezicht. Vernederend en bewonderend tegelijk. Het draaiballetje van Donny van de Beek, die in de slow motion de bal lachend nakijkt. WE mochten kijken en WE hoeven nergens met z'n allen achter te gaan staan. Ajax heeft genoeg aan zichzelf, dat is juist zo prachtig.

Voor één keer werkt de gekte op de transfermarkt positief. WE keken naar een team dat weet: nog maar een handvol wedstrijden en dan voetballen we volgend jaar tégen elkaar. Het kan nog, we hebben het gezien: Ajax is een vriendenploeg.

Kleedkamer

Ik vraag me de laatste tijd steeds vaker af of ik een goede jongen was om erbij te hebben in de kleedkamer. Ik denk het wel. Ik zat niemand in de weg. Ik gaf de jongens die wel speelden hun thee aan. Als onze trainer, de vader van onze spits, zei dat we alle ballen op zijn zoon moesten spelen, dan applaudisseerde ik. Als de tweede helft werd gespeeld dan maakte ik de kleedkamer een beetje gezellig. Ik herinner mij een schemerlampje.

Ik was dol op kleedkamers. De geur. Hoe je de veteranenziekte bijna uit de douchekop zag spuiten. Als er een douchekop op zat. Ik keek naar de betegelde vloer in de doucheruimte en dacht: hoeveel mannen hebben hier de urine gewoon langs hun bovenbenen laten lopen terwijl ze shampoo in hun haar smeerden.

Er was maar één shampoo. Voor normaal haar. Mensen met raar haar die gingen maar turnen of wielrennen. Die shampoo zat in een gewone fles. Er stonden geen vreemde zuidvruchten op de fles. De geneeskrachtige werking van de Jakabilivrucht, gecombineerd met de vochtregulerende eigenschappen van de kiwi, bestond nog niet. Sterker nog: de kiwi bestond nog niet. Toen ik voor het eerst een kiwi zag, ergens in de jaren negentig, dacht ik dat iemand het achterhoofd van mijn opa had zitten kleien.

Ik denk deze week veel terug aan de kleedkamers waarin ik mocht verkeren, omdat ik in allerlei babbelprogramma's voetbalkenners hoor zeggen dat Robin van Persie iemand is die je 'er goed bij kunt hebben in de kleedkamer'. Dat was de algemene strekking. Altijd doen, Robin terughalen naar Feyenoord. Prima jongen om erbij te hebben in de kleedkamer.

Nu heb ik het wat ongemakkelijke gevoel dat Robin van Persie zichzelf helemaal niet zo ziet. Robin van Persie heb je er nooit bij. Hij is er, en de rest hangt om hem heen. Zo heb ik Robin van Persie altijd ervaren, als iemand die juist helemaal niet met anderen in de kleedkamer wil zitten. Ik herinner mij dat Robin, tijdens het EK 2012, vlak na een ongelofelijk slechte wedstrijd tegen de Denen, niet met de spelers meeliep naar de kleedkamer. Hij moest even iemand bellen. Robin van Persie stond aan de rand van het veld, meteen na de wedstrijd, met een mobiele telefoon aan zijn oor.

Als je dat al op het veld doet, met alle camera's op je giechel, dan is in de kleedkamer alles mogelijk. Ik sluit niet uit dat Robin van Persie tijdens een tactische bespreking in de rust een pondje garnalen gaat zitten pellen, gewoon omdat hij Robin van Persie is.

Natuurlijk begrijp ik de achterliggende gedachte wanneer mensen zeggen dat je hem er goed bij kunt hebben in de kleedkamer. Robin is een Grote Meneer. Hij scoorde zwevend in de lucht tijdens een WK. Daar dwing je respect mee af bij jonge voetballers. Robin heeft met ongeveer iedereen ruzie gehad in het Nederlands elftal. Ook dat vinden jonge voetballers mooi. Robin heeft gereisd, zat in hele mooie vliegtuigen en voetbalde in Engeland. Daar schijnen de Feyenoorders van Giovanni beter van te gaan voetballen, denken ze.

Ik denk van niet. En Robin van Persie ook niet. Uitgerekend Robin zelf had als jong voetballertje volkomen schijt aan Pierre van Hooijdonk en vernederde hem in een volle Kuip door een vrije trap op te eisen. Als je de door de carrière van Robin van Persie bladert, dan zie je een rode draad: Robin was nooit een teamspeler. Iemand die opzichtig ging lopen mokken als Arjen Robben aan het woord was. Iemand die aan het eind van een WK-toernooi, in een live interview, nogmaals Pierre van Hooijdonk probeerde te vernederen. Omdat Pierre eerlijk was. Robin had, op enkele uitschieters na, niet best gepeeld dat toernooi.

Daarom vraag ik mij werkelijk af of Robin van Persie de gelouterde prof is die Feyenoord bij de hand gaat nemen. En dat komt door dat kleedkamerbeeld. Ik zie het gewoon niet voor me, Robin van Persie, net zoals Dirk

Kuijt, heel hard schreeuwend en tierend in de kleedkamer. Dat zit helemaal niet in hem. Robin van Persie zegt zijn hele carrière maar één ding tegen zijn medespelers: alle ballen op mij, dan komt het goed.

Dat beeld, dat krijg ik maar niet fatsoenlijk in mijn hoofd, adorerende jonge Feyenoorders, opkijkend naar Robin van Persie. Er wordt een denkfout gemaakt. Zo zat de voetbalwereld ooit in elkaar: Nederlandse voetballers die succesvol waren in buitenlandse competities werden verafgood. Dat is waar iedere voetballer van droomde, ooit je koffer in mogen pakken en spelen in Het Buitenland. Iedere speler die in Spanje of Engeland had gespeeld kon terugkeren als een gelouterde prof.

Zo gaat dat allang niet meer. Een geblesseerde spits van PSV is tijdens de winterstop voor 17 miljoen verkocht. Iedere Nederlandse voetballer die bij een van de topclubs twee goede wedstrijden speelt, stijgt 30 miljoen in waarde. Spelers willen alleen nog naar Spanje als ze niet ergens in een klein stadion hoeven te spelen. Nederlandse jonge profs willen spelen in een team dat ook meedoet in Playstation FIFA.

Wesley Sneijder en Rafael van der Vaart hebben gevoeld hoe hun hele carrière in Nederland niets meer waard is. Allebei hebben ze gesmeekt of ze nog een jaartje bij Ajax mochten spelen. Geen interesse.

Dat Feyenoord wel in zee gaat met Robin van Persie, is wonderbaarlijk. Dat Robin van Persie het zelf aandurft is eigenlijk prachtig. Nog steeds dezelfde geldingsdrang. Nog steeds de man die alle vrije trappen gaat nemen. Maar een lekkere jongen voor in de kleedkamer: nee.

Wissel

Als Dick Advocaat niet de nieuwe trainer van Feyenoord wordt, dan komt dat door een gebogen hoofd en sloffende voeten. Door een hangend hoofd en voeten die door gras aaiden is Dick ooit – van het ene moment op het andere – een trainer geworden die doodsbang is voor de Publieke Opinie. Dick doet alleen nog maar dingen waarvoor wordt geapplaudisseerd. Gevaarloze ondernemingen.

In februari 2016 liep hij als Jezus en mijn vader tegelijk het trainingsveld op van Feyenoord om Giovanni van Bronckhorst van advies te voorzien. Dick komt graag langs als een andere trainer de bodem heeft bereikt. Kan het nooit misgaan. Als hij blijft verliezen dan ligt het aan de vorige trainer, als het team wint dan komt het door hem en de goede voetbalsfeer. Zo is Dick ook bij Sparta en Utrecht naar binnen gewandeld. Als een heilige.

Toch komt het nooit meer goed. Door Arjen Robben. Hij heeft met een simpele beweging de carrière van Dick Advocaat geruïneerd. Dick wisselde Arjen Robben in 2004, tijdens het Europees kampioenschap in Portugal. Op dat moment stond Nederland met 2-0 voor tegen Tsjechië. Robben speelde een fantastische wedstrijd. Na de wissel was het Nederlands elftal kansloos. Ze verloren met 3-2.

Een beetje voetballiefhebber weet waar ik het over heb. Het is een legendarisch moment. Robben die als een geslagen hond van het veld loopt. Hij buigt zijn hoofd, trekt het bekende opabakkebaardgezicht, schudt heel even kort het hoofd en neemt daarna plaats op de bank. Precies op dat moment veranderde het leven van Dick Advocaat. Door een hangend hoofd.

Want zo subtiel is het. De ophef die ontstond, de hetze, de paniek, de dodelijke opmerking van Willem van Hanegem ('Ik sla hem neer'), het domme gelul van Hans Kraay jr. en de roep om Dick zijn ontslag, het zou allemaal niet zijn gebeurd als Robben gewoon professioneel naar de kant was gehold. Er zou misschien wat kritiek zijn geweest, een lastige vraag van een journalist, maar juist doordat Arjen Robben voor heel Nederland en de rest van de wereld liet zien dat hij teleurgesteld was, liep het anders.

Spelers kunnen coaches breken door de manier waarop ze na een wissel het veld uit lopen. Ruud van Nistelrooij deed het. Hij schopte iets om, vlak naast zijn trainer. Dat vind ik zelf meteen minder mooi, heel woest op iets intrappen. Het dodelijkst voor een trainer is de trage aftocht. Het bord gaat omhoog, de uitblinkende speler ziet zijn rugnummer en daarna komt het eropaan dat je alles goed doet. Alleen wanneer je perfect teleurgesteld het veld af loopt, kun je je trainer in tweeën breken.

Robben deed alles goed. Verbazing op zijn gezicht als hij begrijpt wie er wordt gewisseld. Hijzelf. Om zich heen kijken. Dit is toch een vergissing? Dan het geloei van de tribunes. Ja, hij moet eraf. Die gek van een Advocaat gaat midden in zijn fijnste wedstrijd de tactische coach uit zitten hangen. Nog een keer naar de kant kijken. Ja, het is echt zijn rugnummer. Hij ziet de assistenten en de keeperstrainer naast Advocaat zitten. Ze kijken snel een andere kant op. Ze lijken niet erg enthousiast over deze move.

Hij begint te lopen. Tergend langzaam. Hij gaat Dick kapot lopen. Dat gaat hij doen. Zo langzaam mogelijk. Bijna meteen beginnen de supporters te applaudisseren. Hij buigt het hoofd. Ja, mensen, hier loopt een geslagen man. Robben beweegt alsof hij naar de elektrische stoel loopt. Nog steeds zijn hoofd naar beneden. Hij passeert Dick. Precies vanaf dat moment verandert hun leven. Dick is voor eeuwig de schlemiel. Arjen voor altijd de held.

Dat is nooit meer veranderd. Deze week maakte Dick ruzie met Feyenoord. Hij had het over een negatieve sfeer. Hij wil plezier hebben in zijn werk. Ik begreep die zinnen heel anders. Dick wil geen dingen meer doen die kunnen mislukken. Hij wil nooit meer het lachertje van heel Nederland zijn.

Dick wil alleen nog maar een redder in nood zijn. Als er ook maar iemand tegen hem is, dan zit hij al in zijn auto.

Dat fascineert mij. Hoe een succesvolle coach door een gebogen hoofd voorgoed is veranderd in iemand die steeds maar leest wat er over hem wordt geschreven.

Die macht hebben voetballers. Het is bijna een kunstvorm, beledigd het veld af lopen. Wie die techniek nog niet helemaal beheerst, is Ajax-speler Donny van de Beek. Donny speelt altijd gedreven, is in grote Europese wedstrijden belangrijk geweest voor het team en toch wordt hij door Erik ten Hag op de gekste momenten uit het veld gehaald.

Donny werd gewisseld tijdens Feyenoord - Ajax. Daarna deed hij helaas alles verkeerd. Woedend, met veel te veel armgebaren liep hij langs zijn trainer. Hij was heel hard aan het schreeuwen. Veel gedoe. De wisselspelers keken strak voor zich uit. Donny raasde langs de reservebank. Allemaal heel erg fout. Nu leek hij de verliezer.

Zó had Donny het moeten doen: hij ziet zijn rugnummer langs de kant. Niks aan de hand. Verkeerd nummer. Gewoon doorvoetballen. Iemand tikt hem op zijn schouder en wijst naar de kant. Daarna doet Donny alsof hij het niet goed ziet. De armen wijd en grote ogen. ‘Ik?’ Ja, hij. Hij gaat zitten. Doet heel langzaam zijn schoenen uit, en loopt op zijn sokken naar de kant. Hoofd gebogen. Niemand aankijken als hij bij de bank is. Donny loopt meteen door naar de kleedkamer. Hij weet dat ze hem filmen. Niet tegen een deur slaan. Rustig. Hij schudt langzaam het hoofd.

Het zou het einde zijn geweest van Ten Hags carrière.

Arie Haan-gedrag

Je hebt spelers die het heerlijk vinden als ze worden gehaat. Ik houd erg van dat soort voetballers, maar ik zeg het hun niet, want dan voelen ze de liefde en is het uit met de pret. Ik mijmerde een week geleden, voor de televisie, over deze rare paradox. Ik keek naar *Voetbal Inside* en daar ging het even over Arie Haan. Om de discussie kort samen te vatten: goed dat Huub Stevens hem tijdens een training invalide had getrapt. Arie vroeg erom, met zijn Arie Haan-gedrag.

Wat dat dan precies was, werd niet helemaal duidelijk. Maar ik vermoed dat er door Stevens en Haan een eeuwenoude klassenstrijd werd uitgevochten. In de politiek winnen altijd de slimste jongetjes van de klas, maar in het voetbal ligt dat heel anders. Daar ben je de lul als uitlekt dat je wel eens een krant hebt gelezen.

Huub Stevens en Arie Haan op een trainingsveld, dat was vragen om moeilijkheden. Arie Haan, die het geen ene moer kon schelen of mensen hem wel of niet aardig vonden, kwam uit de randstad. Een doodzonde, als je naast Huub Stevens staat. Laat het woord 'gracht' vallen en je zit met je meniscus in je hand langs het veld. Zeg tegen Huub Stevens het woord 'toneelstuk' en hij wordt gek.

'Wat zeg jij mij, mannetje? Dat ik naar een toneelstuk moet gaan? In een zaal, met gewone kleren aan? Is dat het, jongen, dat ik anderhalf uur mijn bek moet houden en moet gaan kijken naar twee mensen die staan te lullen alsof ze een brandende kolenkachel in hun broek hebben? Ik spuug op theater, jongen! Met hun gordijnen en dat je dan moet gaan staan klappen als ze klaar zijn. Huub Stevens staat voor niemand op, hoor je me, met je theater!' En dan de schop op je knie.

De mannen bij *Voetbal Inside* stonden nog net niet op voor Huub Stevens, maar je voelde het wel: daar aan tafel zouden ze graag iedereen die met dingen uit de randstad aan komt zetten een keer vol op zijn knie rossen.

Toch gaat mijn sympathie uit naar alle Arie Haan's. Voetballers die niet vanuit een volledig verknipte frustratie voetballen. Mannen die nu eens niet op een voetbalveld vlak voor de wedstrijd uitgebreid hun vader en hun opa bedanken, voor al het werk dat zij in de mijnen hebben verricht. Ik houd niet van voetballers die een hele carrière lang huilend hun vader blijven bedanken. 'Dit doelpunt was voor hem. Ik weet dat hij nog naar me kijkt. Helaas heeft hij me nooit zien scoren. Veel te jong is hij gestorven. 96 jaar oud. Ik mis hem nog elke dag. Hij was er voor mij en nu wil ik er voor hém zijn.'

Veel meer sympathie kan ik opbrengen voor voetballers die helemaal geen vader, opa of moeder nodig hebben om goed te kunnen voetballen. Die gewoon elk weekend hun goddelijke zelf zijn en niemand bedanken voor een winnend doelpunt. Dat soort mannen hoor ik graag praten, al zijn het er niet veel. De meeste spelers bedanken na een hattrick vooral hun team. Dat is om doodziek van te worden.

'Ja, ze hingen er lekker in, alle drie. Eentje met een omhaal inderdaad, maar als die voorzet niet komt, dan kan ik hem nooit maken. Ik heb dit te danken aan het team. Ik wil Ome Sjaak bedanken voor het wassen van onze shirts. Zonder hem zou ik niet hebben gescoord. Mijn moeder, die me al die jaren naar de training heeft gebracht. Aan haar draag ik deze hattrick op.'

Ik zou graag eens een ander geluid horen. 'Ja, ik scoorde een hattrick, maar het hadden er zeven kunnen zijn als die lul van een rechtsbuiten een keer gaat oefenen op zijn voorzetten. De trainer? Nee, niks aan gehad. Als ik naar hem ga luisteren, scoor ik nooit meer. Ik deed het helemaal alleen. Omdat ik heel goed ben. Daarom scoor ik zoveel, omdat ik heel goed ben in een hele slechte competitie. Ik bedank niemand. Ook niet mijn opa. Mijn opa kan de tyfus krijgen. Die zat zijn leven lang postzegels in te plakken. Wat heb ik daar aan gehad? Niks.'

Toch – ik moet eerlijk zijn – schrok ik even toen ik zojuist op de website van *VI* de volgende tekst las: 'Hakim Ziyech leed 47 keer balverlies, het hoogste aantal voor een speler in een Eredivisie-duel sinds Opta de Eredivisie gedetailleerd analyseert (het seizoen 2010/11).' Ik denk dat deze kritiek net te vroeg komt. Hakim Ziyech is namelijk nog een eigenwijze klootzak in opleiding. Iemand als Arie Haan, al verloor die 79 keer een bal, dan jaste hij nog vijf minuten voor tijd van 40 meter afstand de winnende treffer in de touwen. Deed hem niks. Bij Hakim Ziyech ligt dat anders. Die doet wel heel stoïcijns en cool, maar ik voel aan alles dat hij wil dat we hem met z'n allen omarmen.

Dat is de zwakke plek van Hakim Ziyech. Hij wil dat we hem lief vinden. Dat we hem begrijpen. Hij doet zijn best om vervelende spreekkoren te negeren, maar dat is al fout. Arie Haan hoorde ze niet eens. Hakim Ziyech probeert ongenaakbaar te zijn, maar diep vanbinnen is hij juist een speler die pas goed gaat voetballen als de trainer van hem houdt. Dan kan hij opeens alles.

Daarom wens ik Hakim Ziyech het allerbeste. Dat hij ooit net zo'n arrogante klootzak als Arie Haan mag worden. Dan komt alles goed.

God Zlatan

Zlatan is terug in Italië. In de VS werkte de bewondering niet helemaal zoals verwacht. Amerikanen sporten met hun handen en dat kan dus nooit sport zijn. Ik weet bijna zeker dat Zlatan zo naar honkbal kijkt. Waarom die bal niet met je rechtervoet tussen de hamburgers vretende pre-corona-yanks schoppen? Wat is dat voor een kinderachtig gedoe, met een knuppeltje en een helm op?

Ik kom zelf uit een hardcore honkbalfamilie dus ik weet waar ik het over heb. Gijp en Johan zouden het allemaal 'homootjes' vinden. Broekjes tot net over de knieën of juist slobberend op de schoenen en vooral dat petje. Binnen de honkbalwereld zien ze het niet meer, maar sporten met een handschoen, zodat de bal niet au doet aan je handje en een petje op je hoofd is op z'n minst aandoenlijk te noemen.

Ik had Zlatan graag het honkbal willen zien redden. Zonder knuppel naast de slagplaat, wachten op die fastball en dan met binnenkant voet de eerste honkman zijn petje van het hoofd schieten. Maar helaas, Zlatan blijft voetballen. Hij was ook wel klaar met de talkshows in Amerika. Allemaal gedaan en hij moet zijn gaan voelen dat voetbal in de VS, als het erop aankomt, nog steeds wordt gezien als iets achterlijks uit Europa.

Amerikaanse jongens die kiezen voor voetbal, daar is iets mee aan de hand. Het is te vergelijken met een Nederlandse jongen die heel graag cricket wil spelen. Lekker zes uur thee drinken langs de kant van het veld en dan met een houten schep een stuiterbal proberen weg te meppen.

Zlatan moet dat hebben gevoeld, dat hij in de VS qua bewondering aan zijn plafond zat. Dat is de manier waarop hij zich door de voetbalwereld beweegt. Neerstrijken in een land of stad, wachten tot ze een standbeeld voor hem neerzetten en dan weer snel naar een plek waar meer geld en aandacht is te genereren.

Eigenlijk het omgekeerde van Arjen Robben. Die kan voortaan op de fiets naar zijn werk. Een prachtige Hollandse reden om bij je oude club te gaan spelen. Ik houd mijn hart vast, maar er bestaat eigenlijk nauwelijks kans op imagoverlies. De stokoude Johan Neeskens schoof bij FC Groningen als een buffel met een nekwond over het veld en had qua onverzettelijkheid alleen nog maar zijn woeste starende kop, maar toch spreken we niet van een geknakte carrière. Alles verkloten bij FC Groningen neemt niemand je kwalijk.

Robben zet heel klein in. Misschien lukt het en misschien lukt het niet. Bij Zlatan gaat dat heel anders. Enkele dagen geleden twitterde hij een foto van zichzelf. Geen groot nieuws. Zlatan heeft Apple gevraagd om speciaal voor hem een iPhone te ontwikkelen met alleen zes lenzen vlak boven het scherm. Ook wordt er software ontwikkeld die vanzelf selfies begint te maken als er een paardenstaart en een snor in beeld komen.

Op de foto zien we Zlatan op een trainingsveld, met opgestoken haar, zijn voet tegen een stilliggende bal aan drukken. Achter hem staan vijf collega's in de rij. Als jonge eendjes. Klaar om te worden opgevreten. Ze kijken naar de voet van Zlatan. Dat heeft iets belachelijks. Vijf mensen die aandachtig toekijken wanneer Zlatan op het papier loert of zijn kont goed schoon is na de laatste keer vegen, daar lijkt het een beetje op.

Onder de foto staat: *God and his students*. Ik weet zeker dat hij dat niet grappig bedoelt. Zlatan is nooit grappig. Hij spreekt alleen als het woord Zlatan kan worden gezegd. Hét kenmerk van narcisten: over jezelf praten alsof je het over een ander hebt. Aan tafel gaan zitten, je paardenstaart over je schouder gooien en zeggen: 'Zlatan heeft honger.'

Zlatan heeft nu de overtreffende trap van zelfzwelgerij uitgevonden. Hij is niet Zlatan, niet Jezus – die toch een soort zwakte toonde door zich gedwee aan dat kruis te laten spijkeren – nee, hij is God. Het werkelijke nieuws achter deze foto is dus eigenlijk dat God is gaan voetballen. De aarde kan verder even het lazarus krijgen. Virusje hier en daar, dan lost de ellende 'Mens' zich vanzelf op. Ondertussen houdt God een balletje hoog.

Het bijzondere is dat er in Italië zelf lacherig wordt gedaan over Zlatans tweet. Er zijn geen demonstraties. Niemand voelt zich gekwetst. In het land waar de kerken vol hangen met God en zijn zoon halen ze er hun schouders over op. Dat heeft, na alle *Veronica Inside*-gekte iets verfrissends. Zlatan beledigt een heel land, nee eigenlijk alle gelovigen op aarde, en ze slaan hem lachend op zijn schouder.

Een foto van Robben midden in Groningen en daar onder: 'Jezus is terug'. Ik doe een wilde gok: zes weken discussie en een bestorming van het stadion.

Wim is dood

Als de dood van Wim Suurbier één ding duidelijk maakt dan is het dit: wat een stel saaie zakken voetballen er tegenwoordig in Nederland. De ruigste voetballer in de Nederlandse competitie is, vergeleken met Wim Suurbier, een frisgewassen vertegenwoordiger in wollen stropdassen.

Ik heb de laatste twee dagen veel gehoord en gelezen over Suurbier en nu verlang ik hartstochtelijk naar een enorme injectie rock-'n-roll in de braafste bedrijfstak van Nederland. Ik wil dat iemand bij PSV nu ook eens zijn lul in de koffie van de voorzitter hangt. Of kom met beter, eigentijdser rebels gedrag. Een keer dronken op een auto dansen, dat is kinderwerk. Ik wil meer doorleefde lik-me-reet-mentaliteit in het Nederlandse voetbal.

Ik verlang, na alle verhalen over Wim Suurbier, opeens intens naar een speler die om halftwee 's middags – een uur voor de kampioenswedstrijd – uit het bed van de 22-jarige ex-miss Bananen Bar moet worden getrokken. Daarna wil ik zijn teamgenoten vol ontzag en met respect over hem horen praten.

'Hij kwam in een geleende damestanga de kleedkamer binnen. De kluiten banaan zaten nog in zijn haar. We hebben hem opnieuw geleerd hoe je je veters moet strikken en daarna hebben we hem uitgelegd welke kant hij op moest voetballen. Na de rust hebben we hem met zijn gezicht de andere kant op gezet. Maar hij stond er wel. Hij had die linksbuiten in zijn zak. Na de wedstrijd hebben we hem niet meer gezien. Hij moest in een geleende vrachtwagen driehonderd pakketjes ophalen in de haven van Rotterdam.'

Ze bestaan niet meer, de keihard, recht vooruit levende klootzakken. Jongens die buiten het veld permanent op de rand van onverantwoordelijk leven, maar er tijdens de wedstrijd wel gewoon staan. Ik moet er voor de zekerheid bij zeggen dat ik het natuurlijk op geen enkele manier goedkeur, maar het zou wel weer eens lekker zijn, een halfdronken gek met humor in het veld. Iemand die bijvoorbeeld niet onder de indruk is van Arjen Robben.

Wim Suurbier zou er wel raad mee hebben geweten. In de uitwedstrijd tegen FC Groningen eerst het hele stadion even laten uithuilen om de verloren zoon, kijken hoe hij tijdens de warming-up een staande ovatie krijgt, zien hoe Robben net iets te parmantig wat sprintjes trekt en hem dan zeven seconden na de aftrap in de zevende rij van de eretribune schoppen.

Qua bezetenheid en uiterlijk zou Wout Weghorst zo'n speler kunnen zijn, maar die is in het dagelijks leven weer te saai. Wout kookt, als hij niet hoeft te trainen, maaltijden voor blinde mensen die niet kunnen ruiken. Dat kunnen we niet gebruiken. Ik ben op zoek naar een echte doorleefde alcoholistische berooide klootzak die zes keer verliefd geworden is op de verkeerde vrouw. Een Wim Suurbier dus.

Al was dat geen klootzak. Iemand die kon lachen met Ruud Krol verdient alle respect. Als ik Ruud Krol drie zinnen hoor zeggen, wil ik oude telefoongidsen in tweeën scheuren. Waar Ruud Krol spreekt, ontstaat een zwart gat. Ik ben daarvan overtuigd, dat het zwarte gat gewoon ergens met zijn blote voeten in Italiaanse schoenen in de rondte scharrelt. Als Ruud Krol zijn mond opendoet, beginnen diep in het heelal planeten hun baan te veranderen.

Wim Suurbier, en dat is misschien wel zijn grootste prestatie, kon lachen met Ruud Krol. Ik heb dat zelf gezien. Ruud Krol verkocht kroketten tegenover het Tuschinski Theater in Amsterdam in snackbar Ruud Krol en daar heb ik Wim Suurbier, vlak naast een rij bamiballen, heel hard om Ruud zien lachen, waarschijnlijk omdat hij zijn hand net in het frituurvet had geduwd om te voelen of het al een beetje op temperatuur was.

Wat Wim daarna allemaal bij elkaar heeft geleefd, weet ik door Johan Derksen. In een legendarisch *VI*-interview buitelen de *hard-luck stories* over elkaar heen. Schatrijk geweest, totaal berooid door de VS gezworven, via een sluiproute naar Nederland omdat er een belastingschuld openstond, verliefd geworden op een 21-jarig meisje met een badstof haarband in veel te veel haar, mijmerend over een mislukte kapperszaak en voelend aan een pistool, waarmee hij als barman tijdens een overval eindelijk eens iemand mag neerknallen. En, heel belangrijk: nooit een cent geleend. Nooit een cent aan liefdadigheid geïncasseerd.

De ware grootheid van Wim zit in een paar korte zinnen. Suurbier tegen Derksen: 'Ik moet niet klagen. Als ik kijk wat Jan Jongbloed allemaal meemaakt. Zijn vrouw weg, zijn zoon overleden en zelf een hartaanval...'

Wim is dood. Ik lees vooral dat je zo met hem kon lachen. God, wat kon je met hem lachen. Vraag negen van de tien ex-voetballers naar Wim Suurbier en ze komen met het verhaal aankakken dat in zijn blote kont bij de receptie van een hotel stond. En dat hij er altijd was als je hem nodig had.

Het zou mooi zijn als er een nieuwe Wim opstaat. Iemand die hem eert met ruig, onvoorspelbaar gedrag, iemand die tijdens wedstrijden het gras opvreet en iemand die je een kwartier na de wedstrijd bij een vreemde man in een auto ziet stappen. Ik kan niet bedenken wie dat zou moeten zijn. Dat zegt alles.

Zwelgen

Ik geloof in God. Niet in een God voor de mensen, maar in een God die slechts gekleed in een voetbalbroekje, boven in de voetbalhemel – wanneer Hij zich een beetje verveelt – voetbaljongensboeken schrijft. Gods laatste hoofdstuk: Robin van Persie.

Als ik dit schrijf moet Robin nog worden gekeurd, maar dat doet niet ter zake. Ze kunnen de keuring eventueel door iemand van Ajax of door de KNVB laten doen. Als er dan iets mis is, horen we het toch pas over een paar jaar. Al heeft Robin van Persie appelmoes of babi-pangang in zijn knieën, dan nog gaan ze hem halen bij Feyenoord. Giovanni van Bronckhorst wil Robin desnoods op een visstoeltje midden in het strafschopgebied zetten. Als hij er maar is. Oude glorie in het strafschopgebied, daar gaat het om.

Ik denk aan alle spitsen in de jeugdopleiding van Ajax en Feyenoord. Al twaalf jaar door hun ouders naar het trainingsveld gebracht, geen vrienden, geen chips, nog steeds geen blonde vriendin met opgepompte lippen en dan in de krant moeten lezen dat de stokoude Robin van Persie terugkomt bij de club. Dat Klaas-Jan Huntelaar is gekocht. En dan moeten zeggen dat je heel blij bent dat deze legendes terugkeren naar Nederland en dat je nog heel van hen kunt leren. Dat lijkt me zwaar.

Bij Feyenoord is het een verdienmodel geworden. Geef het volk oude glorie en er stroomt weer leven door de botten. Met dat sentiment hoopt Feyenoord dit seizoen nog te redden: de glorieuze terugkeer van een verloren zoon. Een echte Feyenoord-jongen. Een man met een Feyenoord-hart. Het vreemde is alleen dat dat clubhart altijd precies begint te kloppen wanneer het einde van de carrière in zicht is.

Vergeten zijn de tijden dat de club werd achtergelaten en zand erover, al die jaren gerommel in exotische competities. In Rotterdam gunt men Robin van Persie van harte zijn nukkig geïncasseerde miljoenen en het nukkige gehang op de bank in de Turkse competitie. Feyenoord is een oude weduwe die geduldig wacht op de geilheid van een oude jeugdliefde. Precies zoals in Groningen smachtend wordt uitgekeken naar een gebroken knie van Arjen Robben, die daarna op één been zijn belofte zal nakomen en zijn carrière zal afsluiten bij zijn lievelingsclub.

Voor columnisten, sportprogramma's en de fanshop is het een goede zaak dat Robin van Persie terugkomt, maar bij Feyenoord wordt de zoektocht naar sentiment wel erg opzichtig. Ik denk niet dat Robert Eenhoorn, de grote man bij AZ, het snel zou doen, vragen of Hugo Hovenkamp een halfjaartje in de verdediging wil gaan staan. Nee, dat is een flauw voorbeeld. Of Kenneth Pérez nog een jaartje wil komen voetballen in Alkmaar. Mag hij zijn coltrui en zijn jasje gewoon aanhouden.

Feyenoord is een club geworden die gokt op de korte termijn. Op een incidenteel kampioenschap. Ik sluit de terugkeer van Willem van Hanegem niet uit. Over een jaar krult Pierre van Hooijdonk weer een bal om de muur. En dan is het op. Dan is Feyenoord door zijn helden heen. Ik ben erg nieuwsgierig wat er dan gaat gebeuren.

We zitten in Nederland opgescheept met een onoplosbaar voetbalprobleem, zeker bij de topclubs. De supporters willen het allemaal Hier en Nu en Zo Snel Mogelijk en Feyenoord is de club die daar het meest de oren naar laat hangen. En het werkt – voor een paar maanden. Zo gaat het in Rotterdam. De aanhang wil zwelgen, we laten ze zwelgen.

Net als bij de terugkeer van Dirk Kuijt zullen Rotterdammers dit weekend uit elkaar spatten van trots. Zo'n club is dat, hun club, zo groot en zo mooi dat zelfs als je voor Arsenal of Liverpool hebt gespeeld, je hart nog steeds klopt voor De Kuip. Rotterdammers zijn aandoenlijk trots op heel eenvoudige dingen. Ze hebben het beste gras. Ze hebben het mooiste stadion. Ze hebben de mooiste lelijke spelerstunnel. En hun stadion laat camera's trillen als er wordt gescoord.

Daar vertellen ze graag over in Rotterdam. Hoe Dirk hen heeft gered. Hoe Hij terugkwam naar Rotterdam en zijn lievelingsclub bij de hand nam. Wie het niet gelooft: er is zelfs een film over gemaakt. Zo gewoon is Dirk Kuijt gebleven, dat hij zich tijdens het golfen liet filmen terwijl hij op zoek was naar het kampioenschap. Zo zijn Rotterdammers. Al eet je een visje in een jacuzzi die je midden in de huiskamer hebt laten bouwen, je blijft voor de supporters een havenarbeider die zijn geliefde club komt redden.

Ik zie het anders. Dirk Kuijt en Robin van Persie hebben geluk dat ze weer mogen spelen voor een club die beleidsmatig helemaal in de war is. Er komt niets nieuws door bij Feyenoord. Ik ben al jaren achter elkaar niet opgeveerd uit mijn stoel omdat zich een nieuwe clubheld aandient. Dat komt door de sfeer in Rotterdam. Ze leven daar op sentiment. Het is genoeg als je drie keer zegt dat Feyenoord eigenlijk altijd je club is geweest. Daarna mag je er eeuwig terugkomen.

Hetzelfde sentiment voel ik bij de terugkeer van Dick Advocaat bij zijn oude club Sparta. Al heeft hij er maar twee seizoenen gespeeld, het blijkt genoeg te zijn om glorieus terug te kunnen keren als de redder in nood.

Ik gun de Rotterdammers van harte hun kloppende harten en de tranen van geluk, en ik gun Amsterdammers gezwollen borsten als Klaas-Jan Huntelaar in de spits staat, maar aanstaand weekend, wanneer er twee Nederlandse topclubs tegen elkaar voetballen, wordt, door de opstelling alleen al, duidelijk dat het afgelopen is met het Nederlands voetbal. We zijn een land geworden waar oud-voetballers komen afbouwen om lekker dicht bij de familie te wonen.

Oude helden

Ik keek deze week naar twee oude helden. De eerste: Arjen Robben. Misschien wel de voetballer met het mooiste uiterlijk ooit. Arjen ziet er al twintig jaar uit als de stokoude, kaalgeschoren zoon van John McEnroe. Dat laatste komt doordat Arjen er permanent bezorgd uitziet.

Kan hij niks aan doen. Ik zie er al een leven lang uit als een kind dat je liever niet op de stoep had gevonden. Bij Arjen werkt zijn uiterlijk aanstekelijk omdat er zelfs tijdens grote blijdschap altijd een zweem van diepe ellende op zijn gezicht blijft hangen.

Zoals dat bijvoorbeeld nu ook het geval is bij de nieuwe seizoenkaarthouders van FC Groningen die, vanuit een emotionele impuls, meteen de portemonnee hebben getrokken toen Robben aankondigde dat hij weer voor zijn oude club ging spelen.

Ook ik was enthousiast. Tranen in mijn ogen. Een grote speler die op de fiets naar zijn werk kan. Alsof Marco van Basten elke dag met een pontje vanuit Amsterdam-Noord op de brommer naar Ajax rijdt om het nog een jaartje te proberen. Ze hebben tegen hem gezegd: mag je tijdens de wedstrijd je lamswollen trui gewoon aanhouden.

De werkelijkheid ziet er heel anders uit. Ik keek dit weekend naar het debuut van Arjen Robben. In Almere. Een stad met een winkelcentrum, een theater en een FEBO. Niets aan de hand. Tot ik het stadion zag.

Daar liep hij, de man die in Madrid door het Bernabéu dartelde, de man die in München een stadion vol Duitsers helemaal gek van vreugde maakte, de man die Chelsea eindelijk eens Europees liet voetballen en het was...

vreselijk. Niet omdat het Almere was en niet omdat Arjen daar eigenlijk te groot voor was, maar omdat je auto's zag rijden tijdens de wedstrijd.

FC Almere speelt blijkbaar in een kuil, omringd door asfalt. Het was niet om aan te zien, die prachtige, oude Robben met de bal aan zijn voet, meteen weer het dreigen naar rechts terwijl het lichaam allang wist dat het links naar binnen zou trekken, en op de achtergrond voorbijrijdende auto's vol met dagjesmensen die ergens de corona-regels aan hun laars gaan lappen.

Het stoorde enorm. Boven op de wezenloze sfeer in het stadion, met wat plukjes publiek en als Almere-supporters vermomde Groningen-aanhangers op de tribune, zag je nu nóg duidelijker de vernietigende werking van die snelweg op de achtergrond.

Arjen Robben hoort te voetballen in een stadion zonder openingen. Een stadion zo hoog dat alleen een drone eventueel wat beelden van een snelweg ergens aan de horizon kan filmen. Nu, met die lullige invoegende gezinsauto's op de achtergrond, werd het allemaal zo verdrietig. Hij deed, in het halfuurtje dat hij meedeed, wel zijn best, maar eigenlijk was het al te laat. Het grote verheugen op Arjen kreeg zaterdag een flinke knauw.

Niet in de laatste plaats door Kenneth Pérez, die vanuit de studio zuchtend en blazend bleef protesteren tegen het idee dat je een oefenwedstrijd live moet uitzenden en moet analyseren. Maar hij zat er wel en hij was, zoals altijd, eerlijk tot op het bot.

Pérez zei het niet letterlijk, maar je zag het aan zijn kop: hij had helemaal geen zin om mee te werken aan het sprookje Robben. Pérez had geen zin om daar de laatste seizoenkaarten voor FC Groningen binnen te lullen. Ik snap dat heel goed.

Zaterdag, in dat halfuurtje Robben, werd duidelijk dat dit wel eens een gevalletje Johan Neeskens zou kunnen worden. Zoals Robben nu over het veld schoof en hoe langzaam de glimlach weer plaatsmaakte voor dat ingedroogde peulhoofd, maakte me niet blij. Ik vrees dat Robben zijn belangrijkste werk voor FC Groningen al heeft verricht: hij heeft, puur op emotie en reputatie, een sloot geld binnengehaald voor zijn oude club.

De tweede oude held was Johan Cruijff, die nu als bronzen beeld voor zijn eigen stadion staat. Frank Rijkaard onthulde het beeld en dat greep mij aan. Ik keek naar Frank en dacht: als ze daar ooit nog een beeld van gaan maken, dan zou ik de jonge Frank nemen. Scheelt al snel 40 kilo brons.

Frank sprak mooie woorden. Sjaak Swart was er ook. De supporters waren tevreden en toch knaagde het. Ik zag het beeld en dacht: wat zou Johan hier zelf van hebben gevonden? Niet van de plek, maar puur technisch. Zou Johan dit een goed beeld hebben gevonden? Ik hoefde alleen maar mijn ogen dicht te doen en ik hoorde het hem uitleggen.

'Dit is een beeld wie niet klopt want in principe stond ik dus nooit zo want dan komt er een man uit je rug wie je dan weer moet opvangen op het middenveld dus, maar dat houd je toch. Ik zou zelf ijzer of graniet hebben gebruikt wie ik mooiere materialen vind of misschien nog mooier, beton uit de Watergraafsmeer. Mijn mond hangt open wat je dus nooit doet tijdens een wedstrijd.'

'Wie ik dus graag had gezien dat mijn beeld maakte is wie André Hazes zijn beeld maakte, dat een heel goed beeld is omdat het lijkt alsof die er zelf in zit, dat je denkt, ze hebben hem aan zijn voeten in het brons gehangen en daarna laten drogen, wie bij dit beeld niet zo is, maar dat hou je toch want twee plus drie is soms zes.'

Puck

Vrijdagavond heb ik zo ontzettend genoten. Ik zag durf. Ik zag spelplezier. Niemand verstopte zich. Iedereen wilde lekker spelen. Ik genoot van het samenspel. Ik voelde vriendschap, een onderlinge band waardoor alles steeds maar beter werd. Iedereen gunde elkaar alles. De bezetting was optimaal. Er werd rekening gehouden met het publiek. Ja, het concert van Tim Knol en zijn band in Paradiso Noord was legendarisch. Hier zou nog lang over worden gesproken. Hier gingen honderden mensen nog weken van nagenieten.

Een halfuur na het concert kreeg ik wat sms'jes binnen. Het Nederlands elftal had, een paar kilometer verderop in Amsterdam, verloren en het was misschien wel een van de slechtste wedstrijden van de afgelopen dertig jaar. Ik vroeg een van mijn vrienden naar het hoogtepunt van de wedstrijd. 'Een meisje stak haar tong uit,' antwoordde hij.

Daar staan we nu, met het Nederlands elftal. Een meisje van zes durfde meer dan elf volwassen mannen aan. Ze stond tijdens het volkslied vlak voor Memphis Depay. Dat vind ik al dapper. Je weet het nooit met Depay. Voor je er erg in hebt tatoeëert hij zijn naam in je nek, of een tijger, luisterend naar de naam Memphis. Had zomaar gekund, dat Puck Schapendonk, want zo heet het meisje, thuiskwam met een zwarte inktvlek in haar nek. Nooit met je rug naar hem toe gaan staan.

Ik heb de wedstrijd terugkeken en inderdaad: Puck Schapendonk was de enige die iets durfde. Ze deed iets wat Ronald Koeman en alle andere coaches van het Nederlands elftal vóór hem de spelers niet hebben kunnen leren: onbekommerd plezier hebben als je op het veld staat. Genieten van het moment.

En dat deed ze. Puck maakte precies op het goede moment twee peacetekens met haar vingers en stak daarna haar tong uit. Dat voelde goed. Ze stak, namens ons, haar tong uit naar alle mensen die het Nederlands elftal hebben opgezadeld met angst, denken in opdrachten en krankzinnige filosofietjes.

Ze stak haar tong uit naar Hans van Breukelen die Oranje met zijn boterzachte filosofietjes definitief op de knieën kreeg. Ze stak haar tong uit naar Danny Blind, die zich nu alweer bij Ajax naar binnen probeert te glibberen. Naar Dick Advocaat, die altijd op safe speelt. Als er bijna niets meer te redden valt, staat Dick opeens voor je deur. Een uitgekookt business-model. Red je het team, dan ben je de held; lukt het je niet, dan heb je het in elk geval geprobeerd en je nek uitgestoken. Dick herhaalt deze truc nu bij Sparta.

Ik denk dat er maar één ex-Oranje-trainer heeft gelachen om Puck. Ruud Gullit. Met terugwerkende kracht begrijp ik zijn actie in de kleedkamer – Ruud filmde zichzelf en lachte ontspannen na een dramatische wedstrijd tegen Bulgarije – als weergaloos. Ruud en Puck denken allebei hetzelfde: het is maar voetbal. Er zijn belangrijker dingen. Vrede bijvoorbeeld, en je tong op je kin laten hangen als alle spelers achter je staan te trillen van de zenuwen.

Het was prachtig. Als de Oranje-mannen ook maar een fractie van deze rust en ontspanning hadden kunnen opbrengen, zouden we een heel andere wedstrijd hebben gezien. Daarom stel ik voor dat Puck voortaan bij alle thuiswedstrijden van het Nederlands elftal aanwezig is. Nodig haar deze week nog uit in Zeist en laat haar aan beroeps-gedeformeerde coaches uitleggen hoe ze dat deed, een stadion binnenwandelen, om je heen kijken, genieten van de sfeer en dan voor de juf even je tong uitsteken omdat je dat hebt beloofd.

Laat Puck een kwartier met Ronald Koeman praten en hij zal opeens weer begrijpen waarom hij ooit is gaan voetballen. Het gras, de geur, de natte bal, het juichen. Hij zal het gezicht zien van Puck en opeens begrijpen dat hij al vijftien jaar zorgelijk kijkt. Ronald zal schrikken, want hij was ooit zelf zo. Koeman veegde in 1988, na de gewonnen EK-wedstrijd tegen Duitsland, midden op het veld zijn kont af met een Duits shirt. Doe je dat nu na een gewonnen wedstrijd tegen Turkije dan staat er een prijs op je hoofd.

Ik heb de beelden teruggekeken en Ronald had toen nog zoveel Puck in zijn aderen. Het plezier spat ervan af. Hij heeft maling aan alles. Zo zag ik hem nog een keer, als FC Groningen-speler, vlak na een 5-5-wedstrijd tegen Ajax. Op de tribune hoorde ik FC Groningen zingen in de kleedkamer van De Meer.

Koeman, voer een goed gesprek met Puck. Ze zal je dit vertellen: 'Ik werd wakker en ik was blij. Het werd een leuke dag want ik mocht met het Nederlands elftal het veld op lopen. Voor de wedstrijd vertelde iemand ons dat we niet met de spelers mochten praten. We hebben geoefend. We mochten niet lachen, zwaaien of rare bekken trekken en we hebben geoefend hoe we weer van het veld af moeten lopen. Daar heb ik me niks van aangetrokken. Als je naar grote mensen luistert, wordt het nooit wat. Ik heb mijn tong uitgestoken voor de juf. Dat had ik beloofd. Ik geloof niet dat ze daarom slechter gingen voetballen. Als ik u een raad mag geven: laat de kinderen wél met de spelers praten als ze het veld op gaan. Dat is goed voor ze. Peace!'

Memphis Depay snapt het gelukkig wel. Hij heeft na de wedstrijd gezegd dat Puck zijn maatje is. Het is een beginnetje.

Calimerogedoe

Dit weekend keek ik de voetballerij twee keer recht in zijn onvolwassen smoel. En dat bedoel ik minder kwetsend dan het lijkt. De zogenaamd volwassen bedrijfstak, die juist in deze tijd de regering wil laten zien dat ze echte grote mensen ondernemers zijn – een soort Efteling, plezier met een verdienmodel er achter – liet even de dekking zakken, en daar stond de ouderwetste, achterhaalde vereniging vol opportunistische scharrelaars weer eens vol in het licht en het was lelijk wat we zagen.

Aandoenlijk is het, hoe het intellectueel omhooggevallen oud-voetballers elke weekend lukt om met de neus in de wind te communiceren in een taal die zij niet beheersen. In normale mensentaal: die stuitende kapsones van mensen die in hun hele leven misschien één boek hebben gelezen: *De ontvoering van Alfred Heineken.*

Edwin van der Sar en Marc Overmars zijn allebei een goed voorbeeld van deze beweging binnen het moderne voetbal. Jongens die het tijdens hun carrière niet lukte om twee woorden goed achter elkaar te krijgen, leiden nu een miljoenenbedrijf. Edwin van der Sar, hij heeft de woordenschat van een 56-jarige vakkenvuller bij Albert Heijn, maar vreemd genoeg blijkt dat dus heel goed te werken dus, wat dus blijkt uit het veel zeggen van dus, wat dus vaak een signaal dus is van een onderontwikkeld denkvermogen dus.

Daar zijn we met z'n allen aan gaan wennen. Wanneer Edwin of een andere ex-voetballer in beeld komt, dan luisteren we minuten lang naar gestamel en binnensmonds gemompel. In elk ander groot bedrijf een reden voor ontslag. Bij grote clubs als Ajax, Feyenoord en PSV een reden om zo iemand op de schouders te slaan.

Maar, zoals gezegd, dit weekend ging het anders dan anders. Wie goed oplette, zag zaterdag en zondag de lelijke verwrongen koppen onder de keurige maskers. Ik heb het over de affaire rond Arne Slot, de ontslagen trainer van AZ, en het interview met Gijs de Jong, secretaris-generaal van de KNVB in het programma *Studio Voetbal*.

Ik schreef hier al eerder dat ik de cultuur van AZ enkele jaren van zeer dichtbij heb meegemaakt. Mijn zoon speelde bijna drie jaar in een jeugdelftal. Wat mij in die jaren vooral opviel, was hoe groot het minderwaardigheidscomplex is bij AZ. In de jaren dat ik daar langs het trainingsveld stond, ging het over niets anders dan Ajax.

Ik hoorde via mijn zoon hoe dat erin werd gepompt. Niemand mocht het woord Ajax gebruiken. Vaantjes van Ajax hingen omgekeerd in de prijzenkast. Wie het Ajax-stadion een mooi stadion vond, moest zijn excuses aan de groep aanbieden. Wedstrijden tegen Ajax, die normaal gesproken een feest zouden moeten zijn voor jongetjes van dertien jaar, stonden helemaal stijf van de spanning. Er stond blijkbaar iets op het spel. De geloofwaardigheid. Bewijzen dat ze geen filiaal van Ajax waren.

Ik dacht dat er de laatste jaren van alles was veranderd. AZ leek dat calimerogedoe achter zich te hebben gelaten en ze leken te begrijpen dat een grote club zich ook groot moet gedragen. Dat je jonge voetballers moet leren voetballen en niet moet leren haten.

Als die verandering al heeft plaatsgevonden, dan kan daar na dit weekend een dikke streep doorheen. AZ kijkt nog steeds vol jaloezie naar Feyenoord, PSV en Ajax. AZ was dit weekend het huilende kind in de supermarkt, dat zich aan een arm door vader of moeder door het gangpad laat trekken. Ik zag dit weekend stampvoetende, onbedwingbare woede bij de beleidsmakers van AZ. De reden: hun trainer wilde naar een van de grote drie.

Het pijnlijkst waren de interviews met de spelers. Hoe vonden ze dat? Ze hadden hun trainer niet eens gedag kunnen zeggen. De interviews die ik zag, leken op gesprekken met een dwangarbeider in Qatar. 'Wij begrijpen dat we ons paspoort moeten inleveren. Wij worden niet slecht behandeld.' Je weet: vlak buiten beeld staat een sjeik met aansteker onder hun paspoort.

De interviews met de AZ-spelers maakten veel duidelijk. AZ snapt nog steeds niets van de werkelijke emotie bij voetballers en trainers. Dat zou zomaar eens door Robert Eenhoorn kunnen komen. Feyenoord-supporters mogen god op hun blote knieën danken dat die nooit de stap naar hun club heeft gemaakt. Dit weekend zagen we hoe topsport onder Eenhoorn eruitziet. Je trainer binnen een minuut het stadion uit schoppen en de spelers verbieden te zeggen wat ze werkelijk voelen.

Dan is de stap naar Qatar snel gemaakt. Gijs de Jong verdedigde in *Studio Voetbal* de deelname van Nederland aan het WK in Qatar. Het klonk heel vertrouwd. Ja, natuurlijk was het niet tof, die doden en die slavernij, maar ze hadden er ooit een keer al eens iets over gezegd in een mail, dacht hij bijna zeker te weten.

Alsof je tegen een muur lulde. Wat er ook over Qatar werd gezegd, Gijs de Jong leuterde daarna een uit het hoofd geleerd verhaal op dat als volgt kan worden samengevat: geld, geld, geld en geld.

Er bekroop mij tijdens de discussie nóg een naar gevoel. De verontwaardiging in de *Studio Voetbal*-studio voelde nogal onoprecht. Zou Nederland zich hebben geplaatst voor het WK in Rusland, ze zouden er hebben gezeten, de analisten, in een land waar homoseksualiteit wordt gezien als een misdaad en waar dissidenten maandelijks uit het raam vallen.

Nederland wil vrouwenvoetbal

Hoewel ik het niveau van het EK Vrouwen heel erg laag vond, en ik de belangstelling voor voetbal dat je al jaren elk weekend op veld 9 kunt zien wat aan de overdreven kant vond, moet ik de vrouwen toch feliciteren. Zij hebben voor een revolutionaire omwenteling gezorgd binnen het mannenbolwerk Voetbal. Dat gaat, na dit gewonnen toernooi, allemaal veranderen. Sterker nog, dat is al in volle gang.

Vrouwenvoetbal zal voortaan een prominente plaats krijgen in het radioprogramma *Langs de Lijn*. Er zal veel meer live worden geschakeld naar wedstrijden in de reguliere vrouwencompetitie en dat is zeer terecht. Als er één ding duidelijk is geworden, dan is het dit: Nederlanders willen vrouwenvoetbal. De NOS is een publieke omroep, dus dan is het ook helemaal niet lastig. Je bedient het volk.

Het is ook niet meer dan terecht dat dit nu wordt rechtgetrokken. Te lang ging het alleen maar over mannenvoetbal. Bij *Langs de Lijn* kwam vrouwenvoetbal in zes seconden voorbij, in een rijtje einduitslagen. Dat gaat veranderen. Er zullen meer vrouwen worden geïnterviewd na de wedstrijd. Die interviews zullen helemaal worden uitgezonden.

Het is jammer dat de publieke omroep het feestgedruis van miljoenen Nederlanders nodig had om wakker te worden geschud, maar het siert ze dat nu het roer helemaal om gaat. Je kunt je vergissen. Dat is menselijk. Met de vanochtend genomen beslissing om vanaf nu minimaal twee vrouwen aan tafel te zetten bij *Studio Voetbal* en *Voetbal Inside*, laten de zenderbazen ons weten: wij nemen het serieus. Ja, wij zaten fout. We hebben vrouwenvoetbal te weinig ruimte gegeven.

Prachtig is het gebaar van Willem Vissers, die heeft aangegeven dat zijn plaats aan tafel bij *Studio Voetbal* voortaan moet worden ingenomen door een vrouw. Dat is wat dit EK losmaakt. Mannen die over hun eigen belangrijkheid heen kijken en een stap opzij zetten. Voor veel mannen zal het even wennen worden, een vent in een leuk onderbroekje achter de bar bij *Voetbal Inside* en in plaats van Gertjan Verbeek een heel slechte vrouwelijke coach naast René van der Gijp, maar eerlijk is het wel.

Voetbalminnend Nederland heeft deze zomer heel duidelijk laten zien wat het wil: vrouwenvoetbal. Als ik de televisiewereld en de krantenwereld een beetje goed aanvoel, dan zullen er vanaf vandaag, de dag na de finale, veel lastige gesprekken worden gevoerd. Het moet veranderen. Voetballiefhebbers willen enthousiast voetbal met een leuk publiek. Ze willen een jarenvijftigsfeer, met echt juichen wanneer er iemand kopt of een bal heel hoog de lucht in schiet. Wat is daar eigenlijk mis mee?

Ik denk dat het heel goed is dat er iets verandert. Te lang hebben wij, ook in dit tijdschrift, veel belang gehecht aan techniek, tactiek, een goede voorzet en genialiteit. We zijn te veel van het voetbal zelf uitgegaan en zijn vergeten waar het uiteindelijk allemaal om gaat: het publiek. En die willen een jarenvijftigsfeer. En vrouwenvoetbal. Dan kun je twee dingen doen: stug doorgaan met focussen op mannenvoetbal, of nederig het hoofd buigen en erkennen dat je ernaast zat.

Daarom zal dit tijdschrift vanaf nu ook veranderen. De fotorubriek met halfnaakte vrouwen zal plaatsmaken voor een gedegen wedstrijdverslag van een regulier duel uit de vrouwencompetitie. Op de voorkant van dit tijdschrift zullen vanaf nu ook voetballende vrouwen staan. Gewoon gefotografeerd, met hun kleren aan. Omdat vrouwenvoetbal die plaats verdient.

Ook in de eredivisie-mannen zal er het nodige veranderen. Dat kan niet anders. Je kunt deze schreeuw om leuker voetbal niet negeren. Meer teams zullen gaan spelen met een heel hard hollende rechtsbuiten. Het gaat om het hollen, niet om de pass. Johan Cruijff zou dit ook zo hebben gewild. Spelplezier boven techniek. Er zal ook minder op gewicht worden gelet.

Keepers met overgewicht worden niet meer beschimpt met spreekkoren maar zullen worden aangemoedigd.

Ik vind het fantastisch dat al die schitterende invloeden nu al zo snel worden geïmplementeerd. Ook de fans zullen dat gaan merken. Er zullen bij Ajax meer orkestjes op de tribune komen. Ajax, hoor ik zojuist, zal niet meer het lied 'Bloed, Zweet en Tranen' van André Hazes laten horen. Dat kan niet meer, vlak voor een wedstrijd iemand tegen een vrouw laten schreeuwen 'rot jij nu maar op'. Er wordt, op het moment dat ik dit schrijf, bij Ajax vergaderd over een vrouwvriendelijke, jarenvijftigachtige muziekinvulling. Het wordt 'Spiegelbeeld' van Willeke Alberti of 'I will survive' van Gloria Gaynor.

Nu is het moment om door te pakken. Nu, niet straks. Mensen willen een jarenvijftigsfeer in de stadions, dan geef je ze een jarenvijftigsfeer. Met veel onschuldig entertainment vooraf. FC Twente denkt aan een man die vlak voor de wedstrijd ballonnen vouwt. In de rust is er vleesbingo, Feyenoord zal iets gaan doen met een zeephelling en schuimrubberen pakken. In Heerenveen zal vlak voor de wedstrijd een geluidsopname van Wim Sonneveld worden afgespeeld.

Ik ben de laatste weken kritisch geweest. Ik heb het twee weken lang gehad over massahysterie, maar nu er zoveel redacties en televisieprogramma's hun inhoud aanpassen en luisteren naar de stem van het volk, wie ben ik dan om hier niet toe te geven dat ik ernaast zat. Daarom zal deze column voortaan vier van de vijf keer worden geschreven door mijn zus, die zelf heel aardige dingen doet op het middenveld van een Leidse vereniging.

In de columns die ik zelf schrijf zal het meer gaan over vrouwen en de jaren vijftig. Ik zal niet meer fantaseren over Rinus Israël en Willem van Hanegem. In plaats daarvan zal ik proberen het gezellig te houden. Ongecompliceerd gezellig, want daar houdt u van. Tot volgende week, meiden.

Robben redt

Lionel Messi en Arjen Robben hebben hun club – de club waarvan ze zeggen te houden – geen goede dienst bewezen. Allebei, Messi en Robben, hebben niet gedaan wat het allerbeste is voor de club: verdwijnen. Weinig plaats innemen. Ervoor zorgen dat alle planeten eens niet om jou heen draaien.

Natuurlijk zijn er verschillen. Lionel Messi heeft eigenlijk nooit een andere club gehad en Arjen Robben keert na een lange carrière eindelijk terug bij de club waar het allemaal begon. Toch zadelen ze hun favoriete club dit jaar op met hetzelfde probleem: onevenredig veel aandacht voor een individu.

Voetbal is een teamsport. Grote spelers kunnen een team heel veel beter maken, maar uiteindelijk draait het om de samenwerking tussen elf spelers. Met een boze Messi in je team en een sentimentele Robben in het veld werkt dat tegen je. Clubs die voor zo'n constructie kiezen denken niet aan de toekomst, maar hangen doodsbang in het hier en nu.

FC Groningen lijkt door de blessure van Arjen Robben aan dit doemscenario te ontsnappen. In Barcelona gaan ze vooralsnog een jaar lang vieren dat God nog een jaartje met tegenzin blijft voetballen. Daar is Messi heel duidelijken over geweest. Hij voelt zich een gevangene die er het beste van gaat maken.

Als speler van FC Barcelona zou ik daar fel op tegen zijn, een speler in het team die – door een persoonlijke conflict met de voorzitter – een jaar lang wil gaan laten zien wat hij allemaal nog kan en hoe erg ze hem zullen gaan missen.

Daar komt Arjen Robben in beeld. Hij zette zondag hetzelfde traject in. Allemaal vanuit een goed hart en vol goede bedoelingen, maar – zo zagen we zondag toen hij geblesseerd uitviel – ook een stevige dosis eigenbelang. Ik ken weinig spelers die zo graag worden toegejuicht en ik ken tegelijkertijd weinig spelers die zo narrig en verongelijkt reageren als ze eens een keer worden gewisseld.

Robbens gang naar de kleedkamer, vlak nadat hij een blessure had opgelopen, was veelzeggend. Ik zag iemand op het gras gaan liggen die niet alleen een persoonlijk drama doormaakte, maar die ook het hele stadion goed wilde laten weten hoeveel dit voor hem betekende.

Kortom, het ging wel heel erg veel over Robben en niet over FC Groningen. Arjen Robben deed, na zijn blessure, alles fout. Midden in een aanval, met alle camera's op zijn hoofd, met draaiende vingers aangeven dat hij eruit moest. Hij loopt enkele passen. De prof Robben weet nu zeker dat hij wordt gefilmd. Hij weet zelfs dat de camera's nu ook zijn vrouw en kinderen hebben gevonden. Arjen besluit te gaan liggen. Op zijn rug. De mensen die in het stadion de bal volgden, kijken nu ook naar Arjen. *De Verlosser* ligt op de grond. Ze kunnen de krantenkoppen al dromen. Robben trekt aan zijn voeten.

Daarna loopt hij naar de kant. Er moet visueel worden gecommuniceerd hoe slecht hij zich voelt. Met je shirt gooien is altijd goed. Of tegen een bak met waterflessen aan trappen. Robben kiest voor het shirt, misschien door de aanwezigheid van Hans Kraay jr., die er een hele carrière mee opbouwde. Kraay jr. voetbalde een half leven lang, maar zal toch worden herinnerend als de B-trainer die heel mal met zijn jasje gooide.

Het is niet genoeg voor Robben. Het ondershirt moet ook uit. Jammer dat er geen glazen deur is. Doet het ook altijd goed met een cameraman vlak achter je. Robben, de prof, weet wat de commentator nu zegt: 'We kijken naar een drama. Hij had zich hier zo op verheugd. Misschien is het zijn laatste keer op een voetbalveld. Arjen Robben, waar zal hij dit anders voor zich hebben gezien.'

Dat laatste is waar. Robben heeft gedroomd van drie doelpunten. Van onsterfelijkheid. Dat pakte anders uit. Nu is hij voor altijd de man van rijstpapier. Niet eens meer van glas.

Op het moment dat Robben zijn shirt uitdeed en ermee gooide, herkende ik zijn gezichtsuitdrukking. Ik zag hem eerder zo over het veld lopen. Vlak na een smadelijke nederlaag van Oranje. Alle spelers liepen teleurgesteld naar de kleedkamer, op Robben na. Hij voelde de sfeer in de regiekamer. Robben liep in zijn eentje een rondje langs het veld en applaudisseerde voor het publiek.

Dat griezelige, angstaanjagende besef van precies weten hoe je in beeld komt. Weten hoe de mensen je gaan zien en je daar dan naar gaan gedragen. Dat zag ik, zondag. Een speler die het na zijn blessure even allemaal over hém liet gaan. Ik zag geen speler die aan zijn team dacht. Dat blijkt te kloppen. Robben is meteen naar huis gereden. Hij kon het niet meer aanzien, voetbal zonder hem.

Natuurlijk krijgt Robben precies wat hij zo graag ontvangt: respect en medelijden, maar voor FC Groningen zou dit wel eens het beste kunnen zijn wat hun kon overkomen. Een tijdje zonder Robben voetballen. Maar vooral: een tijdje zonder de buitensporige aandacht voor één speler kunnen trainen en voetballen.

Kenneth Pérez, wie anders, greep gelukkig in toen Jan Joost van Gangelen in de rust een grafrede uitsprak. Voor wie later inschakelde en de blessure van Robben niet had meegekregen, moet het hebben geklonken als de mededeling dat de koning onverwacht was overleden. Pérez vond dat er ergere dingen waren. En zo is het. Heel vervelend voor Robben, maar het is hem wel gelukt: hij redt FC Groningen. Van Arjen Robben.

Menzo

Ach, de winterstop, wat heerlijk. Wanneer je met een flakkerend kaarsje op zoek moet naar voetbalnieuws. Wanneer ooit bekende voetballers, nog steeds dromend van een heldenrol, over de aardbol zwerven om – al is het maar voor één keer – hun naam langs lege tribunes te horen kaatsen.

Ik vind dat ontroerend. Ex-beloften die langzaam in het niets verdwijnen. Vincent Janssen, niet eens een belofte maar onlangs nog topscorer van Nederland en zelfs 17-voudig international, hij kwijnt weg bij Tottenham Hotspur en dan weet je precies wat er gaat gebeuren. China lonkt. Het is een kwestie van tijd en dan druppelen de bekende beelden binnen: een leeg stadion, 22 spelers, een scheidsrechter en een wonderdoelpunt van Janssen. Een omhaal vanaf de middenlijn. Er applaudisseren drie mensen. Twee daarvan zijn familie van Vincent.

Ik kan uren naar dat soort doelpunten kijken. Oud-internationals die opeens zijn terechtgekomen in een parallelle wereld, waar week na week de mooiste doelpunten op aarde worden gemaakt – alleen niemand ziet ze. Ongeveer zoals bij de Nederlandse amateurs. Heel soms zie je een van die doelpunten voorbijkomen in het programma *Voetbal Inside.*

Wilfred Genee zegt: 'Laten we even kijken naar wat Tinus Bromselaar van KTVC 3 deze zondagmiddag uit zijn hoge hoed toverde.' Daarna zie je een op 60 meter afstand gefilmd doelpunt. Een voorzet zo te zien, er hangt iemand in de lucht, een omhaal of een kopbal met het achterhoofd, de cameraman stelt helaas op het verkeerde moment scherp, gejuich en daarna een speler die aan de andere kant van het veld een soort dansje doet. Terug naar de studio. René en Johan zeggen niets. Wilfred Genee: 'Tinus Bromselaar wat dat betreft.'

Ik leef op dat soort ellende. Bij mij is het glas halfvol als het glas bij een ander halfleeg is. Voetbalverdriet en langzaam wegsijpelende carrières, ze pompen mij vol met energie. Ik heb bijvoorbeeld zojuist zingend een ontbijt staan maken, juichend thee gezet en alle ramen eens lekker tegen elkaar opengezet omdat ik misschien wel het fijnste bericht van het afgelopen weekend las.

'Stanley Menzo is aangesteld als de hoofdtrainer van de reserveploeg van Beijing Guoan.' De reserveploeg. *Charlie* Menzo. Wat een klap. *Charlie* Menzo was mijn held. Hij heeft Johan Cruijff beroemd gemaakt. Niemand liet zich zo kneden als Stanley. Als Cruijff wilde dat hij meevoetbalde, dan deed hij dat. Menzo was de eerste Nederlandse keeper die rond de middenlijn zijn doel iets kleiner probeerde te maken.

Een parel uit de Nederlandse voetbalgeschiedenis. Er hoort in elk voetbalmuseum een voetbalschoen van Menzo achter glas te liggen. Een wit kaartje ernaast: ' Schoen van *Charlie* Menzo, meevoetballende keeper' en dan met stift erachter geschreven: 'Hoofdtrainer van de reserveploeg van Beijing Guoan'. Ik moet vooral bijna huilen om het woord 'hoofdtrainer'.

Charlie Menzo, even met vakantie in Nederland. Hij wordt herkend. Tikje op de schouder. 'U bent toch *Charlie* Menzo? Ik bewonderde u zeer. Wat doet u nu?' *Charlie*: ik ben hoofdtrainer. De bewonderaar: 'Oh wat goed. Bij welke Spaanse club?' *Charlie*: 'China.' Bewonderaar: 'Hoofdtrainer, prachtig. Van welke club?' *Charlie*: Beijing Guoan. Het reserveteam, maar dus wel hoofdtrainer dus, vandaar, ja toch, niet dan?'

In het korte artikel over de droomtransfer van *Charlie* staan nog een paar vernietigende zinnen: 'Menzo was voor het laatst werkzaam als trainer bij Ajax Cape Town, waar hij in december 2017 vertrok. Net als de Zuid-Afrikanen heeft ook Beijing Guoan een samenwerkingsverband met Ajax.' Ik lees dat als volgt: *Charlie* Menzo heeft een jaar zitten wachten op het nieuws waar Ajax hem nu weer had kunnen stallen.

Dat moet een rampzalig gesprek zijn geweest met Menzo. Een jaar lang rondjes lopen door de kamer en dan iemand van Ajax aan de telefoon.

'Ja, *Charlie*, nou het is gelukt. Het wordt weer een satellietclub. (...) Ja, sorry. Nee, hebben we ook geprobeerd, San Marino. Nee, ook geprobeerd, Kaaiman-eilanden. Alle reserveteams hadden al een hoofdcoach. Het wordt Beijing Guoan. (...) Ja, je wordt hoofdcoach, maar dan wel van het reserveteam. Ik heb het gevraagd, maar alle spelers hebben twee benen. Er loopt een hele goeie jongen in de rondte die laatst eerst om zich heen keek voordat hij een bal afspeelde, dus op zich wel een lekkere uitdaging. (...) Ik heb net even op Google Maps gekeken en het voetbalveld van de reserveploeg is maar op zes uur rijden van de stad. Je krijgt een bromfiets. Benzine op eigen rekening. (...) Ja, weet ik veel, of ze in China een helm in jouw maat hebben. (...) Heb je een pen en papier? Dit zijn een paar leuke eettentjes in China. Ping Ho, Hau Jang en Pang Ki. Bij die laatste moet je de rauwe blaasvis nemen. Succes, man.'

Een ex-voetballer van Ajax die in China een satellietclub gaat trainen. Ik heb eigenlijk maar één verzoek aan de redactie van *Voetbal International*: stuur schrijver Marcel van Roosmalen naar China. Laat hem een paar weken optrekken met *Charlie* Menzo en er ontstaat vanzelf literatuur. Dat worden zinnen om van te smullen.

'*Charlie* Menzo is vroeg op het veld. Hij doet in zijn eentje een warming-up. Pas na drie kwartier verschijnt er een Chinees op het veld. Het blijkt iemand te zijn die Charlie welkom heet. Menzo krijgt een vlaggetje. Er staan Chinese tekens op. Als de man weg is, komt *Charlie* naast mij staan. Hij laat het vlaggetje zien. 'Kijk, Chinees.' We kijken samen naar de kantine. 'Je hebt overal een kantine,' zegt *Charlie*. 'Dat geeft houvast.'

El Sierd

(...) 'Ja, welkom, daar heb ik inderdaad een bijzonder verhaal over. Dit stadion is gebouwd op de plek waar in 1956 de oude Romero Calzon zijn zoon wurgde omdat het hem niet was gelukt om op de beroemde FC Barcelona voetbalschool te mogen studeren, een school waar een leraar werkte die zes borden op zijn kin kon laten balanceren en dat waren weer borden waar de bekende Fractalimente op werd geserveerd, een gerecht dat voornamelijk bestaat uit varken, varkenslever, varkensoog en wat er verder nog allemaal in zo een varkenslichaam zit. Zo kwam hij aan de bijnaam Het Varken, en op elke derde dinsdag in een schrikkeljaar wordt er hier een varken door de straten gedragen met een voetbal op zijn kop en over varkenskop gesproken, Piqué staat ook vandaag weer gewoon in de achterhoede. Piqué die, zoals u weet van mij, seks heeft met vrouwen en dat ga ik nog twintig keer zeggen deze wedstrijd want ik heb zelf nooit meer seks met vrouwen, wat je dan weer niet kunt zeggen van Kees Jansma, die ooit, op een steenworp afstand van dit stadion, halfnaakt ondersteboven aan een paal hing in de beroemde club Nudos Rectalis, waar u moet vragen naar de hamkroketjes. (...)

(...) Griezmann aan de bal, een Fransman, maar dan eentje die eruitziet als een Poolse winterschilder, en die Griezmann, vertel ik u terwijl Barcelona aanvalt, heeft ruzie met Lionel Messi en wel omdat Antoine de groeihormonen van Lionel heeft gestolen en die is de laatste weken dus niet alleen mentaal 20 centimeter gekrompen, maar ook fysiek, wat kan worden gezien als een eerbetoon aan de bekende Argentijnse middenvelder Balleti, die aan het eind van zijn carrière 1,24 meter hoog was en toch nog kopduels won. Als u ooit in het Argentijnse dorpje Razzia bent, gaat u dan eten bij Fuente Duente en vraagt u naar Het Geroosterde Dier. Het is altijd even afwachten wat je dan krijgt. Ze roosteren een willekeurig dier, dat ze zojuist van de pampa hebben gelokt. Maar Griezmann heeft deze week een gesprek gehad met Ronald Koeman over zijn vriendin. Een hele leuke vriendin, met lang, blond haar, wat – en dat weten niet veel mensen – Kees Jansma tot zijn zeventiende ook had. Hij ging slapen en de volgende dag lag al zijn haar los naast hem op het kussen en daar heeft hij een poef mee gevuld. (...)

(...) Diego Simeone, de coach van Atletico – u ziet hem hier staan schreeuwen – staat bekend om zijn filmavonden. Terwijl Atletico bijna scoort vertel ik u over die avonden. Simeone heeft in zijn huis een filmzaal laten bouwen in de vorm van een Dute Massivo, en nu zult u thuis zeggen, wat is dat dan, nou, dat is een streekgerecht, en als u ooit in Malce bent dan moet u de tafel bij het raam nemen en vragen naar Dute Massivo, een kort op de huid gebakken hond. Ik was ooit bij een van die filmavonden en het aardige is dat Simeone dan gewoon zichzelf is en dat hij ook tijdens een film woedend regieaanwijzingen blijft schreeuwen, want dat is Simeone: een lichaam van goud en een hart van rottend ijzer. (...)

(...) Ja, er is veel te doen over de corona van Luis Suárez, die hij opgelopen zou hebben tijdens het bijten van een bejaarde Madrileen. Het gebeurde bij een bakkertje waar ik ook wel eens kom, en als je in de bakkerij staat dan kijk je uit op een plein waar vroeger mensen werden gefusilleerd omdat ze blond haar hadden. Suárez – die zich trouwens goed thuis voelt in Madrid. Een week geleden werd hij nog samen met Messi gesignaleerd in een warenhuis, waar hij Lionel optilde zodat hij het duurste horloge in de vitrine kon aanwijzen. (...)

(...) Het wordt nu tijd dat ik in een soort van krom Nederlands-Duits iets over Barcelona keeper ter Stegen ga zeggen, want volgens een enquête van Maurice Der Hund vindt 86% van de kijkers dat hilarisch, dus daar gaan we: Versstjeeken Hout Alles Teeken, wat dus heel grappig is omdat het een Duitse keeper is waardoor je als kijker denkt: hoe verzint Sierd het. Ik zou ook kunnen zeggen Messi Passjjtt Precies In Ein Zakvessie maar dat is niet leuk want Messi is niet Duits, hoewel daar natuurlijk wel heel veel Duitsers wonen, zeker na de Tweede Wereldoorlog, die ik misschien nog wel mooier vind dan de Eerste. Kan ik verder niet uitleggen, dat is een gevoel. Oohhh daar gaat ter Stegen in de fout, balletje door de stokken waardoor ik nu een grap moet verzinnen met iets Duits en dat ter Stegen niet alles tegenhoudt en dan kies ik eigenlijk meteen voor: 'ter Stegen kom je op de gekste plekken tegen', maar wat ook kan 'Verstegen valt in zijn eigen degen', of nog leuker en ook heel erg Sierd is 'ter Stegen moet zo direct van Koeman de kleedkamer vegen', wat Piqué trouwens ook in de kleedkamer deed, maar dan op een heel andere manier, die gaf zijn vrouw daar een veeg. Maar goed. De wedstrijd. Messi is zo te zien aan het oefenen voor de vierdaagse in Nijmegen. De grote Messi. Kijk hem over dat veld wandelen. Alsof hij zijn lenzen zoekt. Ah, afgelopen alweer. Jammer, ik was net zo leuk. Ik wens u een prettige avond.'

Kostuum

Een voorspelling. Als Hakim Ziyech weggaat bij Ajax, komt hij met een verrassende reden: 'Ik wilde er vlak voor en na de wedstrijd niet uitzien als een ober in een visrestaurant.' En gelijk heeft hij. Al win je 14-0 van Feyenoord, daarna zit je in de kleedkamer en je denkt: ik moet dat fucking clubkostuum weer aan.

De hele selectie van Ajax ziet er opeens uit als het achterlijke broertje van Jan Joost van Gangelen. Ze dragen een grijs geruit gilet. Meer iets wat je aandoet als je op een VVD-barbecue in een losse sfeer bespreekt welke kunstuitingen je allemaal de Noordzee in gaat bezuinigen. Een gilet draag tegen je zin als je naar de première van een nieuwe onverstaanbare Nederlandse kutfilm gaat.

Ik zou het als tegenstander van Ajax wel weten. Wachten tot ze in hun clubkostuum de bus uit komen, naar Ziyech toe lopen, hem op zijn geruite schouder tikken en dan zeggen: 'We willen graag twee keer de gebakken schol en doet u er wat frietjes bij.' Dat gaat in zijn hoofd zitten. Ik kan me niet voorstellen dat zo'n kostuum je kracht geeft. Als je de Ajax-selectie in de spelersbus ziet zitten, lijkt het alsof er 25 PVV'ers naar de bruiloft van hun zus gaan.

Ajax heeft een neusje voor net-niet clubkostuums. Ik herinner mij bandplooibroeken met een oversized hemd, zwarte maffiahemden met een zwarte stropdas en oversized colberts waar je Sikko De Clown nog wel eens in ziet optreden. Ik denk dat zoiets psychologisch gaat meespelen, een lelijk clubkostuum. Je wilt als voetballer niet de bus uit komen en eruitzien als iemand die op een kinderfeestje ballonnen staat te vouwen.

De laatste weken gaat het kleding-technisch vooral over het gestolen rugnummer 10. Dušan Tadić liet contractueel vastleggen dat hij met dit nummer mocht gaan spelen. Het rugnummer van Ziyech. Natuurlijk ben ik ook nieuwsgierig naar wat er nog meer in zijn contract staat. 'In de kleedkamer staan na elke wedstrijd vijftien Servische warme maaltijden klaar die door de hele selectie gezamenlijk zullen worden gegeten. Na het eten zingt de oude nummer 10 een Servisch liefdesliedje'.

'Bloed, zweet en tranen' zal na de winterstop worden vervangen door het lied 'Slvischs Blzamisck Mkliavatisch' (Bloed, aangemaakt gehakt en zelfgestookte jenever) en sportpark 'De Toekomst' zal 'De Tadic' gaan heten. Clubicoon Sjaak Swart heet voortaan 'Sjaak Peejesvee.'

Maar daar gaat het allemaal niet om. Dat doet Ziyech helemaal niets. Dat rare Wallstreet-vestje, dáár zal Ajax hem door verliezen. En terecht. Ajax viert het verleden met de nieuwe naam van het stadion, maar verloochent met dit clubkostuum alles wat ook maar een beetje naar voetbal ruikt. Ik ben daarom erg voor een trainingspak. Weg met het driedelig grijze ruitjespak.

Ook voor de trainers. Want daar is het misgegaan. Leo Beenhakker heeft met zijn vierkwart regenjas voor een stroomversnelling gezorgd. In mijn herinnering zagen alle trainers vóór Beenhakker eruit als een dronken Rus die 's ochtends in zijn trainingspak de *Pravda* zit te lezen. De legendarische Russische coach Valerij Lobanovskyj – ik zoen hem met terugwerkende kracht vol op zijn voorhoofd.

František Fadrhonc verdient ook een standbeeld. Ik houd van trainers in een slobberende trainingsbroek. Je kunt niet alles hebben, maar het allermooist is het als je het trainingsjack tijdens het seizoen steeds valer ziet worden. Je weet: hij wast het zelf, op de verkeerde temperatuur. Dat is zo lief. Beenhakker heeft daar schijt aan gehad. Die ging opeens in een regenjas lopen, ook bij 37 °C.

Daar zat natuurlijk een idee achter. Trainers hebben de verleiding niet kunnen weerstaan en voelden blijkbaar de behoefte om duidelijker de hiërarchie op de bank te laten zien. In een trainingspak zie je er vanaf de tribune precies hetzelfde uit als de man die in de rust de balspanning controleert. Trainers hebben gezocht naar onderscheidende kleding. En eerlijk is eerlijk, dan is een regenjas tot aan je voeten wel een goed idee.

Ik zou nu graag willen weten wie er als eerste een colbert is gaan dragen. Rinus Michels: ik ken veel foto's van hem in een schitterend trainingspak, maar tijdens het EK in 1988 droeg hij in elk geval een colbert. Dat was voor mij het begin van het verval. Daar sloop de ijdelheid de trainerswereld binnen.

Trainers van nu zien eruit als dressboys. Ik ben een jaar of twaalf geleden gefotografeerd voor een mannenblad, vlak naast Giovanni van Bronckhorst. Daar voelde ik meteen hoe het werkte. Ik veranderde naast hem terstond in een wilsonbekwaam aardappelboertje. Nooit zag ik vlak naast mij zo'n knappe man. Maar Giovanni, sprintend over het veld, tijdens een WK, vlak na een bevrijdend doelpunt, dat was de ultieme Giovanni.

Bijna alle moderne trainers dragen een kostuum. Wij zijn dat inmiddels gewend, maar het blijft krankzinnig. Ik vind dat een veld alleen maar mag worden betreden met voetbalschoenen. Bruine kalfsleren halfhoge mannenlaarsjes onder een broek van modehuis Animal Savage, doodstil schuifelend over gras, dat moet worden verboden.

Scheidsrechters moeten voortaan de schoenen van trainers controleren. Heb je een gewone zool onder je schoenen, pang, naar de tribune. Alleen Jürgen Klopp begrijpt het. Kleed je als de supporters en ze zullen je omarmen. Klopp is alles wat Erik ten Hag niet is. Je kijkt naar hem, en je ziet een medewerker in een dierenwinkel te Groeben, voor de gelegenheid gekleed als een Jan Joost van Gangelen action-figure. Daar trappen wij vanaf nu niet meer in.

Uit die intimiderende congreskleding. *Aan* dat trainingspak.

Clubliefde

Als ik het ergens naar mijn zin heb, dan wil ik blijven. Dat geldt voor verjaardagen, voor hele fijne appartementjes in het buitenland en voor *Voetbal International.* Ze zullen me er, met mijn handen om de deurpost, uit moeten slepen. Ik ben nogal honkvast. Noem mij maar de Totti der Lage Landen. Voor je het weet zit ik tien jaar naast je.

Het is een trouw die je in de sport ook veel tegenkomt. Onbetaalde sport hebben we het dan over. In elke sportkantine staat wel een Tante Nel of een Ome Rob die met zijn pols in een glazen fles vloekend de laatste dropsleutel probeert te pakken. Loop een willekeurige houten kantine binnen en er staat een oude man met een rode neus te schreeuwen dat de gevulde koeken die dag allemaal moeten worden verkocht omdat ze anders over datum zijn.

Loop langs een raam van een kantine en negen van de tien keer staat er een vrouw van 76 jaar oud in een bloemetjesjurk haar vleeskleurige steunkousjes omhoog te trekken voordat ze verder gaat met ramen lappen. Dat soort clubtrouw vind ik EN prachtig EN vreselijk. Ik groeide op in een gezin waar de keuze heel eenvoudig was: je ging honkballen en daarna je hele leven langs een wezenloos sportveld zitten of je ging niet honkballen. In het laatste geval betekende dat dat je je familie eigenlijk nooit meer zag.

Maar toch… Ik herinner mij de gezamenlijke dronkenschap na alweer een verloren wedstrijd. Die wezenloze, zelf getimmerde kleedkamers met scheve bordjes erop. 'Schijtsregter'. Laat ik het zo zeggen: ik word verscheurd. Ik voel ontroering bij die eeuwige trouw. Steeds maar weer, elke dag, op de fiets naar je club. De kantine binnenkomen en dan je naam horen. Die emotie snap ik wel.

Peter Bosz heeft daar geen last van. Heel begrijpelijk. Het is profvoetbal. Je wilt zo veel mogelijk verdienen in een zo prettig mogelijke sfeer, met het allerbeste spelersmateriaal. Dat laatste woord zegt alles. Bij KOBO 96 ben je de altijd verkeerd diepgaande spits uit het zevende elftal, bij Ajax en alle andere betaalde clubs ben je spelersmateriaal. Iets waar door de trainer naar believen mee kan worden geschoven.

Waarom wringt er dan toch iets nu Peter Bosz heeft laten doorsijpelen dat hij er veel voor voelt om te verkassen naar Dortmund? Waarom verlangen we nu opeens, in die ijskoude wereld, solidariteit? Ik lees zojuist de berichten op verschillende Ajax-fansites en scande Twitter op de naam Peter Bosz en het komt, in het kort, hier op neer: dat hij, kauwende op zijnen tong, verteerd door eeuwig durend vuur zeven keer zeven jaar mag branden in een put van zeventien keer 34 meter, opdat hij voor eeuwig zal worden verteerd door spijt en schaamte.

Ze zijn niet blij, de Ajax-fans. Moet je maar geen fan zijn, maar in dit geval kan ik mij wel iets beter voorstellen waarom de emoties zo hoop oplopen. Peter Bosz heeft net gedaan alsof Ajax zijn fijnste verkering is. Alsof Ajax de blonde vrouw is die hij altijd al zocht. Er is, zeker de laatste anderhalve maand, door toonaangevende beleidsmakers binnen Ajax steeds maar weer gecommuniceerd dat Ajax op weg is naar iets prachtigs. Dat dit nog maar het begin is. Samen, schouder aan schouder.

Steeds maar weer las ik dat Peter het aan het begin van het seizoen nog een beetje lastig had, maar dat hij al snel zijn stempel op de ploeg wist te drukken. Als een meester heeft hij een zeer jong, winnend team gekneed. Dit jaar wonnen ze dan even niets, maar dat zou allemaal nog gaan komen. Marc Overmars heeft in dit tijdschrift een schitterende toekomst geschetst. Ajax zou grootse dingen gaan doen.

Precies daarom stonden er meer dan 100.000 mensen op het Museumplein naar een hele lelijke wedstrijd te kijken. Er was weer eens een echt Ajax-gevoel. Door Peter Bosz. Spelers durfden te passeren, er waren eindelijk weer eens geniale steekballetjes te bewonderen. Het was eindelijk weer eens het Ajax dat ik de hele jaren zeventig en tachtig zag voetballen. Die ontroering, dat je kinderen nu eindelijk ook eens het echte Ajax-spel zagen, dat zorgde voor euforie.

Maar het betekende uiteindelijk allemaal niets. Peter Bosz blijkt toch gewoon een Ronald Koeman en een Dick Advocaat te zijn. Hij wil meer en is niet tevreden met net genoeg. Daar is niets op tegen, maar er wordt nu zo fel gereageerd omdat er een kinderachtig toneelstuk is opgevoerd. Het zo bekende toneelstuk. Niet te negatief doen, er moeten seizoenkaarten worden verkocht, laten we doen alsof niemand weggaat, laten we doen alsof Huntelaar er voor de zekerheid bij wordt gekocht terwijl we allang weten dat Dolberg zal worden verkocht. Laten we doen alsof het bij Ajax weer om clubgevoel en trots gaat. We maken ze wijs dat het niet om geld gaat.

Zou ik een Ajax-supporter zijn, dan was ik ook kwaad. Dat Ajax – je club – je blijft behandelen als een onmondig kind. Dat je een jaar lang hamburgers en bier mag kopen en verder je bek moet houden. Het is profvoetbal en eigenlijk weten we allemaal dat het zo in elkaar zit, maar juist bij het afscheid van Totti zagen en voelden veel Nederlandse voetballiefhebbers weer even hoe mooi dat is. Dat een voetballer genoeg verdient, het naar zijn zin heeft en fijn aanvallend voetbal speelt, en dat hij daarna besluit voor altijd te blijven in plaats van te gaan.

Peter Bosz zal dit nooit begrijpen. Ik vind dat vooral heel erg voor hem. Dat je steeds, bij elke club, moet acteren dat je precies op je plek bent. Arm Dortmund.

Herinneren

Ik zou hier dolgraag hebben geschreven over het trainingspak van Ronald Koeman, dat het Nederlands elftal zich wel zou hebben geplaatst voor het WK als Bert Maalderink een korfbalverslaggever was geweest en hoe Zinedine Zidane op een prachtig moment even al het licht bij Cristiano Ronaldo vandaan trok. Het had hier een column lang kunnen gaan over het nieuwe Louis van Gaal-boek waarin wordt uitgelegd dat hij de wereld in vier dagen zou hebben geschapen omdat je dan tijd wint.

Maar toen las ik een uur geleden dat de familie van Abdelhak Nouri naar de arbitragecommissie van de KNVB is gestapt. Zij vinden dat er door Ajax, vlak na het onwel worden van Nouri, geen goede zorg is verleend. Ajax ontkent dat en wijst elke vorm van aansprakelijkheid van de hand.

Een vreselijk bericht. Nouri's ineenstorting lijkt zich nu te versmallen tot een juridisch gevecht en dat is wrang, omdat juist de foto's van massaal meelevende supporters zoveel losmaakten. Het leek er even een week op dat het wel degelijk mogelijk was, dat er boven op verdriet en ellende verbroedering ontstond. Dat alle dagelijkse beslommeringen er even niet meer toe deden en dat er oprecht werd meegeleefd met de familie van Nouri en met Nouri zelf. En dan bedoel ik zelfs de tientallen mensen die hun telefoon vlak bij de rouwende broer van Nouri hielden.

Precies dat, het filmen van een gebeurtenis, lijkt nu de oorzaak te zijn van een steeds scherpere juridische strijd tussen Ajax en de familie van Nouri. Het zijn andere tijden. Ik verlang intens terug naar de tijd dat Cruijff met zes naakte vrouwen kon zwemmen en zich geen zorgen hoefde te maken. Nu zouden we een kwartier later al de beelden hebben gehad. Al het leed rond Nouri's ineenstorting versmalt zich nu – tijdelijk hoop ik – tot deze situatie: deskundigen die honderden keren kijken hoeveel seconden het duurde voordat de dokter bij Nouri knielt. Er wordt getuurd naar masserende handen. Er worden tijden genoteerd.

Dat is begrijpelijk, maar het is ook verschrikkelijk, dat een juichend voetballeven zich nu vernauwt tot schuldig of niet schuldig. Ik zag enkele dagen geleden een korte reportage over de vermissing en de uiteindelijke dood van Anne Faber. Om de beurt komen er familieleden en vrienden aan het woord en zij vertellen over Anne. Wat een fantastische vrouw zij was. Hoe ze wilskrachtig door het leven ging, vol energie. Het waren indrukwekkende beelden en gesprekken, waarin de nabestaanden stamelend het grote verlies probeerden te duiden.

Inmiddels heeft de vader van Anne Faber in een open brief verklaard dat Annes dood voorkomen had kunnen worden als een voorzitter van het gerechtshof beter zijn werk had gedaan. Nouri leeft en Anne is dood, maar ik voel bij deze openbare rouw en openbare verbittering hetzelfde: de behoefte om Anne en Nouri te zien als de mensen die zij in onbekommerde tijden waren.

Ik begrijp de families volkomen. Ik begrijp Ajax niet. Maar daar gaat het niet om. Ik wil Nouri niet gaan zien als een voorbeeld van hoe het verkeerd kan gaan. In de brief van de familie staat dat ze het niet alleen voor Nouri doen, maar voor alle voetballers. Het is in ieders belang.

Daar haak ik af. De hele voetbalwereld. Belang. Allemaal woorden die hangen aan een symbool. Aan een vreesaanjagend voorbeeld en dat het zo nooit, nooit meer mag gebeuren. Maar daardoor voel ik steeds minder de echte Nouri. Hoe harder er tussen de familie en Ajax zal worden gevochten, des te ingewikkelder zal het worden om ons Nouri te herinneren als iemand die dwars door alle vooroordelen keihard de boze buitenwereld tegemoet trad.

Dat was en is nu juist wat Nouri zo bijzonder maakte: hij beantwoordde op geen enkele manier aan het stereotype beeld van de profvoetballer. Dat was wat – vlak na zijn ongeluk – zoveel mensen op de been bracht. Zijn stormachtige levensvreugde werd herkend. Daarom rouwden we, omdat we eigenlijk allemaal een beetje als Nouri wilden zijn. Dat je elke dag zin hebt om je bed uit te stappen, om mensen aan te raken, om mensen te vragen hoe het met hen gaat.

Nouri is zoals wij zouden willen zijn en net te laat omarmden we hem met z'n allen. Pas toen het te laat was. Ik ben niet naïef. Ik begrijp dat een conflict tussen Ajax en de familie onvermijdelijk was, maar ik stel me even heel egoïstisch op. Ik probeer Nouri, met alles wat ik in mij heb, te blijven zien als iemand die de voetbalwereld verlichtte.

Ik kijk niet naar zijn roerloze lichaam en tel geen seconden tot het hart wordt gemasseerd, ik kijk eindeloos naar de herhaling van zijn smeekbede aan Lasse Schöne. Dat lachende hoofd van Nouri. 'Mag ik deze vrije trap nemen? Please? Dan doe ik net alsof jij foutloos Nederlands spreekt, Lasse. Please. Dan speel ik je tijdens de training niet meer door je benen. Mag ik de vrije trap nemen.'

Nouri was iemand op wie je niet kwaad kon worden. Omdat je zag dat hij zo keihard en oprecht naar voren leefde, gulzig en gretig, steeds benieuwd wat er voor geweldigs voor hem om de hoek wachtte. Zo wil ik hem blijven zien. Nouri is nu het middelpunt van conflict en dat zal blijkbaar op wat voor manier dan ook nodig zijn, maar het maakt me vooral verdrietig. Zo trots dat hij een Ajacied was en dan nu dit: zijn club en zijn familie recht tegenover elkaar.

Lachband

Dit weekend keek ik eindelijk weer naar live wedstrijden uit de Spaanse competitie. Ik voelde daar van alles bij en het was niet allemaal even vrolijk. Eerst maar even een korte samenvatting van het commentaar van Sierd de Vos. Als u ooit in Bilbao komt – niet om het fantastische museum te bezoeken maar om te vreten en te zuipen – dan moet u naar een wijk toe gaan achter een bepaald hotel. Daar staan ze te drinken op straat. Dat is heel bijzonder, want in de rest van Spanje drinken ze liggend, met een doodgeschopte hond in hun armen.

Sierds commentaar was dit weekend het minst surrealistische element. Dan weet u genoeg. De Spaanse voetbalbond heeft, waarschijnlijk in samenspraak met hoge televisiebazen die eigenlijk meer van Formule 1 houden, verzonnen dat er elke wedstrijd wordt gedaan alsof het hele stadion vol zit.

Het tegenovergestelde is waar. Alle wedstrijden worden gepeeld in doodstille spelonken. Elke voetbalwedstrijd in Spanje klinkt nu als Gerard Joling die in z'n eentje de hele Toppers-show oefent in een verlaten stadion. In een deugende wereld zou dat overigens ook de werkelijkheid zijn. Maar we deugen niet. We willen kapot met z'n allen.

Voorbeeld. Als je nu aan Nederlanders vraagt: 'Wat mis je het meest?' dan krijg je als antwoord: 'Maarten van der Weijden. Zo vreselijk voor die jongen dat hij geen publiek heeft. Die zwemt al maanden radeloos dwars door verlaten weilanden, op zoek naar gejuich. Hartverscheurend.'

Maar we hadden het over Spanje en niet over pathetisch verlangen naar bewondering. In Spanje hebben ze besloten om tijdens de wedstrijd, middels een virtual reality-techniek, een juichend en zingend publiek op de tribunes te projecteren. Eerlijk is eerlijk: ik trapte er heel even in. Ik zag afgeladen tribunes en ik hoorde het gezellige geroezemoes van 40.000 supporters.

Opeens zag en hoorde ik hoe het echt zat. Heel even was er kwaadheid. Dit was typisch weer iets voor die Spanjaarden. Wij in Nederland zaten met een condoom om ons hoofd heel voorzichtig naar een wedstrijd uit 1974 te kijken, en in Madrid zaten ze zich gewoon met z'n duizenden dicht tegen elkaar te verheugen op gezamenlijk met de blote handen een pan paella leeggraaien.

Het bleek een illusie. De mensjes op de tribune, allemaal in hetzelfde shirt, waren fake. Ik keek naar lege tribunes, ingekleurd met mensjes, omdat voetbal anders niet gezellig genoeg is. Ik hoorde nu ook dat het geluid eindeloos geroezemoes van opgewonden voetbalpubliek suggereerde.

Ik wachtte op een doelpunt. Daarna wist ik het zeker. Er zat in Spanje een mannetje met zijn hand op de volumeknop. Als er werd gescoord, startte hij een digitaal geluidsbestand 'Gescoord Met Hoofd' en daarna gaf hij een flinke zwengel aan de volumeknop.

Ik moest daar even over nadenken. Ik keek voor het eerst naar voetbal met een lachband. Ze deden precies wat er al een halve eeuw op de televisie wordt gedaan. Heel hard een opgenomen lach afspelen wanneer iemand een slechte grap maakt. Na een kwartier had ik het hele repertoire van de Spaanse geluidsmixer wel gehoord.

Hij had het volgende gejuich op afroep onder zijn handen. Doelman Redt Fabuleus (waaahhhhh), Publiek Reageert Verontwaardigd Op Een Vieze Overtreding (heeeeeeee!!!!), Speler Loopt Scheidsrechter Omver (hahahahaha) en Saai Rondspelen Van Bal Omdat Het Bijna Rust Is (mmmmmmmmmm).

Heel af en toe kwam de regie in de problemen. Bij camerashots achter het doel, bij een uittrap bijvoorbeeld, zag je heel kort de werkelijkheid: een leeg stadion. Keurig schoongemaakte stoeltjes en een verdwaalde coronavrije fotograaf. Het allermooist waren de beelden van Diego Simeone, de manische trainer van Atletico Madrid die meestal de helft van de wedstrijd met een volle erectie zijn kruis naar het publiek staat te stoten.

Die wist opeens niet meer wat hij met zijn lichaam aanmoest. Het werd pijnlijk duidelijk dat Simeone voor 90% functioneert op krankzinnige interactie met het publiek. Hij schijnt binnenkort samen met Maarten van der Weijden rondom Spanje te gaan zwemmen. Ik ga hun niet vertellen dat Spanje een schiereiland is. Ik wil die verbaasde koppen zien ergens vlak naast de Pyreneeën.

Eerst voelde ik weerstand en woede. Wat was dit voor een volksverlakkerij? Ik wist dat het stadion leeg was en dat het klonk als een lege Ahoyhal. Waarom dan al die moeite doen? Waarom de televisiekijker behandelen als een kind van vier dat denkt dat Samson van Gert een echte pratende hond is?

Al snel kwam er een heel ander inzicht. Dit was geniaal. Dit moest worden doorgetrokken naar Nederlandse televisieprogramma's over voetbal. Wacht tot Aad de Mos ergens aan tafel zit en synchroniseer hem na. Met een heel hoog stemmetje. Laat hem opeens verstandige dingen zeggen die niets te maken hebben met zijn eigen carrière. Laat Kenneth Pérez opeens schitterende Nederlandse zinnen zeggen. Het kan allemaal. Als mensen accepteren dat een leeg stadion met vingerverf vol wordt gekalkt, dan kan alles.

Ongekende mogelijkheden, zie ik. Jan Joost van Gangelen, monteer de helft van zijn lijf eraf. Alleen zijn voorhoofd boven de desk uit en dan steeds die hinnikende lach. We kunnen Arnold Bruggink nu opeens grappige dingen laten zeggen. Jan van Halst heeft eindelijk een wiebelende bos krullend haar op zijn kop. Pierre van Hooijdonk zegt met een mechanische stem dat hij gaat samenwonen met Robin van Persie. Het kan. Doe het dan ook. Wees een Spanjaard!

Ooit Geweldige Voetballers

Ja, geinig allemaal, veertien pagina's duiding over een eventuele 5-3-2-opstelling, hartstikke leuk om te weten of Heracles met de punt naar rechts speelt en het is alleen maar winst als je voortaan weet dat de grasmeester van Liverpool elke zondagochtend een schaap scheert voordat hij het gras maait, maar de stukken die ik in *VI* zes keer lees, steeds maar weer opnieuw, pang, weer bij het begin beginnen en nog een keer al die lettertjes lezen, dat zijn de stukken over Ooit Geweldige Voetballers.

Het gaat mij denk ik om het contrast. Op blz. 17 lees je dat de spelers van Sparta meewerken aan een nieuw experiment. Ze dragen tijdens trainingen een speciale klem op de tepels, waarmee de trainer kleine elektrische schokjes door het lichaam kan laten razen.

De zogenaamde geconditioneerde reflex. Zo leren ze beren dansen. Je zet ze op een hete plaat en daarbij blaas je op een fluitje. Na verloop van tijd doen ze hun poten voor de zekerheid op en neer wanneer ze een fluitje horen. Louis van Gaal is een levend fluitje. Hij hoeft alleen maar langs een veld te verschijnen en spelers en bestuurders maken zich zo klein mogelijk.

Die ontwikkelingen volg ik graag en *VI* zit daar bovenop, maar godzijdank wordt er bijna elk nummer een Ooit Geweldige Voetballer geïnterviewd. Vanochtend las ik op de website een paar keer achter elkaar een interview met Daniel da Cruz Carvalho. Dat is geen blinde gebedsgenezer uit El Salvador, maar de knapste ex-Ajacied ooit. Zijn roepnaam: Dani.

De teloorgang van het lichaam ontroert mij, maar ik trek mij er ook aan op. Dani is een man geworden die vlak voor je in een Portugese banketbakkerij vier roombroodjes naar binnen staat te werken. Hij heeft geleerd zich neer te leggen bij zijn nieuwe uiterlijk. Zelfs Maradona is dat uiteindelijk gelukt. Hij moest door vier familieleden en lijfwachten de televisiestudio in worden getild, maar zodra er een rood opnamelampje ging branden veranderde hij weer in een geile salsa-danser.

Voor de allerjongste lezertjes onder u: Dani was schandalig knap. Een jongen die je normaal gesproken alleen in reclames voor een nieuwe eau de toilette ziet. Types als Dani hangen nu halfnaakt onder een luchtballon, kussen een vrouw die je zelf alleen ooit eens een keer in de verte voorbij hebt zien lopen, ze vegen de bloedrode lippenstift van hun mond, kijken – met wat druppels zweet in de borsthaartjes – recht in de camera en daarna zegt een zwoele, hese stem: *Sweat Andalous, the new fragrance of Decadance.*

Dani is nu analist bij een Portugese televisiezender, maar wie de ware Dani wil leren kennen MOET het artikel lezen dat ik op de website van *VI* las. Ik gloei van verlangen. Niet naar zijn lichaam, maar naar de tijd waarin jongens als Dani nog bij Ajax voetbalden. Ik verlang intens naar een paar voetballers die de trainingen en de wedstrijd als een noodzakelijk kwaad zien. Belachelijk getalenteerde mooiboys die zich geen moer aantrekken van de trainer en daar, jaren later, niet verbitterd op gaan terugkijken.

Ik lees in het interview dat Dani bekendstond om zijn notoire te laat komen. Ik bedoel dan niet klaarkomen. Dat zat wel goed. Ik bedoel: te laat op een training komen. Niet met gierende bandjes zijn sportwagen naast het trainingsveld parkeren en drie minuten te laat de kleedkamer binnenlopen, maar een uur. Bij Louis van Gaal. Nu ik het opschrijf lopen de rillingen me al over de rug. Dan ben je een keihard fenomeen, als je een uur te laat komt bij Louis van Gaal.

Deur van de kleedkamer opengooien en midden in een bespreking binnenkomen. Louis meteen vlak voor hem. 'Ha, mister Dani, met de confetti van gisteren nog in je wenkbrauw. Hoe laat is het, meneer Dani? Waar hebben we het aan verdiend dat u ook nog even langskomt?'

Daarna een goudeerlijk verhaal van Dani over een blonde vrouw die 's nachts opeens op zijn balkon stond en die steeds maar op zijn slaapkamerraam bleef tikken. Louis van Gaal, die alles weet, dus ook op welke verdieping zijn spelers wonen. 'Je woont in een flat in Diemen. Op de 9e verdieping.' Dani staat vlak voor hem. Hij veegt de zwarte lok weg die voor het mooiste, dromerigste rechteroog op aarde hangt. 'Ja, dan niet, meneer van Gaal. Wat u wilt.'

Dat soort verhalen, daar leef ik op. Ooit Geweldige Voetballers die nu veel te dik wedstrijden in Portugal zitten te duiden, maar die nog één keer aan een journalist van *VI* vertellen hoe hard ze ooit leefden en hoe weinig ze zich aantrokken van hun trainer. Spelers die niet – heel Hollands – 's nachts via een regenpijp het spelershotel verlieten, maar die in een onweerstaanbaar wit pak met zwart overhemd door de hoofdingang het hotel verlieten om de vrouwen in de stad met hun ogen te betoveren.

Jongens die de levenslust niet uit hun lichaam lieten lullen door een hersteltrainer die maar bleef doorzeuren over maximale zuurstofopname, maar juist wilde, ongeleide projectielen die ervoor kozen om te leven in plaats van te luisteren.

Het interview met Dani is prachtig, Het roept met grote kracht een vergeten tijd op, toen voetballers gingen dansen op het Leidseplein en daarna een kroket van de FEBO naar binnen werkten. Ik smul daarvan, omdat ik zelf te lang een doodsbange jongen ben geweest.

De GOAT

Cristiano Ronaldo, hij verscheurt mij. Vrijdag keek ik naar de WK voorronde-wedstrijd Spanje-Portugal en laat ik eerlijk zijn: ik hoopte op een smadelijke vernedering van Ronaldo. Hij verenigt alles in zich waar ik het schuim van om mijn mond krijg. Van ellende, helaas. Ik zag enkele maanden geleden een Instagram-filmpje van zijn zoon. De tranen stonden in mijn ogen. Acht, wat een verloren jeugd, wat een geknecht bestaan.

Arm jongetje. In het filmpje laat hij zijn armen zien en neemt hij de houding van een bodybuilder aan. Hij draagt zijn haar net als zijn vader. Over dertig jaar zit hij in een documentaire te vertellen dat hij voor eeuwig de zoon van zijn vader is gebleven. Dat iedereen via hem bij zijn vader wil komen. Hij laat zijn huis zien. Gekregen van zijn vader. Drie zwembaden. Een kapper die steeds klaarzit om iets leuks in zijn nek te scheren, maar het enige waar hij diep naar verlangt is zijn vader, die gewoon een keer langskomt zonder cadeau. Dat zijn vader hem desnoods belt en vraagt wat hij eigenlijk graag had willen worden als hij niet 'de zoon van' was geweest.

Nu ja, dat soort dingen dacht ik toen Ronaldo vrijdag magistraal over het veld dartelde. Nee, ik zeg het verkeerd. Dartelen is niet het goede woord. Marcheren. Met hoekige bewegingen. Niemand voetbalt met een rechtere rug dan Cristiano. Ik sluit niet uit dat hij door een bevriende arts een onbuigzame plaat titanium tegen zijn ruggengraat heeft laten spijkeren.

Ik houd van voetballers met een gebogen ruggetje. Willem van Hanegem zag eruit alsof hij een wedstrijd lang zijn contactlens zocht. Ronaldo niet. Hij passeert mensen als een tango-danser. Je hoort het ritme. Rom Pom – Pom Pom – Rom Pom Pom! Zo passeert Ronaldo verdedigers, met een rechte rug en druk bewegende voetjes.

Houd ik niet zo van. Ik houd van spelers die bijna achteloos iemand passeren. Bal aan de voet, lekker om je heen kijken en ondertussen vier verdedigers van je af schudden alsof het lastige vliegen zijn. Dat vind ik de fijnste voetballers, die helemaal geen zin hebben in dat gedoe met verdedigers. Ze kijken naar de opening op veertig meter afstand. Kijken of ze een ander kunnen laten scoren.

Ronaldo is niet zo'n voetballer. Hij zoekt schuddend en schokkend met zijn voeten de tegenstanders juist op. Ronaldo – en dat is eigenlijk wel weer lief – vertrouwt ons niet. Hij denkt dat wij zijn virtuositeit alleen begrijpen als hij er allemaal wilde bewegingen bij maakt. Ronaldo begrijpt niet dat achteloze genialiteit zoveel mooier is.

Daar zit voor mij de pijn. Hij beslist wedstrijden, hij staat er op de belangrijke momenten, versiert strafschoppen als het hard nodig is en benut vrije trappen als het er echt om gaat, maar alles gebeurt steeds vanuit dezelfde kern: zelfverheerlijking.

Dit kwam allemaal samen na zijn tweede doelpunt tegen Spanje. Die sprint naar de camera's, het wachten op de andere spelers die hem mogen aanraken en dan het gebaar met de vinger langs de kin. Ik heb het fragment tientallen keren bekeken. Dit gebeurt er: Ronaldo juicht, viert zichzelf en dan opeens herinnert hij zich wat hij ver voor de wedstrijd al heeft bedacht: oh ja, ik zou een geit nadoen.

Ik keek en ik dacht: oh nee, lieve heer, mijn god, heb toch medelijden. Verlos mij uit mijn lijden. In september zal op 100.000 velden hetzelfde gebaar worden gemaakt. De Goat. Kinderen van acht jaar zullen na elke geslaagde actie hun kleine vingertjes langs een denkbeeldige geitensik bewegen. Met hun beentjes wijd, net als Crissie. De Goat. Ook zij zij even de *Greatest Of All Time*. Thuis flikkert hun vader zes zakken ijsklontjes van Albert Heijn in het bad. Ze willen net als hun held een ijsbad.

Zo keek ik vrijdag naar Ronaldo. Ik genoot van zijn overmacht en ik maakte me ernstige zorgen over zijn invloed op jonge voetballers. Die zien hun held een wedstrijd lang kankeren op medespelers, vallen als er niets te vallen valt, zeuren tegen de scheidsrechters en juichen als een narcist.

Na de wedstrijd begreep ik dat De Goat een rechtstreekse verwijzing was naar Lionel Messi. Niet híj maar Ronaldo was de grootste voetballer ooit. Scoren en dan met Messi bezig zijn, dan lig je eigenlijk gewoon op je rug.

In de documentaire over Cristiano Ronaldo is het de rode draad. Het zit in elke minuut. Het doel is om de allergrootste te zijn. Het gaat om prijzen. Voetballer van het jaar worden. Tijdens een familiediner wordt er pijnlijk hard gelachen om elke scheet die Ronaldo laat. De manager-broer praat alleen over succes, geld, succes en geld. Een verstikkende omgeving. En dat zoontje maar meehobbelen.

Daar haak ik af. Waar voetballers popsterren worden. Waar voetballers zich gaan gedragen als ondernemers. Daarom mompelde ik na Cristiano's derde doelpunt tegen Spanje: als die muur er niet staat dan is er niets aan de hand. Tanja, vlak naast mij op de bank, stond op, ging voor me staan en deed haar hand over haar kin.

Het is eigenlijk, als ik er goed over nadenk, niets anders dan teleurstelling. Dat het zo'n goede voetballer niet is gelukt om een goed mens te worden.

De verkeerde jas

Het liefst zou ik deze hele column vol schrijven over alleen de handjes van Dick Advocaat. Op zijn tietjes. Door zijn jas heen. Nooit zag ik iemand aandoenlijker langs de kant staan. Met dat jasje van hem. Het aandoenlijke zit hem vooral in de jaszakken. Die zitten vlak onder zijn oksel.

Het zijn zakken met de opening aan de zijkant. Prachtig. Dick is blijkbaar niet iemand die graag handschoenen draagt. Dat snap ik wel. Je geeft dan een verkeerd signaal af aan je spelers. Wanneer je die zes wedstrijden met het tweede mee laat spelen omdat ze in een maillot op het trainingsveld verschenen, dan ga je zelf niet met handschoenen langs de kant staan.

Zou ik wel bij willen zijn trouwens, wanneer een Feyenoord-speler in de kleedkamer een maillot aandoet. John de Wolf vlak naast hem. Dick Advocaat in de deuropening. Dan moet zo'n warme kous om je benen opeens voelen als het meest ongelukkige kledingstuk ooit.

Feyenoorders voetballen het liefst naakt. Slidings oefenen op een bevroren veld. Ik zou er onderzoek naar moeten doen, maar ik kan me eigenlijk niet voorstellen dat er ooit een Feyenoorder meer dan sokken, een korte broek en een shirt heeft aangehad. Daarom is die jas van Dick zo vreemd.

Net te warm. Net te comfortabel. En die rare zakken dus. Ik heb lang zitten denken wat er nu precies zo verkeerd is aan die zakken op zijn borst. Ik weet het: Dick lijkt ongewild op een eigenwijze tweelingbroer van Napoleon. Twee handen in zijn borstzakken, in plaats van één.

Dat is het. De combinatie klein en borstzakken gooit Dick meteen een paar honderd jaar terug in de tijd. *De Kleine Generaal*, het zou een kinderboek kunnen zijn. Op elke pagina staat er een mannetje naast een dier, met zijn handen in zijn borstzakken.

Het prachtige is dat Dick ook wel weet dat die jas van geen kant klopt, maar dat het hem geen moer meer uitmaakt. Hij gaat toch weg. Zo staat hij er ook bij, zoals mensen bij een bushalte staan. Doodstil, blik op oneindig en dan de handen lekker warm op de tepels, in je verkeerd gekochte jas.

Intermezzo. De jas van Ronald Koeman. Die ziet eruit alsof hij bij een andere sport hoort. Snowboarden bijvoorbeeld. Zo'n jas draagt Ronald, alsof hij op 4000 meter hoogte zigzaggend naar beneden gaat suizen. Als ik moet schatten: net vijf keer te groot.

Bij Dick zijn het de zakjes die de jas ridicuul maken, bij Ronald is het de kraag. Het is eigenlijk niet eens een kraag. Een half opgeblazen kinderzwembad, vlak onder de kin. Je zoekt meteen naar het ventiel.

Het lijkt onbelangrijk, maar dat is een misvatting. Als coach moet je heel goed nadenken over je kleren. Je laat zien wie je bent. Je weet dat je wordt gefilmd wanneer je team 4-0 achter komt te staan. Dan helpt dat speelkussen onder Ronald Koemans hoofd niet echt. Probeer boven een blauwe rubber band maar eens de bloedserieuze coach uit te hangen. Dat lukt je niet.

Nu ik erover nadenk: het is een gat in de markt. De eerste stylist die zich gaat specialiseren in de psychologische werking van coach-kleding wordt rijk. Vreemd genoeg bestaan er wel mensen die huizen van voetballers inrichten. Alle voetballers wonen in ongeveer hetzelfde huis.

Open keuken, zwevend keukenblok, wokbrander midden in de woonkamer, zitkuil met in hoogte verstelbare vloer, Playstation-hoek, oud-Engelse potten en pannen, en een beamer waarmee in een eindeloze loop al je doelpunten op een scherm worden geprojecteerd.

Ik zeg hier: pak nu door. Help trainers met hun jas. Daarna zien we wel verder. Maar in elk geval die jas. Neem Ronald Koeman apart en laat hem zelf ontdekken dat hij de verkeerde jas voor Barcelona draagt.

'Ronald, de jas die je nu aanhebt, blauw met een soort autoband vlak onder je kin, vind je dat een prettige jas? Denk daar maar even over na. Hij is warm, zeg je. Zoek je warmte, Ronald? Warmte die je mist bij het bestuur en de spelers. Ja, dat dacht ik al. Maar dat is raar Ronald. Dat is een verkeerde boodschap naar de supporters. Vijf wedstrijden winnen en dan zit jij opeens weer in een makkelijk vallend jasje op de bank. Jij moet nooit je jas zijn. Je jas moet jou zijn.'

Dick Advocaat zou ook zo'n gesprek kunnen gebruiken. 'Dick, sta je makkelijk zo? Goed, leg me eens uit hoe jij nu staat. Precies, op je benen. Maar waar zijn je handen? Laat ze maar zien. Ja, precies, in de zakken. En waar zitten die zakken? Goed zo, op je borst. Kijk nou eens in deze spiegel. Hoe ziet dat eruit? Zeg het maar in je eigen woorden.'

'Daadkrachtig, zeg je. Dat vind jij daadkrachtig, je handen in je jas, tien centimeter onder je kin. Laat ik eerlijk zijn Dick: je ziet eruit als iemand die heel trots is op zijn eigen tepels. Ben jij dat? Oké. Nou dan? Waarom doe je dat dan?'

Er is eigenlijk maar 1 antwoord mogelijk op die vraag. Niet over nagedacht. En dat moet veranderen. Er allemaal uitzien als Giovanni van Bronckhorst dat is ook niet nodig. Die lijkt op de man die bij een veiling een Rembrandt boven zijn hoofd houdt. Maar iets meer finesse, iets meer ideetjes achter de outfit, het zou enorm gaan helpen.

Muurligger

Vitesse-speler Oussama Tannane liet zondag zijn tanden zien. Letterlijk. Dit zag ik: iemand heeft net, na zes uur aan een houten stokje draaien, het vuur uitgevonden, hij wil een stuk mammoet roosteren en daarna pist een dronken neanderthaler van een andere stam het vuur uit.

Zo zag de woede van Tannane er uit: aanvalsdrift. De borst naar voren en je tanden laten zien. Vlak voor een scheidsrechter. Ik heb de beelden een paar keer teruggekeken en het woord 'angstaanjagend' lijkt mij op zijn plaats.

Ik denk dat we naar de langste woedeaanval in het betaald voetbal hebben gekeken. Een nieuw record, dat kan niet anders. Ik herinner me een paar spelers die drie of vier keer met hun handen op het gras sloegen en ik ken het verhaal van Schuip Meukels.

Hij voetbalde in Uffelte, kreeg aan het eind van de eerste helft een rode kaart, liep het veld af, ging op zijn brommer zitten, reed 14 kilometer naar huis, douchte, was nog steeds kwaad, deed een ochtendjas aan, reed op de brommer weer naar het veld, liep het veld op, ging vlak voor de scheidsrechter staan, zocht naar de ergste belediging en kwam daarna niet verder dan het woedend schreeuwen van: Vuile piel!

De aanval van Tannane duurde langer. Ook na het douchen en omkleden bleef hij rusteloos, met een capuchon over zijn hoofd, als een opgesloten roofdier over de lege tribune banjeren, hij wilde het veld op, werd tegengehouden, deed expres een hekje naar het veld open en pas na het laatste fluitsignaal leek er weer wat gezond verstand in te dalen.

Nu ben ik erg benieuwd wat de straf wordt. Ik heb daar zelf wel ideeën over. Ik denk dat het moet worden gezocht in subtiele vernedering. Dus niet, omdat hij zijn tanden heeft laten zien, een taakstraf in verzorgingshuis De Laatste Zonnestraal en hem twee dagen lang alle kunstgebitten van de inwoners laten schoonboenen, maar een goede voetbalvernedering.

Mijn voorkeur zou uitgaan naar het grootste gezichtsverlies voor iedere voetballer: in opdracht van de trainer achter de muur moeten gaan liggen, met je gezicht in het gras, zodat een vrije trap niet onder de muur door kan worden geschoten.

Een week geleden zag ik nog een Italiaan op die manier achter de muur liggen. Het kan niet lulliger. Je collega's met hun handen in het kruis en jij met je voorhoofd in het gras. Geen idee hebben wat er om je heen gebeurt.

Als ik trainer de trainer Vitesse was, dan zou ik het zo pijnlijk en uitvoerig mogelijk melden aan Tannane. Op je kamer laten komen. Flosdraad op je bureau leggen, als subtiele verwijzing naar het getoonde gebit. Nog niks zeggen. Wachten tot Tannane wil gaan zitten en dan zeggen: 'Nee, wacht even. Ga eens daar voor de deur liggen. Op je buik. Doe je armen nu eens langs je lichaam. Ja, goed zo. Ga maar weer staan. Prima. De rest van het seizoen ben jij onze vaste achter-de-muur-ligger.'

Als hij geen idee heeft waar het over gaat, alles goed uitleggen. 'De spelers in de muur, die hebben de neiging om omhoog te springen. Noem het blijheid, noem het plezier, maakt niet uit, maar jij hebt zoveel woede in je lichaam dat het beter is dat we je tijdens de wedstrijd verstoppen. Dat doen we achter de muur. Dan hebben we er nog wat aan. Ik zag je net voor mijn deur liggen en je hebt aanleg. Dus heel simpel eigenlijk: als we een muurtje voor de keeper zetten ga jij erachter liggen. Dus niet ervoor, want dan zien ze je.'

'Je moet eigenlijk het tegenovergestelde doen van wat je tegen ADO Den Haag deed. Daar zag iedereen je en hoorde iedereen je. Dat vergeet ik nog bijna te zeggen. Als je achter de muur ligt, mag je ook geen geluid maken. Dus niet die rare lokroep van een bronstige eland, die je dit weekend deed, maar doodstil, als een krokodil aan een valiuminfuus, achter de muur liggen. Succes! We verwachten er veel van.'

En dan eens kijken hoe zo'n jongen dat oppakt. Als Oussama Tannane uit het goede hout is gesneden dan gaat hij erop trainen. Doodstil achter een paar poppen liggen wanneer de andere jongens op een vrije trap oefenen. En je dan niet schamen. Doe het voor je team. Wees trots als andere spelers na de training zeggen: Hé, Oussama, ben je er ook? We zagen je niet, man. Waar was je dan?' En dan trots kunnen zeggen: ik lag achter de muur.

Als Tannane thuiskomt en zijn partner vraagt: 'waarom heb je kalk en gras op je voorhoofd?', dan gewoon eerlijk zijn en zeggen: ik ben voortaan de vaste muurligger. En thuis ook gewoon doortrainen. Achter het bankstel gaan liggen, terwijl de rest van de familie televisiekijkt.

Ik verwacht veel van deze methode. Ik wil graag dat ze hem Methode Dijkshoorn gaan noemen. Je hoeft dit niet te beperken tot voetballers alleen. Ook commentatoren moeten eraan geloven. Na elke flauwe opmerking verplicht aan halfuurtje achter in beeld laten liggen tijdens *Studio Voetbal.*

Die kant moet het op. Frank Snoeks die tijdens een wedstrijd van het Nederlands elftal zes keer dezelfde woordgrap maakt en daar ligt hij op zondagavond vlak achter Kees Jansma en Pierre van Hooijdonk. Het is tijd voor meer zelfbeheersing. Het is tijd voor Methode Dijkshoorn.

Verhockying

Voetbal is een sport aan het worden voor Rodericks. Er waait een volkomen verkeerde hockeysfeer door het betaalde voetbal en daar moeten wij, voetballiefhebbers, ons zo ordinair mogelijk tegen verzetten. Voetbal is van ons en niet van mensen die de roze mouwen van hun lamswollen trui op hun rug dragen.

Tot nu toe valt het qua sponsoring nog wel mee, maar zodra er een voetbalclub met reclame voor geurkaarsen op het shirt loopt, dan verwacht ik keiharde actie. Zo gek en wild als de onlangs overleden F-side-supporter hoeft niet meteen, dus ik verwacht van niemand dat hij Jari Litmanen op zijn voorhoofd laat tatoeëren en met een ruime gezinswagen de bestuurskamer van Ajax binnenrijdt, maar we moeten op onze hoede zijn. De verhockying van het Nederlandse voetbal is in volle gang.

Ik heb het dan over aangeschoten hands in het strafschopgebied. Sinds afgelopen weekend is dat opeens een hockeydingetje geworden. Als je een voorsprong wilt forceren is het voortaan prima om de bal tegen de arm van een tegenstander te mikken, en pang, met drie punten in de bus.

Edson Álvarez van Ajax forceerde dit weekend een strafcorner door zeer opzichtig, midden in het strafschopgebied, de bal tegen de arm van Mike te Wierik van FC Groningen aan te schieten. Mike kon daar helemaal niets aan doen. In Groningen zijn jongens gewend om met de armen recht langs het lijf te wachten tot er iets vervelends gebeurt. Dat komt door de studentenvereniging Vindicat en hun beruchte ontgroeningen. Groningers weten niet beter. Die staan netjes met de armen op de rug te wachten tot ze urine uit een pisbak moeten drinken.

Ook dat komt uit het hockey. Elk hockeyteam bestaat voor 80% uit spelers die – net als hun vader – ooit, slechts gekleed in een onderbroekje, zijn ontgroend met een omgekeerd vergiet vol kippendarmen op hun hoofd. Later wordt dat soort jongens woordvoerder van een middelgrote partij die opkomt voor winkeliers die hottubs verkopen van 23.000 euro per unit.

Die sfeer moeten wij als voetballers buiten de deur zien te houden en dat lukt heel slecht. Die klassenstrijd vind nu elk weekend plaats in het strafschopgebied. Onze plek. De plek waar magische voetballers magische dingen deden. Het strafschopgebied, waar de echte voetballers zich konden onderscheiden van de hockeyvoetballers.

Niet eens zo heel lang geleden was het strafschopgebied de plek waar beheersing, goddelijk talent, finesse en wilde fantasie hand in hand gingen. De mooiste voetbalmomenten die ik als kijker beleefde vonden plaats in het strafschopgebied.

Ik verlang nog steeds elke dag naar een nieuwe Dennis Bergkamp. Naar een voetballer die zich niets aantrekt van de lijntjes om het strafschopgebied. Naar iemand die vlak voor de keeper net zo makkelijk schiet en beweegt als ergens rond de middenlijn. Elk weekend hoop ik op genadeloze slimheid en rust wanneer een speler met de bal aan zijn voet het strafschopgebied binnenglijdt – maar nooit zie ik meer een stiftballetje of een briljante draai om de as van het lichaam.

Het is al jaren lang heel hard schieten met de ogen dicht. Dit weekend heb ik eens extra goed opgelet of ik niet overdrijf. Helaas, ik overdrijf niet. Ik heb zes wedstrijden gezien, ook buitenlandse, en negen van de tien keer werd er binnen het strafschopgebied recht op de keeper geschoten.

Ik verlang naar een fluwelen stiftballetje of naar het geniale lobje, maar niemand kan dat nog of durft dat nog. Alleen het idee al dat ze binnen die gevreesde kalklijnen rond het doelgebied lopen, verlamt spelers.

Tijdens Ajax - FC Groningen zag ik het lelijkste strafschopgebiedvoetbal sinds jaren. Ajax, ooit de club van voetballers die virtuoos scoorden terwijl ze gedachteloos een sigaretje draaiden, werd ontsierd door lelijk geraus, geploeter en foeilelijke psychologische oorlogvoering voor beginners.

Zoals gezegd: de bal tegen de arm van Mike te Wierik. Daarna de gênante vertoning tussen de keeper en strafschopnemer. Het tijdrekken, gepraat, te vroeg bewegen van een jonge speler, het missen, het overnemen van de strafschop en daarna het uitbundig vieren van een strafschop die nooit gegeven had mogen worden.

Dit alles gebeurde nooit toen Marco van Basten nog voetbalde. Ik zal zo goed mogelijk aan de jonge lezertjes uitleggen hoe dat ging. Marco ontving de bal op het middenveld. Dan gingen wij al staan. We verheugden ons op zijn tocht naar de keeper. De versnelling. Geen één medespeler riep naar Marco dat hij de bal wilde hebben. Zij waren ook toeschouwers.

Marco – maar jullie kunnen hier ook gewoon Dennis lezen – schudde daarna de verdedigers van de tegenpartij van zich af, als droog zand op een gebruinde rug, en daarna was het wachten op het mooiste moment: dat hij even heel kort keek waar de keeper stond.

Het kwam niet in Marco of Dennis op om nu nog zogenaamd te gaan vallen bij een lichte aanraking van achteren. Ze passeerden de krijtlijn van het strafschopgebied en er veranderde niets. Het was gras, de keeper en de bal. Daarna deden ze iets prachtigs. Met binnenkant voet de bal in de uiterste hoek schuiven. Of de dodelijke stift. Na zo'n stift liepen ze, terwijl de bal nog over de graaiende handen van de keeper zeilde, naar het publiek.

Voetbal werd ooit gespeeld met de ogen wijd open. Van genot.

Biografie van Louis: deel 1

Omdat er tot 1 september niet wordt gevoetbald en omdat Memphis Depay helaas geen foto op Instagram heeft gezet van zijn Kolifant – een kruising tussen een kolibrie en een olifant – doe ik een experiment. Steeds als ik klaar zat om eindelijk te schrijven wat ik al heel lang wilde schrijven, werd er weer iemand kampioen, zei Edwin van der Sar iets krankzinnigs of legde Zlatan Ibrahimović uit dat hij eigenlijk na elke 100 meter een beeld van zichzelf langs de snelweg wil.

Ook deze week is er genoeg gedoe rond de KNVB, een organisatie die lijkt te worden geleid door bestuurders die bingoballetjes het lot van clubs laten bepalen. 'Nummertje 47. Helaas. De Graafschap promoveert niet. Volgende balletje. Nummer 17. Ach, wat jammer. Geen bekerfinale.' De rechter doet pas aanstaande donderdag uitspraak in een kort geding en dat geeft mij ruimte om mijn lang gekoesterde droomcolumns te tikken.

Deze week recenseer ik de nieuwe biografie van Louis van Gaal zonder dat ik hem heb gelezen. Puur op gevoel. Zeer speculatief. Blind gokkend wat Louis allemaal over zichzelf zegt en wat andere mensen over Louis zeggen. Volgende week heb ik het boek gelezen en zal ik recenseren wat ik heb gelezen. Ik ben benieuwd of dat veel van elkaar gaat verschillen. Daar gaan we.

Ik gok dat Louis van Gaal tevreden terugkijkt op zijn carrière. Ook op zijn trainerschap bij Manchester United. Hij heeft er alles aan gedaan en hij trof een clubcultuur aan die hij niet in enkele maanden kon veranderen. Want dat is wat Louis van Gaal overal doet. Hij walst over 150 jaar historie heen en verandert altijd iets waar iedereen bij de club erg aan is gehecht. Dit is tactiek. Laten zien dat je de grote veranderaar bent.

Dat is geen nieuwe techniek. Bijna iedere nieuwe chef in welk bedrijf dan ook hanteert deze psychologische truc. Meteen laten zien dat je geen reet te maken hebt met je voorganger. Jaren werk vernietigen alleen maar om te communiceren dat jij het heel anders gaat doen. Louis van Gaal doet dat meestal door de trainingsaccommodatie grondig te veranderen.

Als iets al 30 jaar functioneert dan laat hij de graafmachines aanrukken. Bij Bayern München liet hij nieuwe meubels neerzetten in het spelershome, bij AZ keurde hij de wijn af. Bij AZ keurde hij ook een dagschotel af. Er zat een ingrediënt in dat hij niet lustte. Zo doet Louis dat. Hij verandert iets waar veel mensen van houden en daarna wacht hij op de kritiek. Als die komt zegt hij: kijk, deze mensen blijven hangen in het verleden. Ze zijn tegen verandering. Ik ben voor verandering. Ik ben Louis van Gaal.

De grootste fout die Louis steeds maakt, bij elke club eigenlijk, is zijn gedrag buiten de beschermende muren van de kleedkamer. Het gaat fout als Louis met onafhankelijke mensen in aanraking komt, met mensen die van de club houden, die de club financieren, maar die niet noodzakelijkerwijs dol zijn op Louis van Gaal.

Andere trainers zijn dan sociaal slim. Handje op de schouder van iemand die rijk is geworden in de schoenenbranche en voor zijn club een nieuwe spits wil kopen. Een keertje langsgaan in zijn schoenenfabriek en dan zeggen: 'Die met die gouden gesp op de bovenkant, dat zijn leuke schoenen voor Matthijs van Nieuwkerk.'

Louis kan dat niet. Die gaat zo'n man vertellen dat hij de verkeerde hak onder zijn schoenen zet en dat kastanjebruin wat hem betreft de modekleur van dat jaar is. Louis van Gaal kan het niet, aardig doen als het even moet. Dat is op zich een goede eigenschap, altijd eerlijk zijn, maar het wordt sociaal gemankeerd gedrag wanneer je met dat authentieke gedrag iedereen de stuipen op het lijf jaagt.

Precies dat gebeurde er in Manchester. Er zijn beelden van. Louis van Gaal spreekt een zaal vol bigshots, ereleden, geldschieters en bestuursleden toe en doet een van zijn Mussolini-Ratelband toespraken. Hij raast over het podium. De vuisten omhoog. Hij schreeuwt, alsof hij op een balkon in Amsterdam het einde van de corona-crisis aankondigt en gebruikt een techniek die ik veel heb gezien wanneer Louis van Gaal zich weer ergens in zijn eigen voet schoot: hij laat veelbetekenende stiltes vallen.

Zoals je dat doet wanneer je tegen kinderen spreekt of tegen ondergeschikten die niets terug mogen zeggen. Louis zegt dan dingen als: 'Heb ik niet gezegd dat we minimaal negen nieuwe spelers nodig hadden?' Daarna een stilte van twaalf seconden. Hij kijkt, om het effect te vergroten, woest de zaal in. Iedereen in de zaal denkt: ja, gek, dat heb je gezegd en toen hadden we al spijt van je.

Dat is wat ik denk aan te treffen in de biografie. Veel verhalen over zijn menselijkheid, hoe beschermend hij is naar zijn spelers, hoe perfectionistisch hij is, maar weinig verhalen over de achilleshiel van Louis van Gaal: normale omgang met andere, onafhankelijke mensen.

De balkonscène bij Bayern, de huilbui bij het Nederlands elftal, het uitfoeteren van journalisten, het ongevraagd aan politici uitleggen hoe je een land moet besturen en daarna nooit schaamte voelen. Nooit denken: ik heb dat verkeerd aangepakt. Altijd denken dat de planeten om jou heen draaien. En de doodsbange mensen om je heen niet willen horen, omdat het alleen om jouw eerlijkheid gaat en om jouw waarheid. Nooit nee zeggen tegen alweer een biografie. Daarom is Louis van Gaal half geslaagd als coach en behoorlijk mislukt als mens.

Biografie van Louis: deel 2

Vanochtend heb ik aan mijn vriendin, Tanja, gevraagd of ik een totaal mens ben. 'Half dier, half mens,' zei ze. 'Nee, serieus,' zei ik. 'Ben ik een totaal mens? Behandel ik jou als een totaal mens? Tan, het is zo moeilijk. Ik denk dat ik maar een kwart mens ben. Verder is het allemaal instinct. Ik ruik vlees en ik denk: ha, we gaan eten. Het is allemaal zo dierlijk.' 'Ja dat zeg ik net. Half dier. Heb je weer in de biografie van Louis van Gaal zitten lezen? Ga anders even onder een koude douche staan.'

'Ja, goed idee,' zei ik. 'Goed voor Nico Dijkshoorn, onder de douche. Je mag kijken als Nico Dijkshoorn naar de douche loopt. Bij Nico Dijkshoorn moet je een douche verdienen. Ook onder de douche ben ik goudeerlijk. Altijd. Ik zeg het als het water te koud is. Dan zeg ik: Nico Dijkshoorn vindt het water te koud. Daarna bel ik de gemeente, want ik wil dat alle neuzen dezelfde kant op staan. Je kunt zeggen, wat jammer, bij Nico Dijkshoorn is het water te koud, maar je kunt er ook naar handelen. Iemand opbellen en zeggen: het is een proces en jij bent een schakeltje. Ik ben Nico Dijkshoorn, het eindstation waar het water op terechtkomt.'

Dit doet de biografie van Louis van Gaal met je. Als je niet oppast, ga je het over jezelf hebben alsof je een overleden staatshoofd bent. Uit mijn hoofd een paar eigen-naam zeggers: Donald Trump, Elton John, John de Mol en Gordon. Met geen van hen zou ik langer dan twee minuten in een kamer willen zitten. Louis van Gaal is de kampioen van dit gezelschap.

Ik las het hele weekend over zijn carrière, zijn succes, zijn nederlagen en zijn privé-leven. Steeds bladerde ik terug naar de sleutelscène in het boek. Zijn bijna-vertrek bij AZ. De situatie: AZ speelt slecht, gaat zelfs op degradatie af en precies op dat moment gooit Louis de handdoek. Hij legt uit waarom.

Hij kan de groep niet meer motiveren. De magie is uitgewerkt. Een ander moet het doen.

Ikzelf dacht, ongeveer op driekwart van het boek en inmiddels een Louis van Gaal-deskundige, iets heel anders: Louis knijpt ertussenuit. Hij laat zijn spelers in de steek. Het Totale Mens-principe wordt door Louis alleen omarmd als er wordt gewonnen. Bij smadelijk verlies verdwijnt de geroemde eerlijkheid en vlucht hij. Of vertrekt hij met ruzie, zoals bij Bayern München, Ajax, Barcelona en Manchester United.

Het AZ-verhaal is het belangrijkste verhaal in het boek. Daar kijken we Louis recht in de ziel. De rest van het boek staat vol met teksten van mensen die met hem hebben gewerkt. Even heel kort samengevat: hij is zo gek als een deur, maar wel eerlijk. Met open mond lees je over zijn psychologische trucjes uit de steentijd, misplaatst vaderlijk gedrag en zijn zogenaamd confronterende vragen, maar de kern van Louis van Gaal wordt het duidelijkst uitgesproken door Louis zelf.

De AZ-spelers smeken hem te blijven. Het ligt aan de spelersgroep, niet aan Louis. Daarna zegt Louis van Gaal letterlijk het volgende: 'Over drie weken beslis ik. Laten jullie maar zien Van Gaal-waardig te zijn.'

En daarna zijn die spelers heel erg hun best gaan doen. Om Louis te laten zien dat ze hem verdienen. Daar haak ik af. In het boek heb ik honderden keren gelezen dat Louis een rare vogel is, maar dat hij zoveel aandacht heeft voor de mens. Ik weet nu, na dit boek, dat dat alleen geldt voor een heel specifieke groep mensen: zij die hem adoreren. Ze mogen hem een beetje gek vinden, maar uiteindelijk moeten ze hem zien als een verlosser. Dan heb je Louis van Gaal, als je meegaat in zijn grootheidswaan.

In het boek komt er niemand aan het woord die een andere weg is gegaan. Het is een eindeloze reeks anekdotes van mensen die ooit de keuze hebben gemaakt: die man is een stamelende zot, maar wat de fuck, als hij graag wil horen dat hij zo een invoelend mens is, dan geef ik hem dat gewoon.

Ik denk dat het goed zou zijn geweest als er in elk geval één iemand in het boek de vloer met hem had aangeveegd. Niet ik, maar een respectabele figuur uit de voetballerij, die uitlegt waarom het een judasstreek was, Cruijff achter zijn rug om naaien, iemand die uitlegt dat je ook één keer in je leven kunt zeggen: ik heb dat verkeerd gedaan.

Die mogelijkheden waren er. Toen Louis van Gaal aan een ploegleider uitlegde dat de sprint in een Tour de France-etappe tactisch verkeerd was uitgevoerd, waarom werd hij toen niet omver geblazen? Waarom slaat iedereen lacherig een arm om de schouders van Louis van Gaal? Waarom behandelen ze hem allemaal als een achterlijk kind en doen ze net alsof hij hele mooie tekeningen maakt?

Een belangrijke vraag voor iemand die het Totale Mens-principe hanteert: waarom laat Louis zich dit aanleunen? Waarom ziet hij niet dat zo weinig mensen hem de waarheid durven te zeggen? Waarom herkent hij niet de afwezigheid van eerlijkheid, waar hij zelf altijd zo op hamert?

Snapt Louis dat, tijdens het lezen van zijn biografie, dat het een sprookjesboek is geworden? De neutrale lezer ziet meteen waar dit boek werkelijk over gaat. Over een man die het leven niet begrijpt en door anderen wordt gespaard.

Doedelzak

Ik zou u hier graag hebben bijgepraat over de Nederlandse competitie, dat het allemaal bedroevend slecht is, dat we eigenlijk twee voetballende teams hebben en dat de rest ongeveer op niveau Oezbekistan opereert en dat het groot nieuws is als Justin Kluivert weer een paar minuten heeft mogen voetballen in het verre Italië, waar ze overigens nog steeds – geheel ten onrechte – doen alsof ze het voetbal hebben uitgevonden. Maar helaas, de eerste helft van deze column moet en zal gaan over een ander fenomeen.

Zondagmiddag schakelde ik razendsnel langs de verschillende wedstrijden, om u zo deskundig mogelijk van dienst te kunnen zijn, maar ik kwam met piepende banden tot stilstand bij de wedstrijd Fortuna Sittard - De Graafschap. Wat hoorde ik? Ik keek naar de wedstrijd, maar ik hoorde iets. Een heel zacht luchtalarm. Iemand had de deur van de koelkast open laten staan en nu ging er een alarm af.

Ik werd gek. Waar kwam dat ongelofelijke rukgeluid vandaan? Alsof de wedstrijd al niet erg genoeg was. Wat was er aan de hand? Zat er iemand uit verveling de hele wedstrijd twee ballonnen tegen elkaar aan de wrijven? Het klonk als een geslachtsoperatie zonder verdoving. Ik raakte geobsedeerd. Het moest iets met voetbal te maken hebben, dat kon niet anders. Misschien vroeg de zoveelste wilsonbekwame supporter op deze manier zijn vriendin ten huwelijk. 'Lieve Betty, als ik de hele wedstrijd lang een fluitketel nadoe, wil je dan met me trouwen?'

Opeens kwam het geluid in beeld. Het was een doedelzak. Met een man eraan vast. Hij hield het instrument tegen zijn borst geklemd. Hij stond. Ik herkende de houding. Zo hield ik soms een witte kool vast. Ik had ooit, in 1979, geprobeerd een witte kool mee naar binnen te nemen in het stadion

De Meer te Amsterdam. Ik zat toen in een periode van mijn leven dat ik confronterend theater ter plekke organiseerde. Een witte kool, die midden in een Ajax-aanval opeens midden in het strafschopgebied plofte – veel verwarrender kon ik het niet bedenken.

De bedoeling was dat ik elke week een ander vervreemdend object naast de keeper zou gooien. Een tochtworst, een prei, een oude binnenband, een kunstheup of een baal Surinaamse rijst. Het is mij geen enkele keer gelukt om een van deze voorwerpen het stadion binnen te smokkelen. Daarom voelde ik mij nu geschoffeerd. Hoe had die supporter dat voor elkaar gekregen, met een doedelzak op zijn buik doodgemoedereerd het stadion binnenwandelen?

De man was lang in beeld. Ik voelde afgunst. Waarom had ík daar niet aan gedacht? Waarom had ik het zo ingewikkeld gemaakt? Hoe mooi zou het niet zijn geweest als ik de hele wedstrijd, vlak achter de keeper van de tegenstander, op een dwarsfluit had gespeeld. Of een harp. Mijn leven zou anders zijn gelopen. Net als de wereldberoemde Nederlandse indiaan zou ik misschien een cultstatus hebben verworven. Tijdens elke herhaling zouden ze me zien zitten, achter het doel, met een harp tussen mijn benen.

Een doedelzak in een Nederlands stadion, hoe langer ik ernaar keek, des te kwader werd ik. Wat was dit voor een raar Schots gedoe in een Nederlands stadion? Waarom een zak vol met houten fluiten meenemen als je ook op een prachtig Nederlands instrument kon spelen? Ik wist even niet zo snel een Nederlands instrument te verzinnen, maar het bleef een schande. Een trekharmonica zou al zoveel beter zijn geweest. Desnoods een neusfluit. Maar dit was een aanstootgevend buitenlands instrument. Dan kon je net zo goed volgende keer een didgeridoo meenemen naar Fortuna Sittard, of een kangoeroe.

De man bleef maar blazen en hij bleef maar in beeld. Een vreselijk geluid. Denk maar aan een leeglopend bad, met een vastzittend fluitje in de afvoer. Toch was het ook best aandoenlijk. Oordeelde ik niet te snel? Stond hier niet eigenlijk een oersupporter? Dat kon toch. Misschien speelden ze in Sittard allemaal doedelzak. De mijnen waren al een tijdje dicht, dus dan ging je andere dingen verzinnen om de dag door te komen.

Misschien kwamen ze in Sittard wel op geheime plekken bij elkaar om naakt, in een heel kleine ruimte, samen doedelzak te spelen. Je wist het nooit zeker met Limburgers. Die waren trots op de gekste dingen. Ontbijtkoek bij je sudderlappen gooien bijvoorbeeld. Als je kon huilen om zuurvlees, dan was een doedelzak bespelen relatief een vooruitgang te noemen. Ik werd eigenlijk steeds enthousiaster.

Je moest die man natuurlijk niet als buurman hebben, maar het had ook wel weer iets gezelligs, zo'n doedelzak. Eigenlijk liep je met een extra long op je buik. Het was ook een fijn fysiek instrument zag ik. Een doedelzak moet je kneden, knijpen, strelen en daarna geeft hij eventueel geluid. Ik keek naar de mans gezicht tijdens het spelen. Die had duidelijk geen vriendin.

De cameraman zoemde iets uit, de doedelzakspeler kwam nu volledig in beeld, met op de achtergrond het voetbalveld vol spelers, en pang, daar was de teleurstelling van de eeuw: hij speelde van bladmuziek. Papiertjes vol met nootjes op een ijzeren standaard. Wat een downer. Ik dacht dat hij freestyle speelde. Dat hij zich liet beïnvloeden door de wedstrijd. Zo zat dat in mijn hoofd. Die man speelde wat hij voelde, en zag – eindelijk een vrije man in Sittard.

Nee dus. In Sittard staat een man op de tribune die doedelzak speelt. Heel netjes. Van papier. Op de een of andere manier zegt dat heel veel over deze competitie. Dat voel ik gewoon.

Edgar

Ik wil geen kwaad woord horen over Edgar Davids, dus heb ik het zwaar de laatste dagen. Ik hoor het meestal binnen een paar minuten als Edgar weer iets buitensporigs heeft gedaan. Ze bellen me meestal op. 'Niek, jij bent toch voorzitter van de Edgar Davids Fanclub? Ik zie net een foto van hem naast Halina Reijn. Hij gaat iets doen in de mode. Hij draagt een Sherlock Holmes-jasje en een bril uit Star Trek. Ik dacht, ik bel je even.'

En dan ging ik natuurlijk snel kijken. Verdomd, daar stond hij. Ik moet zeggen: voor een Edgar Davids liefhebber was dat een zware tijd. Ik vond dat nu juist helemaal niet bij hem passen. Als nu zelfs Daley Blind een eigen kledinglijn heeft, dan moet je daar bij wegblijven. Te veel voetballers rommelen wat in de modewereld, met als meest hilarische voorbeeld John de Wolf.

Als je tegen iemand zegt: ik heb een John de Wolf-overhemd, dan weten ze wat je bedoelt. Dat is op zich heel knap. Die overhemden waren lelijk tot in de derde graad, maar het is hem toch maar gelukt om zijn naam eeuwig te verbinden aan overhemden die het midden houden tussen een testbeeld, een vloer vol bloed, en wat je kat, ondertussen achteruit bewegend, uit zijn slokdarm perst.

Voetballers en mode, dat wordt al snel iets ordinairs. Sowieso BN'er en kleding. Ik volg op Instagram de dochter van de Meilandjes en het is een feest. Woensdag houdt ze een pot hondenvoer voor zich uit, donderdag meldt ze dat je de kruiden van die en die moet gebruiken en vrijdag ligt ze in een gesponsorde pyjama op een gesponsord bed en bewegen haar gesponsorde lippen op een neer om te melden dat er geen betere kaasfondue bestaat dan Chez Piet's kaasfondue.

Maar nu speelt er iets anders. De commotie rond Edgar Davids is gelukkig weer eens voetbal gerelateerd. Dit is het verhaal: Edgar is sinds een week hoofdcoach van de Portugese derdeklasser SC Olhanense. Meteen na de eerste wedstrijd, 0-0, ontstond er een vechtpartij waarin Davids een rol zou hebben gespeeld. Hij kreeg rood.

In bijna alle kranten, tijdschriften en televisieprogramma's wordt daar een beetje lacherig over gedaan. Haha, daar heb je Davids weer. Het zal eens een keer normaal gaan. Wanneer gaat die jongen begrijpen dat hij niet meer op het veld staat?

Nooit, hoop ik. Dat is precies wat mij weerloos maakt. Edgar Davids kan juist niet wat andere voetballers moeiteloos doen: gedachteloos de veilige overstap maken naar de televisiewereld. Het is dringen geblazen voor een plekje aan tafel bij Jack, Jan Joost of Pierre.

Ronald de Boer verschijnt ongeveer vier keer per week in verschillende programma's en gaat steeds gekleed in een bekend merk van een pakkenmaker uit de PC Hooftstraat. Ik ken de contracten niet, maar het zou mij niet verbazen als hij die kostuums gratis of voor een fractie van de werkelijke prijs krijgt. Helemaal niet erg. Iedereen doet dat.

Maar het blijft gescharrel, mijlen ver verwijderd van het gras, de natte bal, de dampende voetbalschoenen, het uitgegooide shirt, de douche. Precies dat is waar Edgar Davids naar verlangt. Er wordt lacherig gedaan over zijn keuzes. Hulptrainer van Telstar, speler-coach bij Barnet FC en nu dan die marginale Portugese club, maar dat tekent juist het verlangen naar voetbal. Echt voetbal. Lichamen tegen elkaar. De taal van de kleedkamer.

Edgar Davids in Portugal vind ik niet veel gekker dan Frank Rijkaard bij Sparta of Clarence Seedorf als Hoofd Stadioninspectie in Brazilië. Alle drie zijn het liefhebbers en alle drie zijn ze zo lang mogelijk het voetbal blijven zoeken. Seedorf schnabbelt niet bij, Frank Rijkaard komt niet opdraven in televisiespelletjes en Edgar Davids stapt in het vliegtuig als hij elke week met echte voetballers mag werken.

Ik weet precies waar mijn bewondering voor Edgar Davids vandaan komt. Hij is rechtlijnig. Hij heeft maling aan zijn imago. Hij handelt naar wat hij voelt. Daar zijn meerdere essentiële voorbeelden van.

Edgar Davids zei in 1996 wat iedereen dacht en werd ervoor gestraft. Hij vertelde in een interview dat hij gek werd van Guus Hiddink, die zijn hoofd in de reet van sommige spelers duwde. Dat ging over de broertjes De Boer. Davids werd door Hiddink naar huis gestuurd, maar Davids had natuurlijk wel gelijk. En hij stond voor dat gelijk, zelfs als hij daardoor een toernooi miste.

Davids was ook eerlijk over de onderkoning van Nederland, Johan Cruijff. Die meldde in een vergadering dat Davids alleen mee mocht praten omdat hij zwart was. Edgar Davids hield dat niet voor zichzelf maar deed wat hij moest doen: een mythe van zijn voetstuk duwen.

Edgar Davids heeft een paar keer gezegd dat hij veel last heeft gehad van de bijnaam die Louis van Gaal hem gaf: De Pitbull. Ik heb Davids vaak live zien voetballen en zijn techniek deed niet onder voor die van Gerald Vanenburg. Een sensationele beheersing, een geweldig schot en ja, inderdaad, een waanzinnige mentaliteit. Door Louis van Gaal is Davids te vaak weggezet als een blinde, woeste voetballer.

En dat kon hij zijn als het nodig was. In de Champions League finale van 1998 speelde Davids met Juventus tegen het Real Madrid van Clarence Seedorf. Ik was in het stadion. Nog nooit heb ik twee vrienden elkaar zo hard verrot zien schoppen.

Dat tekent Davids. Geen zoete broodjes bakken. Fuck imago. Er staan als het nodig is. Niet denken aan reputatie.

De Wet Der Nederige Verontschuldiging

Ik verheug mij al dagen op de officiële verontschuldiging van David Neres, die een week geleden werd opgepakt tijdens een illegaal feest in Brazilië. Ik snapte wel meteen waarom ze hem eruit pikten. Neres ziet er al een leven lang uit als iemand die net zes ons paddenstoelen in zijn hoofd heeft geduwd.

Ik weet hoe dat werkt. Ik heb hangende oogleden en er gaat geen dag voorbij dat mensen mij aanraden eens lekker bij te slapen of een paar weken met vakantie te gaan. Neres moet leren leven met zijn ogen. Laat hem een kwartier door Amsterdam lopen en ze vragen hem om de minuut hoeveel gram hij wil kopen.

Neres heeft pech dat hij in deze tijd leeft. Romario kon tot vier uur op zijn nest blijven liggen, mocht klagen over de Hollandse kost die hij kreeg voorgeschoteld, rommelde zich door 39 procent van de geslachtsrijpe vrouwen in Eindhoven, kwam na elk bezoek aan Brazilië een week te laat op De Herdgang aan en kon na een paar jaar Nederland alleen de volgende Nederlandse woorden uitspreken: 'Beetje moe.'

Daar kraaide geen haan naar. Niemand wist waar je zat. Ruud Krol kon in Napels op zijn blote voeten een pizzeria binnen lopen en een kilo gebakken deeg naar binnen proppen en niemand wist het. René van der Gijp, al zou hij tijdens zijn PSV-tijd naakt ondersteboven aan een paal hebben gehangen in stripclub Barrera, geen hond zou het erover hebben gehad. Als Wim Suurbier met zijn blote lul in een bord soep door een hotel liep, dan hoorde je dat pas negentien jaar later.

Nu weet je binnen een minuut alles van iedereen. Ik keek Neres een paar uur na zijn arrestatie midden in zijn gearresteerde oogjes. Het bijzondere van deze tijd, deze beeldenstormtijd, deze open inrichting waarin iedereen via zijn telefoon een permanente verbinding heeft met welke plek op aarde dan ook, is dat iedereen die ook maar van een misstap wordt verdacht met een verklaring moet komen.

Dat eist de twitterhorde en daar brult de Instagram-*gang* om: een verklaring. Of je nu hoog of laag springt, je zult als sporter, minister, schrijver of wat dan ook verantwoording moeten afleggen aan Het Gezonde Volksgevoel. Deze week gebeurde dat Matthijs de Ligt, Ronald Koeman, Ajax en Kevin De Bruyne.

Om met de laatste te beginnen: hij twitterde een paar uur na de verloren Champions League-finale het volgende: '*Hi guys just got back from the hospital. My diagnosis is Acute nose bone fracture and left orbital fracture. I feel okay now. Still disappointed about yesterday obviously but we will be back.*'

Dan hebben we het over een nieuwe dynamiek. Geblesseerde spelers gaan niet huilend op hun bed liggen, maar ze zitten achter in een auto te twitteren hoe ze zich voelen. Je moet niet te lang wachten. Vijf uur niet reageren en fans denken dat je blind bent, ongeneeslijk ziek of gekidnapt.

In die dynamiek leven topsporters en coaches. Elk moment kun je opeens midden in een shitstorm terechtkomen en dan zit er niets anders op dan snel met een verklaring te komen. De macht van de twitterende horde is oneindig. Voetballers zijn daarmee in hetzelfde universum beland als bekende volkszangers. André Hazes jr. verontschuldigt zich inmiddels zes keer per week. Tino Martin legt een paar keer per maand uit dat hij zo vals zong door een verkeerde mix van medicijnen.

De macht van de massa werd ook Wout Weghorst fataal. In 1990 kon je huilen en eigenwijs doen wat je wilde. Nu waren Wouts corona-bespiegelingen meteen groot nieuws in Nederland en Duitsland. Wout uitte enkele paranoïde samenzweringstheorieën en daarna trad de Wet Der Nederige Verontschuldiging in werking. Binnen een paar dagen liet hij via social media weten dat hij helaas helemaal verkeerd was begrepen.

Hetzelfde scenario voltrok zich dit weekend, toen heel anoniem twitterend Nederland over Matthijs de Ligt heen viel. Hij was een van de Oranje-spelers die zich niet wilde laten vaccineren en de enige die dapper genoeg was om daar ook iets over te zeggen. Hij verklaarde in een interview dat ieder mens moest weten wat hij met zijn eigen lichaam doet.

Een dag later vond hij het omgekeerde. Na een dag geraas op Twitter legde Matthijs in een tweet uit dat hij blijkbaar helemaal verkeerd was begrepen. Natuurlijk liet hij zich vaccineren. Hij had er zelfs heel veel zin in!

De constante in dit rijtje voorvallen is: het management. Zij kloppen aan bij hun klant en leggen hem uit dat er geen weg terug is. Het zorgvuldig opgebouwde ideale schoonzoon-imago brokkelt af en de speler moet met een verklaring komen, ook al zegt hij daarin het omgekeerde van wat hij werkelijk vindt.

Er zijn nog maar heel weinig spelers die de rug recht houden. Zelfs Zidane voelde zich dit weekend genoodzaakt een schriftelijke verklaring af te leggen over zijn vertrek bij Real Madrid.

De allertreurigste knieval maakte Ronald Koeman, die door FC Barcelona-voorzitter Joan Laporta in twee zinnen werd veranderd in een doodziek aapje. Meteen ging het rond. Ronald had het weer aan zijn hart. Was het einde verhaal voor hem bij Barcelona?

Daarna keek ik naar een van de treurigste filmpjes van het jaar. Ronald Koeman in zijn tuin. Hij doet zijn best om er zo gezond mogelijk uit te zien. Iemand filmt hem. Ronald zegt dat hij zich goed voelt. Niets aan de hand.

Zo'n grote speler, zo'n grote coach en dan toch zo'n vernederend filmpje moeten laten opnemen. Ik voelde medelijden.

Meneer Van Basten

Kees Jansma, de oud-perschef van Oranje, zal ervan hebben gesmuld. Die heeft de meesterzet herkend. Misschien had hij het zelfs precies zó aangepakt. Ik weet bijna zeker dat, een dag na de wedstrijd tegen Oostenrijk, het volgende gesprek heeft plaatsgevonden tussen de huidige perschef van Oranje en Matthijs de Ligt.

'Matthijs, gisteren heeft Marco van Basten gezegd dat je in Italië blijkbaar helemaal niets hebt geleerd. Hij vindt dat je leiding moet geven aan je verdediging, of zoiets. Daar moeten we iets mee. Als Marco zegt dat de aubergine een groente is met te veel kapsones, dan worden er vier jaar lang geen aubergines meer verkocht. Mensen luisteren naar hem en dat vindt hij lekker. Wat we dus gaan doen is hem gelijk geven, maar op een heel vervelende manier. Ik heb even wat dingen uitgezocht uit het verleden en Marco kan niet tegen woordjes. Iemand noemde hem ooit 'pannenkoek' en daarna heeft hij jarenlang in verwarde staat ergens in Zwitserland met mannen van 86 jaar zitten beppen over de buitenspelregel. (...)

(...) 'Ja, oké? Dus zo gaan we het doen. Jij gaat hem Meneer van Basten noemen. Steeds maar weer. Dus als ze vragen: wat vind je van de kritiek van Marco, dan zeg jij: dat is natuurlijk een hele eer als Meneer van Basten dat zegt; en je lult er nog wat omheen. Zeg het nog een paar keer. Meneer van Basten. Dan is het klaar.' (...)

En zo ging het precies. Marco van Basten is voortaan opeens Meneer van Basten. Hij is in één woord dertig jaar ouder gemaakt. 'Meneer.' Zo moet het voelen wanneer mensen in het openbaar vervoer voor je opstaan of als ze je ongevraagd uitleggen hoe de snelkassa werkt.

Opeens zijn de truitjes die Marco draagt kledingstukken die je in de kast van je overleden opa vindt. Meneer van Basten. Dodelijk. Een paar uitzendingen later werd Meneer van Basten gevraagd wat hij van Matthijs z'n reactie vond. Zijn gezicht brak bijna in tweeën toen hij lachend antwoordde dat hij het een schitterende reactie vond. 'Jaja, meneertje' dacht ik.

Woordjes kunnen je hele carrière kapotmaken. De zeer technische, piepjonge Edgar Davids werd door Louis van Gaal ooit een pitbull genoemd en opeens had iedereen alleen maar oog voor zijn hardheid en zijn onverzettelijkheid. Johan Cruijff gaf Gerald Vanenburg een piepstem. Einde glanscarrière.

Met Denzel Dumfries gebeurt nu hetzelfde. Daley Blind zei na de wedstrijd tegen Oekraïne dat Dumfries lekker langs de zijkant van het veld stierde. Oh jee, dacht ik. Daar komt hij nooit meer van af. Vrouwen zullen stiertjes voor hem gaan kopen, bij zijn nieuwe club zal hij ook De Stier heten, in zijn nieuwe auto hebben ze, om hem te verrassen, een stuur in de vorm van een stierenkop laten zetten en veertig jaar later zit hij in een studio en zegt Kees Jansma, inmiddels 147 jaar oud: wat een eer om De Stier aan tafel te hebben.

Je kunt spelers die goed in hun vel zitten met één woordje helemaal kapotmaken. Als Jeroen Stekelenburg na de wedstrijd op de volgende manier een interview met Wout Weghorst begint, dan is het gedaan met die jongen: 'Ja, hij staat hier voor me, King Crowdpleaser. Wout, het leek alsof je de hele wedstrijd met een oranje toeter in je mond speelde. Leg uit.'

Tijdens een persconferentie tegen Memphis Depay zeggen: 'Ben Cramer vindt jou heel goed rappen. Een reactie graag.'

Einde carrière.

Jezus met een paardenstaart

Twaalf man in een kantoor, hoog boven de stad. Uitzicht: Milaan. In elke hoek een witte stenen leeuw. Het licht wordt gedimd. Er start een filmpje. Na drie seconden gaat het licht weer aan. 'Kunnen we niet beginnen met een special effect? Dat ik zieken genees door een voetbalsok in hun nek te leggen? Dat bij een oude Italiaan, die onder Mussolini allebei zijn benen heeft verloren, na mijn handoplegging langzaam twee voetbalschoenen aan zijn stompjes groeien en dat ik die dan kus, of zo. Noteer maar. Of laten we iets doen met een opensplijtende zee, dat ik daar met het hele elftal van Milan tussen die muur van water ga staan en dat ik dan tegen de Paus zeg: *I'm Zlatan*. Ik kus niet de grond. De aarde kust mij. Zet maar weer aan.'

Zlatan Ibrahimović heeft enkele dagen geleden een nieuwe video op ons losgelaten. Qua stijl verschilt die niet veel van alle andere berichten die hij op Instagram met ons deelde. Denkt u aan een mix van Leni Riefenstahl die trommelende Hitlerjugend filmt, *Robocop*, *De Tien Geboden* en *The Terminator* en dan hebt u wel ongeveer een beeld. *Jezus met een paardenstaart* zou de film in het Nederlands heten.

In de korte video laat Zlatan weten dat hij nog maar net begint. Hij is 39 jaar oud en begint net lekker warm te draaien. Zou hij het daar bij hebben gelaten, dan zou ik alleen wat verbaasd hebben gereageerd op de soundtrack onder de video. In het begin meen ik een elektrische panfluit te herkennen en naarmate de beelden intenser worden sluipt er steeds meer dj Tiësto met een hersenbloeding in de muziek. Op totaal onverwachte momenten klinken er daverende paukenslagen, normaal gesproken muziek die je zou gebruiken als in de laatste Marvel-film alle Avengers, Spiderman, Batman en de Hulk tegelijk sterven, en aan het eind van de film is het opeens weer stil en hoor je het gejuich van publiek.

Voor wie ze juichen is dan inmiddels wel duidelijk: voor Zlatan. Tot zover niets nieuws onder de zon. We zijn dat van hem gewend. Een voetballer die zichzelf midden in een roedel leeuwen laat schilderen, van zo'n iemand weet je: die gaat nog meer waanzin op ons loslaten. Zlatan is ongeveer 20.000 keer Sjaak Swart en ik kan er tijdens mijn werkzame leven al nauwelijks eentje aan.

Wat ik wil zeggen: ik begon wat verveeld aan de zoveelste ejaculatie Zlatan te kijken. Ik schrok. Dit filmpje is anders. Er lijkt – en dat was bijna ondenkbaar – twijfel te krioelen, vlak onder die paardenstaart. Zo voelt het filmpje dat hij op ons loslaat. Zlatan wil ons laten weten dat hij tot zijn 94e blijft voetballen. We zijn nog niet van hem af. Hij buigt voor niemand. Hij is Zlatan.

Dat laatste, steeds zeggen wie je bent, dat heb ik gisteren, bij wijze van proef, twee uur lang zelf geprobeerd. Midden in gesprekken onderbrak ik mensen, en zei: 'Ik ben Nico en jij niet. Ga door met je verhaal waar ik niet naar luister.' Ik heb het ook in winkels geprobeerd. Ik wachtte op de vraag: 'Kan ik ik verder nog iets voor u betekenen?', stilte laten vallen, op de toonbank leunen en zeggen: 'Ik ben Nico.' Sommige mensen noemden dan hun eigen naam. 'Aangenaam, ik ben Theo.' Daarna zei ik: 'Geen Nico dus. Want dat ben ik. Ik ben Nico.'

Wat dit filmpje anders maakt, is dat er zoveel haat en achterdocht in zit. Ik weet, na dit filmpje, bijna zeker dat Zlatan denkt dat corona is losgelaten door zijn vijanden. Rafael van der Vaart dus. Zo zit dat in zijn hoofd. We hebben hem met z'n allen kapot proberen te maken, maar helaas, vergeefse moeite: hij is Zlatan.

Het heeft iets ontroerends en tegelijk iets tragisch dat een voetballer van 39 woedend wordt wanneer je heel voorzichtig zegt dat het eind van zijn prachtige carrière nu wel in zicht komt. Dat valt te vergelijken met de ontkenningsdrift van Hennie Huisman. Die zit al twaalf jaar in een showpak naast zijn telefoon.

Hij zal het niet graag horen, maar het kernwoord is: aandoenlijk. Iemand een filmpje laten maken waarin je nog eens laat weten dat je nog brult. Want zo is het gegaan. Zlatan heeft dat belachelijke zakdoekje vol zaad – want dat is het, niet meer en niet minder – zitten bekijken en heeft de versie die wij nu allemaal kunnen bekijken, goedgekeurd.

De steekwoorden in het filmpje zijn: 'Vechten, in mezelf geloven, mij kapot willen maken, wilden me uitbuiten, ik ben niet zoals jullie. Ik ben Zlatan.' Ondertussen zien we hem vanuit alle standen mensen passeren, doelpunten maken, tegenstanders vernederen en zijn Pirates of the Caribbean-lach lachen. Na veel tromgeroffel zegt hij: 'Ik ben Zlatan Ibrahimović. Dit was nog maar de warming-up.'

Het zou mooi zijn als hij over enkele maanden, wanneer steeds duidelijker wordt dat hij bij AC Milan alleen maar een bezienswaardigheid is, de volgende zinnen aan het filmpje toevoegt: 'Ik ben Zlatan. Ik ben bang. Ik ben alleen met mijzelf in mijn hoofd. Ik ben Zlatan en jij niet. Wees blij.' Ik zie dat echter niet snel gebeuren.

Dat is de ware tragiek. Voelen dat je tegenstanders medelijden met je krijgen. Merken dat je het lachertje van de dag bent als je weer eens meldt wat je naam is. Weten dat iedereen je teloorgang gaat zien en dat zo lang mogelijk ontkennen. Er niet aan durven denken dat je ooit moet zeggen: 'Ik was Zlatan.'

Frank en Ronald

'Ja, met Frank.'

'Ja, met Ronald. Wat heb jij nou lopen lullen in Spanje? Je hebt de derde naamval weer eens een keer verkeerd gebruikt.'

'Hoe bedoel je? Wacht even, ik sta in een supermarkt, even een kilo boccarones bestellen.'

'Jij lust toch helemaal geen boccarones? Daar kreeg je uitslag van. Weet ik nog goed. Als jij boccarones at, dan zagen we de vlekken zo vanuit je nek over je lichaam trekken.'

'Ja, met jou erbij. Als ik alleen ben, heb ik het niet. Wacht even, ja ben ik weer. Wat is er aan de hand?'

'Je hebt, zonder dat je het weet, tegen de Spaanse pers gezegd dat je geen bondscoach van het Nederlands elftal wilt worden. Omdat je de derde naamval weer eens verkeerd hebt gebruikt.'

'Ah, nee, hè.'

'Ah, ja, hè. Je zegt letterlijk, als ik het vertaal: "Op mijn bolle ogen. Ik ga nog liever op de visafslag van IJmuiden werken op de afdeling orgaantjes en dode ogen. Ik haat Nederlands voetbal. Bondscoach mijn ass. Als jullie me nu met rust willen laten, want ik moet nog een kilo boccarones kopen."'

'Heb ik dat gezegd?'

‘Nee, geintje, maar je hebt wel een partij ongelofelijk slecht Spaans uit je nekkie staan brabbelen. En wie moest het weer oplossen?’

‘De rijdende rechter?’

‘Nee, pikkie. Ik natuurlijk weer. Ik heb mijn mooiste jasje aangedaan en ik heb hun verteld dat je verkeerd bent geciteerd. Ik heb de journalisten maar gewoon weer de schuld gegeven. Maar wil je er voortaan wel beter op letten als je wat in het Spaans probeert te zeggen.’

‘Ik spreek heel goed Spaans.’

‘Ja, voor een kind van twee. Schei nou uit, Frank. Toen wij bij Barcelona voetbalden, toen heb je zes keer achter elkaar in een restaurant een paella voor achttien personen besteld. En dan waren wij er met z’n tweeën. Het was lachwekkend, dat Spaans van jou. Als jij een taxi in het Spaans bestelde, stond er een halfuur later een kraamverzorgster voor de deur.’

‘Barcelona wilde jou helemaal niet. Ze wilden mij. Frank de Boer. Al had ik Oegandees gesproken. Maar jou wilden ze niet. Ik heb toen moeten zeggen: ik kom alleen als Ronald ook mee mag. Anders had je al die tijd naast Sjaak Swart op de tribune moeten zitten, want bij Ajax speelde je toen ook niet meer. Ik spreek slecht Spaans, maar dat is me toen toch maar gelukt, om die mensen in Barcelona wijs te maken dat jij een linksbuiten was. Maar wat heb je gezegd tegen de Nederlanders?’

‘Dat je heel graag bondscoach wilt worden en dat je dan zelf een assistent meeneemt.’

‘Jij.’

‘Ja, ik. Dat is de deal. Jij lult dom, ik praat het recht en dan mag ik naast je zitten op de bank.’

‘Hoe reageerden ze?’

'Ja, het bekende werk. Ze vonden het knullig van je. Op dit moment denkt drie procent van de Nederlanders dat jij langer dan twaalf dagen bondscoach gaat zijn. Maar ze trekken wel bij.'

'Vertel jij hun anders iets leuks over me. Dat ik in het echt heel veel humor heb en dat je enorm met mij kunt lachen.'

'Ja, als je iets over homo's en hun manier van lopen zegt.'

'Dat zei ik niet. Ik bedoelde iets anders, maar ik gebruikte de derde naamval verkeerd.'

'Dat zeg ik.'

'Mijn boccarones zijn klaar. Ik ga je hangen. Red je het daar in Nederland?'

'Alles goed. Over een maandje zitten wij lekker naast elkaar op de bank, met dezelfde coltrui aan.'

'Doeiiii.'

'Doeiiii.'

Frank Kramer

Oud-voetballer en danser Frank Kramer kwam een maand geleden in het nieuws nadat hij de laatste wedstrijd die hij becommentarieerde volledig vol lulde met anekdotes, beursberichten, teksten van Willem Wilmink en leuke weetjes over het recht afknippen van je heg. Dat vond iedereen heel erg grappig. Hij mocht er over komen vertellen in het voetbalprogramma *Veronica Inside*. Ook daar was al van tevoren min of meer beslist dat Frank een gekkie was waar je lekker om kon lachen.

Ik heb de actie van Frank Kramer op een heel andere manier beleefd: als een grote dikke middelvinger naar iedereen die denkt dat je alleen gierend van het lachen over voetbal kunt praten. Naar iedereen die denkt dat voetbal op de televisie meteen showballet en cabaret tegelijk moet zijn. Frank gaf de nachtelijke kijkers expres een overdosis aan ongemakkelijk geleuter. Ik begreep zijn actie als volgt: als jullie troep willen, hier heb je troep. De ballen allemaal. Ik ben weg uit dit medialandschap.

Daarom heb ik de afgelopen maand goed opgelet of Frank Kramers actie effect heeft gehad. Of het iets meer over voetbal gaat en iets minder om de aankleding. Het antwoord is: nee. Ik heb eerder de indruk dat er een schepje bovenop is gedaan. Speciaal voor deze column heb ik zaterdag naar *De Eretribune* gekeken, een bonte show rond Jan Joost van Gangelen, en op zondagavond naar *Studio Voetbal*, een wekelijkse rouwdienst rond Tom Egbers.

Zaterdagavond schakelde ik net in op het moment dat Glenn Helder gierend van het lachen achter zijn drumstel zat. Laat u deze zin even op u inwerken. Glenn Helder, lachen en drumstel in één zin. Het gaat hier niet om de voorronde van een nieuwe talentenshow *Wie Kan Het Minst?*, maar om een programma over voetbal. Ik zag vier keer achter elkaar waar Glenn zo om moest lachen: hij keek naar een oud filmpje van zichzelf en nou ja zeg, hahaha, was me dat even lachen, kreeg hij zomaar pardoes heel hard een bal tegen zijn hoofd. Nog maar een keer kijken. Hahaha, ja hoor, wéér.

Op de een of andere manier vond ik het een prettig idee dat Glenn achter een drumstel zat. Dat hebben ze goed opgelost, de redactie van *De Eretribune*. 'Jongens, hoe houden we Glenn op zijn plek? Die gek moet niet door de studio gaan bewegen op zoek naar voedsel. Laten we hem een paar extra trommeltjes geven, zodat hij niet weg kan. Dan zetten we een emmer net buiten beeld, kan hij daar in pissen.'

Ik keek vlak na de zesde herhaling van de bal in het gezicht van Glenn naar analist Kenneth Pérez. Prachtig. Zo kijkt een tandarts als hij een groenteman een kies ziet trekken. Pérez keek als een Formule-racer in een botsautootje op de kermis. Stoer blijven kijken, maar heel goed weten dat je per ongeluk of door financiële gulzigheid in het verkeerde toneelstuk bent terechtgekomen.

Het was aandoenlijk. Glenn Helder riep rare dingen naar Lucille Werner en de tafel vol analisten, terwijl Kenneth Pérez, met de tanden op elkaar, nog maar eens droomde van een eigen show. Ikzelf dacht aan Frank Kramer. Geen werk, voor de televisie en dan moeten kijken naar een voetbalshow die steeds meer op *De Film van Ome Willem* begint te lijken.

Scheidsrechter ???? zat ook aan tafel. Hij probeerde net 57 keer te hard een heel leuke gast te zijn. Zijn gedrag begint steeds meer te lijken op agente ????, die na een seizoen *Wie is de Mol* ook opeens geen zin meer had in haar echte werk. ???? staat over een jaar denk ik een orkest te dirigeren in een schuimrubber pak in de nieuwe show: *Dirigeren in een Disneykostuum*.

Ik zag zaterdagavond een botsing tussen opgelegd gezellig en knarsend vakmanschap. Ex-profs die opeens aan tafel zitten met de presentatrice van *Lingo*. Jan Joost van Gangelen die denkt dat als hij zijn mond heel wijd open doet en het geluid van een parende ezel uitstoot, dat wij dan geloven dat hij echt plezier heeft.

Toch miste ik zaterdagavond iemand aan tafel. Een ex-voetballer die heel eerlijk over zichzelf zegt dat hij een gezellige, grappige gast is. Die man schoof zondagavond aan bij het mausoleum dat *Studio Voetbal* heet. Rafael van der Vaart.

Steven, Ryan en Rafael

In het voetbalpraatprogramma voor mensen die een hekel hebben aan voetbal, *Studio Voetbal*, gaf Kees Jansma een compliment aan Frank de Boer. Hij had dan wel te lang gewacht met het inbrengen van Steven Berghuis, maar in het interview had hij het wel eerlijk toegegeven. Volgens Kees dan.

Ik had iets anders gehoord. Frank de Boer praatte over Berghuis alsof iemand zijn arm op de rug draaide. Het klonk als een verklaring die je aflegt wanneer je zes dagen niets hebt gegeten en ze je een halve kip met patat beloven.

Frank de Boers verhaal over het zo laat inbrengen van Steven Berghuis klonk als volgt: 'Ja, het liep eigenlijk heel lekker op een bepaalde manier en we konden wel druk zetten, alleen op de verkeerde plekken, dus eigenlijk meer druk naar achteren in plaats van naar voren, dus daar was ik wel tevreden over, want er werd wel degelijk druk gezet, alleen dit keer op onze eigen keeper, die ik verder een geweldige pot vond keepen, zeker voor een keeper die bijna nooit keept.

Jasper heeft het moeilijk gehad. Het gras moeten maaien terwijl je collega's lekker trainen, daar heeft hij zich overheen gezet en dat zag je terug in zijn gezicht. Ik heb hem voor het eerst in negen jaar zien lachen, wat mij bijvoorbeeld nooit is gelukt, maar wat Steven Berghuis betreft, vind ik dat zijn naam niet Nederlands genoeg is voor dit elftal.

Wij hebben hier geen bergen. Ja, in Zuid-Limburg, maar dat is geen Nederland. Daar huilen ze om gestoofd zuurvlees, dus dat telt niet. Maar Steven Berghuis die wilde ik laat brengen omdat hij te ontspannen leek. Dan ben ik op mijn hoede, als spelers echt plezier hebben in hun vak. Daar moet je bij mij niet mee aankomen, plezier en aanvallend voetballen. Ik ben juist van het chagrijn en die bal over zestien schijven heel voorzichtig naar voren manoeuvreren, dus dan heb je niets aan Berghuis die altijd onverwachte oplossingen zoekt, waar je dan als trainer weer iets mee moet, maar om je vraag te beantwoorden, of ik Berghuis te laat bracht, daarop zeg ik, wat is te laat?

Als ik hem eerder had gebracht was het ook al te laat geweest, want ik had hem vanaf het begin moeten laten spelen en dat deed ik niet, dus dan vind ik dat ik altijd al te laat was dus dan kan je het beter maar ook echt goed te laat doen, dus om je vraag te beantwoorden, misschien iets te laat, maar als Babel dat schot op doel niet in de parkeergarage schiet, dan hoor je niemand. Ik vond Babel met wit haar misschien zelfs nog beter spelen dan met roze.'

Frank de Boer deed wat hij ook al bij Ajax deed. Foeilelijke wedstrijden met veel doodsbange opbouw duiden als briljant uitgevoerde tactiek. Frank de Boer, laat die een biefstuk bakken en hij staat hem twee keer drie kwartier heel voorzichtig door de pan te schudden, tot het vlees net zo grijs is als zijn eigen voorhoofdskwab.

Ryan Babel, hij zal voortaan moeten leven met het Syndroom van Valke. Michel Valke om precies te zijn. Hij miste ooit óp de doellijn en moet daar tot aan zijn dood over komen praten als het in een programma gaat over de grootste missers van de vorige eeuw.

Ryan Babel zal over 23 jaar in een of ander sportprogramma nog eens moeten vertellen wat er nu eigenkijk misging. 'Ryan, laten we even kijken naar de beelden. Wil je er zelf commentaar bij geven?' En dan Ryan, die naar zichzelf kijkt en uitlegt wat er nu precies gebeurde.

'Hier zie je dat die bal voor mijn voeten rolt, maar ik stond net na te denken over een nieuwe kleur haar, waardoor ik die bal verkeerd raakte. Het ziet er vanuit deze herhaling heel erg dom uit, maar dat klopt niet. Het was in het echt nog vijf keer lelijker.'

Rafael van der Vaart maakte tijdens zijn analyse in de rust een getergde indruk. Hij zei: 'Waarom word je linksback of rechtsback? Omdat je niet goed genoeg bent voor de andere posities.' Het was een verfrissend standpunt.

Ik heb hem alweer een tijdje niet gebruikt, maar dit schreeuwt om de Rinus Israël-proef. Wat zegt Rinus Israël tegen Rafael van der Vaart als hij hem morgen op straat tegenkomt?

'Zo walrus van mensenvlees. Wat hoorde ik jou nou zeggen over verdedigers? Ga jij me dat nou zeggen, de bitch van Zlatan? Zat jij niet geblesseerd te janken op de tribune toen hij een legendarisch doelpunt maakte? Kijk me eens aan als ik tegen je lul. Zat jij toen niet met een dik enkeltje te appen met een badpakmodel uit de Wehkamp-gids? En kijk nou eens naar je enkels. Twee keer zo dik, alleen al door het vreten. Je hebt speciale sokken nodig, anders kom je er niet in. En jij gaat mij vertellen dat ik niet kon voetballen? Kijk me aan, bolle. Wat zeg jij dan tegen meneer Rinus? Ik versta je niet. Harder. Goed zo, en nou wegwezen anders trap ik je op je vleesknie, handbal-lulletje.'

Lege batterij

Lionel Messi wil niet meer. Hij nadert het Piet Keizer-punt: er rolt een bal op hem af en hij tilt zijn voet op. Geen zin meer om er iets leuks mee te doen. Zo voetbalt Messi onder coach Ronald Koeman: als iemand met een wurgcontract.

Het is vreselijk, maar Lionel Messi begint steeds meer te lijken op de artiesten en presentatoren die in dienst zijn bij John de Mol. Ooit stapten ze glunderend een televisiestudio binnen en voelden ze iets gebeuren in het kruis wanneer er werd geapplaudisseerd, maar tien jaar later zitten ze in een heel lelijk decor naast Gerard Joling te lachen omdat hij iets zegt over een gebleekte anus.

Lionel Messi voetbalt zoals het programma *Wie Van De Drie* eruitziet. Pleur vier BN'ers in een studio, herhaal een concept uit de jaren zestig, huur iemand in als de Albert Mol van dienst en dan maar wachten of de kijkers het omarmen.

Lusteloos en vreugdeloos, die woorden komen in mij op wanneer ik naar Lionel Messi kijk. Dit weekend zat hij de eerste helft op de bank. Een bijzonder beeld en een veelzeggend beeld. Nooit zag ik iemand zo plichtmatig klappen voor een doelpunt van zijn eigen team. De mond verborgen achter een masker, maar de ogen vertelden alles. Wat deed hij hier nog?

Ronald Koeman zag er ook de hele wedstrijd uit alsof hij alweer op het perron op een volgende trein stond te wachten. Ik voelde medelijden, na elk shot van Koeman. Je hele leven dromen van FC Barcelona. In elk contract laten zetten dat je meteen weg mag als je bij je lievelingsclub kunt werken, fantaseren over uitstapjes in de stad. Je laten bewonderen.

Gaan eten in Barcelona, en dan, net als toen je nog voetbalde, de rekening niet mogen betalen. 's Avonds laat, met een muts over je witte haar, door de stad lopen, een foto maken met je telefoon en die naar je broer Erwin sturen. Zo moet Ronald dat voor zich hebben gezien. Werken met de beste voetballer op aarde. Messi.

Lionel Messi vertellen hoe hij Hollandser kan voetballen, dat moet Koeman zijn droom zijn geweest en nu is het dit: elke wedstrijd in een leeg stadion moeten kijken naar minimaal zes voetballers die liever ergens anders zouden zijn.

Dat holle geluid van het Barcelona-lied door het stadion moeten horen stuiteren. Ik voel werkelijk medelijden wanneer ik naar Koeman kijk. Vergelijk het maar hiermee: je wilt je leven lang al in een Apple-store werken, over de glazen trappen lopen en trots aan je naamplaatje voelen en uiteindelijk werk je in een winkel die lege batterijen van telefoons vervangt.

Lege batterij. Zo zou de zoon van Lionel Messi kunnen heten. Vernoemd naar hoe hij zich nu voelt. Op de een of andere manier is het ook verfrissend, dat Messi zo eerlijk laat zien dat hij nergens zin in heeft. Te vaak blijven profvoetballers lachen tot hun gezicht in tweeën breekt. Messi kan dat niet en wil dat niet. Week in week uit rommelt hij zich chagrijnig door wedstrijden heen.

En hij is niet de enige superheld met een gescheurde cape. Antoine Griezmann, de koning van het WK, de dansende disco-nicht, de voetballer die er altijd uitziet alsof hij deelneemt aan het WK ballroomdansen, ook hij voetbalt als een gebroken man.

Dat zijn er dus al minimaal drie naast elkaar bij Barcelona die met de pest in hun lijf net doen alsof voetballen in een leeg stadion nog van enig belang is. Griezmann is wel de meest betreurenswaardige. Niets lukt. Elk schot op doel lijkt door een raar magnetisch veld naast de paal te worden getrokken.

Die poelen van ellende kwamen dit weekend bij elkaar. Griezmann miste in de eerste helft drie keer ballen die hij twee jaar geleden nog blind in de kruising ramde. Messi keek toe. Koeman beet zijn voortanden uit zijn gebit.

Na de rust voetbalde Messi weer mee en acteerde hij spelvreugde, midden in een sterfhuis. Bijna achteloos sprokkelde hij de winst bij elkaar. Vooral de manier waarop hij met zijn hand over het hart streek en Griezmann liet scoren was tekenend.

Antoine scoorde voor open doel door een overstapje van Messi. Er werd daar, precies in dat moment, van alles gecommuniceerd en het was uiterst pijnlijk. Messi liet Koeman zien dat als hij even tien minuten voetbalt zoals hij twee jaar geleden voetbalde, het team weer tot leven komt. Dat is wat Messi dit weekend deed. Hij liet Koeman zien dat die met zijn team bovenaan had kunnen staan als hij werkelijk zijn best had gedaan voor de coach.

Voor Griezmann was het nog pijnlijker. Die moet ooit in zijn bedje hebben liggen glimmen. Barcelona!! Vier keer scoren in een bomvol stadion. Drie uur na de wedstrijd ze nog horen zingen. De stad leeft. Maar dit is het geworden: een stokoude voetballer moet over een bal heen stappen om hem te laten scoren.

Het is vreselijk dat het allemaal zo eindigt, het tijdperk Messi. Zijn gesjok over het veld, de starre kop, de minachting naar andere spelers om hem heen. Nooit meer het vrolijk stuiteren met de wedstrijdbal wanneer hij het veld op loopt.

Wij allemaal zijn een beetje Ronald Koeman. We zitten er met onze neus bovenop en willen het maar niet geloven. Toch is het waar. Messi heeft geen zin meer in voetbal.

Zo niet Zidane

Toch maar weer even over Cristiano Ronaldo, die ik gisteren, na een wedstrijd tegen Mexico, hoofdschuddend van het veld zag lopen omdat zijn teamgenoten hem weer eens niet begrepen. Een beetje gelijk had hij wel. Naast Ronaldo veranderen andere Portugese voetballers in voetballende kinderen. Met Ronaldo voetballen, dat moet voelen als koken naast een sterrenkok. Naast je staat hij eend te flamberen met een mengsel van stikstof en vloeibare kruiden terwijl jij wat zout op een tartaartje staat te strooien. Het zou mij verlammen.

Dat is één reden waarom het vervelend moet zijn om met Ronaldo te voetballen. Een heel stadion ziet opeens je beperkingen, niet in de laatste plaats doordat Cristiano ze met wanhopige gebaren steeds maar weer benadrukt. Als je steekpass voor de zoveelste keer niet goed aankomt, dan weet je als medespeler genoeg: hij zal zijn handen voor het gezicht slaan. Hij zal naar de hemel kijken en smeken om betere spelers.

Ik zou daar niet goed tegen kunnen. Als er op dit moment iemand van *VI* achter mij zou staan die na elke getypte zin zachtjes grommend laat merken dat ik er helemaal niets van kan, dan zou mij dat niet direct stimuleren. Het zou vreemd zijn als een kunstschilder na elke penseelstreek commentaar krijgt van een museumdirecteur. 'Ik zou daar geel hebben gebruikt. Jammer. En dat schaap klopt niet, want schapen hebben geen drie ogen. Overschilderen graag.'

Als clubgenoot van Cristiano Ronaldo kun je het alleen maar fout doen. Als jouw pass precies op maat is en Ronaldo scoort, dan zorgt hij er met zijn trademark bokito-gejuich wel voor dat de pass binnen een seconde is vergeten. Als de pass perfect is en Ronaldo mist, dan ben je ook de lul.

Hij zal met vernederende gebaren duidelijk maken dat hij verkeerd werd aangespeeld.

Dat is, voor iets ouders voetballiefhebbers, het grote probleem. We willen zo graag van een voetballer houden, maar hij maakt het ons onmogelijk. Ik was verliefd op zijn huidige coach, Zinedine Zidane, die voetbalde alsof hij gedachteloos een sok aandeed. Nooit heb ik iemand makkelijker zien voetballen. In de film *Zidane, A 21st Century Portrait*, waarin zeventien gesynchroniseerde camera's hem een hele wedstrijd volgen, is het geheim goed te zien. Zidane houdt niet van theater. Hij houdt van voetbal.

Het zijn adembenemende beelden. Geen moment is Zidane bezig met het gestuntel om hem heen. Hij volgt de bal. En als die bal het beeld binnen komt rollen, doet hij er iets ongelofelijk simpels mee. Geen moment krijg je de indruk dat Zidane het publiek wil vermaken. Hij staat zichzelf te vermaken. Een onafhankelijk genie, dat zijn medespelers steeds maar beter laat voetballen.

Dat uitgerekend Zidane nu elke dag moet werken met de hoofdrolspeler in een musical, is wrang. Ik had Zidane graag een andere sterspeler gegund. Het juichen, met de benen wijd, de mond wijd open en dan het wachten op de spelers die hem mogen bespringen, het is zo ongelofelijk niet Zidane. De hatelijke gebaren naar spelers die hem niet goed aanspelen en de bestudeerde kapsels, het zijn allemaal zaken die Zinedine Zidane verafschuwde. Nu moet die arme man elke week zien hoe precies zó'n speler zijn team kampioen maakt.

Dat moet loodzwaar zijn. Zidane is van een andere generatie. Voetballen was toen nog geen verdienmodel. Er werd heel veel geld verdiend, maar Zidane had geen twaalfjarige fans die het haar net zo wilden dragen als hun grote held. Hij had geen haar. Niemand wilde op de schoenen van Zidane voetballen. Het was te bedrieglijk makkelijk wat Zidane liet zien. Hij voetbalde in grote wedstrijden zoals wij gedachteloos langs een sloot lopen. Moeiteloos.

Ronaldo heeft dat, bijna in zijn eentje, allemaal veranderd. Door Cristiano Ronaldo zijn voetballers koptelefoondragende egomanen geworden die een vakantie lang foto's op Facebook zetten van zwembaden, bikini's, kreeft en nachtclubs. Voetballers zijn jongens geworden die modezaken openen, die zich twee dagen in China laten zien om hun duim omhoog te doen voor een poster van een nieuw model auto. Dat is wat voetballende jeugd ziet en steeds maar weer wordt voorgehouden: als je slaagt ben je bijzonder en verdien je heldenverering.

Ikzelf houd erg van voetballers die graag voetballen en die de rest, het randgebeuren, op de koop toe nemen. Daarom zou ik geen seconde kunnen voetballen met Cristiano Ronaldo in mijn team. Ik denk dat het omgekeerde ook geldt. Maar het gaat even om het idee. Ik zou geen stap zetten voor een man die mij een wedstrijd lang het idee geeft dat ik zijn galeislaaf ben. Ik zou het verdommen om na elke pass zijn wegwerpgebaren te moeten zien.

Ik zou Ronaldo, al is hij de beste en de rijkste, nooit omarmen. Iemand die wacht op bewondering, met de beentjes wijd en iemand die van voetbal een individuele sport maakt, met tien begeleiders om hem heen, die zou ik niet kunnen omhelzen. Dat Zinedine Zidane dat wel kan, is een bittere teleurstelling.

Ik haal Willem van Hanegem, onze eigen Zidane, nog maar eens van stal. Hij zou Ronaldo nooit omarmen na een gewonnen Champions League-finale. Willem, en dat weet ik zeker, zou juist de anonieme verdediger een hand geven. Johan Neeskens, hij zou Ronaldo in tweeën schoppen. Søren Lerby zou Ronaldo kaalscheren.

Die tweedeling zie ik nu in het moderne voetbal: De Genieters en De Verdieners. Ik zal altijd naar De Genieters blijven zoeken, al wordt het steeds lastiger om hen te vinden.

Dorfie en Petje

'Petje! Ja met mij, Clarence. Even snel. Als ik tegen jou zeg: Kameroen. Wat zeg jij dan? (...) Ja, volgens mij ligt het aan zee en tot nu is er nog geen massagraf gevonden. Ik word net gebeld en ze hebben wel zin in twee Nederlandse jongens. Ik heb Edgar gebeld, maar die is een nieuwe kortebroekenlijn aan het stylen of zoiets. Die kan nu dus even niet, en toen dacht ik meteen aan jou. Ik heb al een beetje naar huizen zitten kijken. Zullen we het doen? Kan ons het rotten, man. Lachen toch. Kameroen. Vragen we of Bogarde keepertrainer wil worden.'

Wanneer ik dit schrijf, denken Clarence Seedorf (196 jaar oud) en Patrick Kluivert (14 jaar oud) nog na over de aanbieding, maar als er een God bestaat dan gaat dit gewoon door. Patrick Kluivert in Kameroen, dat is te vergelijken met het opstarten van een pannenkoekenrestaurant in Gambia. Kluivert, die een jaar geleden nog door Parijs flaneerde, opeens in het ruige Kameroen. Ik verheug mij nu al op de documentaire.

Want die moet er komen. Maakt niet uit hoe. Desnoods betalen alle *VI*-lezers een tientje en sturen we Marcel van Roosmalen – samen met een cameraman – twee jaar lang naar Kameroen. Dit MOET worden gedocumenteerd. En het moet snel. Over een paar dagen staan Clarence en Patrick al ergens in een stoffig kantoortje en luisteren ze naar een handlanger van het huidige staatshoofd. Die heeft zelf een shirt ontworpen en ook meteen, omdat hij toch bezig was, een nieuwe leren bal, met zes ventielen, zodat je nooit meer hoeft te zoeken.

Hij vraagt of ze de eerste wedstrijd een paar keer vanaf eigen helft kunnen scoren. Vinden de mensen mooi daar. En er moet een nieuw dansje komen bij de cornervlag. Bij thuiswedstrijden wordt het doel van de tegenstander twee meter breder gemaakt. Niet doorvertellen. En Clarence en Patrick, we zien ze daarna vol goede moed aan een onmogelijke opdracht beginnen.

Ik moet eerlijk toegeven, alles wat ik hierboven schrijf is gebaseerd op vooroordelen en doodsangst. Ik las het bericht en dacht: welke dieren scharrelen daar in de rondte, in Kameroen? Dat zou mij zelf erg bezig houden, het onbekende, en hoe ik me daar als geboren Amsterdammer doorheen ga worstelen. Het is prijzenswaardig dat Dorfie en Petje daar geen van last lijken te hebben.

Die worden volgende week wakker met een leguaan van vier meter naast hun bed. Als je hem drie keer op zijn hoofd tikt doet hij kleine huishoudelijke klusjes. Petje en Dorfie durven dat. Zoiets doe je niet voor het geld. Kameroen, daar zeg je ja tegen als je op zoek bent naar de rauwheid die voetbal ooit zo bijzonder maakte. Of als je een gokschuld hebt, maar ik ben ervan overtuigd dat het voornamelijk het avontuur is.

Seedorf heeft al eerder blijk gegeven van een exotische voorkeur. Ik herinner mij een prachtig verhaal in *VI* over zijn verblijf in Brazilië, het geboorteland van zijn vrouw. Ik lees het nog wel eens. Clarence die een rondgang maakt door het stadion van Botofago en eigenlijk alles afkeurt. Trappetjes zijn te smal, er moeten andere zeeppompjes komen, andere haakjes voor de kleren, en eigenlijk ligt het veld verkeerd. Moet 90 graden worden gedraaid.

Dat is het prachtige van Clarence: hij twijfelt nooit. Dat heeft het Nederlands elftal nogal wat punten gekost. Al miste Seedorf zes keer achter elkaar in een belangrijke wedstrijd een strafschop, hij ging gewoon weer achter die bal staan. Clarence was op zijn derde al een natuurlijke leider. Als hij het woord neemt, dan zegt hij dingen die later eventueel in een Nieuw Testament terecht kunnen komen. Alles wat Clarence zegt klinkt meteen als een eeuwenoude wijsheid.

Dat is ook meteen zijn makke. Humorloosheid. Als Clarence sprak, wilde je eigenlijk je arm om hem heen slaan en zeggen: 'Jongen, je vecht je leeg voor Nelson Mandela en dat is prachtig, maar leer ook eens lachen om een keiharde scheet tijdens een ontbijt. Laat eens – als een echte voetballer –

iemand aan je vinger trekken. Lach eens ECHT, jongen. De slappe lach om niets, oefen die een keer, Clarence.'

En volgens mij heeft Clarence dat nu eindelijk begrepen, dat er wat lucht in moet, dat het lichter mag en dat het maar voetbal is. Daarom heeft hij Patrick gebeld. Waar Patrick verschijnt, wordt er ontspannen. Mensen voelen dat. Als je per ongeluk een Van Gogh hebt gestolen en je kunt nergens terecht, dan staat Petje je met open armen op te wachten. Zo'n jongen is dat.

Daarom verheug ik mij erg op hun werk in Kameroen. Ik vind wel dat ze er moeten gaan wonen. Niet af en toe met een privévliegtuigje op het trainingsveld landen, nee, echt in een resort gaan wonen en gedroogde vis langs de weg kopen. Op die manier kan hun aanwezigheid vernietigend mooi uitpakken. De wijsheid van Clarence en de vluchtigheid van Patrick, het zou zomaar eens kunnen gaan werken.

Een goede raad: laat die documentaire maken en doe tussendoor geen interviews met Nederlandse journalisten. In vredesnaam geen Leo Beenhakker-interviews. Voor een hangmat in een rieten stoel je samen met andere Nederlanders helemaal gek lachen om de trainingsfaciliteiten. Niet doen. Niet gaan vertellen dat ze, op weg naar een uitwedstrijd, in de bus 'een heel eigen manier van voorbereiden hebben'. Niks zeggen. Geen interviews en over twee jaar een winnende documentaire. Ik wil dolgraag de voice-over doen. Gratis.

Voetbal Is Oorlog

Voetbal is wanhoop. Tegen beter weten in je oude lichaam naar een tribune slepen, de kou door het afgebladderde hout langzaam in je botten voelen kruipen, lusteloos een kroket eten, kijken naar een zwaaiende mascotte en daarna naar huis lopen om je somberder dan ooit voor te bereiden op weer een week naar dat rotwerk van je. Zo gaat dat in Groesbeek en zo gaat het op duizenden andere plekken in Nederland. Amateurvoetbal op zondagmiddag, nergens anders kijk je de gemiddelde Nederlander zo recht in zijn smoel.

Voetbalclub Achilles '29 wil dat allemaal niet zijn. Zij willen stralen. Ik moet zeggen: wilden stralen, want de club is nagenoeg failliet. De gedroomde opkomst, maar vooral de ontroerende neergang was zaterdag op de voet te volgen in een prachtige documentaire van Hans Heijnen. Wie de pijn en het verdriet van verloren zondagmiddagen, flinterdunne vriendschap en tevergeefse hoop op betere tijden wil ervaren moet deze documentaire hebben gezien.

Jammer genoeg heeft de maker van deze film er alles aan gedaan om zijn werk zo ordinair mogelijk aan de man te brengen. Al weken lang circuleerden er beelden uit de trailer. Een dag voor de uitzending zaten de mannen van *Veronica Inside* nog keihard te lachen om een nu al legendarisch fragment: de trainer van Achilles '29 zegt tijdens de wedstrijd ongeveer zes keer dat hij een kutkeeper heeft. In een volgende fragment meldt hij schreeuwend dat *De Gelderlander* een kutkrant is.

Het is bijna tragikomisch dat de maker van de film precies doet wat de megalomane familie Derks bij Achilles '29 deed: volwassen mensen behandelen als kinderen. Hans Heijnen heeft de kijkers wekenlang lekker gemaakt met een hoop geschreeuw en getier in een zeer gekleurde trailer, en hij heeft daarbij op een genadeloze manier trainer Eric Meijers geofferd. Zonder dat iemand nog maar een seconde van de film had gezien, stond voor veel mensen al vast dat we anderhalf uur naar een tierende gek zouden gaan kijken.

Dat is heel jammer. Trainer Eric Meijers is in de film de meest beschaafde persoon. Een netjes geklede trainer die permanent moet werken met de hele familie Derks in zijn nek. In de trailer wordt Eric Meijers neergezet als een losgeslagen, dominante gek. In de film zelf staat hij model voor zoveel andere trainers in het amateurvoetbal. Hij is een slaaf van het grote geld. Hij luistert netjes naar de zwakzinnige voorzitter en traint daarna jongens die hij zelf nooit zou hebben gekozen.

De documentaire *Voetbal Is Oorlog* had een iets minder hijgerige promotie verdiend. De maker, Hans Heijnen, heeft ervoor gekozen om iemand te laten zien die zestien keer het woord kut roept en heeft maandagochtend trillend zitten wachten op de kijkcijfers. Dat is heel erg jammer, want *Voetbal Is Oorlog* is niet minder dan een meesterwerk.

Voetbal Is Oorlog gaat over de mens. Hoe dat armzalige wezen zelfs op zondagmiddag alleen maar kan leven op hoop, maar toch vooral op ruzie. De veelbesproken trainer: hij is een figurant. Het koningsdrama speelt zich af rond de familie Derks, die net als de karakters in het werk van Shakespeare op bezeten wijze roem en glorie najagen.

De documentaire gaat anderhalf uur lang over aandoenlijk en tegelijk hartverscheurend gescharrel van mensen die het ook allemaal niet meer weten. Over mensen die een leven lang aan iedereen vertellen dat ze maar eenvoudige arbeiders zijn en dat ze geboren zijn om te dienen en te lijden. Nergens in Nederland zie je de ziel van de Nederlander zo geconcentreerd als op de zelfgebouwde tribune van een amateurclub.

Het verhaal ontroerde mij. Hoe de familie Derks tegen de klippen op blijft geloven in stralend succes en hoe de rest van het dorp zich als murmelende en roddelende keuterboertjes in het bos verzamelt om te kankeren op de rijken. De prachtige tegenstelling tussen de zogenaamde volksclub en de gegoede club.

De allermooiste beelden stopte Hans Heijnen niet in de trailer. Hoe de familie Derks steeds staat te popelen om na de wedstrijd het veld te betreden. Hun veld. Met hun tribune. Van hun geld. Hoe die lieve, dommige familie Derks de voetballers even over de bol aait om daarmee de mensen op de tribune te laten zien dat ze ook maar gewone klootzakken zijn. De pakken die ze dragen, steeds net iets te wijd en te ordinair. De vergaderingen. Hoe ze er bij zitten alsof ze voor Shell werken. Hoe ze worstelen met een woordenschat van achttien woorden, waaronder zeventien varianten op het woord 'godverdomme'.

Voetbal Is Oorlog is daarom een film over liefde en wanhoop. Over allemaal lieve dubbeltjes die dromen van verheffing en langzaam beginnen te begrijpen dat ze nooit een kwartje zullen worden. De docu gaat niet over voetbal en niet over domme trainers. Het is een aangrijpende film over de zoektocht naar erkenning. Dat mensen je eindelijk eens zien staan.

De familie Derks heeft gedroomd van een documentaire over hun goedheid. En dat is het ook geworden – alleen niet zoals zij hoopten. Wie deze documentaire heeft gezien, weet hoe het zit. Het zijn daar in Groesbeek allemaal lieve mensen. Geen idee wat ze met hun leven aanmoeten. Op zondag verzamelen alle dolende zielen zich rond het voetbalveld. Ja, er wordt gevloekt, maar de oprechte tranen van Elrie Bakker-Derks, vlak na de definitieve degradatie, maken de meeste indruk. Jammer dat de documentairemaker heeft gekozen voor een populistische trailer. Dat verdient deze magistrale film niet.

Henk ten Cate

Dit weekend zat trainer Henk ten Cate als analist bij het televisieprogramma *Rondo*. De sfeer was goed, totdat Jack van Gelder over de kwestie Johan Derksen begon. Henk kreeg iets onverzettelijks over zich. Iedereen die hem een beetje heeft gevolgd, weet wat er dan gebeurt: hij schuift iets naar voren op zijn stoel en gaat anders praten. Nog kortere zinnen. Verbeten. Een docent met een liniaal in zijn hand. Wie hem tegenspreekt, krijgt 30 centimeter in zijn nek.

Dat gebeurde nu ook. Henk legde uit dat het absurd was om de Oranje-boycot van *Veronica Inside* in verband te brengen met een toekomstig bezoek aan Qatar, waar volgens allerlei rapporten van deskundigen de moderne slavernij is uitgevonden. Even kort samengevat: Henk vond dat het een gekozen slavernij was. Deze mensen, de buitenlandse arbeiders in Qatar, kwamen met een vliegtuig, dus dat was iets heel anders dan gevangen zitten op een boot. Ze verdienden geld voor hun familie. Dat hun paspoort werd ingenomen, dat was *all in the game*. Qatar was niet te vergelijken met slavernij. Niets aan de hand. Oranje kon, wat Henk betreft, met een gerust hart een toernooi spelen in Qatar.

Ruud Gullit, ook aan tafel, was het daar mee eens. Hij kent Qatar want hij vliegt er regelmatig naartoe voor analyses. Als je geen slaaf bent, is Qatar blijkbaar een geweldig land.

Ik snapte de opwinding. Ik ken het schilderij van Henk ten Cate, in de dodencel van Nelson Mandela. Ik ken de foto van Henk die op Robbeneiland aan de selectie van Ajax uitlegt wie Nelson Mandela was en waar hij voor stond. Henk leek het allemaal echt te menen. Het zag er doorleefd uit. Mooi, dat iemand er principes op nahield midden in de krankzinnige voetbalwereld. Dat hij jonge voetballers wilde leren dat er meer op de wereld is dan voetbal. Dat Nelson Mandela ervoor had gezorgd dat verzet een gezicht had gekregen. Nelson had de hele wereld geleerd wat onverzettelijkheid en trots teweeg kan brengen.

Dit alles had van het ene op het andere moment geen enkele waarde meer toen Henk ten Cate trainer werd in Abu Dhabi, de tweede stad van de Verenigde Arabische Emiraten. In de Verenigde Arabische Emiraten is homoseksualiteit officieel strafbaar. De zwaarste straf: de doodstraf. Al jaren. Ook toen Henk ten Cate daar zijn werk deed.

Dat valt tegen, maar het maakte het verbeten verhaal van Henk in *Rondo* wel iets makkelijker te begrijpen. Slavernij is soms geen slavernij en het doden van homo's is soms geen discriminatie op seksualiteit. Deze regel gaat alleen op als Henk in dat land werkt of heeft gewerkt.

Dat Jack daar niets over zei en dat de bezwaren tegen Qatar luchtig van tafel werden geveegd door Gullit en Ten Cate, is illustratief voor de discussie die nu over de hele wereld wordt gevoerd. Het is geen discussie. Het is schreeuwen vanuit loopgraven. De ander niet kunnen zien en niet willen zien en toch van alles over hem vinden.

Ik denk dat de oplossing die Valentijn Driessen aandraagt – juist wél aan tafel gaan zitten bij *Veronica Inside* – de enige juiste is. Tot nu toe wordt de discussie alleen maar gevoerd vanuit blinde woede. Van twee kanten. Johan kennende zal hij zijn hakken steeds verder in het zand zetten, en na de reactie van de KNVB en Ronald Koeman zie ik in de nabije toekomst ook niet veel beweging ontstaan bij de geschoffeerde voetballers.

Als die discussie er komt, is het belangrijk om het gesprek zuiver te houden. Om naar elkaar te luisteren. Het lijkt me ook essentieel dat Henk ten Cate er niet bij zit. Aan leraren die af en toe, als het financieel goed uitkomt, een oogje dichtknijpen wanneer het om rechtvaardigheid gaat, hebben we nu niets.

Zet Johan en Akwasi met zijn tweeën aan tafel, laat Wilfred Genee nu eens een keer zonder de redactie in zijn oor er alleen maar voor zorgen dat iedereen aan het woord komt, zonder steeds maar kijkcijfers genererende zuigende vraagjes te stellen, en dan is het volgens mij in een kwartier opgelost. Even niet 'laat toch gaan, man', maar een hele uitzending praten over waar de pijn zit en elkaar proberen te begrijpen. Zonder stemverheffing.

Daarna wachten tot de bedrijven die niet meer in de reclameblokken wilden zitten zich weer melden en dan de ballen hebben om te zeggen: liever niet, we redden ons wel, we houden het liever zuiver.

Meer praten met elkaar en niet denken dat de tegenpartij sowieso kapot moet worden gemaakt.

Afellay

Zondagavond zaten Mark van Bommel en Marco van Basten tegenover elkaar aan tafel in het programma *Rondo*. Tegenover elkaar, dat was geen toeval. Zo kon mooi het starre schoudertje van Marco worden gefilmd wanneer Mark aan het woord was, en zag je tijdens een betoog van Marco de ruggengraat van Mark langzaam in die van Wolverine veranderen.

Ik dacht van alles bij de wat laffe confrontatie – het gesprek over een veelbesproken wissel – maar vooral deze gedachte diende zich aan: kijk ze zitten, de twee mislukte coaches. Blablabla, wat niet al, zus en zo, maar ondertussen hadden ze PSV en Ajax niet aan het voetballen gekregen.

Wat het dragelijk maakt is dat ze het zelf in alle eerlijkheid bekennen. Vooral Marco van Basten heeft moedige dingen gezegd over het stranden van zijn trainerscarrière. Het is zeer ongewoon in de voetballerij, om zwakte te tonen. Je zult een trainer niet snel horen zeggen dat hij het even niet meer wist. Toch zou dat menselijk en fijn zijn als het wat vaker gebeurt.

'Ja, na dat zevende doelpunt tegen had ik misschien mijn keeper moeten wisselen. Dat werkte minder goed dan ik dacht, een keeper met een zwarte bril, een rood-witte stok en een herdershond onder de lat, maar ja, ik heb hem laten staan omdat ik tijdens de wedstrijd recepten zat uit te wisselen met de materiaalman.'

Het zou een verademing zijn. Niet alleen bij voetballers en trainers, maar ook bij alle mediamensen die om het voetbal heen hangen. Eerlijk en oprecht zeggen dat je er geen moer verstand van hebt. Dus niet het gebruikelijke gemompel van Arno Vermeulen, dat er altijd verschillende kanten aan een verhaal zitten, maar ook eens een keer flink boete doen. Midden in een uitzending terugkomen op eerder gedane uitspraken.

'Ik wil even iets corrigeren. Ik heb hier vorige week een heel verhaal zitten houden over internationale wedstrijden, dat die tijdens de pandemie gewoon door moeten gaan en dat het allemaal wel meevalt met de verspreiding van het virus door jonge internationals, maar nu de hele selectie van RKC met z'n allen vijf weken in een hotelkamer van 4 bij 3 in quarantaine moet, denk ik daar toch anders over. Niemand wil zo lang tegen het droeve hoofd van Fred Grim aan kijken. Dat gun je niemand.'

Van Basten en Van Bommel zijn vanaf zondagavond rolmodellen. Allebei zo eigenwijs als de kolere, maar ook niet vies van wat soulsearching. Mark van Bommel maakte indruk met een eerlijk verhaal over zijn gestrand trainerschap bij PSV, en Marco van Basten herkende alles. Ik zou, als regisseur van *Rondo*, midden in het programma een pannenkoek voor Marco hebben neergezet.

Later op de avond was er nog meer loutering en durf te observeren. Ibrahim Afellay zat voor de tweede keer aan tafel bij *Studio Voetbal* en alweer was het een verademing. Hij was goudeerlijk, keihard, rancuneus en partijdig. Ibrahim Afellay is ook meteen een van de mooist formulerende voetballers die ooit aan tafel heeft gezeten.

Om dat maar even te vergelijken met de andere twee voetballers die vaak bij *Studio Voetbal* aan tafel verschijnen: Rafael van der Vaart praat beter Deens dan Nederlands. Aardige jongen, heerlijke grappen, oprechte verontwaardiging, maar dat alles wel steeds bij elkaar gescharreld met de woordenschat van een gemiddelde Amsterdamse smartlapzanger.

Theo Janssen, een prachtige voetballer en, net als ik, een groot liefhebber van al het eten waar een gefrituurde korst omheen zit, maar verbaal toch meer het niveau van iemand die 25 jaar op een onbewoond eiland heeft gezeten met alleen een boek van Gerard Joling in zijn bagage.

Afellay is zo eerlijk dat je denkt: wat zitten die andere figuren aan tafel dan al jaren lang wollig uit hun nek te zwammen? Goed, het is vaak kritisch, maar bijna altijd wordt kritiek op een club of op een voetballer verpakt in een hoop mitsen en maren.

Alleen al in laatste uitzending van *Studio Voetbal* was Afellay genadeloos in zijn oordeel over Feyenoord, PSV, ADO Den Haag en over de trainer van PSV, Roger Schmidt. Die liet nu, volgens Afellay, zijn ware gezicht zien. Rancune misschien, maar wel eerlijk. In een voetbalprogramma zo duidelijk zeggen dat je collega's en je ex-trainer er helemaal niets van kunnen, dat is op z'n minst dapper te noemen.

Het grappige is dat Afellay steeds netjes wacht tot de andere analisten zijn uitgepraat en dan met een brute, bijna verbaasde samenvatting komt. 'ADO Den Haag, wat waren die slecht, zeg', of: 'Feyenoord voetbalt zonder een plan.' Steeds keurig geformuleerd.

Natuurlijk doen Derksen, Van der Gijp en Kieft hetzelfde in *Veronica Inside*, maar dat zijn voetballers die in de vorige eeuw voor het laatst tegen een bal trapten. Hetzelfde geldt voor Ruud Gullit, Marco van Basten en Jan van Halst bij het programma *Rondo*. Kenneth Pérez en Arnold Bruggink, ook zij trokken jaren en jaren geleden voor het laatst een eredivisie-shirt aan.

Die afstand tot het onderwerp maakt het veiliger. Bij Afellay ligt dat anders. Die trainde een halfjaar geleden nog mee met het eerste van PSV. Hij is de fabrieksarbeider die ontslagen naar de fabriekspoort loopt en helemaal leegloopt, vol wrok en toch goudeerlijk.

Studio Voetbal heeft goud in handen. Ook als Ibrahim Afellay weer ergens in Nederland bij een club gaat voetballen, iets wat hij zelf overigens uitsluit, dan hoeven we niet bang te zijn dat hij opeens meel in zijn mond heeft. Waar je hem ook neerzet en wat je hem ook vraagt, hij zegt wat hij vindt. Vrij uniek voor een voetballer.

Spijt

Ik wil eerlijk zijn. Nee, ik moet eerlijk zijn. Na al die jaren hier in *Voetbal International* voel ik een sterke, persoonlijke band met u, de lezer. Daar hoort vertrouwen bij. Ik wil niets voor u achterhouden en dat heb ik een week geleden wel gedaan. Te laat schrijf ik deze column. Daar bied ik mijn excuses voor aan.

Ik wist een week geleden al wat u over enkele zinnen ook weet. Ik koos ervoor om daar, in het vorige nummer van *VI*, niet over te schrijven, maar dat was fout. U hebt recht op de waarheid. Daarom wil ik u hier vandaag vertellen dat ík het was. Ik was het al die tijd. Ik heb vrijdag 31 augustus het huis van Memphis Depay leeggehaald.

Dat was niet makkelijk. Ik had een plastic zak en een boodschappenkarretje bij me. Ik dacht, die gast is aan het voetballen en ik donder even snel wat geruilde voetbalshirtjes en eventueel een paar vaantjes in mijn tas. Het liep anders. Uiteindelijk heb ik drie bevriende vrachtwagenchauffeurs zo gek gekregen om me te helpen.

Uit mijn hoofd een kleine opsomming van de buitgemaakte artikelen: een bank van olifantenleer, 1473 paar sneakers, gesorteerd op hielhoogte, 957 horloges waar je niet op kunt zien hoe laat het is, zes bronzen beelden van Memphis zelf, een ingelijst boodschappenbriefje van een Amerikaanse basketballer, een ingelijste handgeschreven tekst van de rapper Crazy Motherfucker Copkiller (CMC), twee buffetkasten vol met schetsen voor nieuwe tattoo's, een foto van de Afsluitdijk, een opgezette buffel gevuld met nasi-goreng, een werk van Jeff Koons (*Kiwi in eigen Rectum*) en nog wat los spul, zoals een televisie die koffie kan zetten en je planten kan besproeien. Midden in de kamer stond een verlaten termietenheuvel.

Pas op de terugweg, naast een van de vrachtwagenchauffeurs, kwam de wroeging. Had ik hier nu wel goed aan gedaan? Die jongen deed ook maar gewoon zijn best. Ik had mij – tijdens zijn periode in Engeland – geërgerd aan het kleinburgerlijke Nederlandse gezeik over de uitbundige hoed van Memphis. Als je in Nederland een hoed op zet, vinden ze dat je normaal moet doen.

Memphis had daar maling aan. Ik begreep dat. Hadden we eindelijk eens een goedgeklede voetballer, was het weer niet goed. Al onze voetballers en ex-voetballers gaan naar dezelfde winkel om hun televisiejasjes en -hemdjes te kopen. Ronald de Boer ziet er drie keer in de week uit als Jort Kelder met een leerachterstand. Arnold Bruggink zit er al jaren lang bij als een bedrijfsleider van een middelgrote supermarkt, Jack van Gelder koopt zijn jasjes in het Zwarte Woud (bij Schnumpf Und Kattenbach), Pierre van Hooijdonk kiest overhemden bij zijn haar en Jan Joost van Gangelen ziet eruit als iemand die op een hippiemarkt zelfgemaakte leren polsbandjes verkoopt.

Ik vond die zwierige schildershoed van Memphis juist een frisse wind. Wat bezielde mij dan om juist het huis van deze jongen leeg te halen? Juist bij Memphis, die er vanuit Frankrijk alles aan deed om de Hollandse spruitjeslucht uit zijn lichaam te voetballen. Toch zweeg ik een week lang. Ik verkocht zijn spullen aan Harry Mens en Wibi Soerjadi.

De echte schaamte kwam pas na de wedstrijd tegen Frankrijk. Ik zag Frenkie de Jong bedelen om het shirt van Mbappé. Daley Blind kon na twee belabberde wedstrijden zijn shirt alleen nog ruilen met de materiaalman van de Fransen. En wie liep daar midden op dat veld ongelofelijk te shinen? Memphis. Ik zag hoe de Franse spelers hem even wilden aanraken. Dat fijne potige lichaam vol met spieren. Dat onweerstaanbare wipneusje midden in dat vriendelijke gezicht.

Daar zag ik Memphis pas zoals hij werkelijk is: een doodgoeie jongen die eindelijk eens wil slagen, maar vooral een jongen die dat Nederlandse juk van middelmatigheid en slechte smaak van zich af schudt. Ik keek naar de beroemde Franse spelers, hoe ze om Memphis heen cirkelden en ik dacht: Memphis zal nooit met zijn gezin op een gesponsorde driezitsbank midden in een stadion gaan zitten.

Daarom heb ik spijt van die inbraak. Drie dagen na het wanstaltige afscheid van Wesley Sneijder zag ik opeens de kern van Memphis Depay. Wesley trouwt in een lichtblauw pak en regelt vierhonderd witte duiven. Memphis laat een leeuw in zijn rug prikken. Wesley laat Yolanthe zijn afscheid stylen en daar zat hij, op de middenstip met een paar kamerplanten om hem heen.

Memphis dwingt in Frankrijk respect af met eigenzinnig voetbal en een eigenzinnige levensstijl. Wesley nam afscheid op een driezitsbank. Dat is het verschil. Daarom, lezers, heb ik spijt. Veel beter had ik iets kunnen stelen bij Hans van Breukelen (dertig stoelen waar je bovenop kunt staan wanneer je motiveert) of Maarten van der Weijden (manuscript van zijn nieuwe boek *Ik Jezus*).

Er zal nu worden gelachen om de belachelijke hoeveelheid onzin die Memphis in zijn huis had staan. Hij zal wel weer worden beschimpt. Maar het zal hem niets doen, want Memphis weet daar in Frankrijk donders goed hoe het werkt. Als Nederlanders je te extravagant vinden, dan doe je het goed. En ik had dat kunnen weten. In het hele huis van Depay stond niets Nederlands. Geen Delfts blauwe bordjes. Geen pindakaas en hagelslag.

Ik ben ervan overtuigd dat Memphis een goed mens is. Het probleem is alleen dat hij zich niet laat filmen wanneer hij voedselpakketten uitdeelt aan arme mensen. Sorry Memphis, sorry lezers. Van alle voetballers koos ik net de verkeerde. Ik zal het nooit meer doen.

Ihattaren

Toen Mohamed Ihattaren zondagmiddag scoorde, veranderde het Philips Stadion heel even in Woodstock. Een tempel vol liefde en geluk. Iedereen wilde elkaar aanraken. Er werd gelukkig niet naakt gedanst op het geluid van een bongo, maar verder was het jaren zestig *all the way*. Omhelzingen, warme hoofden in de warme nek van je collega. Opluchting ook. Eindelijk. Hier deed je het allemaal voor, hier had PSV de laatste dertig jaar naartoe gewerkt: alles in het werk stellen om Mohamed Ihattaren een bevrijdend doelpunt te laten maken.

Ihattaren maakte vlak na zijn treffer eerst de bekende, ergerlijke voetbalbewegingen. Hij probeerde, met wijd open ogen, de felicitatieknuffels van zijn medespelers te ontwijken. Heel vervelend vind ik dat altijd. Scoren en dan iedereen heel wild van je af duwen omdat je het feestje alleen wilt vieren, vaak precies op de plek waar recht in de camera kan worden gekeken.

Maar nu bleek er iets anders aan de hand te zijn. Mohamed wilde zijn trainer bedanken. Roger Schmidt stond hem al op te wachten. Weer kroop de cynicus in mijn hoofd. Was dat nou zo hard aangekomen, de kritiek van Theo Janssen en andere analisten, die allemaal hadden geobserveerd dat er geen klik was tussen Schmidt en Ihattaren? Dat het de trainer niet lukte om Ihattaren te raken?

Was dat het, waar ik nu naar keek, een slecht opgevoerd toneelstuk om alle betweters in Nederland te laten zien dat de relatie opperbest was? Zat ik nu echt te kijken naar een speler die ons, de kritische kijkers, het goed wilde inwrijven? Het leek erop. Hij bedankte niet alleen zijn trainer, maar ook de man die bij PSV de ballen oppompt. De keepertrainer. De naaister van de doelnetten. De masseuse. De assistenten. Allemaal werden ze heel mediageniek aan de borst gedrukt.

Dacht ik. Maar het zat anders zag ik, toen Ihattaren, minuten na zijn doelpunt, nog steeds giechelend als een kind over het veld holde. Nooit zag ik een binnenpretje zo hard naar buiten tuimelen. Daarna gebeurde er iets bijzonders. Ik liet al mijn bedenkingen los. Nee, ik ging nu eens niet een argwanende column tikken in *VI*, en nee, ik ging niks lulligs zeggen over die explosie van gevoel. Ik besloot, op basis van die ene giechel van Mohamed Ihattaren, onvoorwaardelijk te geloven in de verlossende werking van dit doelpunt.

Ach, die lieve jongen. Kijk nou toch, hoe hij liep te stralen. Achttien jaar oud pas en er werd van hem verwacht dat hij het overlijden van zijn vader binnen een jaar een plek had gegeven. Ik zag niet de iets te dikke kin van Mo, maar ik zag babyvet. Achttien jaar oud pas en dan de hele voetballerij in je nek krijgen.

Wonderkind zijn, je vader verliezen, heel Nederland is met je gewicht bezig, als je een bal niet goed aanneemt komt dat doordat je er niet alles voor doet, ze hebben het over je op de televisie. Oude mannen, die nog dagelijks weemoedig zitten te lullen over de tijd dat ze er zelf nog toe deden, en nu lopen ze opeens met een weegschaal onder hun arm achter Ihattaren aan.

Daarom schaam ik mij voor de reserve die ik eerst voelde tijdens de omhelzing van trainer Roger Schmidt. Ik dacht te veel vanuit een cynisch verdienmodel, was al te veel bezig met mijn wekelijkse eruptie. Ik had het meteen moeten zien: er gebeurde iets oprechts en ontroerends aan de zijkant van het veld.

Mohamed Ihattaren koos voor liefde in plaats van haat. Ontelbaar veel voetballers zouden hun gram hebben willen halen na een wonderschoon doelpunt. Ik heb zoveel spelers naar het joelende publiek zien hollen en hun handen achter de oren zien doen. 'Ja, klootzakken. En nu? Wie kon er nou niet voetballen?'

Mo deed dat niet. Veel spelers zouden vlak voor de trainer zijn gaan staan en een gebaar hebben gemaakt met de vinger langs de onderkin. Of de armen over elkaar en knikken met het hoofd. Ihattaren deed het omgekeerde. Hij had niets bedacht. Wat we zagen was oprechte opluchting. Blijdschap om de blijdschap van zijn medespelers.

Het was totaal begrijpelijke emotie die hij daar liet zien. Eerst het ongeloof, dan de verwarring en meteen daarna de verlossing: het is achter de rug. Ik ga weer omhoog. Ze houden nog van me. Ze gunnen me iets. Ze hebben geduld met me gehad en nu geef ik ze iets terug.

Dat moment langs de kant oversteeg het bekende beredeneerde voetbalgedoe. PSV is een team, ondanks de krankzinnige wissels van Schmidt. Ik begreep, door die golf van warmte, ook opeens hoe slecht het is gesteld met de teamgeest bij Feyenoord, waar de laatste weken juist wel een lelijk toneelstuk werd opgevoerd.

Want natuurlijk is Dick Advocaat er weken geleden al achter gekomen dat ze met Arne Slot spraken en natuurlijk is Dick dan zo onafhankelijk dat hij ermee stopt. En natuurlijk heeft dat invloed op de prestaties. Dick Advocaat zal nooit meer worden omarmd door zijn spelers. Over hun hoofden wordt een lelijk machtsspel uitgevochten. Het gaat weer eens niet over voetbal maar over geldingsdrang en carrière maken. Het lijkt mij ondenkbaar dat Dick Advocaat na de winterstop nog trainer zal zijn van Feyenoord.

Het afscheid zal zakelijk zijn. Niemand zal elkaar aanraken. Er zal door de spelers worden gebeld naar hun zaakwaarnemer. 'Haal me hier weg. Hoe dan ook.'

PSV is, door die liefdesdans van zondagmiddag, een team geworden waar iedere voetballer graag bij wil horen. Dat heeft Mohamed Ihattaren in zijn eentje voor elkaar gekregen. Zijn vader zou zo trots zijn geweest.

Uitgelachen

Je bouwt al 45 jaar violen. Dat kun je heel goed. Iedereen zegt dat je heel mooie violen maakt. Ze komen uit de hele wereld speciaal naar jou toe om een viool te laten maken. En dan komt opeens Louis van Gaal je atelier binnenwandelen.

Vluchtige blik door je werkplaats. Zijn vingers langs je werkbank. Hij pakt een viool en gaat voor je staan. Daarna volgt een lange monoloog. 'Ik houd van de dwarsfluit. Dat vind ik een fijn instrument want je moet er heel hard in schreeuwen en dan komt er aan het eind van de fluit vanzelf muziek uit, wat ik ooit aan Barry Hay heb geleerd, en in ruil daarvoor heeft hij mij perfect Engels leren spreken, maar wat sta jij mij nou aan te kijken met die viool-ogen van je? Waarom provoceer jij mij! Waarom zitten er maar vier snaren op? Dus jij dacht, meneer Louis van Gaal heeft een rare neus dus dan doe ik er maar vier snaren op. Hoeveel vingers heb ik aan mijn hand? Precies! (...)

(...) Viool spelen doe je met z'n allen. Het is een teamsport. Ik vind die strijkstok ook niet goed. Nergens voor nodig. Je gebruikt ook het verkeerde hout. Je moet Portugees hout gebruiken. Ik adviseer in Portugal alle Portmakers welke houten vaten ze moeten gebruiken. Dus jij gaat voortaan dwarsfluiten maken van Portugees hout en dan word jij vanzelf een succesvolle instrumentenmaker en nu mag je een foto maken van mij dat ik in jouw werkplaats sta, want dat vinden mensen leuk. Ik lach niet, want ik kan wel janken.'

Daar moest ik aan denken toen ik zaterdag Louis van Gaal naast Jack van Gelder zag zitten om de wedstrijd Real Madrid - FC Barcelona te analyseren. Jack, de vioolbouwer, kreeg er de hele avond ongenadig van langs. Niets was goed. Dat is de specialiteit van Louis van Gaal: mensen behandelen alsof ze zwakbegaafd zijn.

Zet Louis voor een willekeurig mens en hij begint uit te leggen wat ze verkeerd doen. Na de schoffering zegt hij: 'Ja, ik ben nu eenmaal eerlijk.' Laat Louis naar de tekening van een zesjarig kind kijken en hij begint uit te leggen dat het de verkeerde kleuren heeft gebruikt. 'Zeg jij maar thuis tegen je mama en je papa dat ze een creatief-arm kind op de wereld hebben gezet, want jij maakt de wolken rood en die zijn wit, dus jij bent een beetje een kunstenaar of zo, maar als meneer van Gaal, en dat ben ikzelf, ergens een hekel aan heeft, dan is het wel vrije wil en fantasie. Zeg dat maar allemaal tegen je ouders, dat ze een nieuw kindje moeten maken, want het eerste is mislukt.'

Wat mij tijdens de uitzending rond El Classico opviel was de nederigheid van Jack. Maar het was niet alleen nederigheid. Er zat ook een ander element in. Dat zat hem vooral in de manier waarop Jack af en toe schalks in de camera keek. Jack van Gelder was afgelopen zaterdag heel voorzichtig, non-verbaal, het volgende aan het communiceren: ja mensen, ik weet het, ik zit met een megalomane gek aan tafel, hij behandelt me als een hond en hij heeft nu al vier mensen beledigd, maar het is zulke leuke televisie. Sorry.

Ik vond dat ook ooit leuke televisie. Louis die uitlegt hoe je vrouwen behandelt, Louis die uitlegt hoe je moet communiceren met voetballers die zijn kleinkind hadden kunnen zijn, maar ik merk dat er iets is veranderd. Ik kan er nauwelijks meer om lachen. Ik verlang intens naar een journalist die nu eindelijk eens, live, op de televisie zegt: 'Ja, opa, zo deden ze het in jouw tijd. Als jij nou gewoon weer naakt in bed gaat liggen met een foto van Rinus Michels, dan houden wij ons gewoon even met modern voetbal bezig.'

Maar dat gebeurt niet. Keer op keer zie ik journalisten met dertig kilo te veel nederigheid op Van Gaal af schuifelen. Alleen Hans Kraay jr. heeft een paar pogingen gedaan om Louis tegen te spreken, maar die liet zich daarna helaas als een klein kind in de hoek zetten. Ik waardeer zijn poging.

Louis van Gaal was zaterdag onuitstaanbaar. Hij hemelde Barcelona op, maar kon het niet laten om te melden dat Ronald Koeman zíjn systeem hanteerde. Manchester United staat nu zo hoog door zíjn voorwerk. Real Madrid, de club die hem nooit als coach wilde, omdat ze van stijlvol houden, vond hij een laf spelende ploeg. Luis Suárez vond hij een slechte voetballer, die altijd kritiek heeft op coaches. En zo ging dat maar door.

Ik vind dat het tijd wordt om iets minder respectvol met Louis van Gaal om te gaan. Iedereen heeft het in deze tijd over respect, over mededogen en over andere mensen proberen te begrijpen. Het zou fijn zijn als Jack of een andere presentator Louis eens midden in een zelfverheerlijkend verhaal onderbreekt en zegt: 'Bij Bayern München mogen ze je naam niet eens meer noemen.'

We zijn wel uitgelachen om die zonderling. Prachtige prestaties of niet, het moet Louis maar eens hardhandig worden geleerd dat respect altijd van twee kanten moet komen. Dat je, als je er trots op bent dat je zo eerlijk bent, ook eens naar de waarheid van een ander luistert.

Wie dat ook gaat durven: sterkte.

Jassie

Deze week was opeens de regenjas van Johan Cruijff in het nieuws. Ajax is nieuws en Ajax verkoopt kranten dus dan wordt automatisch een regenjas nieuws. Ze noemden hem wel anders: Cruijffs trenchcoat. Ik durf hier te beweren dat Cruijff zelf nooit het woord trenchcoat heeft gebruikt. Hij kon veel, Johan. Vliegtuigen besturen, dammen bouwen, de waterwerken opnieuw inrichten, van de Afsluitdijk een ophaalbrug maken, het suikerklontje een andere vorm geven, en andere namen verzinnen voor dieren met een rotnaam, zoals de neusbeer. Hij deed dat allemaal niet omdat hij het te druk had met voetballen.

Daarom denk ik dat Johan het woord trenchcoat nooit heeft uitgesproken. Als ik Johan linguïstisch een beetje scherp in beeld heb, dan vermoed ik dat hij altijd heeft gedacht dat het de naam van een politicus was. Trens Koot, specialist Landbouw en Andere Zaken van de SGP. Johan is veel meer een man voor het woord 'jassie'.

Dat woord zie ik wél meteen scherp voor me. Johan bij de wasmand op de eerste verdieping. Roepend. 'Danny! Danny! Heb jij dat jassie in de wasmand gedaan? (...) Lekker kut dan. Ik moet vanmiddag coachen. Wat nu? (...) Hoe bedoel je: dan doe je je trainingsjack aan? Trainers dragen een colbert-jassie. Dat hoort zo. Dat is om te laten zien dat ze geen voetballer meer zijn. Ze dragen ook gewone schoenen. Nou lekker dan, geen colbert-jassie. Welke jas moet ik nou aan dan?'

Daar hebben we de lange voetbalregenjas aan te danken. Danny heeft ooit per ongeluk een colbert van Cruijff in de wasmand geflikkerd en toen heeft hij in vredesnaam maar een oude regenjas van Anton Geesink aangedaan. Zo toevallig ontstaan complete modebewegingen. De uitvinder van de afritsbare broekspijpen zou eigenlijk dertig jaar strafkamp moeten krijgen, maar is er rijk mee geworden.

Het prachtige van Johans regenjas is dat hij veel te groot is. Een maatje of zes. Zijn hoofd steekt er als een speldenknop bovenuit. Cruijff lijkt op Patty Brard die nog één keer haar oude kleding draagt om te laten zien hoe dik ze was. In de stukjes die ik over Cruijffs regenjas las gaat het over de grandeur, het schijnbare gemak waarmee Johan zijn te grote regenjas droeg. Het lijkt erop dat Cruijff ook daar weer totaal andersom heeft gedacht: die regenjas is niet te groot, Cruijff zelf is te klein.

Ik zie iets heel anders in de foto. Cruijff was onaantastbaar en onaanspreekbaar. Ik zie een man met een heel vreemde jas aan, maten te groot en niemand heeft de moed gehad om dat tegen hem te zeggen. Gevalletje Elton John. Zou ook wel eens lekker zijn geweest als er iemand tegen hem had gezegd: nou een keer zonder een lijpe bril op je kop, stoppen met die rare pruiken op je hoofd en nooit meer 'Candle in the Wind' zingen. Durft niemand blijkbaar.

Ik zie in de foto van Johan met regenjas vooral de bekende feodale rolverdeling in het voetbal. Al had Johan met een halve gebraden kip op zijn hoofd langs de kant gestaan, niemand zou iets hebben gezegd. Ook niet iemand op de tribune, terwijl Amsterdammers daar toch heel goed in zijn, iemand belachelijk maken omdat hij iets doet of draagt waar ze bang van worden. 'Johan, is je dikke opa overleden?' – dat is niet geroepen.

Iedereen, ook het Amsterdamse publiek, heeft jaren lang gedaan of die jas Johan als gegoten zat. Ik weet bijna zeker dat ze bij Ajax allemaal met een te grote jas aan rondliepen, om Johan het idee te geven dat het helemaal niet gek was. Kijk maar naar de clubkostuums uit die tijd: colberts tot op de knieën.

Maar eerlijk is eerlijk: ik mis de regenjas. Weinig trainers dragen hem nog. Sommige trainers dragen weer een trainingspak om te laten zien dat ze midden tussen de spelers staan. Het driedelige maatpak wandelt weer veel langs de lijn. De verdwijning van de regenjas, daar kan ik mee leven, maar de veterloze voetbalschoen, daar zal ik me nooit bij neerleggen.

Geluk is: je voetbalschoenen uit je tas halen, de veters wat losser maken, de voet erin, met het hoofd tussen de knieën en dan het volmaakte moment: allebei de eindjes veter zijn precies even lang. Aandachtshoeren doen hun veters een keer onder hun schoen door. Echte voetballers strikken een kleine mastworp boven op hun wreef. Tot mijn grote verdriet is de veter aan het verdwijnen. Hij bestaat nog wel, maar dan als rudimentair aanhangsel. Als een versiersel.

Voetbalschoenen zijn instappers aan het worden. Rare dingen met een elastische sok boven op de schoen. Je strikt je veters niet meer, maar je doet je voetbalschoen aan zoals je een geil dameskousje over je delicate voetjes trekt. De oude regenjas van Johan is nu de geel-roze voetbalschoen met aangenaaid enkelsokje. Later lachen we ons gek.

Het liefste kledingmoment van Johan vond plaats tijdens een Europacupfinale. Ronald Koeman (veters en na de wedstrijd een gewoon passend jasje) scoort uit een vrije trap. Daarna probeert Cruijff snel over een reclamebord te klimmen. Hij heeft de verkeerde broek aan. Te veel spanning op het kruis. Hij heeft één been op het gras, maar zijn rechterschoen blijft hangen achter het bord.

Wij zien Johan daar op zijn kwetsbaarst. Kijkt u het filmpje nog eens op YouTube. De goal, Koeman hollend en dan die lieve onbeholpen Johan, met zijn herenbroekje en zijn te grote mensenschoenen. Dat ontroert mij steeds het meest. Hoe de grootste voetballer ooit, desnoods gekleed in gewone kleren, vlak na een doelpunt gras wil voelen.

Het gezicht van Cillessen

Als sport voor een groot gedeelte lijden en opoffering is, dan is Jasper Cillessen de nieuwe Jezus. Zo ziet het er ook uit, alsof hij vlak voor de wedstrijd op een klein houten kruis is gespijkerd. Jasper kijkt altijd alsof hij net midden in de nacht, op zoek naar zijn mobiele telefoon, op een blokje lego is gaan staan. Zo ken ik hem al jaren, als iemand die niet voor zijn lol op deze planeet is. Even 85 jaar leven en dan snel naar het hiernamaals. Kijken of ze daar nog een chagrijnige keeper nodig hebben.

Het is, en dat verbaast mij dus helemaal niet, weer eens doffe ellende rond Jasper. Valencia zette hem een wedstrijd lang op de bank en liet hem daarna opeens weer een wedstrijd spelen. Dan weet je genoeg: bij Valencia zijn ze er inmiddels ook achter dat Cillessen altijd met doodsangst duikt. Elke redding van Cillessen, daar kleeft de eventuele mislukking al aan vast. Het ziet eruit als keepen terwijl je liever thuis het vriesvak van je koelkast ontdooit.

Ik kom hier met een gewaagde stelling: het ligt aan zijn gezicht. Bijna niemand durft het te zeggen, want je moet mensen nooit op hun uiterlijk beoordelen, maar ik weet als ervaringsdeskundige dat de vorm van je kop, de manier waarop je lacht en de uitbundigheid waarmee het haar uit je schedel groeit een grote rol spelen in het dagelijks leven en misschien wel een essentiële rol in de voetballerij.

Vanaf het moment dat ik boven op mijn hoofd kaal werd, ging men mij anders behandelen. Zo werkt dat nu eenmaal. Als je er opeens uitziet als een Franse monnik, dan kun je in je eigen hoofd nog zo hard denken dat je een coole motherfucker bent en dat je er gewoon nog keihard toe doet, maar andere mensen delen je meteen in bij de gedoemden.

In mijn wereld heb je bijvoorbeeld Hugo Borst, die zelfs als hij een boodschappenbriefje publiceert nog steeds wordt gezien als de geheime halfbroer van Che Guevara. Dat komt door zijn haar. Een columnist met een knot boven op zijn hoofd maakt meer indruk dan iemand die eruitziet als de SRV-man.

Ander voorbeeld. Henk Spaan ziet eruit alsof hij heel erg dronken een transformator heeft proberen te repareren, maar dat maakt niet uit. Het gaat om de hoeveelheid haar. Naast Henk Spaan lijk ik juist op de man die de meterstanden komt noteren. Schrijver Peter Buwalda ziet er 23 uur per dag uit alsof hij net met drijfnat haar uit een zwembad kruipt. Mijn haar, daar is niet eens meer een shampoo voor. 'Shampoo met gemalen zand, voor extra dood haar.'

Als dat in de schrijverswereld al een rol speelt, dan kun je dat effect met honderd vermenigvuldigen als het om voetballers gaat. En de bewijzen liggen er ook gewoon. Ruud Geels bij Ajax, dat was haar-technisch een drama. Alle Ajacieden zagen eruit als Braziliaanse pornosterren. Ruud Geel moest in dezelfde kleedkamer zitten als Johnny Rep. Dat gun je niemand. Rep zag er in die tijd uit als iemand die met waaiend haar in sportauto's van vrouw naar vrouw rijdt. Nog steeds ziet Johnny Rep eruit als de geile broer van Rutger Hauer.

Ruud Geels daarentegen zag eruit als je schoonvader. Als iemand die pantoffels aandoet wanneer hij thuiskomt. Dan heb je een achterstand. Ik weet het, in deze tijd dat je iedereen vol warmte een gelijke plek onder de zon moet wensen zal dat geen populair standpunt zijn, maar ik wil dat hier toch eens heel duidelijk benoemen. John van Loen naast Bryan Roy, dan heb je het over een groenteman met rood haar naast een wonderboy met een gebit van ivoor.

De carrière van Jasper Cillessen wordt voor een groot deel bepaald door uiterlijk. Eigenlijk zit alles tegen. Zijn lichaamstaal is niet goed. Een prachtige redding ziet er bij Cillessen, door de manier waarop hij kijkt, altijd uit als een wonderbaarlijke ontsnapping aan een mislukking. De handschoenen van Cillessen passen niet bij zijn armen. Jasper lijkt permanent op een kindertekening. Twee lijntjes uit de romp en dan een paar enorme harken als vingers.

Maar het allerbelangrijkste mankement is zijn gelaatsuitdrukking. Ik zoek het juiste woord. Verongelijkt. Dat is het. Cillessen kijkt altijd verongelijkt. Hij is dat niet, maar zo staat zijn gezicht. Zo is hij geboren. Jasper was 3 minuten oud en toen moet hij eruit hebben gezien als iemand die liever nog zeven jaar in die buik was blijven zweven.

In elk interview kijkt Jasper verongelijkt. Op zijn hoede. Bang. Aarzelend. Dat voelt hij allemaal niet, maar dat is helaas zijn gezicht. Ruud Gullit, als die een beslissende strafschop miste, dan zag hij er nóg uit als iemand die vijf minuten onbeperkt mag winkelen in de PC Hooftstraat. Door dat blije hoofd van hem.

Jasper Cillessen, al houdt hij bij zijn nieuwe club zes jaar lang zijn doel schoon, er hoeft maar één Argentijnse spits, met haar tot op zijn kont, een lullig doelpunt te maken, en niemand kijkt meer naar Jasper om. Dat zijn de keiharde wetten in het moderne voetbal. Je kunt springen wat je wilt, maar als er iemand een leukere broek aan heeft, ben je kansloos.

Jongen om erbij te hebben

Het gaat de laatste week in alle televisievoetbalbabbelprogramma's over 'de gezellige man die je erbij moet hebben'. Voetballers schijnen niet zonder te kunnen. Ik begrijp uit die sterke behoefte aan gezelligheid dat volwassen voetballers het ingewikkeld vinden als een trainer zakelijk zegt wat er van hen wordt verwacht. Wat ongeveer 16 miljoen andere Nederlanders dagelijks doen, hard werken en doen waar je voor wordt betaald, dat werkt blijkbaar niet bij het Nederlands elftal. Die hebben, hoor ik steeds, 'een gezellige jongen die midden in de groep staat' nodig. Anders functioneren ze niet.

Dat zal ook te maken hebben met de nieuwe trainer van Oranje, Frank de Boer. Door een mislukte haartransplantatie ziet die er permanent uit alsof hij hoort dat hij de rest van zijn leven naast Gordon moet slapen. Zorgelijk. Wanneer Frank de Boer je zo neutraal mogelijk aankijkt denk je dat je moeder is overleden, zelfs als die al 23 jaar geleden is gestorven.

Frank de Boer, zet die voor een groep plattelandsvrouwen en ze denken allemaal dat hun man er vandoor is met een vrouw uit de grote stad. Zet Frank de Boer naast een pan soep en je gaat eraan ruiken, of hij niet zuur is. Voor een trainer lijkt mij dat een geweldige fysieke eigenschap. Als je alleen al door je ogen en je gefronste voorhoofd gezag uitstraalt, dan is dat vooral een ongekend voordeel. Ze hebben het nu nog steeds over Ernst Happel die volgens de laatste tellingen als Feyenoord-coach in al die jaren precies zestien woorden heeft gezegd. Twaalf keer daarvan was dat een woord dat klonk als keluul.

Gertjan Verbeek heeft ook dat talent. Zet die voor een nieuwe groep spelers en ze denken: dat wordt een jaar lang met een tandenborstel het ballenhok schoonpoetsen. Puur op zijn uitstraling. Als Gertjan het afleert om in de aanloop naar een volgend seizoen boomhutten te bouwen met de A-selectie, dan zit hij op het niveau Happel, Michels en Van Gaal.

Maar we leven blijkbaar in een ander tijdsgewricht. De spelers van Oranje willen best wat leiding, maar daarnaast hebben ze blijkbaar ook behoefte aan een gezellig iemand in de groep. Iemand – en dat hoor ik de laatste weken ook steeds voorbijkomen – die 'de taal van de spelers spreekt'.

Dat moet niet letterlijk worden genomen, voetballers praten heel weinig. Ik zag dit weekend de selectie van PSV het veld van Heracles verkennen en telde 22 witte draadloze koptelefoontjes in hun oren. De hoofden knikten op en neer op de beat van een rapper die bijna zeker iets had gehad met Famke Louise.

'De taal van de spelers spreken' en iemand zijn die 'midden in de spelersgroep staat', ik denk dat daarmee wordt bedoeld dat een ex-voetballer af en toe de kleedkamer in loopt, een scheet laat en dan verbaasd om zich heen gaat kijken. Voetbalhumor, ik vermoed dat het daar om gaat. Daar zijn ze naar op zoek, naar iemand die de taal van de kleedkamer kent.

Dat was ooit allemaal perfect geregeld. Toen oud-keeper en koikarperverzamelaar Piet Velthuizen met het Nederlands elftal meetrainde, werd hij 23 uur per dag gekleineerd en uitgelachen. Dan moet je dus niet een trainer hebben die je daar op aanspreekt, maar een ex-voetballer die snapt dat voetballers zich gedragen als een kolonie gorilla's. Het liefste aapje wordt verscheurd want je hebt er uiteindelijk niets aan, een beetje aan een tak gaan zitten ruiken.

Kees Jansma was lange tijd de ex-voetballer die nooit heeft gevoetbald. Kees had voetbal-gogme opgebouwd omdat hij in het verleden door de Gouden Generatie in een dompelbad werd geflikkerd. Kees is denk ik de laatste niet-profvoetballer die 'de gezellige gast die je erbij moet hebben' was.

Er wordt nu gezocht naar een gezellig iemand die ooit op hoog niveau heeft gevoetbald. Wesley Sneijder wordt veel genoemd. Dat begrijp ik wel. Voetballers respecteren iemand die, net als zijzelf, houdt van vrouwen met zwart haar op een witte piano, van mannen die trouwen in een lichtblauw pak in een vergeten Italiaans gehucht. Dat herkennen ze. Sneijder lijkt me iemand die precies de goede grappen kan maken over het verkeerde Seiko-horloge. 'Wat heb jij nou om je pols? Dat is toch die uitverkoop uit 2019, van 23.000 euro?'

Youri Mulder wordt ook genoemd, maar die lijkt me ongeschikt. Als uitlekt dat hij van moderne kunst houdt en dat hij af en toe een boek leest, dan is hij kansloos. Freek de Jonge zou ideaal zijn geweest, als die een paar maanden bij RKC had gevoetbald. René van der Gijp is een droomkandidaat. Kleedkamer in laten komen en het volgende laten zeggen: 'Ik kom net die Frankje de Boertje tegen en ik zeg, hoe ging dat in Amerikaatje? Verstonden ze je niet in dat stadionnetje?'

Theo Janssen valt af. Die lukte het bij Ajax niet om de rest van de selectie te laten geloven dat hij echt een Ajacied was, ondanks geniaal spel. Ik kan eigenlijk maar één volmaakte kandidaat verzinnen: Michiel Kramer. In de kleedkamer zetten, wachten tot de spelers na een training naar binnen lopen, hap van zijn broodje kroket laten nemen en hem daarna laten vertellen hoe hij die broertjes De Boer zou aanpakken. Daarna hete ragout in de schoen van Frenkie de Jong laten lopen.

Kan ik ze nog raken of niet

Gisterenavond zag ik dat FOX Sports op kanaal 5 de documentaire *Kan ik ze nog raken of niet* herhaalde. Een seizoen lang volgt de kijker PEC Zwolle van binnenuit. Ik had de documentaire nog niet gezien en twijfelde of ik zou gaan kijken. Had ik daar wel zin in, PEC Zwolle van binnenuit? Ik vond het van de buitenkant al bijna niet te doen. Documentaires van binnenuit zijn vaak ontluisterend.

Het gaat namelijk zo: een club heeft een lekker seizoen gedraaid, iedereen is tevreden, het publiek staat er achter, er komt een leuke spits naar de club en precies op dat moment vraagt een documentairemaker of hij een sfeerverslag van anderhalf uur mag maken. Of nog erger: de club bedenkt dat zelf. Zo ging dat ooit bij Ajax, dat een fris begin maakte met Jan Wouters als coach. Het resultaat: je kijkt nooit meer hetzelfde naar Ajax. Een grote club geleid door brabbelende halfprimaten.

Bij PEC Zwolle moet het net zo zijn gegaan. De club ging goed, ze hadden de KNVB-beker in de prijzenkast staan, draaiden jaren achter elkaar lekker mee en toen werden ze overmoedig. Er zal zijn gedacht: het is het laatste jaar van Ron Jans. Laten we er een soort feelgood Disney-beleving van maken. Een prachtig aandenken aan een prachtig jaar.

Ik heb de documentaire gekeken en nu kijk ik ook nooit meer hetzelfde naar Ron Jans. Hij had zich geen slechter afscheidscadeau kunnen wensen. Nooit eerder zag ik zo duidelijk wat er mis kan gaan tussen spelers en coach. In de documentaire valt vooral één ding op: de club werd dat jaar geleid door stokoude mannen, die een heel seizoen lang op een heel infantiliserende toon met volwassen voetballers communiceren.

Met open mond heb ik zitten kijken naar beelden van de voorbespreking. Steeds maar Ron Jans, met een afstandsbediening in de hand, pratend over de juiste motivatie. Vlak voor hem telkens weer een zwijgende groep spelers. Ik schrok ervan, hoe feodaal het er in de voetballerij nog steeds aantoe gaat. Ik schrok heel erg van Ron Jans, die de hele docu lang als een niet-begrepen opa over het trainingsveld zwalkt.

Een paar voorbeelden. Ron Jans zit naast een projectiescherm en praat over de wil om te winnen. Als je wilt winnen dan moet je willen winnen. Dat is ongeveer de boodschap. Ron spreekt als een acteur in een slechte Nederlandse film. Zachtjes. En opeens, na een daverende klap met zijn vuist op tafel, heel hard. Hij schreeuwt tegen de spelers: 'Kan ik ze nog raken of niet?' De spelers begrijpen dat ze geen antwoord hoeven te geven, maar als je een eerlijk antwoord wilt, Ron, nee. Ik denk niet dat je ze nog kunt raken. Te schoolmeester. Te veel over jezelf. Ik zag alleen maar zwijgende voetballers die doodsbang waren om ook maar een woord te zeggen.

Ander voorbeeld. High performance coach Dwight Lodeweges neemt wat wedstrijdbeelden door met een talentvolle jeugdspeler. Alleen die titel al. Ik had graag een jeugdspeler gezien die de volgende vraag aan Dwight stelt: 'Meneer Lodeweges, even, vlak voordat we samen naar *Sesamstraat voor Voetballers* gaan kijken, ik wilde u vragen, is het niet lullig als mensen u tijdens een verjaardag vragen wat uw beroep is? Dat u dan moet zeggen: ik ben high performance coach. Dat klinkt als een nieuw type koelkast, meneer Lodeweges. Ik zou zelf nooit zo willen heten. Gewoon coach zou ik veel lekkerder vinden. Lijkt me heel erg balen als ze je opeens Super Mental Upgrade Controller gaan noemen. High Performance, zo noem je een fiets. Maar wat wilde u zeggen?'

Dat zei deze jeugdspeler niet. Het was ook helemaal niet de bedoeling dat hij zelf zomaar begon te spreken. Dit was de vorm van het gesprek: high performance coach Dwight Lodeweges vroeg of de speler nog wist wat er vorige keer was afgesproken. Ja dat wist hij. Hij zou geen lange ballen meer spelen, maar meer op het middenveld bewegen, et cetera. Lodeweges luisterde. 'Je vergeet nog iets.' De speler dacht na. Dwight: 'En je zou meer de duels aangaan'. Oh ja, dat was de speler even vergeten.

En zo ging dat maar door. Het deed mij denken aan de bezoekjes aan mijn oude schoolarts. Ik in een onderbroekje vlak naast hem, de dokter nog tien minuten lang van alles aan het opschrijven en dan opeens de vraag: 'Wat zouden wij niet meer doen, meneertje Dijkshoorn?' En dan ik: 'Niet meer met mijn duim heel hard op mijn eigen oogbol drukken meneer.' 'En waarom niet meneertje Dijkshoorn?' 'Omdat mijn oogbol dan kapot gaat, meneer.'

Zo gaat het er in het gefilmde seizoen aantoe bij PEC Zwolle. De verkeerde performance coaches op de verkeerde plek. Vooral Ron Jans maakt een verloren indruk. Hij lijkt op een gymleraar van 76 jaar oud, die de kinderen nog één keer voordoet hoe je een zwaantje aan de ringen maakt. Ik vond het een beetje zielig en erg pijnlijk hoe Jans elke kans op een normaal gesprek torpedeerde met zijn belegen motivatiepraatjes.

PEC Zwolle zou dat seizoen veel hebben gehad aan AZ-spits Wout Weghorst. Ik geniet van die jongen. Een vrije geest en zo anders dan alle andere voetballers. Een winnaar, maar ook een heel intelligent mens. Het voelt elke wedstrijd alsof Wout per ongeluk in het voetbal terecht is gekomen, omdat hij nu eenmaal veel scoort en altijd wil winnen. Eigenlijk zou hij liever mensen helpen oversteken op de Kaasmarkt.

Hoe hij zondag, na het verlies tegen Excelsior, het veld af liep. Zo mooi. Kankerend en vloekend. Wout heeft geen Ron Jans of een andere infantiliserende bovenmeester nodig. Die verpulvert hij.

Teamspirit

Je bent een bedrijfsleider in een middelgrote supermarkt. Je doet je werk naar behoren. Aan het eind van de dag staan alle producten netjes in de winkel. Het personeel is dol op jou en zetten een stapje extra als je hun dat vraagt. Dan komt de eigenaar van de supermarktketen binnen en hij vraagt of je de supermarkt wilt verlaten, om de buitenkant van de winkel schoon te maken met een tandenborstel. Daar heb je weinig zin in, maar hij wacht tot je met de tandenborstel in je hand de supermarkt verlaat.

Het zou dan niet snel in mij opkomen om de eigenaar te bedanken. Ik weet bijna zeker dat ik hem, op weg naar buiten, geen hand zou geven. Eerder een klodder groen spuug tussen zijn wenkbrauwen mikken. Ik zou met tandpasta heel groot SUPERMARKTLUL op de gevel kliederen en dan naar huis gaan. Laat hem zelf vakken vullen.

Dit weekend speelde Liverpool een uitwedstrijd tegen Manchester United en werd aanvoerder Jordan Henderson gewisseld door zijn coach Jürgen Klopp. *The Normal One*, volgens Jürgen zelf. *The Crazy Ass* zou ik hem voortaan willen noemen. Aanvoerder Jordan Henderson ervoer de wissel in een van de belangrijkste wedstrijden van het seizoen als vernederend en weigerde Klopp een hand te geven.

Daarna liet Klopp zien dat er achter die geestdriftige, leuke, wilde trainer een megalomane narcist schuilgaat. Klopp dwong zijn aanvoerder, onder het oog van duizenden fans en vlak voor de televisiecamera's, tot een handdruk. Dat ging niet van harte. Henderson rukte zich los. Klopp zeurde, duidelijk hoorbaar, waarom hij kwaad was: 'Je gaf me geen hand.'

Beleefdheid en geldingsdrang maken het voetbal kapot, met types als Klopp en Mourinho voorop. Het is een ziekte, die rare geforceerde uitingen van teamspirit. Voor elke verkeerde pass wordt geapplaudisseerd. In elke andere bedrijfstak zou dat ridicuul zijn. Je werkt in een bouwmarkt, je hebt zeven uur lang, midden in de winkel, een toren van verfblikken gemaakt, je collega let even niet op en loopt dwars door jouw stellage. Ik zou zo'n iemand niet snel een hand geven.

Voetballers doen niet anders. Ze moeten doen alsof ze mascottes leuk vinden. Het zijn volwassen mannen en moeten acteren dat ze het heel leuk vinden wanneer de mascotte doet alsof hij over een grasspriet struikelt. Ik zou dat niet kunnen. Ik zou zo'n mascotte even apart nemen. Als ik bij Vitesse speelde, dan zou ik met die vogel gaan praten.

'Hé, jij daar. Houd hier eens mee op. Ik weet dat je Robbie heet en dat je 1,47 meter bent. Je bent geen vogel. Je bent een dwerg in een pak. Je bent Roel van Velzen maar dan verkleed als vogel. Ik vind je een heel slechte vogel. Vogels vliegen en dat kun jij niet, want jij bent een mens in een zweetpak. Na de wedstrijd zie ik je je pak leeggieten. Dus dan kun je nu wel naast mij gaan staan doen alsof je een ei legt, maar ik heb er geen zin meer in. Je bent een mens in een vogelpak. Daar krijg je twee consumptiebonnen voor. Houd daarmee op anders schroef ik die kop van je zo vast dat ze je uit je pak moeten zagen, begrepen? De volgende keer wanneer je vogeldingen vlak naast me komt staan doen, trek ik je vleugels van je lijf. En nou wegwezen.'

Vreemd genoeg gebeurt dat nooit. Voetballers met de verkeerde coach moeten zich gedragen als jongens op een Engelse kostschool. 'Heel fijn meneer, hoe u mij zojuist dertig keer met een liniaal op mijn rug sloeg. Ik hoop dat de striemen nog lang blijven zitten.'

Jürgen Klopp is nu ook officieel een zwelgend gekkie. Ik moet zeggen: tot een maand geleden geloofde ik in zijn gewoonheid, maar nu Liverpool kans maakt op een landstitel laat hij zijn ware gezicht zien. Het draait allemaal om Jürgen. Hij is zichzelf de laatste maanden helaas ook als verlosser gaan zien. Opeens zie ik die lullige sportkleding van hem heel anders. Die expres verkeerde bril: zelfde verhaal. Ik heb tegen beter weten in gehoopt dat Klopp dat allemaal droeg omdat het hem niet interesseerde hoe hij eruitzag.

Daar kom ik nu op terug. Jürgen Klopp gebruikt het trainingspak als een vermomming. Klopp is ook een Mourinho, maar dan listig vermomd als Aardige Man. Zijn ontmaskering – het eisen van een vernederd handje – zag er heel naar uit. Over het hoofd van zijn gedreven aanvoerder heen gebruikte Klopp de situatie om er zelf professioneel en gedreven uit te zien.

Ik houd niet van dat soort mensen. Ik houd van Willem van Hanegem. Tijdens de viering van zijn verjaardag in De Doelen heb ik de hele avond mijn ogen uitgekeken. Daar zat de beste voetballer ooit, in een trui en met een door Marianna uitgezochte bril. Als verrassing kwam Wijnaldum het podium op. Ik keek naar Willem. Wij keken allemaal – 1900 man – naar Willem en wij zagen een trainer/voetballer die volledig oprecht tranen in zijn ogen kreeg bij het idee alleen dat een grote speler van Liverpool speciaal voor hem het vliegtuig had genomen. Willem raakte Wijnaldum steeds even aan tijdens het gesprek.

Het was precies zoals het altijd hoort te zijn. Een trainer moet zijn spelers bedanken. Nooit andersom.

De Kuip

Ik heb er lang tegen gevochten, maar het kan niet anders: ik moet hier een mening hebben over De Kuip. Komt die mening: geinig stadion, laat maar staan. Dat is het. Niet meer en niet minder. Geinig stadion, met allemaal ingangen. Je kunt eropaf lopen en als je eenmaal binnen bent zit je op een stoeltje, of je staat halfnaakt met een tattoo op je voorhoofd, dat maakt verder allemaal niet zo veel uit. Na de wedstrijd zit je anderhalf uur in je auto en heb je 23 meter gereden. Je kijkt in de achteruitkijkspiegel. Ja hoor, hij staat er nog, De Kuip.

Zo kijken neutrale voetbalkijkers naar De Kuip. Thuishaven van Feyenoord. Best een klein stadion voor een grote club. Lelijke spelerstunnel. Als ze iets belangrijks winnen dan schudt hij. Daar zijn ze heel trots op, dat hun stadion schudt. Ze zijn ook heel trots op hun gras. Beste gras van Nederland. Heel groen en mooi verzorgd.

Als je op die manier over De Kuip spreekt, dan moet je niet in Rotterdam gaan wonen. Voor Rotterdammers is De Kuip een baarmoeder. De spelerstunnel is het geboortekanaal. In De Kuip zijn vaders, opa's, oma's, aangetrouwde familie, kinderen en kleinkinderen gelukkig geweest, ongelukkig geweest, hebben ze gehuild en gelachen, hebben ze met allebei hun handen naar een goede vriend aan de overkant van het stadion gezwaaid.

Vooral dat laatste. Jeugdige lezers, laat mij even vertellen hoe dat vroeger ging. We zaten in het stadion en tuurden naar de tribune aan de andere kant van het veld. We zochten iemand met een verband om zijn hoofd. Dat was Ome Bennie die voor de derde keer in één maand per ongeluk in een vechtpartij was terechtgekomen. Het is nauwelijks voor te stellen, maar alle bezoekers van een stadion hadden toen nog gewoon een jas aan, met een trui eronder. Niemand droeg een clubshirt.

Als we Ome Bennie zagen staan, een klein stipje met wit verband om het hoofd, stonden we op en begonnen we te zwaaien, net zo lang tot hij ons ook zag. Daarna zwaaide hij terug. Dat is heel anders dan nu. Je pakt je telefoon, je vraagt waar Ome Bennie staat, je vraagt of hij een selfie wil maken en daarna fotografeer je jezelf.

Ik denk dat de hele discussie over de nieuwe Kuip door deze twee groepen wordt gevoerd. De oude garde – vrouwen die hun dochter Willem of Rinus hebben genoemd, mannen die weemoedig denken aan de tijd dat je twee merken bier had in plaats van bieren met namen als Meukels Bokfeest of Schraapkroes Witbier – en de nieuwe garde die droomt van een stadion met heel veel spiegels in het toilet en een sushi-bar vlak onder het veld.

Het is emotie en verzuipen in nostalgie, recht tegenover voetbalwedstrijden snacken tussen een weekendje xtc-pillen door. Het stadion als een plek waar je ouders elkaars handen warm hielden, tegenover het stadion waarin Beyoncé haar nieuwste plaat achterstevoren uitvoert, met haar kont naar het publiek.

Ik wil niet kiezen. Voor allebei de standpunten is iets te zeggen. Ik hoef ook niet te kiezen. Ik gun iedere dromer, iedere romanticus zijn oude vertrouwde stadion en ik gun iedere hipster zijn stadion met uitzicht op een vijver. Ik hoef ook niet te kiezen, want ik houd van voetbal. Het maakt mij niet uit in welk stadion dat wordt gespeeld. Ik heb in Madrid en Barcelona op de tribune gezeten en het deed me niets. Ik heb weinig met gebouwen, ik heb wel iets met de mensen die erdoorheen bewegen.

Algemeen directeur Jan de Jong moet wél kiezen en dat deed hij afgelopen zondag in het programma *Studio Voetbal*, nadrukkelijk níet. Jan de Jong wil iedereen te vriend houden. Hij begrijpt iedereen. Hij begrijpt zijn technisch manager, zijn spelers, zijn coach, hij begrijpt dat Dirk nog even wil wachten, hij begrijpt dat Robin wil stoppen en hij begrijpt de sentimenten rond De Kuip. Juist deze houding is dodelijk voor een bestuurder.

Jan de Jong wil de vriend van iedereen zijn. Hij droomt van meer geld, van een groter stadion en van grotere spelers, maar tegelijkertijd vreest hij de leegloop van het stadion, het vertrek van de hardcore Feyenoord-supporters, het ouderwetse clubgevoel. Zondag sprak De Jong zich weer niet duidelijk uit en deed hij alsof Feyenoord aan de kantlijn staat te wachten tot er een beslissing wordt genomen.

Die houding is niet langer vol te houden. De Jong moet een beslissing nemen en dan kan Feyenoord vooruit. Op de ene manier – als rijkere club in een onpersoonlijk stadion zonder verleden – of als het Oude Feyenoord – af en toe iets winnen in een stadion vol weemoed en vreugde. Jan zal moeten laten zien op wat voor manier hij van voetbal houdt.

Of je blijft een club die echt een club wil zijn en die weinig belang hecht aan de echte Europese top, of je wordt een club die grote prijzen wint en afscheid neemt van een belastend, emotioneel verleden. Ik heb een lichte voorkeur voor het laatste. Ik houd van voetbal en emotie, niet van prijzen en glanzend beton.

Die ridicule impasse rond De Kuip kan in één dag worden opgelost. Vraag de supporters wat ze willen en laat dat beslissend zijn. Elke andere oplossing heeft met geld te maken.

De Mens In De Voetballer

Hoe dat gaat: na twee weekenden eredivisie-voetbal heb ik al rotsvaste overtuigingen. Ik weet precies wie mij dit seizoen blijft ontroeren en aan welke voetballers ik een schurfthekel zal krijgen. Dat is het leuke aan voetbal: de enorme keuze. Honderden voetballers en trainers waar je je hart aan verpandt of die alleen al door een beweging met hun hand de zenuwenbulten in je nek toveren.

Ik ben in elk geval tot over mijn oren verliefd op keeper Yvon Mvogo van PSV, die twee wedstrijden achter elkaar blunders maakte die je normaal gesproken alleen, met het geluid van een raar instrument eronder, in zestien jaar oude afleveringen van *Funniest Home Video's* ziet. Op dat niveau beweegt Yvon Mvogo zich ongeveer. Maak de beelden zwart-wit, zet er een pianomuziekje onder en je kunt zeggen dat je een oude film van Charlie Chaplin op zolder hebt gevonden.

Ik gebruik expres het woord 'blunders' omdat de halve voetbalwereld opeens het woord 'ketser' gebruikt. Voorlopig denk ik dat dat de schuld is van Jan Joost van Gangelen. Die hoor ik het woord veel gebruiken. Ketser hier, ketser daar, ja dat was me weer een ketser en vooral de volgende zin: 'Iedereen heeft er wel eens een ketser tussendoor zitten.'

Het woord is inmiddels breed omarmd. Ik zou graag willen dat de redactie van *Voetbal International* uitzoekt wie daarmee is begonnen. Als het Rafael van der Vaart is, dan keihard onze grens sluiten. Is ook goed voor hem, een jaartje lang droge Deense crackers naar binnen ketsen. Het is nu al zo erg dat Theo Janssen en Rafael van der Vaart alleen nog maar samen op een gecertificeerde, recent goedgekeurde betonnen vloer naast elkaar mogen zitten.

Maar die keeper van PSV, wat een beminnelijke, leuke voetballer is dat! Ik vergeef hem alles. Werkelijk alles. Al gaan er per wedstrijd drie ballen via zijn achterhoofd in de kruising, het maakt me niks uit. Des te beter zijn de interviews achteraf. Nooit zag ik iemand stijlvoller ongehoorde fouten toegeven.

Zo kan het dus ook, broertjes De Boer. Tijdens een Europees kampioenschap al je strafschoppen missen en dan niet gaan staan janken dat er te veel druk op stond, maar net als Yvon Mvogo gegeneerd lachend je fout toegeven. Geweldig. Eindelijk een voetballer die zich, voor PSV helaas wekelijks, neerlegt bij het feit dat niemand onfeilbaar is. Die snapt dat voetbal het, in deze tijd van meten is weten, juist moet hebben van diepe dalen en grote hoogten.

De omhaal van 35 meter afstand, die toevallig in de rechterbovenhoek dwarrelt en de keeper die elke bal behandelt als iets wat net uit gloeiend frituurvet wordt gehaald, maken juist het verschil. Dát gaan we ons jaren later herinneren – niet de feilloze invalbeurt van een onfeilbare nieuwe aankoop. Ik zie eindelijk weer De Mens In De Voetballer wanneer ik Yvon Mvogo hoor uitleggen waarom hij tevergeefs zijn voet tegen de bal wilde zetten.

Ik vind Perr Schuurs ook voor eeuwig lief, omdat hij iets heeft opgestoken van zijn tegenpool, Winston Bogarde. Als ik Perr Schuurs zie, dan denk ik aan jongens die in de plaatselijke buurtsuper je boodschappen helpen inpakken. Bij Perr Schuurs denk ik aan kinderen die bij veertig graden onder nul aanbellen en vragen of je kinderpostzegels wilt kopen. Perr heeft een aardige uitstraling tot de tiende macht.

Precies het tegenovergestelde van Bogarde. Als ik die tegen zou komen, zou ik meteen mijn verontschuldigingen aanbieden. Voor alles. Maakt niet uit wat. Sorry, meneer Bogarde, voor mijn leven tot nu toe. Gewoon voor de zekerheid, om hem niet boos te maken.

Ik las in een interview met Perr Schuurs dat hij van Winston Bogarde heeft geleerd om op het veld nooit te lachen. Lachende mensen, daar loopt het slecht mee af. Kijk maar naar Hans Kraay jr. Het mooie is dat Schuurs dat nu ook echt probeert. Dat levert heerlijke beelden op. Je ziet een padvinder in hart en nieren die probeert te kijken alsof hij met zijn bloten handen je lever uit je lichaam wil trekken.

Natuurlijk zijn er ook al een paar voetbalfiguren die het nu al voor een heel seizoen hebben verbruid. Jürgen Klopp bijvoorbeeld, die zich steeds ergerlijker als Jezus met een bril op sterkte gaat gedragen. Ik ben bang dat het kampioenschap hem geen goed heeft gedaan. Klopp snapte dit weekend als enige dat in de lege stadions nu elk woord van de coach wordt verstaan en anticipeerde daarop. Hij wees luid en duidelijk enkele spelers op de reservebank terecht. Allemaal voor de bühne. Allemaal om ons ervan te doordringen dat hij deugt. Daar moeten we Bogarde maar eens een keer naartoe sturen.

Voor eeuwig gekmakend ijdel en irritant is scheidsrechter Bas Nijhuis. Het probleem is: ik weet te veel van hem. Als ik hem zie fluiten, denk ik aan zijn handen om de uier van een koe. Dat kan nooit de bedoeling zijn. Het komt allemaal door die schijtlollige filmpjes van hem. Ik wil niet weten wat een scheidsrechter in zijn vrije tijd doet.

Bas Nijhuis werd dit weekend drie keer in één wedstrijd door de VAR gecorrigeerd. Waarschijnlijk leerde hij tijdens de wedstrijd zijn teksten voor de uitzending van *Voetbal Inside* uit het hoofd, want nooit zag ik een scheidsrechter zo onbegrijpelijk fluiten. Ik telde, laat ik ook eens modern doen, minimaal negentien ketsers. Vlak naast hem liep steeds Perr Schuurs die eigenlijk wilde zeggen dat vergissen menselijk is. Tot hij naar Bogarde keek.

Van medeleven ga je beter voetballen

Laat ik hier, tussen alle statistieken, eens iets raars zeggen. Een inzicht dat je niet kunt meten. Geen rechterrijtje of 76 procent kans, maar meer de mening van iemand die vijftig jaar lang elke week naar voetbal kijkt. Op mijn gevoel, zoals Willem van Hanegem op gevoel voetbalde en zoals Johan Cruijff op gevoel coachte.

Daar komt ze, mijn oncontroleerbare mening: voetballers gaan beter voetballen als ze voelen dat de trainer oprecht in hen gelooft. Het omgekeerde is ook waar: goede voetballers veranderen in middelmatige voetballers als de coach laat merken dat hij over hen twijfelt.

Deze natuurwet – door oprechte waardering en medeleven ga je beter voetballen – is vrij makkelijk te bewijzen. Kijk naar een willekeurige wedstrijd van Antoine Griezmann in het Franse nationale team en kijk daarna naar een willekeurige wedstrijd van Griezmann in dienst van FC Barcelona.

Griezmann, die ongeveer in zijn eentje wereldkampioen werd, is zichzelf niet meer. Het is uit met de thuis verzonnen trademark-dansjes, de door zijn vrouw bedachte kapsels uit de jaren tachtig en het scoren vanuit alle standen. Dat deed Griezmann toen hij voelde dat ze hem belangrijk vonden.

Zo werkte het ook bij Atletico Madrid. Ze behandelden hem als een ster en hij werd een ster. Antoine Griezmann bewees dat je voetballers buitensporig goed kunt laten spelen als je ze maar elke training vertelt dat ze Gods geschenk op aarde zijn.

Helaas voor Griezmann leeft dat idee steeds minder onder coaches. Dat heeft met een verandering in onze samenleving te maken, die zich steeds meer begint te spiegelen aan de mentaliteit waar ze in de VS wel pap van lusten. Afbeulen, vernederen, uitschelden en dan kijken wie dat allemaal van zich af laat glijden.

In de fantastische documentairereeks *Last Change U* wordt jaarlijks een American Football-team uit de onderste regionen gevolgd. Elk seizoen staat er een krankzinnige coach voor de groep die zijn spelers wedstrijd na wedstrijd helemaal verrot scheldt. Al zijn spelers zijn eerder weggestuurd bij andere clubs. Het is hun laatste kans om te slagen in het leven. Dat maakt hen kwetsbaar. Wie afhaakt, zakt af naar de criminaliteit.

Ik ben sterk voor het omgekeerde model. Stap eens af van het vastgeroeste idee dat topsport altijd onaardig, hard en genadeloos moet zijn. Probeer het eens met liefde. Ronald Koeman is de tovenaarsleerling van de eerste stroming: je spelers zien als pionnen waar naar hartenlust mee kan worden gesold en geschoven.

Daarom is Antoine Griezmann zo'n goed voorbeeld. Koeman zette hem dit weekend op de bank. Griezmann mocht alleen de laatste minuten nog wat meehollen en na de wedstrijd volgde de bekende omtrekkende beweging van de trainer: het kon tactisch helaas niet anders.

Op dezelfde dag was Luis Suárez weer beslissend voor de club waar Griezmann werd weggekocht. Precies daar zit de kern van het probleem. Koeman had schijt moeten hebben aan het bestuur en aan de geldzorgen. Hij had zijn aanblijven als trainer moeten laten afhangen van het behouden van Suárez.

Niet alleen omdat Luis altijd wedstrijden wint en hij tegenstanders helemaal gek van woede maakt, maar vooral omdat Lionel Messi nu onder protest voetbalt. Ronald Koeman heeft de beste vriend van Messi naar Madrid laten gaan. Zo voetbalt Messi nu: onder protest. Alleen het broodnodige. Koeman zal nooit een coach worden waar grote voetballers een stap extra voor zetten.

Duidelijker wordt het niet. Liefde en menselijk inzicht hadden Koeman kunnen redden. Hij had de vriendschap tussen twee topspelers niet alleen maar moeten uitbuiten, hij had het ook moeten zíén. Maar hij zag het niet. Voelde het niet.

Hetzelfde is nu aan de hand met Griezmann. Het zal wel weer eergevoel zijn, of misplaatste hoogmoed, maar feit is dat Koeman de oplossing voor al zijn problemen op de bank zet. En nee, ik heb het niet over een avondje discobowlen met de hele groep, of ze een dagje vrij geven als ze een keer overtuigend hebben gewonnen.

Til dat psychologisch inzicht nu eens naar een ander niveau. Vergeet alle sleetse voetbalwetten, dat je voetballers elk moment op hun flikker moet geven en leg je erbij neer dat je als trainer de onbelangrijkste pion bent. Je moet goede voetballers zo goed mogelijk laten voetballen. Dat lukt het best als je steeds zegt dat ze fantastische voetballers zijn. Koeman hoeft niet te liegen, want zijn hele selectie is fantastisch.

Steeds weer zie je dat oprechte waardering een voetballer beter laat voetballen. Jan Wouters werd door Johan Cruijff naar Ajax gehaald en alleen dat al maakte hem tien keer beter. Hij begon zelf ook te begrijpen hoe goed hij was. Sjaak Troost werd een briljante, dienende speler, alleen omdat Johan Cruijff dat in hem zag. Sjaak was zelf ook verbaasd, maar het bleek te kloppen. Hij speelde een geweldig seizoen.

Zo zou ik het, als ik Ronald Koeman was, eens proberen. Met oprechte interesse in De Mens Griezmann. Nodig die jongen een keer thuis uit. Maak zijn favoriete gerecht klaar. Waarschijnlijk de lever van een willekeurig dier. Vraag hem naar zijn liefhebberijen. Prijs zijn vrouw. Vertel hem dat je niet kunt wachten tot Messi is opgelazerd, want hij is jouw man voor de toekomst. Stel hem daarna weer eens op. Let op: die scoort vanuit alle standen.

Leiders liggen niet

Een experiment voor de Ajax-selectie. Een lesje in zwarte humor, sterk verwant aan de Amsterdamse humor. Dit is wat ik graag zou zien: aankomend weekend wachten tot Ajax in de buurt van het strafschopgebied een vrije trap tegen krijgt en dan van tevoren afspreken dat de kleinste speler naar Tadić loopt en zegt: 'Jij ligt achter de muur.'

Kijken wat er gebeurt.

Hij zal waarschijnlijk niet meteen ja zeggen. Ik vermoed dat er een lang verhaal komt, met de ogen wijd open. 'Leiders liggen niet. Leiders staan. Ik ben een leider en jij behandelt mij nu niet als een leider. Jij behandelt mij alsof ik straks de kleedkamer moet vegen, maar dat doe ik niet. Ik ben een leider. Zo werd ik geboren. Vanuit mijn wieg schreeuwde ik naar mijn moeder hoe je een fles melk moet verwarmen, dus als jij mij niet behandelt als een leider dan doe ik dit, kijk maar wat ik nu doe, ik rol met mijn ogen vlak voor je gezicht, zie je het, hoe gek ik doe? Dat komt doordat je me niet als een leider behandelt.'

Als hij daarna op een reactie wacht, zeggen: 'Het is maar heel even. Op je buik graag. Niet bewegen. Dus achter de muur gaan liggen.'

Daarna laat je hem razen. 'Hoezo op mijn buik? Ik buik voor niemand. Ik ben een leider! Heb jij ooit een echte leider op zijn buik zien liggen? Nee, hè. Heb jij Mark Rutte ooit achter een muur zien liggen, op zijn buik? Nee! En waarom zou ik dat dan moeten doen. Ik ben Tadić. De redder van Ajax die bij Gods gratie hier wil voetballen, om Ajax te redden. Zie jij dat voor je, ik liggen, achter de bange reetjes van Ajacieden?'

Dan rustig antwoorden. 'Ja, nou ja, we dachten, wie ligt er het meest op de grond tijdens een wedstrijd en toen kwamen we automatisch bij jou uit. We kennen je eigenlijk alleen maar liggend, huilend, met je hand op je knie of aan je hoofd. We dachten, onze leider ligt graag. Afgelopen weekend ook, na die overtreding aan de zijkant, lag je ook weer te schreeuwen alsof ze kokend eendenvet in je kont schonken, dus wij dachten: dan ligt hij eens een keer lekker rustig, achter de muur. We dachten je een plezier te doen. Als je wilt mag je ook vóór de muur liggen. Dat maakt ons niet uit. Doe het anders voor de groep. Grote leiders lopen af en toe tussen het volk.'

Mijn voorspelling: binnen een maand speelt Tadić voor een andere club.

Ik heb mij zondagavond vermaakt met dat gedachte-experiment. Welke spelers vraag je wel en welke niet om achter een muur te liggen? Welke spelers zijn trots als je vraagt of ze achter de muur willen gaan liggen? Welke speler is tot op het bot beledigd?

Om met mijzelf te beginnen: ik zou bij een vrije trap van de tegenstander nooit achter de muur gaan liggen. Het ziet er niet fijn uit. Je kijkt in de broekjes van je spelers. Ik wil helemaal niet weten welke teamgenoten last hebben van een zwetende zak. Ik zou ook heel erg twijfelen over mijn houding. Moet je echt je best doen om er zo professioneel mogelijk bij te liggen, dus dat het net is alsof je erop hebt getraind, of moet je juist gaan liggen alsof je dronken net niet je bed hebt gehaald? Lastig.

Ik zou het ook vervelend vinden om daarna thuis te komen. Kinderen en vrouw om je heen. Tijdens het eten vraagt een van de kinderen: 'Papa, we zagen je liggen. Je keek bang. Hoe kwam dat? Er stonden toch mensen vlak voor je?'

Bij de profs ligt dat anders. Vreemd genoeg, terwijl het nog nooit is onderzocht, weet iedereen die wel eens naar voetbal kijkt, welke spelers er wel en welke er niet achter een muurtje gaan liggen. Noem een naam en je weet meteen: wel of geen ligger. Even snel een rijtje: Sjaak Swart, geen ligger. Michel Valke: graag. Theo Janssen: voor de lol. Wim Suurbier: als je hem er neerlegde. Virgil van Dijk: ik gok van niet. Zlatan: alleen als daarna je hoofd op een schaal aan de voorzitter wordt geserveerd.

Het is dus blijkbaar iets waarmee je voetballers kunt indelen naar gewillig of grillig. Op mijn gevoel zeg ik dat Willem van Hanegem geen achter-de-muur-ligger is. Piet Veldhuizen, de ex-keeper die dit weekend gewoon nog bleek te voetballen, gaat liggen waar hij maar wil. Als hij maar gras voelt en als hij maar weer op een veld ligt. Zeg tegen Piet Veldhuizen dat hij tijdens een vrije trap voor de kleedkamer moet gaan liggen en hij is al onderweg.

Maar Davy Klaassen lag er dus wel. Voor het team. Met dat aandoenlijke vroegoude hoofdje van hem. Nu denk ik dat je daar, als coach, een team op kunt beoordelen. Hoe gaan ze, na de wedstrijd, om met iemand die achter de muur lag? Doen ze net alsof hij dat heel goed deed? Zwijgen ze en doen ze net alsof het niet is gebeurd? Of zeggen ze het volgende: 'Davy, wat lag je goed, man. Doodstil. Alsof je een hagedis was. Volgende keer een vlieg uit de lucht happen.'

Daarna een kwartier lachen.

Psychopaat

Ik heb een geweldige maandagochtend. Ik lees zojuist dat Ajax gaat proberen Suárez terug te halen naar Amsterdam. Of het waar is maakt me niet uit. Ik ben dolenthousiast. In de huidige selectie zitten te veel kostschooljongens. Ajax is wel weer eens toen aan een voetballende, zelfzuchtige psychopaat.

De enige die daar de laatste jaren een beetje bij in de buurt kwam, was Joël Veltman. Hij won wedstrijden voor Ajax, maar net zo makkelijk schoot hij in wedstrijden van 60 miljoen euro vier keer ziedend over de bal, op zoek naar bot in knie. Als ik naar de huidige selectie van Ajax kijk, dan zit daar niemand bij die bijvoorbeeld op een kamer durft te slapen met assistent-trainer Winston Bogarde.

Dat zou ik doen, als Ajax-trainer: dreigen met Bogarde. Wie geen flesje bier van de lat kan schieten, moet een weekend lang kamperen met Winston. Ik schrijf het op en de rillingen lopen me over de rug. Ik duw nog liever levende eekhoorns in een versnipperaar.

Als campingeigenaar zou ik verlammen met Bogarde voor mijn bureau. 'U wilde douchemunten, meneer Bogarde? Hoeveel? Zal ik u er gewoon 160 geven, zodat er geen irritatie ontstaat?' Ik word eigenlijk steeds enthousiaster over dit idee. Laat een nieuwe aankoop uit Denemarken, waar alleen maar ideale schoonzonen vandaan komen, een bungalowtent opzetten met Winston Bogarde en je weet of je een goede jongen in de ploeg hebt.

Knutte Bekkebodum naast Winston. 'Ik vroeg om tentstok 4B. En wat geef jij mij? Precies. 5B. Dus jij denkt, wat kan mij het rotten, die tent blijft toch wel staan en die Bogarde snapt geen fuck van tenten. Toch? Dat dacht jij. Doe je jasje maar uit. We vechten het uit voor de tent.'

Ik geniet met volle teugen van Winston Bogarde bij het eerste van Ajax. De man van de beroemdste en vreselijkste botbreuk ooit en de man die eerst netjes zijn clubjasje uitdeed vlak voordat hij een Sparta-supporter te lijf ging. Nu zou hij een voorbeeld zijn. Eindelijk eens iemand die niet keurig gaat zitten vergaderen over eventuele gerechtelijke stappen tegen een supporter, maar iemand die vanuit zijn guts de treiteraar vol op zijn smoel wilde slaan.

Uitgerekend Michael van Praag, de man die al maanden lang foeilelijk vecht met AZ en die juist zo vreselijk onbetrouwbaar overkomt omdat hij dit doet in een jasje van de FIFA, vond toen dat een Ajacied nooit zijn jasje uitdoet. Het zijn nette jongens, bedoelde hij.

Fout. Ajax heeft minimaal vijf spelers nodig die hun jasje uittrekken en erop los willen timmeren. Er moet meer venijn en gekte in het team. Bogarde in de technische staf is dan een prachtig begin. Hoef je niet eens met hem te gaan kamperen.

Laat Bogarde op Perr Schuurs aflopen en laat hem zeggen: 'Schuurs, wij trainen even verder. Kan jij bij de Gamma aan de overkant even zes liter-blikken dekkende muurverf kopen. Doe maar Terra Cotta.' Daarna kijken hoe zo'n jongen reageert. Gaat hij braaf op zoek naar een karretje bij de Gamma, meteen wegsturen. Als hij zegt: 'En wanneer we dat nou eens lekker zelf gingen doen, dikke assistent-trainer met te veel nek', dan direct een contract voor het leven aanbieden.

Daarom lijkt de combinatie Luis Suárez - Winston Bogarde mij fantastisch. Het zal wel weer een wild gerucht zijn en uiteindelijk blijft iedereen op zijn eigen plek zitten, maar mocht Ronald Koeman de nieuwe trainer van FC Barcelona worden – hij werd met een privé-vliegtuig gesignaleerd in de buurt van de stad – dan zie ik mogelijkheden.

Suárez en Koeman, dat lijkt me geen goede combinatie. Puur op gevoel zeg ik: Suárez zal zich nooit laten coachen door een blonde boer uit Nederland. En Koeman is niet dol op gekke spelers. Erik ten Hag is zo op het eerste gezicht ook niet echt de vrijgevochten kooivechtende trainer waar Suárez mee zou kunnen klikken, maar dan heb je Winston Bogarde achter de hand om Luis even verbaal in zijn nek te bijten.

Ik hoop met alles wat ik in mij heb op de rentree van Luis Suárez. De laatste speler die legendarische onaangepaste gekte het Ajax-stadion in tilde. Een gekte die voor Ajax heel goed kan gaan werken. Nog steeds wordt hij gezien als een nekkenbijter, een duikelaar en een kankeraar, maar ik vind Suárez een van de beste voetballers die ooit bij Ajax hebben gespeeld.

Al zijn goede eigenschappen waren te zien in een legendarische WK-wedstrijd. Hij deed in 2010 wat alleen ultieme teamspelers doen: hij sloeg tijdens de kwartfinale tegen Ghana een bal uit het doel, kreeg rood en miste op die manier de halve finale. Die bereikte Uruguay doordat de strafschop werd gemist.

We kennen allemaal de beelden van de huilende Paul Gascoigne, maar Suárez liet geen traan. Hij stond wild te juichen toen Ghana de strafschop miste. Hij verklaarde enkele jaren geleden dat hij het zo weer zou doen, als dat zijn team een ronde verder helpt.

Dat is precies wat Ajax nodig heeft. Een winnaar. Een klootzak. Een valsspeler. Een Jan Wouters. Een Søren Lerby. Kopen die man en hem van de luchthaven laten halen door Winston Bogarde. Daarna de prachtige, zwijgende rit naar het stadion.

Lukaku

'This is the answering machine of Romelu Lukaku. Talk after te beep'

'Ja, Romie. Ronald Koeman hier. We staan op je te wachten bij het trainingsveld. Ik dacht, ik bel even, want hij is er nog niet. Kan gebeuren, een keer verslapen. Als je het goed vindt dan beginnen wij alvast een beetje met afwerken op doel en dan zien we je zo wel. Doe rustig aan. Zie je zo. Benieuwd naar je vakantieverhalen.'

'This is the answering machine of Romelu Lukaku. Talk after te beep'

'Ja, Ronald Koeman hier. Ik hoor een hele rare toon als je telefoon overgaat. Alsof je in het buitenland zit. Wij zijn nu halverwege de training en ik dacht, ik bel Lukaku nog even, want dat is onze spits en de journalisten hier beginnen ook een beetje vragen te stellen en zo, waar je bent, en om eerlijk te zijn, sta ik een beetje voor lul, want ik heb geen idee waar je zit. Als je met de bus hiernaartoe komt, omdat een van je zes auto's het niet doet, bel me dan even, dan kom ik je ophalen bij de eindhalte. Bel me even.'

'This is the answering machine of Romelu Lukaku. Talk after te beep'

'Ja, Kaku, met mij. Ik zie net op de telefoon van een journalist dat je nog in Amerika bent. Samen met Drogba naast het zwembad. Ze zeggen dat jullie zwemmen en dat jullie steeds heel hard lachend in beeld zijn. Terwijl wij hier aan het trainen zijn. Dat gaat iets te ver. Ik heb in jou geïnvesteerd, Loekie. Ik heb nachten lang met je gepraat over de vorm van je nieuwe zwembad hier in Engeland. Ik heb dagen lang dat gelul van je aangehoord over welk dansje je zou gaan doen na een doelpunt. Je komt nu gewoon met je dans-ass heel snel naar Liverpool, begrepen. Als ik nog één filmpje zie waarin jij in je zwembroekje naast Drogba de vogeltjesdans uit je heupen staat te wringen, terwijl je dus hier moet trainen, dan zal ik, nou ja, dan ga ik iets doen, ik weet nog niet wat, maar dan zal je er spijt van krijgen, Melu, dat je niet hier bent.'

'This is the answering machine of Romelu Lukaku. Talk after te beep'

'Ja met Ronald. Ik laat me niet piepelen, Ro. Ik zie net een filmpje op mijn telefoon dat je naast het zwembad staat te wachten op de aankomst van Mourinho. Ik heb Drogba zien dansen omdat je nu bij Manchester United speelt. Ik wil je over twee uur hier op de training hebben. Begrepen! Ik vind het echt ontzettend lullig van je. We hadden hier allemaal slingers opgehangen en we hadden een bal gemaakt van crêpepapier en je mocht een soort lint doorknippen en nu moet ik de jongens gaan vertellen dat ze namens jou allemaal het lazarus kunnen krijgen. We zijn enorm teleurgesteld, Loeki.'

Enzovoort, enzovoort. Ronald Koeman, boos in een trainingspak, dat is altijd een feest om naar te kijken. Boos omdat hij geen bondscoach is geworden, boos omdat hij bij Ajax werd gekleineerd, boos bij AZ omdat daar niets lukte en boos op Graziano Pellè, omdat die op zijn vrije dag heen en weer vloog naar Italië. Maar dat was altijd een uitgestelde boosheid. Ronald Koeman geeft, als hij boos is, prachtige interviews, maar pas een paar maanden na alle ellende.

Journalisten weten dat. Toen hij niet de bondscoach werd van het Nederlands elftal, kon je op je gemak gaan zitten wachten. Eerst ging hij samen met ons kijken hoe het hele Nederlands elftal in elkaar flikkerde en daarna, wisten wij allemaal, zou hij in enkele zinnetjes nog eens aanstippen waarom ze hem hadden moeten kiezen.

Maar dit, dat wanhopige gebel naar Romelu Lukaku, is anders. Zo wordt Ronald niet graag gezien, als een kansloze trainer die in een iets te strak trainingspak zijn spits aan de telefoon probeert te krijgen. En ik snap dat wel. Het tekent je voor het leven. Romario vernietigde bij PSV het aanzien van Guus Hiddink. Hij kwam meestal pas enkele dagen voor de start van de competitie opdagen, met een hoofd dat nog maar net door de halsopening van zijn shirt paste. Daarna maakte hij PSV, uit de losse pols, kampioen.

Romario en vele andere grote voetballers na hem, legden hun vinger op de zere plek. Zij lieten en laten zien wat wij allang weten: die trainer doet er niet toe. Als de grote voetballers meevoetballen, wordt er gewonnen. Ze kunnen doen wat ze willen. Het enige wat er is veranderd: wij kunnen dat nu allemaal vanuit onze leunstoel bekijken.

Romelu Lukaku had, via social media, een live verbinding met al zijn fans. In een reeks filmpjes – steeds naast een ongelofelijk appartement met een krankzinnig zwembad – zag ik hem, vanuit Amerika, zijn trainer helemaal gek maken. Dat contrasteerde prachtig met Ronald Koeman, die met zijn Hollandse hoofd stond te trappelen van kwaadheid, steeds met een telefoon tegen zijn oor.

Koeman die, vanuit totale onmacht, aankondigde de transfer naar Manchester United te gaan vertragen – daarin zagen wij het verschil tussen de ouderwetse coach Koeman en de meegegroeide coach Mourinho. De coach die ooit Wesley Sneijder naar Inter Milan lokte met een sms'je. '*I need you.*' De boosheid van Ronald Koeman deed ouderwets aan. Ik zag een man die zich weigerde neer te leggen bij de macht van één speler. Het zag er vervelend uit. Alsof een tijdperk werd afgesloten.

Die arme, nuchtere, norse Koeman, tussen de hossende Playstation-zwembad-generatie. Hij heeft natuurlijk gelijk, maar het is een verloren strijd.

Maaiset

Ik weet nog goed wanneer ik een voetbalanalist voor het eerst 'Tussen de linies' hoorde zeggen. Ik begreep hem verkeerd. Ik dacht dat hij antwoord gaf op de vraag wat zijn favoriete boek over de Tweede Wereldoorlog was. Het zou zomaar Jan Boskamp kunnen zijn geweest. Die houdt van bamischijven en de Tweede Wereldoorlog. Andere coaches gaan in de zomer met het hele gezin naar Dubai, Jan Boskamp staat met een caravan vlak bij Auschwitz.

'Tussen de linies', dat leek me de titel voor een goed boek. Over een eenzame soldaat die eigenlijk heel erg voor vrede is en die even niet oplet welke kant hij op loopt. Hopla, tussen de linies. Ik kon de flaptekst van dat boek eigenlijk al dromen. 'In 'Tussen de linies' schetst Tiebert Kuuk een indringend beeld van 70 jaar Friese oorlog. Tiebert Kuuk wordt ook wel de Hemingway van Leeuwarden genoemd.'

Het bleek om een nieuwe voetbaltactiek te gaan. Slim tussen de linies spelen. Voor mij was dat iets totaal nieuws. Toen ik voetbalde waren er geen linies, laat staan dat je ertussen kon spelen. Wij vonden een middenveld al iets heel moderns. De jongens die in ons elftal op het middenveld speelden, zijn later allemaal schilder of danser geworden. Dat je tussen die linies kon gaan voetballen, dat kwam helemaal niet in ons op.

Nadat die analist erover begon, ben ik mij erin gaan verdiepen en dat was een openbaring. Er gebeurt ongelofelijk veel tussen de linies. Als je het niet weet zie je het niet, maar tussen de linies staan heel gezellige voetbalcafés en je hebt er ook alle tijd om een bal aan te nemen, omdat de andere voetballers je niet zien. Als je slim tussen de linies speelt, dan ben je voor de gemiddelde boerenlul vrijwel onzichtbaar.

Frenkie de Jong schijnt heel goed tussen de linies te kunnen spelen. Ik heb nog geen grondige research kunnen doen, dus ik weet niet zeker of je vanaf de reservebank in Barcelona ook tussen de linies kunt spelen. Tussen de linies spelen was niet eens zo heel lang geleden revolutionair. Het kwam in de plaats van polyvalent spelen op het middenveld.

Toen ik daar voor het eerst van hoorde, dacht ik dat het om een nieuwe tandpasta ging. 'Polyvalent, voor mensen met veel gebit.' Een tandpasta die oud Feyenoord-keeper Ed de Goeij goed had kunnen gebruiken. Het bleek echter om een bepaald type speler te gaan. De polyvalente middenvelder. Ook die had je niet in mijn tijd.

Wij hadden een jongen op het middenveld die twee verschillende voetbalschoenen droeg. Dat was het wel qua polyvalent. In ons team was eigenlijk iedereen mono-talentloos. Poly, zo heette de dochter van je huisarts, of het paard van de buren. Zo snel is dat dus gegaan, de ontwikkeling in het moderne voetbal. Ikzelf kon de veranderingen nauwelijks bijbenen. Ik heb lang gedacht dat een stiftbal een leren bal vol tekeningen was.

Het is dus nogal een wonder dat u mij nu hier op deze plek leest, als columnist in een voetbaltijdschrift. Dat brengt een zekere verantwoordelijkheid met zich mee. Ik zie het als mijn taak om vernieuwingen binnen het voetbal op tijd te signaleren. Daarom veerde ik op uit mijn stoel toen Robin van Persie zondagmiddag, vlak na de verloren wedstrijd tegen Excelsior, werd geïnterviewd. Hij gebruikte enkele keren achter elkaar, met grote nadruk, een woord dat ik nog niet kende. Feyenoord was volgens Robin afhankelijk van de juiste maaiset.

Ik dacht: natuurlijk, een goed gemaaid grasveld is belangrijk, maar zou het ook niet een beetje aan jullie zelf kunnen liggen, Robin? Jullie verdienen tonnen, miljoenen. Als het zo belangrijk is, koop dan met z'n allen een goede maaiset. Klaag niet, maar doe er wat aan. Robin was er nogal vol van. 'We hadden een heel andere maaiset dan een week geleden. Onbegrijpelijk.'

Dat is inderdaad vreemd, maar – dacht ik – zou dat ook niet kunnen komen doordat ze bij Excelsior op kunstgras spelen? Daar hebben ze denk ik niet eens een maaiset. Pas toen hij het woord voor de vierde keer gebruikte, hoorde ik wat hij zei. *Mindset.* Engels, natuurlijk. Jaren daar gespeeld. Mindset.

Toch maakte dat alles nog niet veel duidelijker. Als ik Robin moest geloven, dan was de mindset tegen Ajax prima. Niks aan de hand. Iedereen in die foeilelijke spelerstunnel (playerstunnel) met een paar tussen de linies (between the battlefields) spelende polyvalente balstifters, stuk voor stuk met de juiste mindset.

Wat Robin niet begreep, was de verandering. Hoe kon in een week tijd de mindset zo veranderen? Ik begreep opeens alles. Hier sprak geen voetballer, maar een trainer. Robin van Persie is over een aantal jaren de nieuwe trainer van Feyenoord. Dat is een wet in het moderne voetbal. Voetballers die na een wedstrijd staan te lullen over de verkeerde mindset, die willen trainer worden. Spelers die geen trainer willen worden, die zeggen: 'Het was he-le-maal zaad vandaag. He-le-maal bagger met peertjes. We voetbalden als dikke stront. Vorige week waren we hot, vandaag voetbalden we als mijn overleden hond.'

Aankomende trainers zullen dat nooit zeggen. Mark van Bommel, als je die drie woorden hoorde spreken, wist je dat hij trainer wide worden. Erik ten Hag voetbalde met een studieboek in zijn broekje. Robin van Persie wordt de volgende. Mindset. Dan weet je het wel. Die staat over drie jaar in de regen tussen de linies te wijzen.

Clubmascotte

Ik zit met een probleem en ik kom er niet uit. Daarom vraag ik het aan u. Omdat u alles weet. Het gaat hierom. Als ik in de eredivisie zou voetballen, en ik stond, vlak voor de wedstrijd, met mijn teamgenoten in de catacomben van het stadion, zou ik dan een gesprek willen hebben met een vos? Zou ik dat kunnen, praten over het gras, het weer of over de dreiging uit het Oosten met iemand die een hele grote vossenkop op zijn hoofd heeft? Zou ik, als Lucky, de vossenmascotte van Ajax, naast me kwam staan tegen hem zeggen: 'En nog gelukt, stoppen met roken?'

Ik vraag dat aan u omdat er een zekere ontwikkeling gaande is. Ik zie het elke week gebeuren. Ik constateer, als columnist, een belangrijke nieuwe beweging binnen het professionele voetbal: clubmascottes die geen genoegen meer nemen met een plekje aan de zijkant. Mannetjes in schuimrubber pakken die willen laten zien dat ze er ook toe doen.

Ik zag het dit weekend bij Ajax gebeuren. Lucky, de clubvos, ongeveer 2,40 m lang en met een afschroefbare vossenkop van 60 kilo op het lichaam, ging voorzichtig bij een paar voetballers staan. Beetje meepraten over de busreis en zo. De voetballers leken dat niet vreemd te vinden. Ze wisten welke sympathieke dwerg er in het pak zat. Ze deden alsof er geen vos met een korte broek naast hen stond.

Nu denk ik dus dat ik dat als voetballer niet zou kunnen. Ik zou daar grote problemen mee hebben tijdens de uitoefening van mijn beroep, om met een vos te moeten praten. Ik zou hem er ook op aanspreken. Ik zou hem onderbreken wanneer hij een verhaal staat te vertellen over gourmetschotels en waar je die het beste kunt bestellen. 'Zeg, Lucky, zo heet je toch, Lucky, sorry dat ik je even onderbreek, maar moet jij geen kip gaan vangen? We staan ons hier te concentreren. Laat ons nou gewoon even lekker voetballen, en dan ga jij zo anderhalf uur rare vossendingetjes doen op het veld, goed?'

Het lijkt een kleinigheid, maar ik zie het als een teken. Als mascottes nu ook al het idee krijgen dat ze voor de wedstrijd lekker even tegen Luuk de Jong aan kunnen gaan staan lullen over het in elkaar zetten van een buffetkast, dan betekent dat maar één ding: niemand neemt de Nederlandse competitie nog serieus. Het is ondenkbaar dat een Spaanse mascotte, verkleed als eekhoorn of beer, met zijn rug leunend tegen de deur van de kleedkamer met Messi gaat staan babbelen.

In Spanje en Engeland kennen mascottes hun plek. Ze kleden zich om in een speciaal hok, ze gieten vlak voordat ze hun pak aandoen de liter zweet van een vorige wedstrijd in een colafles en daarna oefenen ze hun rare stemmetje. Contact met de voetballers is verboden. En zo hoort het. Een mascotte moet in de spelerstunnel worden behandeld als een melaatse. Eigenlijk is hij er niet.

Zo werkt dat ook op andere plekken. Als er een student, bij de première van een nieuwe Star Warsfilm, in een Darth Vaderpak is gehesen, dan wil je ook niet dat hij met krakende stem aan je vraagt of je de pinda's even doorgeeft. Je gaat met Darth Vader niet staan ouwehoeren over het openbaar vervoer. Dat is gewoon een regel. Jij doet alsof hij echt Darth Vader is en hij doet alsof hij Darth Vader is.

Nederlandse voetbalmascottes hebben daar schijt aan. Die staan, vlak voor de wedstrijd, tussen de voetballers alsof ze samen met vier buurmannen staan te wachten bij de afhaalchinees. En daarmee hol je het Nederlandse voetbal vanbinnen uit. Als zelfs mascottes de Nederlandse profvoetballer zien als iemand waar je je vakantiefoto's aan kunt laten zien, dan is dat het begin van het einde.

Door met mascottes te spreken verbreek je de betovering. Ik geloof bijvoorbeeld graag dat mascottes nooit ontlasten en dat ze thuis in dat pak televisiekijken. Dat is allemaal in één klap weg als ik een adelaar met een broek aan zie staan praten met de spits van Vitesse. Dat moet dus niet!

Er is eigenlijk nog maar één speler met wie geen enkele mascotte durft te spreken: Hakim Ziyech. Dat vind ik een goede zaak. Ziyech straalt uit dat hij niet voor zijn plezier op deze aarde is. Voetbal, dat is geen pretje, maar zijn benen willen het elk weekend zo graag. Ziyech haat amusement. Hij wil gras, een fluitsignaal en daarna lekker voetballen. Vervelend ook dat er publiek op de tribune zit.

Ik begrijp Ziyechs afkeer voor de totale gekte om het voetbal heen. We vinden allemaal dat hij niet genoeg lacht, maar laten we het eens omdraaien. Zijn wij met z'n allen niet veel te hard aan het lachen? Het gaat verdomme om voetbal. Dertig jaar geleden was er geen mascotte. Er was niets. Je wist niet wat de spelers in de catacomben deden. Soms was er een muziekkorps. Dat was fijn. Dan dacht je: och Jezus, als ik later maar niet zo'n zoon krijg.

Het amusement in die tijd was voetbal. In de rust at je een Koetjesreep. Je kon met niemand bellen. Er was geen videoscherm. Niemand zong in de rust. Na de wedstrijd liep je zwijgend naar huis. Ziyech vertegenwoordigt die tijd. Hij lacht niet als er niks te lachen valt. Hij is aan het werk. Hij doet zijn werk graag. Daarom praat Ziyech niet met een aangeklede vos. Omdat niemand je daarna nog gelooft.

De schaamte voorbij

Vanochtend stond ik bij de bushalte en deed maar weer eens mijn Gertjan Verbeek Experiment. Ik zei tegen de man naast mij: 'U stinkt. Naar lelijk mens. Ik zou graag willen dat u een speciale stinkbus neemt voor lelijke mensen. Ik zie aan u dat u niets kunt. Waarom staat u hier dan? Omdat u nergens zin in hebt. U wacht op de bus maar niemand wacht op u. Leg u daar bij neer.' De man protesteerde. Hij had een vrouw, twee kinderen en vele vrienden. Of ik mijn excuses wilde aanbieden. Daarop zei ik: 'Nee, want ik ben authentiek.'

Dat is wat Gertjan Verbeek nu al jaren doet. Iedereen die hem ook maar durft aan te kijken authentiek verbaal attaqueren. Het was een tijdje vermakelijk, om deze sociaal gemankeerde houtenhuttenbouwer steeds maar weer aan te zien vallen op alles wat tegen hem spreekt, maar inmiddels begint Verbeeks gedrag mij zorgen te baren. Hij lijkt dit jaar volkomen losgezongen van elke realiteit.

En die realiteit liegt er niet om. Dramatische resultaten in Duitsland, dramatische resultaten bij FC Twente, ruzies met welke journalist dan ook, zijn norse, ongegeneerde aanwezigheid in talkshows en zijn tirades als maar ook één iemand hem aanspreekt op zijn werk. Een baan die hij de laatste jaren aantoonbaar belabberd uitvoert.

Normaal gesproken, in elk ander bedrijf, voer je dan een functioneringsgesprek met zo'n medewerker. Je zegt: 'Robbie, je laat al een jaar lang alle potten augurken van de lopende band donderen, je draait de deksels er verkeerd op en je doet rauw varkensvlees in vegetarische maaltijden. Is er iets? Kunnen we wat voor je doen, zodat je wat beter gaat functioneren?'

Dit gebeurt overal, in elke bedrijfstak, behalve in het betaald voetbal. En dan heel specifiek vooral niet als de wanprestaties leverende coach Gertjan Verbeek of Louis van Gaal heet. Ik ken journalisten die alleen al bij het idee dat ze een van de twee moeten interviewen, hun beige broek langzaam donkerbruin pissen.

Hans Kraay jr. kreeg er een paar weken geleden van langs. Hij probeerde Gertjan Verbeek een vraag te stellen over de gekozen tactiek, maar werd daarna tot op zijn veters afgebrand. Dat lag ook wel een beetje aan Hans zelf, die alleen al in zijn houding op een doodsbange kever leek, klaar om te worden vertrapt. Ik weet niet meer wat hij precies vroeg, maar het ging vooral om de toon.

'Gertjan, als ik je zo mag noemen, of wil je liever dat ik je anders noem? Geen probleem, hoor. Maar Gertjan, als ik iets mag vragen dan zou ik willen vragen, als u het niet erg vindt, of die ene man op het middenveld niet een soort van beetje helemaal niet kan voetballen en dat kon ik ook niet, dat zeg ik er meteen bij, maar het leek er een soort op van dat u een klein beetje op de verkeerde momenten niet aanviel, maar u mag me met een riem slaan als ik dat verkeerd begrepen heb.'

En dat deed Gertjan Verbeek. Zijn mond was de riem. Hoe durfde Hans zo'n vraag te stellen. Hij walgde duidelijk van wat er voor hem stond. Hij, Gertjan, God der Verliezers, hij Gertjan, die niet werd begrepen in Rotterdam, waar ze nu nog schaterlachen om wat hij allemaal in een maand wilde veranderen, werd tegengesproken.

Steeds als je denkt dat het niet gekker en onbeschofter kan, dan zet Gertjan een tandje bij. Hij schreeuwt steeds harder iedereen omver, omdat hij weet dat hij onkwetsbaar is. De leiding van FC Twente weet hoe het zit. Hij is authentiek. Hij kan niet anders. Zo is hij en hij zal nooit veranderen.

Dat lijkt de grootste tragiek te zijn in Gertjan Verbeeks leven. Dat hij verandering van karakter als een nederlaag beschouwt. Duizenden FC Twentefans kunnen schreeuwen wat ze willen, ze kunnen eisen dat hij niet meer na een dramatisch verlopen wedstrijd voor FC Twente vijf uur lang de analist gaat zitten uithangen, en toch verandert hij niet. Want hij is authentiek.

Vreemd genoeg werkt het bij Gertjan Verbeek nooit omgekeerd. Spelers en journalisten die zich anders gedragen dan dat hij verwacht worden geschoffeerd. Blijkbaar mag alleen Gertjan authentiek zijn. En dat wringt steeds meer.

Ik denk dat Gertjan met zijn aanwezigheid in Fox Sports *Eretribune* het laatste beetje krediet heeft verspeeld. Hij zou van geen enkele speler tolereren dat ze vijf uur in een talkshow gaan zitten. Hij zou zijn ontploft als een speler had gezegd wat hij zei. Dat het soms wel eens goed is om te degraderen.

Gertjan is de schaamte al jaren voorbij. Hij zal het niet leuk vinden, maar inmiddels voel ik medelijden wanneer ik naar Verbeek kijk. Die nukkige man, hakken in het gras, klaar om alles omver te bulderen wat te dicht bij hem in de buurt komt. Hij weet het niet meer. Hij kan het niet meer. Al heel lang niet meer. En wij doen met z'n allen alsof hij het nog wel kan.

Het wordt tijd voor actie. De eerstvolgende journalist die Gertjan Verbeek interviewt moet eerst lang zwijgen, dan twee stappen naar voren doen, de arm om Gertjan heen leggen en zeggen: 'Als je wilt huilen, dan mag dat. Op mijn schouder. Kom, huil maar. Laat maar komen.'

Alleen dat kan Verbeek nog redden, schokschouderend huilen en daarna met een trillende lip zijn excuses aanbieden aan alle mensen die hij de laatste jaren heeft geschoffeerd.

Dopinggebruik

Dopinggebruik door ex-voetballers, kan daar eens iemand naar kijken? Ik dacht dat het wel meeviel, maar afgelopen zondagavond zag ik wat een verkeerd pilletje kan aanrichten. Analisten gaan zich God wanen. Dan heb ik het niet over Kenneth Pérez. Die heeft geen doping nodig om stijf van het eigen gelijk vier uur lang achter een tafel van alles te vinden over van alles.

Ik waardeer dat enorm. Kenneth Pérez geeft zijn commentaar op een *natural high*. Pérez stond, toen hij drie jaar oud was, al aan zijn moeder voor te doen hoe je een overhemd strijkt. Dat zou een documentaire zijn die ik ademloos uit zou kijken: de jeugdjaren van Kenneth.

De kleine Pérez naast een visboer. Aan die man uitleggen dat hij al 46 jaar verkeerd staat te fileren. Kenneth Pérez opeens voor de microfoon, bij de uitreiking van de Nobelprijs voor Literatuur. 'Hele slechte schrijver dit, met rare zinnetjes en een sleets thema. Jullie maken de verkeerde keuzes.'

Als je dat durft, wat Kenneth Pérez elk weekend doet bij ESPN, met je ellebogen op tafel steeds maar weer uitleggen dat iemand de verkeerde keuzes maakt, dan heb ik daar alleen maar bewondering voor. Ik zie om mij heen mensen meerdere keren per dag de verkeerde keuzes maken, maar daar denk ik dan meteen achteraan: wie ben ik?

Analisten missen die twijfel. Kenneth denkt werkelijk dat hij weet wat de juiste keuzes zijn en wat verkeerde keuzes zijn. Er is, speciaal voor hem denk ik, een grafisch hulpmiddel ontwikkeld waarmee hij aan ons, de boerenlullen die ook altijd de verkeerde keuzes maken, kan laten zien waar en wanneer voetballers verkeerd kiezen.

Je ziet een verdediger van PEC Zwolle de middenlijn passeren en dan zet Kenneth het beeld stil. ‘Kijk, hier gaat hij de middenlijn over, wat hij al helemaal niet moet doen, dus dat is een verkeerde keuze en dan kan hij dit, dit, dit en dit doen.’ Bij elke ‘dit’ zie je een groene pijl op het scherm verschijnen. ‘En wat doet hij?’ Daarna verschijnt er een rode pijl richting een tegenstander. Camera vol op de glimmende kop van Pérez. ‘De verkeerde keuze.’

Ik denk dat ik het, als redactie, bij wijze van grap, toch niet zou kunnen laten om een roemrucht moment van Kenneth te laten zien. Met commentaar erbij. ‘Kijk, hier loopt hij naar die grensrechter, nog niks aan de hand, Pérez lacht zo te zien, en hier, zet hem maar even stil, maakt hij de verkeerde keuze.’ En dan een rode pijl naar zijn mond.

Het fijne is: van Pérez kan ik het goed hebben, dat eeuwige gelijk. Bij Arnold Bruggink denk ik toch elke keer: ja, pik, dat kan je dan wel zeggen, harder ingrijpen, maar zelf liep je erbij als iemand die in een parfumerie de kerstcadeaus leuk mag inpakken, met een strikje eromheen.

Maar ik had het over dopinggebruik door ex-voetballers. Ik weet niet of het al te laat is en of dat nog op de een of andere manier in de ochtendurine zit, maar ik ben sterk voor een dopingcontrole bij Ruud Gullit. In zijn algemeenheid; maar als het specifieker moet, dan naar aanleiding van zijn gedrag in het programma *Rondo* van zondag 7 februari.

Normaal gesproken is Ruud al niet te harden als analist, maar afgelopen zondag dacht ik voor het eerst: die heeft per ongeluk drie kilo vochtafdrijvende pilletjes naar binnen staan klokken. In het begin van de uitzending, toen het medicijn nog niet werkte, was het gewoon vintage Ruud Gullit-gedoe.

Elk onderwerp, wat het ook is, heel hard pratend zo weten te draaien dat het alwéér over zijn tijd bij AC Milan gaat. Al hebben ze het over een overleden voorzitter van een club in Noorwegen, Ruud weet het binnen tien seconden te draaien naar een geinig verhaal over Berlusconi die met zijn kop vol cocaïne het trainingsveld bezocht.

Tijdens elke uitzending van *Rondo* valt 39 keer het woord Milanello. Het beroemde trainingskamp van AC Milan. Ik ben er nooit geweest, maar ik kan met mijn ogen dicht een plattegrond van het complex tekenen, puur op basis van Ruud zijn eindeloze gelul over de prachtige faciliteiten. Ik kijk, als Ruud over AC Milan vertelt, naar Marco van Basten. Ik herken zijn blik. Zo keek ik wanneer mijn vader voor de zoveelste keer vertelde dat er geen mooiere stad bestond dan Amstelveen.

Het werd pas echt verontrustend toen je bij Ruud live, vijf minuten voor het eind van de uitzending, de vochtafdrijving zijn hersenen zag bereiken. Hij haalde opeens een zwarte mondkap uit zijn zak, deed die om zijn oren en voor zijn mond, en riep steeds heel hard dat Youri Mulder corona door de studio zat te niezen.

Mulder ontkende, maar Ruud bleef, dwars door dat doekje heen, tetteren dat het een schande was. Alles lekker vet Amsterdams grappig bedoeld, weetjewel, pik, ja toch, nou dan, ouwe galbak van me.

Ondertussen zag je wat het gebruik van doping met Gullit deed. Hij verloor alle voorzichtigheid. Iedereen aan tafel en iedereen thuis zag het: hij zat opzichtig reclame te maken voor Adidas. Het logo stond spierwit op de zijkant van zijn mondkap, vlak naast zijn oor. Ik tekende een denkbeeldige rode pijl in de lucht en zei: verkeerde keuze.

Omhaal

Toen ik zaterdagavond de omhaal van Luuk de Jong zag, moest ik aan Tonnie Bussens denken. Diep in de jaren zeventig verzamelde zich elke zondagochtend een groep liefhebbers op het Stadionplein in Amsterdam en reisden wij daarna in twee bestelbusjes naar het veld waar Tonnie die dag voetbalde. Tonnie wisselde nogal eens van vereniging, maar dat maakte ons niets uit. Het ging ons niet om de club, maar om Tonnie.

In die tijd droegen fans nog gewoon hun eigen kleren. Ik had een Afghaanse jas aan, met geitenhaar aan de randen. Recht tegenover mij zat iemand met blauwe schoenen aan en een groene broek. Nu draagt alleen Johan Derksen dat nog, maar in die tijd liep alles vrolijk en gezellig dwars door elkaar heen. Wat ons verenigde daar in dat busje, was onze liefde voor de omhaal.

Zo zat het. We waren verslaafd aan omhalen. Een vrije trap van 30 meter in de kruising deed ons niets. Een Panenka, daar lachten we om. Wij waren fijnproevers. Het armzalige gerommel van de andere voetballers op het veld namen wij voor lief. Daar reisden we niet voor door het hele land. Het ging ons puur om de wekelijkse omhaal van Tonnie. Junks waren we.

Een omhaal waarmee werd gescoord, moet ik erbij zeggen. Zodra Tonnie ruggelings de lucht in zweefde, wisten wij genoeg: doelpunt. Dat was een zekerheid. Ik kan nauwelijks uitleggen wat een onuitsprekelijk genoegen dat was, met al die mannen in het busje – want vrouwen snapten toen nog geen omhaal – de meegebrachte gevulde koeken, drie keer verkeerd rijden, aankomen op een wezenloos veld ergens midden in de polder, de gesloten kantine, de vloekende terreinknecht, de scheidsrechter op zijn gewone schoenen, het armzalige geschuif met de bal, het wachten op de juiste voorzet en dan – eindelijk, we hadden er een week op gewacht – Tonnie, die al met zijn rug naar het doel ging staan.

Een gelukte omhaal is als een meervoudig orgasme in één keer. Een fontein van plezier. Een gelukte omhaal is God, die voor drie seconden even echt bestaat. Je vergeet de ellende. Kan jou het rotten, die belastingschuld en die nieuwe vriend van je ex-vrouw. Je hebt zojuist een perfecte omhaal gezien. Een goede omhaal is thuiskomen met een bak nasi goreng, het deksel eraf halen en zien dat er niet één maar twee vierkante spiegeleitjes op de rijst liggen.

Zo beleefden wij dat. Elke keer dat Tonnie hoog in de lucht de bal volmaakt raakte en ondertussen precies wist waar de keeper stond, dan voelden wij ons als vaders die na 36 jaar voor het eerst hun echte moeder zien. Het was puur geluk, elke week weer. Tonnie stelde nooit teleur. Al was het in de 89e minuut, die omhaal kwam er. Zoeffffff zei het net, dat nog van touw was. Hoera wuifden onze armen die nog nooit een woedende vuist hadden gemaakt.

Daarna reden we weer naar huis, ook als Tonnie al na 3 minuten scoorde. We wilden hem niet leren kennen. We wilden hem niet op zijn schouders slaan. Hij moest een onbekende blijven. Iemand die wij bewonderden en waar wij, samen in het busje, over fantaseerden.

In 1979 stopte dat allemaal. Tonnie zat op de reservebank, tijdens een wedstrijd ergens in Brabant. Dat heeft hem gebroken. Hij heeft nooit meer een bal aangeraakt. Pas toen er internet was, heb ik zijn naam kunnen googelen. Hij is sinds 1981 een anonieme grasdroger. Wat er in 1980 gebeurde, daar is Auke Kok nu een boek over aan het schrijven.

Nu hebben we Luuk de Jong. Ook fijn, maar niet zo fijn als Tonnie. Daarom vond ik alle lof uit de Fox Sports-studio nogal overdreven. Kenneth Pérez begreep het moment en zei alleen dat hij het een hele mooie omhaal vond, maar Arnold Bruggink liet zich, desgevraagd, verleiden tot een verhaal over zijn eigen omhaal. Op een training. Zonder tegenstander.

Wat Arnold Bruggink daar deed was te vergelijken met iemand die zegt dat hij bergaf, zonder kleren aan en het laatste stuk achter op een koe, ooit wel een net zo hard geeft gelopen als Usain Bolt. We hebben allemaal wel eens gescoord uit een omhaal. Heel lelijk, met onze mond heel raar hangend, de ogen wijd open en daarna veel te blij dat we niet onze ruggengraat in tweeën hadden gebeukt.

Arnold maakte een grote fout. Als ex-voetballer moet je zwijgen over een omhaal. Een doelpunt zoals Luuk de Jong zaterdagavond maakte, daar moet je niet over praten. Je zwijgt 45 jaar en dan zeg je: 'Ik was erbij. Ik stond precies achter het doel.' Ook als dat niet zo was.

Ik zag Tonnie Bussens 41 jaar geleden voor de 67e keer scoren met een omhaal. We applaudisseerden niet. We bewaarden alle lof voor later. We koesterden onze belevenis. Het was onze held en van niemand anders.

Bij Luuk is dat anders. Die is nu – net als Marco van Basten – voor altijd de man van de omhaal. Luuk staat over vijftien jaar ergens in een congreszaal over die omhaal te praten en daarna zegt hij dat je de computers van die en die moet gebruiken.

Tonnie droogt gras. Nog steeds. Ik ben laatst met een paar oude vrienden langs zijn boerderij gereden. We zagen hem staan, midden in het veld. Hij stond gras te drogen. We hebben toen minuten gewacht, maar geen omhaal. Gelukkig. We koesteren het verleden, zoals u – lezer – in de toekomst Luuk zult koesteren.

Dick de Eerste

Ik zag gisteren de persconferentie van Dick Advocaat, vlak na de verloren wedstrijd tegen ADO Den Haag, en ik dacht: Shakespeare zou hier wel raad mee hebben geweten. Ik daag iedere toneelschrijver uit: ga een jaar werken aan de voorstelling *Dick de Eerste* en over een jaar hebben we de Nederlandse versie van *King Lear* op de planken.

Ik weet precies hoe ik dat toneelstuk zou laten beginnen. Dick komt op, in een regenjas met te hoge zakken. Loopt naar de rand van het podium. Hij voelt aan zijn kunstneus en kijkt minutenlang zwijgend naar het publiek in de zaal. Daarna spreekt hij de volgende zin: 'Zeggen jullie het maar. Als jullie willen dat ik na de pauze ook nog doorspeel, dan hoor ik het wel.'

Dick Advocaat is een tragisch figuur aan het worden. Dat bedoel ik niet cynisch of vervelend. Het is precies wat het is. Tragisch. Het laatste halfjaar kijken we elk weekend live naar de val van een radeloze man en we kunnen er niets aan veranderen, omdat we hem niet mogen troosten.

Dick is niet iemand die een arm om zijn schouder duldt. Het is geen man die je even tegen je aan drukt en dat je dan zegt: 'Huil maar, jongen, huil maar. Laat het maar gewoon allemaal even los. Huil maar.' En daarna het schokkende lichaam, met zijn buikje tegen je knieën.

Toch bestaat er ook geen enkele andere trainer die zo graag complimenten ontvangt. Dat is de permanente strijd die door het hoofd van Dick Advocaat raast. 'Niet laten zien dat ik aan alles twijfel. Niet laten merken dat ik er geen zin meer in heb. Laat ze allemaal de tering krijgen met hun hand in hand kameraden.' Dat allemaal denken en dan toch waterige ogen krijgen wanneer een handjevol supporters, eindelijk toegelaten tot De Kuip, applaudisseren wanneer je het veld op komt.

Zondag verloor Feyenoord op een heel lelijke manier van ADO Den Haag. Jens Toornstra pakte in de laatste minuut van de wedstrijd expres een tweede gele kaart, zodat hij een week later niet tegen Ajax hoefde te spelen. Dat snapte Dick ook wel. Er volgde een mager protest bij de vierde man, maar het zag er allemaal niet erg overtuigend uit.

Daarna volgde een interview waar sportpsychologen de komende eeuw hun tanden in kunnen zetten. Dick Advocaat staat anders wanneer hij boos is. Een heel klein beetje achterover geleund, bijna alsof hij lastige vragen langer onderweg wil laten zijn tot zijn hoofd.

Hij wreef ook een paar keer in zijn gezicht. Die beweging ken ik. Zo zag ik aan mijn vader of hij zenuwachtig was. Het duidelijkst was dat toen hij mij, in een vlaag van helderheid, midden in zijn steeds erger wordende alzheimer, bij mijn mouw pakte en zei: 'Niek, ik word langzaam gek.' Daarna wreef hij met een hand door zijn gezicht. Net als Dick.

Dan het interview zelf. Dick vroeg zich hardop af of hij er nog wel toe deed. Als dat niet zo was en als de spelersgroep zou aangeven dat hij zijn vak niet meer beheerste, dan zou hij meteen stoppen. Ik vond dat het verdrietigste stuk uit het interview. Dick bedoelde namelijk precies het omgekeerde. Eigenlijk zei hij: Natuurlijk doe ik er nog toe. Ik ben Dick Advocaat, de grote kleine.

En weer zag ik mijn vader, die na een leven lang honkballen niet in de gaten had dat hij door aanstormende jeugd als een oude zonderling werd gezien. Ik kan niet meer precies aanwijzen wanneer het gebeurde, maar er moet een moment zijn geweest dat mijn vader van het ene op het andere moment werd gezien als een mascotte, iemand die je erbij hield omdat hij er al een leven lang liep. Iedereen zag dat, behalve mijn vader zelf.

Dat zie ik nu bij Dick Advocaat gebeuren, met één groot verschil: hij hoort elke dag van Pierre van Hooijdonk en talloze andere analisten dat het over is, dat hij ouderwets traint, de jeugd niet meer aanvoelt en zijn spelers niet meer kan motiveren.

Ik kan daar niet over oordelen. Ik sta niet elke dag langs het trainingsveld en ik sta niet naast de spelers die over hem roddelen, maar wat ik wel zie zijn de ogen van Dick. De gebaartjes. De ingehouden woede tijdens persconferenties. En heel af en toe, als hij het niet meer volhoudt om professioneel te zijn, een fel aanvalletje op zijn bekendste criticasters.

Het doet mij heel erg denken aan de Dick uit Portugal, in de dagen nadat hij Arjen Robben tijdens het Europees Kampioenschap op een onbegrijpelijk moment had gewisseld. Ik zag toen dezelfde ogen. Weten dat je fout zit en toch woedend worden op de mensen die dat tegen je durven te zeggen.

Willem van Hanegem, de tijdelijke plaatsvervanger op persconferenties, maakte een geintje over de wissel. Volgens mij is het daarna nooit meer echt goed gekomen tussen die twee.

Het was dezelfde Dick die we nu zien. Iemand die zich nooit zal neerleggen bij wat er werkelijk aan de hand is. Wij zien het allemaal, de spelers zien het en Dick ziet het zelf ook, maar hij zal het nooit zeggen. Hij zal nooit gaan zitten, met een zaal vol journalisten voor zich en zeggen: 'Ik voel ze niet meer, ik begrijp ze niet meer. Het zijn andere tijden en helaas is dan niet meer mijn tijd. Ze praten over hun kapper, een kwartier voor de wedstrijd. Ik kan het niet meer en ik had het te laat in de gaten. Ik stop.'

Daarna applaus en dan opeens een heel andere Dick Advocaat. Er is namelijk geen andere trainer die zo geniet van schouderklopjes.

Elektronische BH Maffia

Gisteren sprak ik een verhuizer. In de afgelopen maand deed hij 34 verhuizingen. Hij had een beetje last van zijn rug. Ik gaf hem meteen een klap op zijn wang. Hoe durf je te klagen! De voetballers van Ajax en PSV moeten deze week twee wedstrijden voetballen! Sommige spelers moeten wel drie uur lang! Drie uur! Met twee benen. Lazer dus eens snel op met je geklaag over je rug. In wat voor een land leven we? Als nu ook de verhuizers al gaan lopen klagen, terwijl jonge voetballers – gewoon onder onze ogen – drie uur lang moeten voetballen. Nog even, en pakketbezorgers gaan ook klagen dat ze elke dag zes lang moeten bezorgen. Schaam je.'

Dat is nu het verhaal dat door trainers als Erik ten Hag en Roger Schmidt wordt verteld. Ze moeten wel rouleren en rare opstellingen verzinnen omdat de spelers anders 90 minuten moeten voetballen. Dat is blijkbaar onmenselijk. Steeds maar weer hoor ik de woorden doseren, energiemanagement, zuurstofopname en overbelasting langskomen.

Ten Hag sprak zondag over Davy Klaassen alsof die zojuist zijn 74e verjaardag had gevierd. Erik ging kijken of hij Klaassen tijdens de wedstrijd tegen Sparta een beetje rust kon geven, maar hij kon niks beloven. Als Klaassen nodig was dan moest Erik ten Hag hem, met pijn in het hart, toch nog 14 minuten mee laten spelen. Daarna zou er een nieuw fysiek masterplan worden geschreven om de botten van de stokoude Klaassen weer recht te zetten voor de wedstrijd tegen Lille.

Bij Davy Klaassen speelt het uiterlijk een rol. Iets anders kan ik niet verzinnen. Dat is blijkbaar een natuurwet: de trainer gaat je behandelen zoals je eruitziet. Klaassen ziet er, net als Arjen Robben, uit als je albino opa. Dat doet blijkbaar iets met mensen.

Robben en Klaassen hebben het omgekeerde van wat Dirk Kuijt heeft. Die begint steeds meer op iemand te lijken die zijn eerste brommerrijbewijs aan zijn moeder laat zien. Dat levert rare situaties op. Blijkbaar is er op redacties afgesproken dat niemand Dirk Kuijt recht op de man af mag vragen waarom zijn wangen opeens op zijn rug zitten en waarom het gebit van zijn zus nu in zijn mond zit.

Dat heeft iets heel ongemakkelijks. Ik zag Dick bij het programma *Rondo* aanschuiven en daar deden ze alsof hij er altijd al zo had uitgezien. Vreemd. Als Jan van Halst volgend weekend opeens haar tot op zijn kont heeft, gebeurt dan hetzelfde? Gaat Jack dan net doen alsof al dat golvende haar op de rug van Jan binnen een week uit zijn hoofd is gekolkt?

Ik denk het niet. Maar bij Dirk ligt dat blijkbaar anders. Het verbaast mij ook dat hij daar zelf niet heel ongemakkelijk van wordt. Dat zou hem sieren, midden in een gesprek opeens zeggen: 'Hé jongens, even, we zijn nu tien minuten aan het analyseren en jullie doen alsof er niets aan de hand is, maar hallo, kijk even naar mijn gezicht. Ik heb drie weken lang de voet van een plastisch chirurg op mijn voorhoofd gehad om de boel strak te trekken en dan gaan jullie doen alsof er niets aan de hand is? Wat zijn jullie voor collega's? Ik zie er niet uit! Het is mislukt. Zeg dat gewoon!'

Robbens en Klaassens uiterlijk is op een iets subtielere manier vreemd. Je weet dat ze jong zijn, maar hun uiterlijk maakt ze 30 jaar ouder. Robben leek op zijn twaalfde al op iemand die met seniorenkorting het museum in mag.

Maar los van Klaassens uiterlijk, vind ik de voorzichtigheid van Erik ten Hag opvallend. Over Roger Schmidt heb ik het niet eens. Die denkt dat zijn selectie van zelfrijzend bakmeel is. Schmidt behandelt jonge, krachtige, bezeten spelers alsof ze met een stok onder hun oksel door een wellnesscentrum schuifelen. Als ze op de reservebank zitten, dan controleert Schmidt of die niet te hard is voor hun delicate voetbalkontje. Bang dat hun stuitje breekt.

Natuurlijk begrijp ik heel goed wat er aan de hand is en waarom veel spelers zo voorzichtig zijn. Dat komt door de alsmaar groeiende macht van de

Elektronische BH Maffia. De wetenschappelijke tak binnen elke club die na de wedstrijd de Data Bikini's van de spelers analyseert.

Iedere speler voetbalt met sensoren op de tietjes. Alles wordt gemeten. Hoe is de zuurstofopname tijdens het volkslied, wat verliest een aanvoerder aan spierkracht wanneer hij tijdens het tossen kop of munt moet aanwijzen? Hoeveel belasting kan een reservespeler aan?

Coaching valt steeds meer in handen van liniaalwetenschappers. Nicolás Tagliafico mag weer spelen als Erik ten Hag op zijn iPad ziet dat het zicht van Nicolás weer zo scherp is als een havik. Elke voet die verkeerd het veld raakt, laat de naadjes en de wijzers op een computer uitslaan.

Dit soort gesprekken voeren coaches nu. 'Malen, ik ben heel tevreden over je. Je redt ons al een seizoen lang, je lijkt heel veel plezier te hebben tijdens een wedstrijd, maar kijk, op deze grafiek zie je dat je tijdens het lachen een stof aanmaakt die eventueel in je knie kan gaan zitten. Vier weken rust dus. Sorry, ik kan er ook niets aan doen.'

Erik ten Hag en Roger Schmidt zouden eerlijk moeten zijn. Trek uit die trainersjassen en loop voortaan in een witte apothekersjas langs de kant. Dan doen wij alsof we dat niet raar vinden.

Taalgebruik

Željko Petrović, de hoofdtrainer van Willem II, maakte dit weekend een goed punt. Ik heb er verder niet heel veel van verstaan, maar na wat rondvragen begreep ik dat hij pleitte voor een wat minder vernederende behandeling. Hij wil graag worden beoordeeld op zijn werk en niet op zijn manier van praten.

Ik dacht meteen: dan moet je bij Cruijff zijn. Die treiterde Gerald Vanenburg naar een half mislukt leven. Gerald mocht een week geleden een echte grotemensentraining geven bij Ajax en dat was nieuws. Vanenburg kon volgens Cruijff nooit een leider zijn omdat hij een te hoge stem had.

Vreemd genoeg vond Cruijff van zichzelf wel dat je een leider kon zijn met een bij elkaar gescharrelde woordenschat. Hij kende geen woord zeggen over iemand wie hij kon, wie hij natuurlijk logisch vond, want hij kende dit en dag zus en zo wie hij altijd al had gezegd. Zo praatte Johan en ik heb nooit iemand tegen hem horen zeggen: je zegt het fout. Het is 'die' Johan, niet 'wie'. Als je 'wie' zegt, dan kom je over als iemand die zich vertilt aan zijn eigen herseninhoud. Leer dat gewoon even een keer uit je hoofd. Dat maakt je meteen honderd keer minder dom.

Als iemands dat ooit tegen hem zou hebben gezegd, had Johan het volgende geantwoord: 'Dat is een raad wie ik zeker ga opvolgen, als het maar even kun.'

Tegen die ingeslepen gewoonte – waarom wordt de ene taalarme gek op handen gedragen en waarom wordt de andere goedwillende buitenlander uitgelachen – verzet Željko Petrović zich. En terecht. Dat moet nu maar eens uit zijn, trainers beoordelen op hun taalvaardigheid.

Voor mij heeft dat consequenties. Ik beoordeel trainers eigenlijk alleen maar op wat ze voor zich uit staan te mompelen. Ik kan natuurlijk wel drie keer per week naar een training gaan kijken van de nieuwe trainer van PEC Zwolle, maar pas als ik hem hoor antwoorden op de vraag van een journalist weet ik of het een goede trainer is of niet.

Taal zegt veel. Dan heb ik het niet over een vreemd accent, maar over trainers die hebben leren praten als een stuk speelgoed met een sleutel in de rug. Erik ten Hag, het zal wel een fantastische trainer zijn, maar na elk interview denk ik: chef conserven in een middelgrote supermarkt. Dat is natuurlijk niet een erg professionele analyse, maar ik wil er ook niet over liegen.

Als er tijdens een inburgeringsexamen aan een wanhopige Irakees een monoloog wordt getoond van Erik ten Hag en ze krijgen de volgende meerkeuzevraag: Is deze man A: Zijn hond kwijt, B: Een Nederlander met een ontstoken tong, C: Iemand die in één nacht kaal is geworden, of D: De hoofdtrainer van Ajax, dan ben ik heel benieuwd hoeveel mensen er het goede antwoord gaan invullen.

Nog een paar voorbeelden over beeldvorming en taalgebruik. Als ik Ruud Krol heel moeizaam Engels hoorde praten, dan vergat ik ter plekke zijn crosspasses over 45 meter. Jean-Marie Pfaff, dat kon dan duizend keer een fantastische keeper zijn, maar na zijn absurde interview vlak na een wedstrijd van Bayern München kon ik die man alleen nog maar zien als een clown op cocaïne.

Henk ten Cate, die dit weekend bekendmaakte dat hij weer vrolijk gaat werken in een land waar de doodstraf staat op homoseksualiteit en waar onwillige vrouwen worden gestenigd, als ik die met samengeknepen oogjes op z'n Amsterdams hoor vertellen hoe de wereld in elkaar zit, dan weet ik genoeg. Een poseur die altijd uit is op aanzien en zo veel mogelijk geld.

Daarom is de boodschap van Željko Petrović verwarrend en hartverwarmend tegelijk. Verwarrend omdat het voor veel journalisten het enige intuïtieve instrument is om trainers te duiden: luisteren wat ze tussen hun gekwek door allemaal juist NIET proberen te zeggen. Die manier van duiden werd bijvoorbeeld Ruud Gullit fataal, die als trainer van Feyenoord ooit wist te melden dat hij niet was te benijden. Dat viel niet helemaal lekker bij de 40.000 havenarbeiders in De Kuip.

Hartverwarmend omdat Željko Petrović iets doet wat bijna geen enkele voetbaltrainer doet: van zijn hart geen moordkuil maken en zich recht in zijn gekwetste ziel laten kijken. Ik denk eigenlijk dat het nooit het accent was waarom wij moesten lachen en waarom wij ongemakkelijk werden van zijn interviews, maar het was de ontwapenende eerlijkheid.

Ik zal daar ongetwijfeld ook aan hebben meegedaan, en als dat zo is bied ik alsnog mijn excuses aan. Het zit namelijk zo, meneer Petrović: wij zijn in Nederland niet gewend dat trainers zomaar zeggen wat ze voelen, dat ze praten over zaken waar ze trots op zijn en dat trainers laten zien dat ze last hebben van het uitlachen.

We zijn gewend dat trainers boos zijn op spelers, op de scheidsrechter, ook op het publiek of op het bestuur. Nooit op zichzelf. We schrokken gewoon een beetje van uw eerlijkheid en uw oprechte emotie. Al verstaan we niets van wat u zegt, de boodschap is luid en duidelijk binnengekomen. U deugt als een malle.

Duitsers houden van trappenlopen. Steeds maar weer. Dag in, dag uit, met veel te zware schoenen aan de trap op en af lopen. Met een zak gedroogde bonen op hun rug. Ze houden ook van Ministeck. Een bezigheidstherapie diep uit de vorige eeuw. Je hebt stukjes gekleurd plastic en die kun je op wit plastic met allemaal gaatjes prikken en als je dan klaar bent zie je twee hondjes of een man met een baard.

Je hebt mensen die abstract werk maken met Ministeck, maar Duitsers hebben daar geen last van. Die geef je een emmer plastic en zes uur later hebben ze twee lieve poesjes gemaakt. Duitsers vinden het ook fijn om heel hard zingend hun oksels te wassen. Wij, Nederlanders, doen dat zwijgend. We wassen onze oksels – in de provincies Drenthe en Gelderland nog met een washand – en daarna ruiken we onder ons arm. Duitsers niet. Die zijn minder wantrouwig. Als een Duitser zijn oksels wast, dan vertrouwt hij erop dat hij daarna lekker ruikt. In de vier jaar dat Knaubi hier woonde, op de oude hobbykamer van Vera, heb ik nooit aan zijn oksel moeten ruiken.

Voorselectie

(...) 'Ja, Donny, met Frank. Even voor de zekerheid: ik ben niet Edwin Evers. Ik ben het zelf. Donny, laat ik beginnen met te zeggen dat ik je in principe heel veel vind lopen. Dat kan jij als geen ander. Lopen. Tussen de linies, ernaast, eronder. Ik hoef jou dat niet uit te leggen. Wie 'lopen' zegt die zegt automatisch 'Donny'.

Dat is denk ik jouw kracht, net zo lang heel onrustig om een tegenstander heen lopen tot ze er duizelig van worden. Dat is jouw kernkwaliteit. Zo val je ook vaak nog zes minuten in. Als jij tijdens een wedstrijd op de tribune zit dan zie je dat je, met alles wat je in je hebt, wilt lopen.

Nu moet ik zeggen, Donny, en dat is natuurlijk een momentopname van een heel seizoen, dat ik je de laatste tijd niet heel veel heb zien lopen. Dat is jammer, want nogmaals, dat kan jij goed. Met die voetjes van je, stap, stap, stap. Maar daar bel ik je dus even voor, dat je tijdens het EK heel weinig zal gaan lopen, want ik neem je niet mee.

Je mag natuurlijk op eigen gelegenheid hiernaartoe komen lopen, maar ik heb, helaas voor jou, voor iemand gekozen die minder loopt en wel speelt. Dat waren bij elkaar 269 spelers. Jij bent helaas nummer 270, Donny. Nogmaals, ik vind dat heel jammer want ik zie je graag lopen, met die driftige maniertjes en dat je dan steeds naar de coach kijkt of die ook ziet dat je heel veel hebt gelopen, maar ik denk toch dat we tijdens dit EK meer hebben aan iemand die het ook leuk vindt om te schieten. Ja, nee, natuurlijk heb ik daar begrip voor, dat je teleurgesteld bent. Weet je ook eens hoe dat voelt. Zo voelen *wij* ons als we jou opstellen. Het ga je goed Donny.' (...)

(...) 'Ja, Rick, met Frank hier. Komt het gelegen of wordt net je onderlip getatoeëerd? Laat ik beginnen met te zeggen, Rick, dat ik jou misschien wel een van de mooist getatoeëerde spelers vind. Dat doen weinig voetballers je na. Die leeuw van Memphis, daar wil ik altijd meteen een snorretje op tekenen, maar jij hebt ook woorden en zo op je lijf en ook nog allemaal goed gespeld, waarmee je aantoont dat je voor een voetballer een bovengemiddelde intelligentie hebt.

Maar waar ik je voor bel, dat is dat ik tot aan die wedstrijd tegen Manchester United dacht: die heeft geen last van die tatoeages tijdens het voetballen, maar dat was dus nog voordat je die zes tegendoelpunten stond te bewonderen in je eigen strafschopgebied. Dat is voor mij een keerpunt geweest, Rick. Ik zat samen met mijn broer te kijken en die had precies hetzelfde als ik, wat op zich niks geks is want we gaan ook 's nachts op hetzelfde moment pissen, ook al wonen we soms 1200 km van elkaar.

Wat ons opviel, was dat je een stukje imagoverlies hebt geleden. Als je de nul houdt dan is een getekende doodskop op je schouder heel indrukwekkend, maar als je in een Europese wedstrijd met 6-2 verliest, dan gaan die tekeningen op je lijf een beetje tegenwerken. Snap je wat ik bedoel? Nogmaals, geweldige tatoeages, maar ik vind het risico toe groot.' (...)

(...) 'Ha Stefan. Ik heb slecht nieuws. Je ligt eruit omdat je je hebt laten piepelen door je zaakwaarnemer. Dat kan ik er niet bij hebben in de kleedkamer. Andere spelers gaan daar bijdehand over doen. "He, Stefan, lekker gratis gewerkt dit jaar?" Dat gezeik hebben we vroeger al een keer gehad met Wesley Sneijder en Piet Veldhuizen. Die verdiende per maand wat Wesley per dag aan kleine maatpakjes uitgaf. Het gaat 'm dus niet worden, Stefan. Helaas. Sterkte.' (...)

(...) 'Ja, hallo Teun. Met Frank hier. Laat ik om te beginnen zeggen dat ik Teun een geweldige naam vind. Voor een boer of voor iemand in een streekroman. Klopt precies. Dat er een vrouw in een dorp komt wonen en dat er dan 's avonds bij haar wordt aangebeld en dan staat er een man voor de deur. Die man stelt zich voor als de plaatselijke varkenshouder en die heet dan Teun. Klopt precies. Niks meer aan veranderen.

Maar jij ben een voetballer. Dan is Teun geen lekkere naam. Kijk alleen maar naar de voorselectie. Nathan. Denzel, Anwar, Quincy, Kenny, Georgino. Dat zijn geen namen die je in een boerenroman langs ziet komen. Dat bekt gewoon niet lekker. "Anwar legde zijn hand op de kop van de koe en fluisterde: rustig maar, ik ben het, Anwar." Dat gelooft niemand.

Dat is dus een probleem. Naamtechnisch breng jij een verkeerde vibe met je mee. Ik kan daar wel over gaan liegen, maar zo voel ik dat. Als ik vlak voor een heel belangrijke wedstrijd het woord Teun moet zeggen, dan verliest zo'n verhaal meteen aan kracht. Ik vind je een fantastische voetballer, met een geweldige trap en leidinggevende capaciteiten, maar je hebt de verkeerde naam. Als je Delicio had geheten, zou ik je aanvoerder hebben gemaakt. Maar Teun, dat voelt niet goed. Ik hoop dat je daar begrip voor hebt, Capricio, als ik je voortaan zo mag noemen.

Je uitstraling is goed. Mooie trap. Fijne club. Beetje weinig haar, maar geen probleem. Het is je naam. Ja, dat klopt wat je zegt. We hebben ooit een trainer gehad die Guus heette, maar dat waren andere tijden. Niemand was toen met voornamen bezig. Ik ben een moderne coach en ik zoek nu eenmaal naar een perfecte mix. Sorry.' (…)

(…) 'Ja, Cody. Met Frank hier. Laat ik om te beginnen zeggen dat je een geweldige naam hebt.' (…)

Voetbal zonder publiek

Laat ik eerlijk zijn. Een paar maanden geleden beviel het me wel, de invloed van Covid-19 op het professionele voetbal. Een lesje in nederigheid, midden in de megalomane gekte om de Champions League-wedstrijden heen. Het leek me wel eens gezond, dat een aantal voetballers iets minder dan zes kilo kritiekloze bewondering per dag kon inhaleren.

Waren we meteen af van dat drukke gedoe in de mixed zone, waar journalisten veranderen in parasieten die, achter een hek, het juiste moment afwachten om twee minuten mee te reizen op de rug van een voetballer die vijf uit het hoofd geleerde zinnen in de microfoon prevelt.

Ook in het dagelijks leven merkte ik de voordelen. Niet meer naar het eindeloze gelul vlak voor me hoeven te luisteren wanneer ik in de rij sta bij de plaatselijke buurtsuper. Ik wil dat helemaal niet weten, dat een diepvrieskip vroeger veren had, dat je jonge kaas moet besprenkelen met kaarsvet en dat het er dan in elk geval uitziet als de veel duurdere oude kaas en dat Stien van Robbie, die met dat been, is vreemdgegaan met Karel van Dienie, die met die neus.

Maar toch. Maar toch. Het begint te knagen, en dan heb ik het specifiek over de bedrijfstak voetbal. In het dagelijks leven mag het van mij, ook na de pandemie, voor altijd zo blijven. Doe er nog maar een meter bij. Minimaal 2,5 meter bij me uit de buurt blijven en het liefst een mondkap op, zodat ik niet mee moet luisteren naar gezeur over trams en bussen die nooit op tijd rijden.

Eigenlijk pas dit weekend begint mijn hele idee over de voordelen te kantelen. Voetbal is zo vreselijk verdrietig aan het worden en wij, de liefhebber, de kijkers, de fans, de bestuurders, de televisiemaker en de bladenmakers zitten tot onze nek in de ontkenning.

We kijken met z'n allen al bijna zes maanden naar een vreselijk verkeersongeluk en dit is wat we doen: we voelen aan een autoband en zeggen 'wat draait dat wiel nog mooi rond'. Het is bijna aandoenlijk, hoe graag wij willen dat voetbal in corona-tijd eigenlijk ook nog best wel een beetje een soort van leuk is.

We slikken alles – als de bal maar beweegt. Als alles maar gewoon een beetje lijkt op normaal. Ik merkte het toen er tijdens de wedstrijd Napoli - AZ voor was gekozen om geen fake-publieksgeluid onder de beelden te monteren. Ik schrok. Ik miste het bedrog. Ik wilde helemaal niet Arne Slot twee keer drie kwartier horen schreeuwen, nee, ik wilde dat na een doelpunt in een armzalige setting alles klonk zoals ik gewend was.

Al veel langer dan tien jaar schrijf ik over mijn gedroomde voetbal: zwijgend de bal geniaal verplaatsen, eventueel een duim omhoog doen, niet schreeuwen na een doelpunt, normaal pratend de pers te woord staan en dan 's avonds niet naar jezelf kijken op de televisie; maar ik merk dat ik langzaam verander. Nu al die luidruchtige gekte er niet meer is, verlang ik opeens intens naar spreekkoren.

Het is zelfs nog erger. Tijdens VVV - Ajax miste ik het orkest. Het zou zulke schitterende televisie zijn geweest. Normaal gesproken breek ik al mijn bestek doormidden wanneer ik tijdens een voetbalwedstrijd een dweilorkest hoor spelen.

Trompetten en trombones horen niet bij voetbal. Orkestjes hoor je alleen bij sporten waar de koning naar komt kijken. Daar kun je vergif op innemen. Laat zes mensen schaatsen, zet de koning naast de baan en ze rukken uit, de zaadorkesten. Maar nu, na het zevende doelpunt van Ajax, dacht ik: waar is het orkest?

Oh, wat zou dat prachtig zijn geweest. Vrolijke hoempapamuziek tot ongeveer het derde doelpunt, dan een steeds valser klinkende trombone, de drummer die geen klap meer op de goede plek krijgt en dan, na het elfde doelpunt alleen nog af en toe een heel zielige uithaal op een willekeurige toeter.

Ik verlang opeens naar alles wat ik verfoeide. Doe maar, dat gezwaai met vlaggen. Laat maar weer komen, jongetjes met zes liter gel in hun haar, hand in hand het veld op met een verdediger die niemand kent. Graag! Alles beter dan wat er nu gebeurt: ontkennen.

Doen alsof het best wel leuk is, voetballen zonder publiek. Doen alsof dat helemaal geen beslissende invloed heeft op het competitieverloop wanneer 12 van de 30 selectiespelers zijn besmet met een virus.

Vooral dat laatste. Dit weekend werd AZ ernstig getroffen door besmettingen en kon PSV een aantal vaste basisspelers niet opstellen. Dat heeft hoe dan ook invloed op het verloop van de competitie. VVV had geen publiek dat achter de ploeg bleef staan. De aankomst bij het stadion is kil en koud. Iedereen ziet elk weekend de waarheid: betaald voetbal zonder publiek is een zinloze bezigheid.

Je mist alles wat voetbal juist vooruit beweegt. De hysterie, de gebalde vuisten voor een vak vol feestende supporters. De trainer die het veld in holt en op zijn knieën naar de middenstip glijdt. Dat alles, daar zit nu een dikke deken omheen.

Dat er elk weekend wordt gedaan alsof voetbal zonder ziel best leuk is om naar te kijken, daar gaan we ons over twee jaar ernstig over verbazen. Het jaar van de grote ontkenning zullen we dan zo snel mogelijk proberen te vergeten.

Bevrijdingsdag

Zaterdag 27 maart zal de geschiedenis in gaan als een bevrijdingsdag. In 1945 reden de Canadezen door de straten, wat in eerste instantie toch een teleurstelling was omdat we liever alleen maar Amerikanen hadden gehad, maar nu, op 27 maart, was alles perfect. Een schitterende dag vol glorend geluk, weer een stip aan de horizon hebben, een dag die zwanger was van nieuw perspectief, allemaal gevangen in dat ene beeld: een vrouw van middelbare leeftijd met een kaas op haar hoofd.

Ikzelf had geen beter beeld kunnen verzinnen voor de wederopstanding van het Nederlandse voetbal. Natuurlijk, het zwaaien met vlaggen was ook op en top Hollandse voetbalbeleving en de daverende hoempapa-housedreun paste ook helemaal bij de aanvang van een Nieuwe Tijd, maar de regisseur die heeft verzonnen om een blozende boerin met een kaas op haar hoofd midden op de tribune te zetten, die verdient een prijs.

Want mensen, wat was het weer genieten van die typisch Nederlandse sportbeleving, die je ongeveer als volgt kunt samenvatten: fuck de tactiek, kan ons het rotten wie er op het veld staan, waar staan de camera's en ben ik in beeld?

Jammer dat er om de vrouw heen nog allemaal andere mensen de aandacht probeerden te trekken met mutsen vol rookworsten, trommels vol hutspot en driedelige pakken genaaid van oranje gordijnen. Dat was helemaal niet nodig. Die prachtige vrouw, met die perfect passende kaas op haar hoofd, was genoeg. Zoals je een Zeeuwse Bolus op je hoofd zet als je wilt laten zien dat je van Zeeland houdt en zoals je zes ons cocaïne op je hoofd stapelt als je trots bent op Amsterdam, zo fier droeg deze uitverkoren vrouw de kaas der kazen.

Goed ook dat er voor een vrouw was gekozen als blikvanger. Er zijn al genoeg mannen actief in de voetbalwereld. Het was toch al een vrouwendag in de Johan Cruijff ArenA, want de scheidsrechter was een vrouw. Oh ja, dat was ik nog vergeten te vertellen: er werd ook gevoetbald. Nederland tegen Letland. Maar dat doet er verder even niet toe. Het ging zaterdag om het publiek.

Pierre van Hooijdonk kreeg een vraag over de vrouwelijke scheidsrechter. Wat hij daarvan vond. In de vraag zat eigenlijk al het sluimerende seksisme, want blijkbaar is dat iets wat je vlak voor een wedstrijd aan mannelijke analisten moet vragen, wat ze ervan vinden dat de scheidsrechter geen lul heeft.

Pierre gaf eerlijk antwoord. Hij had liever scheidsrechters die ooit zelf op hoog niveau hadden gevoetbald. Mannen of vrouwen, dat maakte hem niet uit. Ik hoorde het hem zeggen en dacht: nou, daar gaat de gezellige kaasavond met vlaggezwaai. Ik hoorde tijdens het antwoord van Pierre alweer uit duizenden verontwaardigde deugkelen schreeuwen dat Pierre moest hangen. Vreemd, want als er één iemand enthousiast was en is over vrouwenvoetbal, dan is het wel Van Hooijdonk. Iedere speelster kon tijdens het EK negentien keer een voorzet achter het doel schoppen en dan nog had Pierre genoten van een heerlijke, open speelstijl.

Vooruitlopend op een week verontwaardiging, tot er weer iemand iets verkeerds zegt over Qatar, ga ik de komende dagen kijken wat het effect is van de massale haat richting Pierre. Ik verwacht dat volgende week de helft van alle voetbalstukken in *De Telegraaf*, *de Volkskrant*, *NRC* en *VI* zijn geschreven door vrouwen. Bij *Veronica Inside* nu eens niet het levende glijmiddel voor eigen gebruik Bas Nijhuis, maar een vrouw, en *Studio Voetbal* laten presenteren door een vrouw. Daarna aan Pierre vragen wat hij daarvan vindt.

Maar goed, die geweldige feestavond, zaterdag 27 maart, kreeg de ultieme bekroning. Er was een statement aangekondigd. Tot een week geleden wist ik niet eens dat dat kon. Een statement maak je. Statements ontstaan niet. Je vindt iets, desnoods met z'n allen, en dan komt er een statement. Ik heb tot nu nooit begrepen dat je drie dagen over een statement mag vergaderen.

Vergaderen is in dit verband een verkeerd woord. Dat heet nu: politiek chillen in een app-groep. Het was uitgerekend Matthijs de Ligt die zijn mond voorbij sprak. De Oranje-selectie had zo graag geheim willen houden dat er een statement aankwam, maar Matthijs verklapte het als een te enthousiaste vader vlak voor een kinderverjaardag. 'Je krijgt morgenochtend een fiets.'

Ik verwachtte na de ronkende aankondiging van Matthijs heel veel van dit statement. Misschien zou de selectie een terechtstelling van een homoseksueel naspelen, of misschien kwamen ze als uitgemergelde bouwvakker het veld op.

Het werd een zwart T-shirt met een tekst op de borst die Nike net zo goed als reclame-leus had kunnen verzinnen: *Football supports change*. Dat was het. Het kon alles betekenen. Dit kon ook reclame zijn voor een grenswisselkantoor. Het kon een verrassende steunbetuiging zijn aan alle transseksuelen. Misschien was het een oproep om snel te trouwen en meteen weer te scheiden. Nergens was ook maar een directe link naar Qatar terug te lezen in dat infantiele poldertekstje.

Vlak na de aangekondigde statement viel het even stil in het stadion, maar dat werd schitterend opgevangen door de regisseur. Pang, vol in beeld. De vrouw met de kaas op haar hoofd. Alles was weer mogelijk. Nederland liet de wereld zien hoe wij omgaan met tegenslag. Niet bij de pakken neer gaan zitten, maar een kaas op je hoofd schroeven en dan juichend de straat op.

De Vos tijdens corona

Ik ben zo blij voor Sierd de Vos dat de restaurants weer opengaan. Arme jongen. Ik hoor hem nu al langer dan een maand lijden. Sierd spreekt commentaar in bij voetbalwedstrijden uit 1976 en lepelt ondertussen met zijn handen, rechtstreeks uit de witte plastic bak, een nasi goreng compleet van de plaatselijke Chinees naar binnen. Hartverscheurend.

Luisteren naar Sierd is aangrijpend. Je hoort in elke zin dat dit precies is wat hij juist niet wil doen, voor een paar duizend man een vergeten wedstrijd uit een vergeten tijd aan elkaar lullen zonder dat hij zijn befaamde cabaretteksten kan doen. Er valt geen enkel obscuur restaurant te tippen, want de restaurants zijn dicht.

Voor wie geen idee heeft waar ik het over heb: dat is een dingetje onder Sierd de Vos-liefhebbers. Ja, die bestaan. Sierd doet bijvoorbeeld zogenaamd live verslag van een wedstrijd in Madrid, maar zit gewoon ergens op een industrieterrein in Diemen-Noord in een presentatiecabine, en zegt dingen als: 'Deze spits lag vannacht nog op een bekende zingende hoer. Kijken of hij er vanmiddag ook nog eentje in kan prikken.' Als de kans zich voordoet, bijvoorbeeld wanneer iemand door de benen wordt gespeeld, dan zegt hij vier keer achter elkaar 'Koekoek!' Dat is de schuld van René van der Gijp. Die heeft daar jaren geleden een keer om gelachen.

Nooit doen, lachen om Sierd, want dan blijft hij dezelfde zin tot aan zijn dood herhalen. Zo is ook de running gag van de restauranttip tijdens de wedstrijd ontstaan. Midden in een aanval vertellen dat je in die en die straat moet gaan eten bij dat en dat restaurant en dat je dan moet vragen naar de gesmoorde varkensbuik. Niet bij het raam gaan zitten, maar zoek een plekje achter in de zaak waar af en toe nog illegaal een Iberisch varken wordt geslacht.

Nu is al die lol opeens verdwenen. Sierd doet in deze voetbalarme coronatijd verslag van wedstrijden die de meesten van ons alleen maar in hun kinderbedje hebben gehoord. Ik herinner mij dat mijn vader door een glazen tafel viel ergens in 1974. Dat moet tijdens Nederland - Brazilië zijn geweest. Koekoek.

Ik moet zeggen: deze Sierd bevalt me wel. Het klinkt alsof hij een biljartverslag moet doen bij een kooigevecht. In elke zin hoor je duimendik de schaamte in Sierds stem. El Sierd, de man die wekelijks twee wedstrijden uit de Spaanse competitie voorzag van een kleinkunstvoorstelling, die Sierd moet nu zeggen: 'Mooie aanname van Barry Hulshof. Hij overleed vorige week.' Het fijne aan Sierds huidige commentaar is dat hij en wij allang weten wat er gaat komen.

Gisteren keek ik de Champions League-finale van Ajax in 1995 en het was een verademing. De karatetrap van Louis van Gaal, het doelpunt van Patrick Kluivert, de dolgelukkige sprint van Frank Rijkaard na het laatste fluitsignaal en de gele coltrui van Edwin van der Sar, we hebben het allemaal al duizend keer gezien en dat neutraliseert de stand-up comedian in Sierd. Live zou hij hebben gegild en geschreeuwd en hij zou bij de feestvierende Rijkaard waarschijnlijk hebben gezegd: 'Kijk hem gaan, die gaat weer een contract tekenen bij PSV omdat ze hem een stereo-installatie hebben beloofd.'

Niets van dat alles. Ik zou het willen omschrijven als lusteloos commentaar. Sierd praat alsof hij een taakstraf uitvoert. Zoals jeugdige delinquenten voor straf een week lang bejaarde mensen moeten wassen. Zo verveeld vertelt Sierd over wedstrijden uit de vorige eeuw.

En dat is dus heel prettig. Geen geschmier, geen gelul over de vriendin van de verdediger die tieten als waterbedden in haar lichaam heeft laten plaatsen, geen eindeloze verhalen over een vermeende verkrachting in het ballenhok terwijl Messi vier man passeert, maar zakelijk commentaar bij wedstrijden die onze opa op een VHS-band in zijn schuur heeft liggen.

Ik hoor Sierd graag dingen zeggen als: 'Mooie pass. Deze man heeft nu een dierenspeciaalzaak in Diever.' Of: 'Deze keeper is later afgekeurd wegens een gekneusde hand en woont sindsdien bij zijn moeder.' Sierd is veel beter als hij commentaar doet bij al gespeelde en vergeten wedstrijden. Ik zou hem dat ook ná de corona-crisis gewoon laten doen.

Kies nog obscuurder wedstrijden voor hem uit. Een competitiewedstrijd uit 1991 ergens in Polen. Ik zou er elke week naar kijken en luisteren. 'Let u op die winterschilder op rechts, met die snor tot in zijn shirt. Die gaat over drie minuten zijn been breken als hij een pass achter zijn standbeen langs wil geven. Ik ga ondertussen even pissen.'

Ik vrees de herstart van de Spaanse competitie. Ik denk dat Sierd zich dan gaat gedragen als een kat die net heeft gekakt. Heel hard en onverwacht door het huis hollen en je verwilderd aankijken. Ik weet bijna zeker dat Sierd alle opgekropte ellende er in één wedstrijd uit gaat gooien. Let maar op, die gaat alle opgespaarde verhalen over wie er met wie neukt in de voetbalwereld er in één keer uit koekoeken.

Het zal dan ongetwijfeld even over Luuk de Jong gaan. Ik denk precies te weten wat Sierd over hem gaat zeggen. 'Luuk de Jong mag nog drie minuten meedoen. Luuk de Jong die midden in een wolk corona lekker zat te barbecueën met tien andere naakte mensen. Als u in Sevilla goed wilt eten, ga dan naar Place Ridicule en vraag naar de Diabloschotel. Een pan met twee levende konijnen. Koekoek!'

Samen-Met-Messi-Foto's

Zaterdag wilden, vlak na het winnen van de bekerfinale, bijna alle Barcelona-spelers op de foto met teamgenoot Lionel Messi. Ik had dat liever niet willen zien. Ik leefde in de veronderstelling dat Ronald Koeman eindelijk een beetje bescheidenheid in het hoofd van Messi had weten te gieten.

Ik had daar wilde fantasieën bij. Koeman in zijn kantoortje. Hij heeft gevraagd welke koffieautomaat Louis van Gaal gebruikte. Die wil hij niet. Klop, klop, ja binnen. Messi doet de deur open. Ronald Koeman zegt niets, zet een conservenblik op tafel, maakt dat tergend langzaam open en lepelt daarna een liter koude erwtensoep naar binnen. Zwijgend. Messi kijkt en schiet vol.

Ja, zo zat hij er ook ooit bij, ergens in Argentinië, en at hij vol aandacht een bord cortenzo lutino, de langzaam gegaarde stukken vlees die vlak onder de huid van een willekeurig Argentijns dier naar keuze zitten. Messi weer weg uit het kantoortje, met een paar kilo extra gewoonheid in zijn lichaam. Vanaf dat moment dartelt hij weer.

Not.

Iedereen die het de gewoonste zaak van de wereld vindt dat mensen met je op de foto willen, moet hulp zoeken. Wie echt gaat geloven dat het voor andere mensen leuk is om samen met jou te poseren, is reddeloos verloren.

Ik mag er wel graag naar kijken. Bekende mensen lachen raar wanneer ze op de foto gaan met een wildvreemde. Bijvoorbeeld doordat ze zelf nog helemaal niet in de gaten hebben dat ze beroemd zijn. Ik zou er bijvoorbeeld heel graag bij zijn geweest toen John van Loen voor het eerst met iemand op de foto ging.

John van Loen, die de bekendheid als een vloedgolf over zich heen kreeg. Hij scoorde een paar belangrijke doelpunten voor FC Utrecht en moest opeens een journalist te woord staan. Nooit zag ik iemand zo geforceerd woorden gebruiken waar hij wel eens van had gehoord. Het was erg lief. Zo zat dat in het hoofd van John: als ze een camera op je kop richten dan moet je ingewikkeld lullen. Dat lukte John uitstekend.

Ik herinner mij ook een PSV'er die in zijn zenuwen drie keer het woord 'tupclop' gebruikte in plaats van topclub. Einde carrière en meteen de slechtste plek in de kleedkamer.

Er wordt ook raar gelachen door Bekende Voetballers wanneer de onbekende man of vrouw met wie ze op de foto gaan iets heel raars roept tijdens het fotograferen. Je bent weerloos. Al ben je het braafste voetballertje van de klas, je ziet eruit als een ongemakkelijke gek wanneer er vlak naast je iemand heel hard HOEREN roept.

De allermooiste ongemakkelijke foto's worden gemaakt als de fotograaf niet snapt hoe de telefoon werkt. Te lang moet je tegen een zuur ruikende supporter aan hangen terwijl zijn achterlijke moeder dertien keer op de verkeerde knop drukt. Ze maakt dertien keer een foto van haar eigen paniekkop, omdat de telefoon op selfie staat.

Daar zocht ik naar en daar hoopte ik op: een ongemakkelijke lach van Messi. Als je teamgenoten met je op de foto willen, dan is dat op z'n minst vreemd. Ik keek en dacht een paar dingen tegelijk.

Eerst: die collega's van Messi weten iets wat wij nog niet weten. Hij gaat weg. Hij stopt. Ze pakken hun laatste kans om met een prijswinnende Messi op de foto te gaan. Ze maken een foto die ze later aan hun kinderen kunnen laten zien. 'Kijk, papa met Messi. Hij was de beste voetballer ooit. Hij douchte naast papa. Kijk, papa heeft de foto af laten drukken en papa heeft die naast de pluk schaamhaar van Messi gehangen. Die heeft papa uit Messi's doucheputje gevist.'

Het kan ook zo zijn dat dat gewoon nog steeds de verhoudingen zijn binnen het team. Messi en zijn tien vrolijke kornuiten. Messi en zijn tien neefjes. Alle collega's die samen met hem op de foto wilden en de welwillendheid van Messi: ik vond dat nu niet direct een prettig beeld voor Ronald Koeman.

Qua megalomane gekte zat dit tegen het gedrag van Zlatan aan. Ik denk alleen dat die er geld voor had gevraagd. Neymar zie ik het ook nog wel eens doen, geduldig met zijn grootste fans, de verdedigers van PSG, op de foto gaan. Na elke flits doen alsof hij op de grond valt en pijn aan zijn ogen heeft.

Ik zocht tijdens de reeks beschamende Samen-Met-Messi-Foto's naar een speler die weigerde in de rij te gaan staan. Die vond ik niet. Daarom denk ik dat FC Barcelona geen kampioen wordt. Ik gok nu op Real Madrid onder leiding van Zidane. Die heeft iets meer nederigheid in zijn selectie kunnen pompen.

Het is ondenkbaar dat Zidane zoiets toestaat, adoratie binnen het team. Wanneer Sergio Ramos ooit stralend met Courtois op de foto gaat, dan is het einde carrière.

Ikzelf ben slechts één keer in de verleiding gekomen. Ik liep door het Vondelpark te Amsterdam en zag Frank Rijkaard lopen. Hij kwam recht op mij af. Op het smalle pad zouden we elkaar op een meter afstand moeten passeren. Ik geef hier toe dat ik toen heel even heb getwijfeld.

Ik had hem bijna verteld dat hij voorgoed mijn kijk op voetballers heeft veranderd. Dat zijn verpletterende gewoonheid en eigenwijsheid mij hadden opgetild. Dat ik een poster van hem in mijn kamer had hangen.

Ik heb niets gezegd. We passeerden elkaar. Hij rook heel lekker. Naar Frank Rijkaard. Hij zou het vreselijk hebben gevonden, een gesprekje. Precies die verlegenheid zocht ik bij Lionel Messi. Helaas, in geen velden of wegen te bekennen. Nog nooit iemand zo zien genieten van adoratie.

Pieter de Waard

Zelden is er zo hard gelachen in de staart van de Keuken Kampioen Competitie. En niet eens om de naam. Het lijkt de absolute bodem, qua sponsoring, een keukenkampioen. Dat zal slecht zijn gevallen bij veel voetballers. Die zijn thuisgekomen en hebben hun vrouw moeten vertellen dat er dit jaar niet met een aantrekkelijke korting een leuke gezinsauto kan worden gekocht, maar dat ze wel voor de helft van het geld een opzetstuk voor een wok op hun fornuis kunnen kopen. Ikzelf zou denk ik nog liever met Dikkie's Ossenworst op mijn rug voetballen.

Ik heb het over Telstar. Daar lachen ze zich gek. Niet omdat ze daar nu zo'n zin in hebben – ze staan stijf onderaan – maar omdat het moet. Ze hebben een algemeen directeur die om de twee weken dol van vreugde op zijn eigen graf staat te dansen. Pieter de Waard, de algemeen directeur van Telstar, zou veel liever cabaretier zijn geworden maar is nu wel officieel het lievelingsgekkie van de voetballerij aan het worden.

Anderhalf jaar geleden verscheen er groot stuk over hem in *de Volkskrant* en ik vermoed dat het daarna een beetje verkeerd is gegaan. In het interview lees ik nog over een gedreven man die tijdens het gesprek net zestien keer te veel over zichzelf zegt dat hij zo'n malle rare man is. Hij reed in 2017 nog met de fiets heen en weer naar het stadion, omdat een auto van de zaak zo'n onzin is.

Ben ik met hem eens, maar steeds maar zeggen wat een rare en leuke snuiter je bent, dat gaat uiteindelijk vervelen. Als ik Pieter de Waard lekker dol zie doen op de televisie, dan voel ik dezelfde plaatsvervangende schaamte die ik ook voel bij Michael van Praag en Gerrit Zalm. Ze houden allemaal van cabaret.

Ik haat cabaret. Mensen die cabaret maken, zitten in een gekleurde broek aan een piano en zingen een liedje over de opwarming van de aarde. Ze zingen als Kinderen voor Kinderen, maar dan de volwassen versie. 'Aarde, lieve aarde. Hoe moet dat nou met jou? Wat hebben we je aangedaan, liever aarde... je hebt au!' Daarna doet iemand al het licht uit en gaan mensen in de zaal vanzelf applaudisseren.

Gerrit Zalm en Michael van Praag vond ik vooral ongemakkelijk omdat hun cabaretgedrag zo loodrecht op hun dagelijks functioneren stond. Ik zag dat liever niet, een minister van financiën, die met een blonde pruik op zijn hoofd en wat lippenstift om zijn mond een mislukt Jiskefet-typetje neerzette. Michael van Praag was nog erger. Die heb ik ooit vier minuten cabaret uit 1734 zien doen. Die gênante leut tussen de schuifdeuren tastte hun geloofwaardigheid aan. Mensen die zielsveel van cabaret houden, kunnen in mijn optiek geen samenhangende gedachten formuleren.

Bij Pieter de Waard ligt dat anders. Omgekeerd eigenlijk. Pieter is zijn leven lang al de achterlijke kleinzoon van Paul van Vliet en Herman Finkers, en nu heeft hij ontdekt dat er geen makkelijker publiek bestaat dan voetbalpubliek. Als je de baas bent lachen ze om alles. Wie de meeste rondjes weggeeft na de wedstrijd, wordt uiteindelijk automatisch voorzitter of iets anders belangrijks binnen de club.

Pieter draagt rare jasjes, rare schoenen, heeft soms expres een beetje gelikt haar, gele sokken en hij praat bij voorkeur door een enorme stalen megafoon. Ik verzin dit niet. De sponsor die na een verloren wedstrijd van Telstar even in alle rust zijn verdriet wil wegdrinken, is kansloos. Pieter de Waard doet na elke wedstrijd een stukje geïmproviseerd cabaret. In de theaterwereld noemen ze dat een try-out.

Dat is wat Pieter de Waard ook doet. Hij probeert eens wat. Maakt het uit. Hij heeft één ding geleerd: als het leven kleurloos is, dan doe je gewoon een blauw-geel jasje aan. Ik heb twee keer een gefilmd verslag van een try-out van Pieter gezien en dit is het juryrapport: 'Pieter heeft een leuke uitstraling die veel goed maakt, want van zijn materiaal moet hij het niet hebben. Pieters idee om cabaret de voetbalwereld binnen te smokkelen verdient alle lof, maar voortaan nog even drie jaar aan het materiaal werken.'

Pieter de Waard zou deze week niet in deze column hebben gestaan als hij niet steeds hardnekkiger blijft roepen dat hij de opvolger van Michael van Praag wordt. Ook weer een ludiek ideetje van Pieter. Hij wilde Telstar ooit op blauw gras laten spelen. Nu wil hij de nieuwe voorzitter van de KNVB worden. Gaat natuurlijk nooit lukken, maar dat zie ik over Donald Trump ook.

Ik sluit niets uit. Een organisatie die niet lang geleden nog in zee ging met Hans van Breukelen, is tot alles in staat. Een week geleden beschuldigde ik hun overigens onterecht van het meedenken over de Rembrandt-bal. Excuses, maar dan ook graag excuses aan het Nederlandse volk voor Hans van Breukelen. Eerlijk oversteken.

Laat ik het maar eerlijk zeggen. Als ik Pieter de Waard zie, dan zie ik mijn vader. Op een drukke verjaardag het voorhalletje in lopen, de jas van je schele tante aandoen, de hoed van Ome Ruud en dan met een slepend been de kamer in lopen en iets geks roepen. Pieter de Waard, als die een verhoging van 3 cm ziet, dan staat hij erop. Een podium.

Pieter de Waard gebruikt de KNVB om zottigheid mee uit te halen. Veel mensen vinden dat prachtig en vieren hem als een luis in de pels, maar ik zie vooral een man die verslaafd is aan Pieter de Waard.

Vechten en huilen

Ik wil voor altijd alles-of-niets-wedstrijden. Verbeten gevechten tegen het onomkeerbare: degradatie of geen Europees voetbal. Daarom ben ik voor een rigoureuze herziening van de Nederlandse competitie. Na het afgelopen weekend voelt het opeens zo ontzettend traag en ouderwets, een heel seizoen langs al die voetbalvelden reizen om zo veel mogelijk punten bij elkaar te sprokkelen.

Ik zou graag willen dat er naar een vorm wordt gezocht waarin er elk weekend wordt gespeeld met de intensiteit van een bekerfinale of van een beslissende degradatie- of promotiewedstrijd. Nu blijf je aan het eind van een seizoen competitievoetbal toch een beetje zitten met het gevoel dat je maanden lang bent belazerd met gereken en met aansturen op een gelijkspelletje.

Vooral dat laatste mag van mij veranderen. Gelijkspelen kan voortaan niet meer. Net als bij een bekerwedstrijd wordt er doorgespeeld en worden er eventueel strafschoppen genomen tot er een winnaar is. Dat zou enorm schelen. Die veranderkoorts werd veroorzaakt door twee wedstrijden die ik dit weekend zag: Feyenoord - Utrecht en NAC - NEC. Al een uur voor elke wedstrijd voelde je dat er iets op het spel stond.

Eerst mijn gevoel bij Feyenoord - Utrecht. De interviews vooraf zijn anders dan anders. Geen ons-kent-ons-gedoe. Geen lacherige een-tweetjes tussen de analisten en Dick Advocaat. Strakke koppen in te strakke pakken. John de Wolf die er eindelijk weer eens uitziet alsof hij opeens het beeld in kan lopen tijdens een aflevering van *Game Of Thrones*. Dick Advocaat die, een halfuur voor de wedstrijd, in dat kordate lichaampje van hem al een oneindig reservoir aan tranen heeft opgebouwd. De grimas op zijn gezicht als hij de traanbuisjes vol voelt lopen.

Dan de wedstrijd zelf. Overtredingen die lijken op een aanrijding met een dorsmachine. Rondvliegende ledematen, handen op ontvelde knieën, vechtpartijen, waar uiteindelijk ook de verzorgers zich mee gaan bemoeien.

Ik vind dat altijd ontroerende opstootjes. Minutenlang kijk je naar 22 spelende leeuwtjes. Ze weten dat ze niet mogen doorbijten, maar dat ze wel mogen doen alsof ze bijten. Het ziet er altijd absurd uit, een voetbalopstootje. Tijdens Feyenoord - FC Utrecht stak Willem Janssen het vuurtje aan. Na een schandalige overtreding van Uros Spajic op Gyrano Kerk vliegt hij Uros naar de keel. Meteen treedt de oeroude wet van het voetbalopstootje in werking. Drie van de voetballers willen echt iemand op zijn bek slaan en de andere voetballers proberen te sussen. Daarna wordt een van de sussers tegen de zijkant van zijn hoofd geduwd omdat hij te fanatiek sust. Meteen daarna veranderd de susser in iemand die ook een ander op zijn bek wil slaan. Dat moet ook weer worden gesust.

Ondertussen weet iedereen dat je geen echte klap moet uitdelen omdat je anders veertien wedstrijden wordt geschorst. Dat is heerlijk om naar te kijken. Die vreemde tornado van spelers, allemaal met vuisten als wattenstaafjes. Totaal ongevaarlijk. Beetje duwen, beetje trekken en daarna bij de scheidsrechter moeten komen. Nooit meer stout doen, hè. Hop verder.

Midden in die komische net-niet-knokpartij werd Dick Advocaat in beeld gebracht. Totaal in balans. Hij kende dit wel. Even laten uitrazen, zoals ze ijshockeyers ook altijd even een paar minuten laten vechten midden op het ijs.

Dit alles zie je niet tijdens een wedstrijd die op een gunstig gelijkspel voor beide ploegen afstevent – en dat moet dus veranderen. Ik vind dat voortaan na elke wedstrijd afscheid moet worden genomen van een trainer. Dat moet altijd Dick Advocaat zijn. Waarom niet? Laten we Dick vragen of hij nog één jaar doorgaat en of hij dan wekelijks een andere club coacht. Meteen na elke wedstrijd een eerbetoon, een interview en verplicht huilen.

Want huilen vinden wij mooi. Het ging zondag nergens anders over. Dick had gehuild. Op het veld. Na de traan van Máxima heb je nu ook de huilbui van Dick. Tijdens de wedstrijd werd een speciale soft-focus huilcamera ingezet die elke traan eruit laat zien als een kristallen druppel langs een glanzende perzik.

Dick probeerde in een aandoenlijk sprintje naar de catacomben van het stadion nog tevergeefs zijn tranen binnen te houden, dat lukte niet en daarna gingen heel even zijn armpjes in de lucht, die op de een of andere manier nog kleiner leken dan anders.

Toen moest het interview nog komen. Ik vat het even samen. 'Dick, zullen we samen even kijken hoe je huilde? Nee? Want je huilde toch? Wat zei je tegen Berghuis vlak voordat je ging huilen? Maar het is toch helemaal niet erg Dick, huilen? Laten we nog een keer kijken, in slow motion. Hier loop jij, kijk, daar zie je al dat je een rare bek trekt en kijk, hier huil je. Dikke tranen. Laten we er nog een keer naar kijken, maar nu van een andere kant. Hier loop je, hier hol je, en kijk, daar begin je te huilen. Moet je nu ook huilen? Doe maar, hoor. Geeft niet. We zullen niet kijken.'

Vijf uur na dit interview zag ik NAC-trainer Maurice Steijn op een verpletterend mooie manier juist niet huilen. Hij wist het. Werkeloos. Die klootzakken stonden weer eens te slapen achterin. Daarna werd hij geïnterviewd. Grauwe ogen in een grauw gezicht. Doodsbang bij elk geluid. Maurice vreesde een fysieke afstraffing van dolgedraaide supporters.

Dit alles dus, op een zondagmiddag en een zondagavond, alleen maar omdat het eindelijk weer eens ergens om ging. Geen gereken, maar een onherroepelijke strijd. Ik wil dat elke week. Regel dat eens.

Wout gromt en stampt

Over het systeem van Oranje is nu wel alles gezegd. De hele discussie over het 5-3-2 systeem en in elkaar schuivende linies doet mij denken aan de eerste drie wedstrijden tijdens het EK '88.

Marco van Basten was eigenlijk op de gok mee. Hij had geen wedstrijdritme en mocht de eerste wedstrijd kort invallen. Nederland verloor met 1-0 van Rusland. Marco speelde wel tegen Engeland en scoorde drie keer. In de derde wedstrijd rommelde Kieft, laat ingevallen, een doelpunt in het net. Daarna begon de zegetocht, met Rinus Michels als aandachtig toeschouwer. Marco van Basten en Ruud Gullit waren de baas.

Steeds als ik Frank de Boer zie, moet ik daar aan denken. Hij kan urenlang, maandenlang over 5-3-2 of 4-3-3 blijven oreren, maar alleen een bevlieging van Memphis Depay kan het Nederlands elftal redden. Als Nederland, na de poulefase, de echte toplanden gaat ontmoeten, bestaat er geen systeem dat ons gaat redden. Het wordt hopen op een geniale bevlieging en uit alle macht bidden dat de spelers niet te veel zijn beïnvloed door de motivatietechnieken van Frank de Boer.

In een interview met meerdere journalisten vertelde Frank enthousiast over een documentaire die hij zijn spelers heeft laten zien. *The Playbook*, op Netflix, over Doc Rivers, een Amerikaanse basketbalcoach. Ik laat Frank even zelf aan het woord over deze docu. 'Je ziet hoe zijn teamproces zich voltrekt. Je ziet dat sterspelers alleen niks voor elkaar krijgen. Je hebt daar van die banners met daarop alle prijzen die zijn gewonnen. Dat was voor die ploeg een erfenis, een last. Die Rivers liet een spot op de muur schijnen, een heldere lege plek. Daar moest hun banner komen te hangen met hún prijzen. Ik vind dat mooi. Spelers overtuigen is een mindgame, hè. Voetballen kunnen ze allemaal wel.'

Ik schrok. We hebben een coach die zijn spelers motivatiefilmpjes laat zien. Het Hans van Breukelen-virus waart nog rond. Op een stoel gaan staan en schreeuwen dat je de beste bent. Met een hele zaal vol managers kijken naar een indiaan die tevreden is met een zak droge rijst.

Frank de Boer, die Ajax jaren lang doodvervelend de bal over het veld liet schuiven en die zijn keeper verbood uit te schieten, Frank de Boer die in een nieuw Nederlands record werd ontslagen in Italië, Frank de Boer die in Engeland niemand kon motiveren met welke techniek dan ook, en Frank de Boer over wie ze in Amerika een video laten zien om nieuwe coaches te leren hoe het allemaal niet moet, die Frank de Boer laat de beste voetballers van Nederland, jongens die grote wedstrijden hebben gespeeld, een filmpje zien van een coach die licht op een lege muur projecteert.

Ik kan nu wel heel uitgebreid gaan uitleggen wat ik daarvan vind, de verregaande infantilisering van het betaald voetbal, maar ik haal liever mijn Rinus Israël Proef weer eens van stal. Hoe zou Rinus Israël hebben gereageerd op de getoonde docu?

(...) 'Een docu kijken? Zit ik met mijn vrouw in een vakantiehuisje, of zo? Wat ben ik? Nou zeg het maar, de Boer. En doe je ogen eens open als ik tegen je lul. Wat ben ik? Een voetballer. Juist. Basketbal is geen sport. Dat is een spelletje, want je mag je handen gebruiken. Weet je wat, laat maar eens zien wat je zo mooi vindt. Vertel ik je daarna wat Ome Rinus ervan vindt. (...)

(...) Met een lampje op de muur schijnen. Daar krijg jij kippenvel van? Ga dan naar Ikea man, maar val mij niet lastig. Wat is de bedoeling? Dat ik nu denk: ja verdomd, daar gaat het om, winnen?! Ik wil elke wedstrijd winnen, gek. Daarom geef ik alle ballen aan Willem. Ik zal zo eens met een lampje op de kleedkamerhuur schijnen. Dan zeg ik: kijk, dat zijn alle prijzen die Ronald de Boer in het buitenland heeft gewonnen. Gaan we nou normaal doen, de Boer? Kijk me aan als ik praat!' (...)

Ik kan, zeker na de oefenwedstrijd tegen Georgië, maar één speler bedenken die gevoelig is voor dit soort Koude Oorlog-propagandafilmpjes:

Wout Weghorst. Geef Wout Weghorst een bakje yoghurt, doe er wat rode limonade in en strooit er blauwe hagelslag overheen en hij schreeuwt het volkslied.

Laat Wout vlak voor de wedstrijd een molen zien en hij gaat wiekend met zijn armen en benen het veld op. Voor ons. Voor zijn land. Ik heb in tijden niet zo'n bezeten Nederlander in een voetbalbroek gezien. Als Wout het volkslied meezingt, dan kan Hans Kraay jr. vlak voor hem gaan staan en zijn haar droog föhnen.

Na zijn eerste doelpunt voor Nederland deed Wout een grommende leeuw na, met twee klauwende pootjes. Ook dit zou ik niet graag naast Rinus Israël doen.

Alle filmpjes die Frank de Boer nog over teambuilding wilde laten zien, konden meteen bij het grof vuil na de wissel van Wout Weghorst. Hij stampte verontwaardigd het veld af. Wout vindt blijkbaar dat teamspirit alleen telt als hij een hele wedstrijd speelt. Als hij wordt gewisseld, verandert Wout in een egocentrische jongen die het teamgevoel stampend van woede verpulvert. Ik ben heel benieuwd naar het gesprek dat de grote motivatiecoach Frank de Boer daarover met hem heeft gevoerd.

Stilte

Er gebeurde veel, zaterdagavond, toen Christian Eriksen opeens voorover viel. Ik ben iemand die heel hard van ongelukken weg holt, mijn vriendin Tanja rent juist op het ongeluk af. Kijken of ze kan helpen. Ik keek naar wat ik het meeste vrees: op de rug liggen met een zwijgende groep mensen om mij heen en aan hun gezichten proberen te zien of je blijft leven of niet.

Ik zal de stilte in het stadion niet snel vergeten. Het was een stilte die ook optreedt tijdens zonsverduisteringen. Ik herinner mij de keer dat ik midden in Frankrijk, in een tuin, met een rare bril voor mijn ogen, stond te wachten op de zwarte cirkel om de zon. Het begon te schemeren en ik stootte mijn ex-vrouw aan. 'Hoor dan. Niks.'

De dieren zwegen, zodat ik opeens hoorde hoeveel geluid zij maakten wanneer de zon wel scheen. Ik voelde, door het zwijgen van de vogels, sterker dan ooit hoe luidruchtig en mooi het leven was. Al die drukte, al dat gebabbel in de rij bij de supermarkt, het bestond bij gratie van de zon. Er hoefde maar iets voor die brandende bal te schuiven en het leven veranderde voor enkele minuten in een slechte science-fiction serie op Netflix.

Precies dat voelde ik, en miljoenen anderen, toen Christian Eriksen midden in een voorwaartse beweging uit werd gezet. Het was alsof er een schakelaar op zijn rug zat. Zo broos is het dus, geluk, met een leuke vrouw, dromen van een nieuw land, ooit weer terug gaan naar Denemarken om daar bij een amateurclub langzaam af te bouwen en dan, aan de zijkant van het veld opeens het noodlot vanuit je middenrif door je lijf voelen golven.

Het is vooral dat contrast tussen het orgastische geluid van Denen en Finnen, de doffe plof wanneer de keeper uittrapt, de half verstaanbare geschreeuwde aanwijzingen van de trainer, en de doodste stilte nadat Eriksen in het gras is gevallen dat mij erg emotioneert.

We, ik, iedereen voelde in die verpletterende stilte, met alleen het hulpgeroep van aanvoerder Simon Kjaer, hoe het allemaal zomaar klaar kan zijn. Het ene moment sta je op een markt in Portugal aan een vis te voelen en wil je tegen je vrouw zeggen dat je aan de ogen van de vis kunt zien hoe vers hij is, en het andere moment lijkt het heel even of je aluminium in je mond hebt en zak je door je knieën.

Tien minuten later word je wakker en lig je naast de kraam. Je ziet je vrouw. Twee Portugezen hebben hun arm om haar heen. Je opent je ogen extra wijd om te laten zien dat je leeft.

Dat gebeurde nu allemaal onder de ogen van de duizenden stadionbezoekers, die niet – zoals op de televisie gebeurde – konden uitzoomen. Zij moeten de klappen van de defibrillator hebben gehoord. Zij die zich niet omdraaiden, probeerden aan de gezichten van de Deense spelers af te lezen hoe ernstig de situatie was. Die spelers huilden. Ze stonden met hun rug naar een stervende en hoorden het duwen op zijn borst.

Zo werkt stilte. Het zet je aan het denken. Tijdens begrafenissen wordt tijdens het zwijgend laten zakken van de kist nagedacht over het eigen leven. Je gaat het heel anders aanpakken. Je stopt met roken, je gaat meer bewegen en je gaat je nooit meer druk maken om zinloze dingen. Vaak houd je dat een dag vol. Twee dagen later ben je alweer woedend omdat iemand zijn auto op jouw parkeerplek zet.

Dat is wat veel EK-kijkers nu met elkaar verbindt. Niet het hossen, door de straten lopen met een rare muts op je kop en het zuipen tot in het ochtendgloren, maar de stilte, de plotselinge overgang van leven naar bijna dood. Nooit zaten we er zo dicht bovenop en moesten we wel kijken, of we nu wilden of niet.

Denemarken - Finland leek op een kermisattractie na een stroomstoring. Je zit in een botsauto en drukt je geliefde dicht tegen je aan. Je stuurt met één hand. Ze doet alsof ze bang is en drukt haar hoofd tegen je schouder. Ze gilt. Je ontwijkt een ander botsautootje en beslist, midden in een wijde bocht, dat je kinderen wilt. Een stuk of vier. Daarna wordt het zwart en sta je stil. Alles wat bewoog en alles wat geluid maakte, alles waar je gelukkig van werd is weg.

Dat is wat ik voelde toen Christian Eriksen in het gras lag. Doodsangst. Ik voelde het niet alleen, maar ik herinnerde het mij. Haarscherp. Mijn tweede grote beroerte, drie jaar geleden. Zes stappen vooruit zetten en de kamer om mij heen zien draaien. Op de vloer zoeken naar de ogen van Tanja. Kijken of ze in paniek is. Aan de reactie van de artsen zien dat het erop of eronder is. Een koude vloeistof je aderen binnen voelen stromen en weten: nu ga ik dood of ik blijf leven.

Het werd het laatste, maar echt de oude word ik niet meer. Niet vanwege het fysieke ongemak, maar omdat ik mij de stilte herinner. Omdat ik daar voelde hoe het allemaal in een seconde klaar kan zijn. Dat is waar zaterdag miljoenen mensen naar keken en dat is wat miljoenen mensen voelden. Dat ze er nog zijn en dat ze er maar beter iets moois van kunnen maken.

Alleen maar ellende

Het verlangen naar grachten. Op woonboten staan. Het is dé droom van deze generatie Oranje-fans. Daarom moeten oude mannen als ik overuren maken de komende tijd. We gaan, om deze jeugd zonder kampioenen een beetje overeind te houden, vertellen dat het EK '88 heel vervelend was.

'Was niet veel aan, joh, dat EK in 1988. We hadden geen Denzel Dumfries dus het was behelpen. Wij moesten het hebben van Marco van Basten. Armoe was dat. Zo vervelend. Dat scoren tegen Engeland, dat was zo zelfzuchtig. En in de finale wéér dat briljante scoren. Nee echt, jullie missen niks. Wij droomden van een verdediger die opkwam via de vleugel en dan een ruk-voorzet afgaf.'

Dan even de hand op de schouder leggen van iemand die met een doodstille juichcape vlak voor je staat.

'Echt, jullie missen niks. Gedoe, zo'n EK-kampioenschap. En wat is er leuk aan grachten? Jullie hebben Gaypride, dat is veel kleurrijker. Dat is toch ook leuk, een voetballer met een opengewerkte leren broek en een roze hoed voor zijn lul. Echt hoor, als ik moet kiezen: een EK winnen of een leuke rondvaart met een stukje kaas in je hand, dan kies ik voor die kaas.

Dus treur niet, man. Jullie hebben je stem kunnen laten horen in Hongarije. Dat is ook belangrijk. Jullie hebben een prachtige tocht gelopen door Boedapest? Daar droomden wij van. Wij moesten juichen in Duitsland. Dat is pas erg! Dus echt, zet het uit je hoofd. Je hebt alleen maar ellende van een EK.

Ik heb in een wilde bui van vijf jaar drie kinderen verwekt. Marco, Ruud en Rinus. Dat soort dingen ga je doen als je het EK wint. Dat wil niemand.

Echt, niet huilen, het is beter zo. Jij kunt je nog ergens op verheugen. Er valt nog wat te dromen. Houd je daar aan vast. Wij zijn tot 1994 gelukkig geweest. Dat is ook niks hoor, steeds maar met een grote glimlach om je mond lopen. Als ik een gracht zie, dan moet ik huilen. Van geluk. Dat gun ik jullie ook, ooit. Maar niet nu. Jullie zijn er nog niet aan toe, te veel geluk.

Ooit zullen jullie een team steunen dat als underdog meedoet en dat de gunfactor heeft. Dat heeft Oranje nu even tien jaar niet. Weet je wie wel de gunfactor heeft? Leo Blokhuis!'

En dat klopt.

De man met de grootste gunfactor na de Denen is heel verrassend Leo Blokhuis. Zijn verhaaltje, helemaal aan het eind van het programma *Studio Europa*, levert de ongemakkelijkste televisie op sinds jaren. Iemand heeft dat een paar maanden geleden een leuk idee gevonden. Eerst twee uur lang over het EK praten, de tactiek van Nederland doornemen, wedstrijdbeelden bekijken, een rebus oplossen, doodeng eten op tafel zetten, een van de presentatoren iets met een BBQ laten doen en dan, als iedereen snakt naar het einde, Leo Blokhuis, volkomen *out of the blue*, een verhaal laten vertellen over een Oostenrijks liedje of wild laten oreren over de ontstaansgeschiedenis van het liedje 'Yes Sir, I can Boogie'.

Voor wie Leo Blokhuis nog nooit heeft gezien, even een korte uitleg. Hij zit achter een laptop aan een tafel die je ook altijd ziet in partycentra. Van die ronde sta-tafels met een kleed eromheen. Leo heeft, samen met iedereen, naar de wedstrijden Portugal l - België en Nederland - Tsjechië gekeken en komt dan, ondanks alles, met het volgende juichverhaal.

'Portugal, dan denk ik meteen aan de grote Portugese hitsingle van de band Paso Paso Sardine. Ik laat even een stukje horen. Nou ja, die single wordt tijdens een vakantie gekocht door Riet van Apeldoorn, die samen met haar man een winkel heeft in het centrum van Alkmaar en die Riet van Apeldoorn – hier zien wij haar, naakt aan het ontbijt op een nudistencamping – die Riet van Apeldoorn heeft weer een oom die Rikkie Wijsterbos heet en die heeft op dat moment lokaal succes met met het liedje 'Meisje, mag ik met je in de bosjes' en dat liedje wordt vertaald door Rocco Zlvaci die wij weer kennen van de enige Joegoslavische hit ooit in Nederland, 'Plivici Amore'.

Die Rocco heeft op een dag zin in gebakken sardines en waar koop je die, precies!, in Portugal!, nou ja, lang verhaal kort, hij loop over de markt, hij hoort dat liedje van Paso Paso Sardine, hij koopt de rechten, vertaalt het en dat is dus geworden wat ik nu laat horen, 'Weet je wat ik wel zou willen zijn, een bloemetjesgordijn' en dat... deed mij denken aan Cristiano Ronaldo, die in een documentaire.... precies zo'n bloemetjesgordijn heeft.'

Daarna is het programma opeens afgelopen, maar het gaat mij om de beelden tijdens het verhaal van Leo. Theo Janssen, Kees Jansma en Rafael van der Vaart, ik heb ze allemaal verbijsterd aandacht zien veinzen. Ik zag wat ze dachten: ik had dus allang in de auto kunnen zitten, op weg naar huis.

Ronduit onvergetelijk was het gezicht van Kenneth Pérez. Pérez, trotse Deen, gevoelige commentator op de goede momenten en genadeloze commentator op de goede momenten, moet luisteren naar een veel te lang verhaal over het liedje 'Grillo Grillo Maximale' van de band Paso Paso Sardine.

Leo vertelt zijn verhaal en in de ogen van Pérez zie ik iets verschijnen wat verdacht veel lijkt op doodsangst. Hoe lang duurt dit nog? Waarom moet hij hier naar luisteren? Wat heeft dit met voetbal te maken?

Close-up

Kenmerkend voor de Nederlandse televisieverslaggeving van dit Europees kampioenschap is de constante zoektocht naar ellende. Het lijkt alsof je naar een vrolijke potpourri kijkt, waarin het voetbal wordt gevierd, maar de insteek is steeds: waar zit de ellende?

Natuurlijk, er staan gezellig borrelnootjes op tafel en er zit zwijgend publiek in een slecht verlichte tuin, maar dat is allemaal maar aankleding. Het gaat om het conflict.

Daarom wordt er door de regie veel aandacht besteed aan wissels. Gisteren, tijdens de wedstrijd tegen Oostenrijk, werd Daley Blind gewisseld. Meteen nadat zijn rugnummer omhoog werd gehouden, volgde een close-up van Blinds gezicht. Ik trapte erin – geconcentreerd keek ik of hij erg teleurgesteld was.

En ja hoor, hij was teleurgesteld. Ik zag dat Blind zijn wenkbrauwen even omhoogtrok en hij deed iets raars met zijn mond. 'De lul,' zei ik tegen Tanja. 'Die moet straks weer honderd keer gaan uitleggen waarom hij er niet uit wilde.' En dat gebeurde ook. Daley antwoordde dat hij graag nog even had willen doorvoetballen.

Daar werd in de studio weer over doorgepraat. Had Frank de Boer hem moeten laten staan? Ging dit niet voor chagrijn zorgen? Hoe zou Blind reageren op deze rol? Waarom wordt hij behandeld als iemand die zichzelf net overeind kan houden?

Het is de macht van de close-up. Ik leerde enkele jaren geleden hoe manipulatief dat werkt. Voor een artikel in dit tijdschrift was ik met Willem van

Hanegem naar De Kuip. Tijdens Feyenoord-AZ zou er in de 14e minuut worden geapplaudisseerd voor Johan Cruijff, die kort daarvoor had gemeld dat hij kanker had.

In de 14e minuut begon ik braaf mee te klappen. Willem, vlak naast mij, deed dat niet. 's Avonds zag ik de beelden terug. Willem en ik waren close gefilmd. Er werd gecontroleerd of hij wel klapte. Dat Willem van Hanegem niet meedeed werd nieuws. Waarom kon hij het niet opbrengen te applaudisseren voor Johan?

Tot overmaat van ramp zag je Willem, tijdens het eerbetoon, heel duidelijk een snoepje uit zijn zak halen. De suggestie was duidelijk: het boeide Willem een ene moer. Ik voelde woede. Ik had die middag, drie uur voor de wedstrijd, nog naast een huilende van Hanegem gezeten. Hij reed ons, in de auto van zijn vriendin, naar het stadion en vertelde geëmotioneerd zijn verhaal. Dit was allemaal weer het bekende KNVB-gedoe. Ze hadden Cruijff altijd als een hond behandeld en nu wilden ze dat we gingen klappen? Nee dus.

Zo kijk ik nu televisie. Ik zie de close-up en weet waar het daarna over zal gaan en wat de grote Oranje-ruzie wordt. Ik voorspel hier de volgende close-ups voor de komende weken. Wout Weghorsts vertrokken smoel als hij nog een halve minuut mag meedoen in de halve finale. Matthijs de Ligt: zijn hangende mond als hij in de 1/8e finale ziet hoe Jurriën Timber zijn directe tegenstander moeiteloos uitschakelt.

Zo werk dat. Ellende en chagrijn, onder een dekentje vrolijkheid. Ronald Koeman interviewen in Groningen, dolblij zijn met zijn antwoord, dat hij het nog niet veel vindt, het Nederlands elftal, en daar dan over vier dagen naar vragen op een persconferentie. 'Frank, merk je dat dat binnenkomt bij de jongens, wat Koeman heeft gezegd?' Daarna snel een close-up van Frank.

Ik voorspel een camera vol op Matthijs de Ligt en dan de vraag: 'Marco van Basten vindt dat je weinig hebt geleerd in Italië. Hij vindt je geen leider. Wil je iets tegen hem zeggen?'

De mooiste close-up tot nu toe was die van Kenneth Pérez. Hij moest na een avond analyseren verplicht luisteren naar een verhaal van Leo Blokhuis, die vertelde dat een bepaald liedje ooit werd gezongen in een Duitse slagerij en daarna via de Rijn in ons land terecht was gekomen.

Nog nooit iemand zo boos zien kijken.

Voetbalhoogmoed

Zondagavond was misschien wel een van de fijnste televisieavonden in tijden. Eerst werd ik enorm verwend door de EK-redactie van *Studio Europa*. Er werd een ronkende primeur aangekondigd. Eerder die dag was er een geheim briefje gefilmd en nu wisten ze wie er in de volkomen zinloze wedstrijd tegen Noord-Macedonië zouden worden gewisseld.

Qua spannend nieuws is dat te vergelijken met een supermarktketen die aankondigt dat er voortaan een nieuwe smaak ontbijtkoek in de schappen ligt, of de mededeling dat het, ondanks alle voorspellingen, toch niet heeft geregend in Borculo. Van mij hadden ze elf keer Danny de Munk mogen opstellen. Nog nooit eerder ben ik zo níét nieuwsgierig geweest naar een opstelling.

Maar er was een briefje. In dat soort tijden leven we. Een map onder iemands arm kan een land in de afgrond storten. Een scherpe foto van de notulen kan Nederland doen kantelen. 'Gezellige lunch gehad met minister van heropvoeding Noord-Korea' – en daarna verdwijnen we langzaam in de zee.

Het ging in dit geval om een opstelling in de hand van assistent-trainer Dwight Lodeweges. Wout Weghorst en Marten de Roon beginnen op de bank. De enige opwinding die ik voelde was deze: kan ik lekker naar Wout kijken, hoe hij zijn best gaat doen om met een woedende kop toch groepsgevoel uit te stralen. Ik vraag me ook af of hij zijn trademark leeuwenklauwbeweging zal doen als Donyell Malen scoort.

De supporters vinden dat zó leuk. Ik denk dat er dit toernooi nog wel een ander leeuwendingetje zal worden verzonnen. Weghorst, die nog twee minuten mee mag doen in de achtste finale, bereidt nu in stilte een nieuwe leeuwenmove voor: na een doelpunt de wang op het gras en dan doen alsof je een zebra naar binnen kauwt.

Het briefje ontroerde mij zelfs een beetje. Zoveel eenvoudiger dan die domme leut achter de vliegtuigjes. Dat is de nieuwe rage: grappig bedoelde teksten achter een vliegtuig binden en daarna over het trainingsveld vliegen. Ik vind dat daar te makkelijk mee wordt omgegaan. Als je dan toch een tekst verzint, maak dan iets waar de mensen nog weken over praten. Doen eens niet lollig, maar laat een vliegtuigje over Oranje vliegen met een tekst waar ze 's avonds in hun sportbedje over liggen te peinzen.

Dat kan van alles zijn. 'Frenkie, twee kilo speklappen en een egelsnuitje!' Dan denkt die jongen eens aan iets anders dan voetbal. Andere opties: 'Daley, je wasgoed ligt klaar. Je Simon.' 'Frank, je schoenen zijn dood. Tot morgen.'

De mogelijkheden zijn onbeperkt. Verzin eens iets niet leuks. Hebben we eindelijk de macht om dat eentonige bestaan van die jongens wat op te schudden en dan komen we met 'Auf Wienerschnitzel' aankakken. Had daar dan van gemaakt: 'Memphis, twee schepjes of drie schepjes?'

Dat was meteen het tweede grote geschenk, zondagavond: de documentaire over Memphis Depay. Ik schakelde vijf minuten te laat in, hoorde hem praten en dacht even dat hij korte tijd terminaal was geweest. Het bleek om een knieoperatie te gaan. 'Hel was hel. Hel.'

Ik moest denken aan alle kinderen die het afgelopen jaar hun ouders hebben verloren. De dochters en zonen die, gekleed in een geel pak, door het glas nog één keer mochten zwaaien naar hun moeder, die al vijf weken op haar buik lag en vanbinnen werd opgevreten voor haar eigen afweersysteem.

Dan vond ik de problemen van Memphis toch iets minder urgent. Er zaten klontjes in zijn vitaminen-shake. Zijn persoonlijke assistente, die net zijn onderbroekjes op kleur legde, was verbijsterd. Hoe kwam dat? Wat had ze gemist? Hoe kwamen die klonten in zijn shake? Memphis gaf haar een goede tip. Als ze naar Dubai gingen, moest ze een blender meenemen.

Ik dacht ondertussen aan alle mensen die op 64-jarige leeftijd waren overleden door een heel ander soort klontjes. Midden in hun hoofd.

Dat maakte deze documentaire zo goed. Memphis heeft werkelijk geloofd, tot aan de eindmontage aan toe, dat we een schitterend beeld kregen van een krijger, een strijder, een man die vecht voor zijn knie op een manier zoals nog nooit eerder werd gevochten voor een knie.

Hij, zijn vrienden en zijn moeder, ze hebben niet gezien dat dit een dodelijke documentaire is geworden. De definitieve verslaggeving van lusteloze, arrogante voetbalhoogmoed. Dat gebeurt vaker in documentaires over beroemde personen. Lee Towers denkt nog steeds dat er een prachtige film over zijn leven is gemaakt. Hij weet niet dat wij ons al jaren lang helemaal gek lachen om Lee wanneer hij zit te huilen om opnames van een eigen optreden.

Ik herinner mij ook een docu over Paul de Leeuw. Hij moet zelf hebben gedacht dat we zagen hoe hard en bezeten hij werkt, maar wat we werkelijk zien is een eenzame man die alleen maar hielenlikkers om zich heen heeft verzameld. Op afroep wordt er gejuicht om elke scheet die hij laat.

Dat is ook de kern van de docu over Memphis. Je kijkt naar een jongen die letterlijk zijn vingers in zijn oren steekt en die alleen luistert naar liedjes waarin hij zelf rapt. Hij vertelt onafgebroken hoe goed hij voor zijn familie en zijn vrienden is. Niemand kan hem raken. Niemand. Hij doet wat hij wil, want hij is Memphis.

Ik zag een eenzame jongen die blijkbaar niemand om zich heen heeft die de vernietigende timing van deze docu met hem heeft besproken. Midden in een pandemie laten zien hoe je een episch gevecht levert met je knie is misschien niet helemaal het juiste signaal na een jaar vol dramatische sterfgevallen.

Memphis en de rest

Ik had veel vertrouwen in Frank de Boer. Als geen ander liet hij zondag zien dat je je als mens kunt ontwikkelen. Negen jaar geleden werd Frank gevraagd waarom er geen homo's in het profvoetbal te vinden zijn. Hij antwoordde daar het volgende op: 'Als je de homo bekijkt, denk ik, die is wat minder... a-sportief, meestal, denk ik. De motoriek, normaal gesproken, dat valt toch meestal wel op bij homo's. Misschien is dat het.'

Zo was het bijna tien jaar geleden. Frank herkende homo's blijkbaar aan hun manier van bewegen. Zondag stond hij, met een regenboogbadge op zijn jasje, de pers te woord en sprak mooie, verbindende woorden.

Als dit de leercurve is van Frank de Boer, dan kunnen we ervan uitgaan dat hij over tien jaar wél een coach is die overmoedige verdedigers herkent en dat hij niet meer selecteert en wisselt op basis van opgebouwd imago. In 2031 is Frank er pas aantoe om sterspelers te wisselen als ze heel slecht presteren.

Ooit komt er een moment dat Frank het aandurft: Memphis Depay wisselen omdat hij een egomane zaadwedstrijd speelt. Ooit zal hij Frenkie de Jong uit het veld halen en zeggen: je draaide net 84 keer te veel om je as.

Frank de Boer heeft geselecteerd op reputatie en aanzien. Daarom is Oranje uitgeschakeld. We hebben een coach die ooit heeft besloten dat Memphis Depay onaantastbaar is. Davy Klaassen zou in de tweede helft, op de plek van Memphis, wat broodnodige ordinaire voetbalbezetenheid in het Nederlands elftal hebben gebracht. Frank negeerde hem opzichtig.

Matthijs de Ligt, hij is geselecteerd en opgesteld op basis van reputatie en de club waar hij voetbalt. Zijn handsbal was een beginnersfout en er was maar één man die het anderhalve week geleden durfde te zeggen: Meneer van Basten. Het zijn nu profetische, bijna Cruijffiaanse woorden. Meneer van Basten vond dat Matthijs de Ligt geen leiding gaf aan zijn verdediging. Volgens Meneer van Basten had Matthijs de Ligt weinig geleerd in Italië.

Ik vond dat een waardevolle opmerking van iemand die jaren lang in Italië verdedigers gek had gespeeld. Matthijs de Ligt vond dat ook nuttige kritiek. Ging hij zeker iets mee doen. Alleen Frank de Boer heeft er niets mee gedaan, want Frank passeert nooit de zogenaamde helden.

Iedere andere coach, zonder een loyaliteitsprobleem, zou Memphis Depay hebben gewisseld. Iedere coach zou hebben getwijfeld over de vorm van Matthijs de Ligt. Iedere andere coach zou zijn gaan twijfelen als na de eerste drie wedstrijden van het toernooi je rechter verdediger de beste speler blijkt te zijn.

Die verdeling in waterdragers en helden was al duidelijk te zien toen we zagen hoe Frank de Boer afgevallen spelers behandelt. Anwar El Ghazi kreeg midden in een interview een sms'je van Frank. Helaas niet geselecteerd. Frank heeft Memphis waarschijnlijk een wit tijgertje met het hoofd van een ezel cadeau gegeven om te vieren dat hij tijdens het EK wilde spelen.

Die hielenlikkerij, dat doodsbange gedoe naar de zogenaamde vedetten en het stoer doen naar de wat mindere goden heeft het Nederlands elftal genekt. Het was geen groep. Het was Memphis en de rest en Frank heeft dat gevoed. Hij heeft moeten werken met spelers die een week geleden, midden in het toernooi, ademloos naar een krankzinnige, narcistische docu over Memphis hebben zitten kijken.

Als er niemand uit de selectie de dag na de docu een beker fruitshake met brokjes voor Memphis op de ontbijttafel heeft gezet, dan weet ik genoeg. Te veel eerbied. Te veel ontzag. Gezwijmel om niets.

Daarom is Nederland uitgeschakeld. Het is nooit een team geweest en Frank de Boer heeft er alles aan gedaan om dat vooral zo te houden. Dat uitgerekend Memphis na afloop de pers niet te woord wilde staan is tekenend. Frank de Boer en zijn persvoorlichter hadden blijkbaar niet het gezag om hem daar toe te dwingen.

Dat snap ik wel. Memphis is door de voorkeursbehandeling van Frank de Boer gaan geloven dat hij onmisbaar is.

Heldin

Toch nog even over het EK en het absolute televisiehoogtepunt. Leonne Stentler zat zondag, vlak voor de finale, aan een tafel vol met verveelde voetbalmannetjes die, met schalen vol ingewikkeld fingerfood voor zich, voorspelden wat voor een wedstrijd het zou worden. Ik kon hun teksten inmiddels wel dromen. Vroeg druk zetten, niet gebracht wat ik ervan had verwacht, belangrijke speler op het middenveld, hahaha die malle Kane, kijk daar zit Tom Cruise.

Toen was Leonne aan de beurt. Ze wilde iets over scheidsrechter Björn Kuipers zeggen. Die liep zijn lijnen beter dan de andere scheidsrechters. Daarom kreeg hij de finale. Kuipers loopt niet in de weg. Ze liet zien wat ze bedoelde.

Er volgde een reeks beelden waarin EK-scheidsrechters steeds midden in een belangrijke looplijn stonden of met hun aanwezigheid een beslissende steekpass verhinderden. 'Kijk, hier staat hij in de weg. Had een doelpunt kunnen zijn. Kijk, hier kan de verdediger niet passen omdat de scheidsrechter in de weg loopt. Kijk, hier weer. En hier weer.'

Ik veerde op. Eindelijk, eindelijk liet een analist mij anders naar voetbal kijken. Eindelijk zag ik eens iets wat mijzelf nog niet was opgevallen. Dat Italië hoog druk zette en dat Engeland pas laat en laf wisselde in al zijn wedstrijden, dat wist ik nu wel, maar dit was nieuw.

Ik werd er, op de valreep, met nog maar één wedstrijd te gaan, heel erg blij van. En jaloers. Waarom keek ík niet zo? Ik volg alleen maar de bal. Na vijftig jaar voetbal kijken lukt het mij nog niet om meer dan de gemiddelde randdebiel te zien. Ik herken een opkomende back, dat is het wel zo'n beetje. Ik moet het meer hebben van een scheef hangende cornervlag die een beetje op de snor van mijn opa lijkt. Ik zie alleen de randjes van het veld. Verder is het allemaal uiterst primitief. Ik sta op als er is gescoord en dan zeg ik: mooi doelpunt.

Ongeveer het niveau Rafael van der Vaart. Nooit eerder zag ik een analist dieper vallen. Het begon allemaal nog wel fris en vrolijk, met een hoop gelach en gedoe, maar Rafael eindigde zondag met zijn onderkin op de tafelrand. Hij zakte letterlijk naar een bedenkelijk laag niveau.

Alles vond hij slecht, vervelend, saai, traag en veel te makkelijk. Ook heel veel vond hij overdreven, misplaatst, ordinair en stijlloos. Zonder het zelf te weten formuleerde hij daar feilloos zijn eigen functioneren in het programma *Studio Europa*.

Dat hing aan elkaar van de bekende lacherige onderonsjes met Pierre van Hooijdonk, de Amsterdamse wegwerpgebaartjes, het stellen van vragen aan de presentator ('Vond jij het dan om aan te gluren? Nou dan!') en het fysiek langzaam veranderen in een leeglopend luchtbed op een naar pis ruikende Franse camping.

Wat mij zo goed deed aan de looplijnenanalyse van Leonne Stentler was dat ze maling had aan de dwingende *feelgood*-sfeer aan tafel en gewoon met een heldere analyse kwam, met een nieuw inzicht, met kennis die ik zelf niet al had vergaard. Kortom: ze deed wat je voortaan van iedere analist zou moeten kunnen verwachten: haar werk.

Leonne verrichte in twee opzichten revolutionair televisiewerk. Ze tilde analyseren in een gezellig bedoeld programma naar een hoger niveau. Bijna alle gasten die tijdens dit EK aan tafel verschenen, gingen te makkelijk mee in die vreemde kijk-ons-eens-gezellig-zijn-sfeer. Geen sobere tafel in een studio, nee, het moest weer in een tuin, met parasolletjes, vlak voor een vreemd huis en af en toe een bekende Nederlander erbij en dan maar gieren van het lachen als die vertelde dat hij geen moer verstand had van voetbal.

Die keuze werd door de redactie een aantal keren gemaakt: zet er maar een rapper of een acteur neer en dan maar hopen dat ze iets geks of gezelligs zeggen. Dan kreeg je automatisch teksten als: 'Ik heb er natuurlijk helemaal geen verstand van, maar ik heb wel een raptekst geschreven van 14 coupletten.' Ik schreef er al eerder over. Dan krijg je beelden van Marco van Basten en Kenneth Pérez die verbijsterd kijken naar een akoestische gitaar.

De tweede grote winst was de reactie van Rafael van der Vaart. Het viel even stil aan tafel. Daar zaten ze, met hun vinger boven de knop van de automatische piloot en ze durfden opeens niet meer. Leonne Stentler had hen zojuist met een twee minuten durende vernieuwende scheidsrechteranalyse verpletterd.

Rafael van der Vaart deed wat hij altijd doet: een lacherig ouwe-jongens-krentenbrood-sfeertje met de andere mannen proberen te creëren. Hij lachte en zei: 'Ik ben jaloers op jouw manier van kijken.' Meteen weer die lach. Ik hoop dat hij het meende, maar het klonk als een cynisch voorzetje. Ik begreep zijn opmerking als volgt: heel vreemd, tijdens een wedstrijd naar de scheidsrechter gaan zitten koekeloeren.

En zo kreeg dit EK dan toch nog een heldin: Leonne Stentler, ook omdat de andere steady held opeens, in de beslissende fase van het toernooi – de finale – niet aan tafel zat: Kenneth Pérez.

Over een jaar is er weer een toernooi. Ik hoop dat alle sportredacteuren eindelijk begrijpen dat voetbalpubliek niet moet worden behandeld als kinderen in de ballenbak van IKEA. Ik hoop dat ze eindelijk die kleutertoon loslaten en ons serieus nemen. Niet in een leuke tuin gaan zitten, geen Bekende Nederlanders, geen gepoch van dikke ex-profs. Een tafel zonder eten. In het midden aan tafel zit Leonne Stentler. Ze legt na elke wedstrijd uit wat wij n

iet hebben gezien.

Een gek in de selectie

Nog even over Wout Weghorst. Ik heb er een maandje op kunnen studeren en ik denk dat ik eindelijk begrijp wat hij bedoelde te zeggen over corona, vaccinatie, de stand van de planeten, de waterwerken en hoe dat uiteindelijk allemaal met elkaar te maken heeft.

Wout is, en dat begrijp ik uit zijn verklaringen, een groot voorstander van het zelf injecteren, bij voorkeur met een eigen mix van ingrediënten. Voor zover ik het begrijp wil Wout geen Astra Zenica, Pfizer of Janssen in zijn arm maar een zelf gemengde mix van witbier, Duits graan, cacao en Müttelbranze, een plant die langs de autoweg naar Berlijn voorkomt.

Dat moet Wout lekker zelf weten. Ik denk alleen wel dat hij aan zijn presentatie moet gaan werken. Sinds hij in Duitsland werkt, is er iets misgegaan. Dat zie je het duidelijkst aan zijn jasjes. Toen Wout nog in Nederland voetbalde, droeg hij helemaal geen jasjes. Ik herinner mij sportieve hemdjes, sportjasjes en een bos drijfnat haar.

Dat waren fijne beelden. Wout was in zijn AZ-periode de meest sexy motherfucker van Alkmaar. Wout, rechtstreeks uit de kleedkamer voor een camera en dat hij met een brutaal linkeroog alles wat hij zei meteen weer onderuit haalde, dat was genieten. Daar stond pure eenvoud de pers te woord. Een wild kloppend provinciehart in een onstuimig lichaam. Een goed mens met voetbalschoenen als scheermessen.

Het fijnst vond ik de geschreven interviews. Hij meldde tijdens elke gesprek dat hij de hulpbehoevende medemens graag hielp. Dat sprak erg tot de verbeelding. Je las het interview, je kende zijn verbetenheid op het veld, hoe hij razend en tierend scheidsrechters vol in het gezicht schreeuwde en dat moest je dan zien te combineren met het volgende beeld: Wout die aanbelt bij een verzorgingshuis en een schaal met gebakjes voor zich uit houdt.

Ik twijfel nu of ik het ooit echt heb gelezen, maar ik weet bijna zeker dat Wout ooit in *VI* heeft verteld dat hij mensen helpt oversteken. Ik weet in elk geval zeker dat hij toen geen colberts met een opstaand kraagje droeg. Nu, in Duitsland, wel. Ik zie dat als een teken. Wout Weghorst is daar veranderd in iets anders.

Dat ligt niet aan zijn succes. Bij AZ was hij ook een toonaangevende voetballer. Iemand die het hele elftal een tandje fanatieker kon laten voetballen. Eindelijk weer eens iemand in AZ die niet tegen zijn verlies kon. Daar is helemaal niets in veranderd. In Duitsland voetbalt Wout precies hetzelfde. Hij raast over het veld en scoort.

Hij zegt, net als in zijn AZ-tijd, iets te vaak dat hij aan zijn zwakke punten blijft werken, maar dat trucje dat ken ik nu wel. Spelers die beginnen te merken dat het verdacht goed gaat met hun carrière, hebben de neiging om te blijven uitstralen dat ze nooit zijn uitgeleerd. Dat is relatief nieuw. Ik heb Ruud Gullit en Marco van Basten na het EK in 1988 nooit horen zeggen dat ze nog iets harder moesten gaan werken aan hun traptechniek.

Wout doet dat wel. Die wil maar leren, leren en leren. Daarom wil hij zo graag voor het Nederlands elftal spelen. Daar leer je zo veel. Alle spelers die voor het eerst bij Oranje spelen zeggen dat. Ze leren zoveel tijdens de training. De balcirculatie is veel hoger. Ja, ze vonden het een enorme eer om samen met die en die in een rondo te staan. Ze lagen 's avonds tollend van alle invloeden in hun sportbedje.

Als ik ook even iets mag zeggen: leren mijn ass. Ik ben meer voor deze variant: bij PEC Zwolle de sterren van de hemel verdedigen, een selectie voor het Nederlands elftal afdwingen, het trainingsveld op lopen, je voorstellen aan iedereen, wachten tot Frank op een fluitje blaast en daarna keihard Memphis Depay voor zijn poten schoppen. Heeft die ook iets geleerd.

Wout wil dolgraag leren, maar ze zijn doodsbang voor hem bij Oranje. Dat ligt aan die rare jasjes die hij nu draagt en de rare interviews die hij doet. Wout was goed te doen toen hij bejaarde mensen wilde wassen en blinde mensen de Bijbel voorlas, maar sinds hij zich bemoeit met de bestrijding van corona is er een ander beeld ontstaan, wat ik zou willen formuleren als: je haalt een gek in de selectie.

Hij ontkent het nu opeens aan alle kanten, maar ik en vele anderen hebben toch heel duidelijk kunnen lezen en zien hoe Wout denkt over vaccinatie, de avondklok, mondkapjes en anderhalve meter afstand houden. Volgens Wout is het waarschijnlijk een samenzwering van pedofiele hoogwaardigheidsbekleders die al eeuwen werken aan eeuwige heerschappij.

In Duitsland is er iets misgegaan met Wout. Misschien is het de gebruikelijke roes die bij kortstondige roem hoort of misschien is het de taal. In het Duits klinkt zelfs het bestellen van een brood als een oorlogsverklaring aan Polen. Het doet er niet zoveel toe, want het leed is al geschied.

Wouts imago is de laatste maanden veranderd. Hij was een voetballende hulpverlener die bij bejaarden de deur intrapte en ongevraagd de afwas deed. Nu is hij een geheimzinnig kijkende, graag geziene gekkiegast in Duitse talkshows geworden, die het voetbal er een beetje naast doet.

Wout wil niet meer leren. Hij wil nu ons iets leren. Daar zijn Nederlanders historisch gezien niet erg dol op, op halve Duitsers die jou iets uitleggen. Daarom speelt Wout niet in Oranje. Omdat hij zich niet aan de code houdt. Als voetballer moet je vinden wat algemeen gewenst is. De combinatie Virgil van Dijk, Wijnaldum en Wout Weghorst is qua mening uitventen net iets te explosief.

Hyballa

De cancelcultuur sluipt de voetballerij binnen. Ik voorspel binnen drie maanden het volgende interview met een willekeurige speler uit de eredivisie. 'Onze trainer droeg een te strakke broek, waarmee hij alle mannen zonder een dik vleespotlood tot op de heup confronteerde met hun genetische handicap. Wij hebben hem daarmee geconfronteerd. Hij antwoordde dat hij dat van Louis van Gaal had geleerd. Die liet in de kleedkamer van Bayern München zijn broek zakken.'

'De trainer draaide heel hard het liedje 'Bicycle' van Queen in de kleedkamer, wat wij heel pijnlijk vonden voor alle mensen zonder rijbewijs. Hij gebruikte geen genderneutrale magnetische poppetjes om ons de tactiek uit te leggen. Ook de namaakpoppen die op het trainingsveld werden gebruikt vonden wij te mannelijk. We hebben gevraagd of we er borsten op mochten tekenen. Dat heeft geleid tot zijn ontslag.'

U denkt dat ik overdrijf, maar ik schets ongeveer de situatie rond de oud-trainer van NAC en NEC, Peter Hyballa, die door de spelers van zijn huidige club, Esbjerg fB, werd teruggefloten. Er zouden grenzen zijn overschreden. De menselijke maat was ver te zoeken. Volgens de spelers maakte hij bedreigende, seksistische en vernederende opmerkingen.

Het hardste voorbeeld daarvan: Hyballa liet een speler weten dat die grotere tieten had dan zijn vrouw. Ik gok, als dat een vergrijp is, dat René van der Gijp met terugwerkende kracht zestien keer levenslang krijgt. Hans Kraay jr. heeft mazzel dat de doodstraf hier niet bestaat. John de Wolf zou als Deen twintig jaar op een booreiland hebben moeten werken.

In een mooi *AD*-interview legt Peter Hyballa uit hij hoe hij de ontstane situatie ervaart. Over de man met de tieten: 'Hij was gewoon niet fit. En dan moet je werken.' Over de beschuldigingen: 'Ik zie het als een complot van twee oudere spelers die niet mee willen in mijn manier van werken. Samen met de media. En zij zetten druk op de andere spelers. Om mijn naam kapot te maken.'

Daar zou hij wel eens gelijk in kunnen hebben. Voetballers weten hoe social media werken. Hyballa ontvangt inmiddels bedreigingen en de Tweede Wereldoorlog wordt erbij gehaald. De voetballers hebben naar een bekend wapen gegrepen: de verontwaardiging van de Twitter- en de Instagrammeute inzetten als pressiemiddel.

Het lijkt erop dat Peter Hyballa een verstandige voorzitter heeft getroffen, die snapt dat de spelers heel selectief de gekwetstkaart trekken. Ik zelf zou als voorzitter de volgende tekst op Twitter zetten: 'Alle spelers van het eerste elftal met hun dikke tieten maandagochtend om 06.00 op mijn kantoor. Doe een bh aan.'

Ik ben een groot liefhebber van Peter Hyballa. Hij stal mijn hart tijdens een woedende verbale en bijna fysieke aanval op een groep NEC-supporters met een gezamenlijk opgeteld IQ van 46. Na een nederlaag tegen FC Twente werd de spelersbus opgewacht door woedende supporters. De bekende reflex van mensen die denken dat de aarde is ingericht om hen – in die armzalige tachtig jaar dat ze leven – zo gelukkig mogelijk te maken.

De reactie van Hyballa was hartverwarmend en legendarisch. Vlak voor de bus probeerde hij wat verstand in die woedende, ééndimensionale koppen te schreeuwen. Hij zwaaide met zijn armen. Hij was wanhopig en liet dat zien. Hij stond letterlijk voor zijn spelers en de onderliggende boodschap was goed voelbaar: het is maar sport, gekkies. Het is maar voetbal. Morgen overlijdt je oma en schaam je je voor deze onzin.

Ook als talkshowgast vind ik Hyballa een verademing. Eindelijk eens geen trainer die het spelletje meespeelt en eindelijk eens geen man die een talkshow gebruikt als springplank naar een mooie baan. Hallo Dick Advocaat! In de aars van Genee en Derksen kruipen en ondertussen onderhandelen met Irak. Dat soort tactische bewegingen hoef je bij Hyballa niet te verwachten. Hij is wat hij is: streng, grappig, bezeten, daadkrachtig en vooral heel erg zichzelf. Alles wat voetballers niet zijn.

In documentaires waarin grote of kleine clubs worden gevolgd, bijvoorbeeld Tottenham Hotspur, Sunderland en vanaf volgende maand Feyenoord, wordt één ding heel duidelijk: de coach is hun vriend zolang hij hen opstelt. Wie er naast komt te staan opent de onderhandelingen met een andere club en begint de boel opzichtig te saboteren.

Bijna de gehele generatie huidige voetballer denkt niet aan sport maar aan een zwembad in de vorm van een voetbal, het liefst ergens in een warm land. Peter Hyballa koos een koud land vol met met bange, breekbare voetballers.

Heel grappig dat nu dan ook de naam van Rafael van der Vaart valt als mediator. Hij woont in Denemarken. Rafael van der Vaart, die midden in een uitzending woedend reageerde op de harde waarheidsgoeroe Maxim Hartman, die hem live wees op zijn ongezonde manier van eten.

Rafael van der Vaart, die een halfjaar lang ging zitten mokken wanneer Zlatan Ibrahimović hem weerwoord gaf. Rafael, die zelf tijdens dit EK de Spaanse ploeg wegzette als rommelaars en die het nu, na felle reacties uit Spanje, voorgoed kan vergeten dat hij ooit nog rustig door Madrid kan lopen.

Al die gevoeligheden doen ridicuul aan voor iemand die Hugo Hovenkamp gewend is. Die vroeg aan een tegenstander hoe het met zijn vader ging. Hij wist dat die twee dagen eerder was overleden. Men sprak er schande van, maar Hugo hoefde niet in een safehouse.

Dus ik zeg het hier gewoon: als ik moet kiezen, dan vind ik Theo Janssen de mooiste borsten hebben.

Spelersraad

Ik hoop zo ontzettend dat er nog voetbaltrainers bestaan die meteen voor de eer bedanken als de spelersraad van het Nederlands Elftal hun naam heeft genoemd. Het is de omgekeerde wereld: aan spelers vragen wie eventueel hun nieuwe coach moet worden.

Virgil van Dijk, Kevin Strootman, Ryan Babel, Matthijs de Ligt en Daley Blind hebben een gesprek gehad met de KNVB. Ikzelf wil hier mijn voorkeur uitspreken voor Henk ten Cate: een goudmijn voor columnisten.

Als Henk ten Cate is genoemd, dan weten we meteen hoe dit rijtje spelers moreel in het leven staat. Henk ten Cate is een warm voorstander van voetballen in politiek doodenge landen. Hij verdiende jaren lang de kost in een land waar homoseksualiteit strafbaar is en in een talkshow dicteerde hij onlangs De Wet van Ten Cate: Qatar prachtig land. Slavernij is alleen slavernij wanneer die eeuwen geleden door witte Nederlanders werd bedreven, en alle arbeiders in Qatar, van wie het paspoort is afgenomen, hebben juist een geweldige tijd.

Zo iemand zou ik niet graag als lichtend voorbeeld voor een groep jonge jongens zetten. Het voelt vreemd dat de spelersraad invloed heeft. Kevin Strootman werkt alweer bijna twee jaar in een middelgrote schoenenwinkel, Daley Blind komt de komende tijd waarschijnlijk helemaal niet aan voetballen toe, en Ryan Babel zie ik wel dameskappers adviseren welke kleurspoeling ze moeten gebruiken, maar om hem nieuwe trainers uit te laten zoeken lijkt mij een misverstand.

Mijn gedachten zijn vooral bij Louis van Gaal, die nu heel hard met zijn hoofd tegen een betonnen muur staat te beuken, zo verschrikkelijke veel spijt heeft hij van zijn verklaring eventueel wel beschikbaar te zijn.

In de wereld van Louis van Gaal is er geen grotere vernedering te bedenken. De spelers willen hem niet. Ze hebben liever iemand die precies op Ronald Koeman lijkt. Dodelijk. Daar zit je in je buitenhuis met je Totale Mens Principe op schoot en niemand wil je. Ze willen een kopie van je eeuwige vijand. Vreselijk.

Ik heb te doen met de trainers die niet zijn genoemd. Dat zijn er niet heel veel. Iedereen is zo ongeveer wel voorbijgekomen, behalve Gertjan Verbeek. Het moet pijnlijk zijn, dat ze op een gegeven moment liever de broer van de neef van Koeman nemen en dat hij nog steeds niet is genoemd.

Het lijkt, op het moment van schrijven, dat Henk ten Cate nog steeds een van de kandidaten is. De man zonder principes. Zet hem ergens neer en hij fluistert zich in en uit bizarre situaties. Nooit is de KNVB harder geschoffeerd door een trainer. Henk ten Cate nam een privégesprek op omdat Henk altijd vooral eerst aan Henk denkt, Henk smeet met modder, Henk was verontwaardigd. De KNVB kan zomaar een trainer aanstellen die bang is voor imagoverlies en in het geheim bandopnames maakt tijdens gesprekken met de KNVB.

Maar mijn zegen heeft hij. Ik ben van de school Willem van Hanegem en Johan Cruijff. De trainer moet niet te veel in de weg lopen, af en toe een klungelaar wegsturen van de training en niet te veel ouwehoeren. Wie in het Nederlands elftal speelt, zou niet moeten willen luisteren naar Henk ten Cate.

Communicatief is Henk een ramp. De spelersraad wil eventueel werken met een coach die al heel lang niet meer begrijpt waarom Betaald Voetbal juist Betaald Voetbal heet. De mensen die zijn salaris betalen, dat zijn de betalende toeschouwers. En de toekomstige toeschouwers. Van alle trainers die ik ooit in levende lijve heb gadegeslagen is Henk ten Cate de koudste.

Jaren geleden, Wesley Sneijder speelde zijn laatste wedstrijd voor Ajax, zag ik op een bomvol parkeerterrein van een amateurvereniging de selectie van Ajax uit de bus stappen. Voor de vereniging was het de wedstrijd van de eeuw. Honderden kinderen stonden met hun neus tegen een hek om de voetballers te zien. Ik zag daar honderden potentiële voetballers, honderden potentiële seizoenkaarthouders.

Van alle spelers die uit de bus stapten stak niemand zijn hand op. Alle spelers droegen een koptelefoon. Snel naar de kleedkamer. Als laatste stapte trainer Henk ten Cate uit de bus. Geen lachje. Geen handje omhoog. Chagrijn tot in de derde graad. Een stuurse kop.

Ik heb Henk die middag geobserveerd. Achter hem werd de hele wedstrijd lang zijn naam geroepen. Geen een keer zag ik Henk omkijken. Na de wedstrijd werd er met honderden schriftjes gewapperd. 'Meneer, meneer, handtekening?'

Ik heb niemand van de spelers en niemand van de trainersstaf ook maar een keer zien lachen. Na de wedstrijd werden de wachtende kinderen genegeerd, de spelers en coach stapten in de bus en weg was Ajax.

Daarom denk ik dat Henk ten Cate precies de goede trainer is voor dit Nederlands elftal. Betweterig. Niet geïnteresseerd in fans – zondagavond in *Studio Voetbal* sprak hij nog vol dedain over Het Volk – en dezelfde instelling als Koeman: als het er echt op aankomt, kan de achterban het lazarus krijgen en kiest hij voor zichzelf.

Henk ten Cate past bij een nieuwe lichting voetballers. Jongens die zo ver mogelijk bij het gepeupel vandaan blijven en na een grap van Johan Derksen opgelucht verklaren dat ze nooit meer met iemand van *VI* willen praten.

Wegduiken, alles rechtlullen wat krom is, de fans negeren en genadeloos voor jezelf kiezen. Als zo'n trainer wordt gezocht dan hebben ze aan Henk ten Cate een hele goeie.

De rug van Louis

Dat Louis van Gaal opeens weer in beeld is als de nieuwe coach van Oranje, voelt voor iedere columnist als het winnen van de Staatsloterij. Ik bid elke ochtend tot een willekeurige God waar ik niet in geloof dat Louis nu met zijn vrouw Truus een door hem goedgekeurde wijn drinkt en het volgende gesprek heeft.

'Lieverd, zoals we hier zitten, in onze eigen badjassen, met mijn hoofd achter op jouw jas geborduurd en op mijn jas ook mijn hoofd op de achterkant geborduurd, zoals wij hier nu samen heerlijk naar marsmuziek uit München zitten te luisteren, muziek die ik in mijn tijd bij Bayern heb gecomponeerd, vind jij dan ook niet dat, ja hoe zeg ik dat, dat er niet een soort van sleur in komt? Zijn we niet té gelukkig?

'Ik heb dat aan jou beloofd, dat ik meega naar tentoonstellingen over glasblazen door de eeuwen heen en ik heb ook beloofd dat ik mee zou gaan naar toneelstukken en dat ik er dan niet doorheen zo schreeuwen dat ze de tekst verkeerd hebben geïnterpreteerd en dat heb ik ook allemaal gedaan. Ik heb, voor de zekerheid met een zakdoek in mijn mond, gekeken naar een bewerking van *King Lear*, dat die ene man met een kroon op zijn hoofd naakt in een emmer varkensbloed staat en daar heb ik met jou op een fatsoenlijke manier over gesproken toen we weer thuis waren, en ik heb daarvan genoten lieverd, maar nu wil het geval dat er een soort van een beetje eigenlijk een roep om Louis van Gaal is en ik ben zelf Louis van Gaal, dus nu dacht ik, wie ben ik om dat te weigeren, als de mensen me willen.

Ja, jij wilt mij ook, maar je hebt al heel veel Louis gekregen de laatste drie jaar. Ik draag zelfs schoenen die jij leuk vindt. Maar wat ik wilde zeggen is dat ik eraan zit te denken om een soort van een klein beetje bondscoach te worden van Oranje. Wil je nog een door mij goedgekeurde druif waar ze wijn van hebben gemaakt?'

Ik hoop met alles wat ik in mij heb, dat maar éénhonderdste van dit gesprek heeft plaatsgevonden. Dan ben ik al tevreden. Dan is het zaadje geplant. Volgens mij wil Louis heel graag. Ik zag het aan zijn ruggetje tijdens de toespraak vlak voor de Oranje-voetbalvrouwen. Het is altijd Louis zijn rug die hem verraadt. Als hij iets niet wil en op routine babbelt: rechte rug, kin omhoog. Wanneer Louis ergens vol in gaat en een doel probeert te bereiken: beetje kromme rug.

Je ziet aan zijn microfoontechniek welke kant het op gaat. Als hij vergeet dat hij iets in zijn hand heeft waar je juist niet in hoeft te schreeuwen, dan weet ik genoeg. Die staat alweer te oefenen. Zo keek ik naar zijn speech, waarin hij de mannen van Oranje als een verzameling omhooggevallen vedetten neerzette: als het volk Louis roept, dan vallen er hele stukken hersenen bij hem uit.

Ik vond de toon erg badinerend en onoprecht. Een vrouwenteam voor de zoveelste keer vergelijken met een herenteam zweeft op de rand van fout. Een vrouwenteam prijzen omdat ze als een eenheid voetballen, dat klinkt uit de mond van Louis van Gaal als een compliment dat voor de poorten van de hel is weggesleept.

Het is een wrang compliment, want vlak voor de vrouwen staat een man die eigenlijk zegt: jullie moeten het duidelijk niet van jullie voetballende capaciteiten hebben. Fijn dat jullie zo gewoon zijn gebleven. Heel mooi dat jullie zo goed naar je coach luisteren. Ikzelf dacht: een coach die het in al die jaren niet is gelukt om een rechtsbuiten te vinden, die niet negen van de tien keer de bal in de voeten van een tegenstander schuift.

Louis was, heel ordinair, over de ruggen van de vrouwen zijn media-statement aan het maken. Zijn bolle ruggetje verraadde hem. Doet hij altijd: beetje bukken en dan een Louis-ding zeggen.

Ondertussen hoop ik wel dat ze erin gaan trappen bij de KNVB. Ik juich het toe, tot en met het WK een erepodium voor iemand die het liefst met een schilderij van zichzelf in bed ligt. Ik verheug mij vooral enorm op het eerste gesprek met Memphis Depay.

'Memphis. Laat ik met de deur in huis vallen: die leeuw gaat van je rug. Hoe je het doet doe je het, maar ik wil geen kindertekeningen op mijn spelers. Vraag aan een van je tattoo-vrienden of ze er er een boom of een waterval van kunnen maken, maar die leeuw wil ik niet meer zien. Ik zal je uitleggen waarom: je speelt als een eekhoorn. Met van die kleine pasjes. Doodsbang en dan maar heel veel gaan bewegen. Met je eigen nootje tegen je buik op zoek naar je eigen holletje. Dat ben jij. Een eekhoorn. Geen leeuw.'

Heerlijk wordt het. Daarna de volgende speler. 'Dumfries, kom maar binnen. Zoals je nu naar mijn bureau loopt, dat wil ik ook in de wedstrijd. We gaan ophouden met dat locomotiefgedoe langs de zijkant van het veld. Jij moet nooit de beste van het veld zijn, dan doe ik iets fout. Volgende!'

'Wout, ga zitten. Niet huilen. Nee, niet het volkslied zingen. Ik heb slecht nieuws voor je. Ik wil een spits die kan voetballen.'

Neem Louis

Met alles wat ik in mij heb, smeek ik de KNVB: neem Louis van Gaal als bondscoach! Desnoods schilder ik kleedkamers, of ik bedien een laptop tijdens een 'alle neuzen dezelfde kant op'-meeting. Maakt niet uit. Kies Louis van Gaal.

Doe het voor zijn vrouw. Die wordt nu, elke keer dat Louis wordt geïnterviewd, emancipatoir 140 jaar teruggeworpen in de tijd. Louis doet geen voetbal omdat hij dat aan Truus heeft beloofd. Dat klinkt elke keer als: met de pest in je lijf op een Portugees strand, hand in hand met je vrouw naar schelpen zoeken, en er dan 's avonds met zijn tweeën een leuke ketting van rijgen.

Op mijn gevoel zeg ik: hij staat liever dronken voor een zaal vol Manchester United-geldschieters. Het is pijnlijk voor Truus, steeds maar weer dat ene zinnetje in welk interview dan ook te moeten lezen. Ja, hij zou graag nog op het veld staan en ja hij zou het nog kunnen, maar beloofd is beloofd, hij zoekt nu samen met Truus aanrechtbladen uit voor hun derde huis in Zwitserland.

Een sketch op zich: Louis, die mee moet om mee te denken over de goede kleur vloerbedekking voor in de logeerkamer. Doodsbange eigenaar van een winkel op de Portugese meubelboulevard vlak voor Louis, met een kleurenstaal in zijn hand. Louis bulderend voor hem: 'Waarom laat jij mij deze lelijke kleur zien? Denk jij, die meneer Van Gaal houdt van rode wijn dus ik laat hem iets roods zien? Waarom laat je die kleur dan aan mij zien? Ik ben altijd eerlijk en dit is een lelijke kleur!'

Dus KNVB, doe het. Verlos die man uit zijn lijden. Help Truus. Stel hem aan, zodat hij niet elke keer weer in kranten en tijdschriften uitlegt dat hij het nu eenmaal aan zijn vrouw heeft beloofd, steengrillen met haar vriendinnen of een tentoonstelling van een kleiende gehandicapte Portugees moeten bezoeken.

Laat ik eerlijk zijn: doe het ook voor ons, voor de Vakvereniging Voetbalcolumnisten. Nooit meer na hoeven te denken over een onderwerp. Gewoon kijken wat Louis nu weer voor gedicht heeft voorgedragen, welke spelersbus hij zelf heeft geschilderd of welke schilders hij heeft staan uitleggen dat ze zijn neus een verkeerde schaduw hebben gegeven.

Louis van Gaal als nieuwe bondscoach zou voor iedereen een geschenk uit de hemel zijn. En natuurlijk worden dat lastige gesprekken. Louis gaat de KNVB vragen wat ze bedoelden met een nieuwe coach die het liefst zo veel mogelijk op Ronald Koeman lijkt. Als je die hobbel kunt nemen, ben je op de helft.

Zeg tegen Ronald Koeman dat hij op Louis van Gaal lijkt en hij valt op je aan. Zeg tegen Louis van Gaal dat hij op Ronald lijkt en hij zit binnen een week aan zijn vierde biografie te werken: *Niet Ronald maar Louis*. De KNVB moet dat gaan oplossen, want de vraag gaat zeker komen.

'Waarom kom je bij mij terecht als jullie een type Koeman willen?' Daarna moet je zo zorgvuldig mogelijk je antwoord formuleren. Gudde, die onder tafel van de zenuwen zijn KNVB-broek aan stukken krabt: 'Ja, dat bedoelden we een soort van anders, dat je dus Koeman hebt en dan dus u, meneer Van Gaal, en dat jullie allebei wel eens in een bepaald restaurant hebben gegeten in Barcelona en dan bedoel ik dus niet dat u daar net als Ronald Koeman de lullige Nederlander uit zat te hangen die al een leven lang droomt van een huis met een balkonnetje in een Spaanse straat, maar meer dat we dachten, ze houden allebei blijkbaar van vis, dus dat was het eigenlijk. Verder lijkt u helemaal niet op Ronald Koeman.'

Daarna komt de volgende vraag. 'Op welke coach lijk ik dan?' Als ze de biografie goed hebben gelezen, dan is er maar één antwoord mogelijk. Zeg niet 'Johan Cruijff'. Louis van Gaal heeft, in de nacht na de onthulling van het Johan Cruijff-standbeeld, met een ijzerzaag voor de Johan Cruijff

ArenA gestaan. Antwoord: 'Rinus Michels'. Dan heb je Van Gaal. Zeg: 'U lijkt op Rinus Michels, maar u hebt er nog een laag aan toegevoegd. Het Totale Mens Principe. Daarom willen we u graag, omdat voetballers vooral mensen zijn, en u bent, denken wij, een van de beste mensen ooit.'

Ik denk dat Louis het dan voor een gevulde koek doet. Oh KNVB, ik wil desnoods het Hans Kraay jr. Toilet bij jullie schoonmaken, maar stel Louis van Gaal aan. Geef ons die heerlijke persconferenties terug. KNVB, schenk ons in deze zware tijden een legendarische eerste persconferentie, waar alle journalisten op 1.53 van elkaar zitten omdat Louis van Gaal heeft ontdekt dat 1.50 niet genoeg is. 'Details heren, details, daar gaat het om. Lees mijn biografie!!'

KNVB, maak van Nederland weer één land, zonder verdeeldheid. Ik voorspel dat Louis in de eerste drie weken na zijn aanstelling de Zwarte Pietendiscussie oplost, op de foto gaat met veertig boeren, en de hele fractie van GroenLinks en alle CO_2-uitstoot het land uit jaagt.

Gun ons dat nog één keer dat kinderlijk blije hoofd vlak na een wedstrijd, omdat Nederland met 1-0 heeft gewonnen. 'Ik zei in de rust dat we gingen winnen. Niemand geloofde dat.'

Maar vooral: KNVB, doe het voor Truus. Eindelijk weer een boek kunnen lezen zonder Louis naast haar. 'Mijn biografie is gedrukt op het beste papier.' Eindelijk rust.

Disney-docu

Wie wil weten hoe het voelt om tegelijk in twee verschillende werelden te leven, moet naar de documentaire-reeks *Dat ene woord – Feyenoord* gaan kijken. Als je in het weekend naar een wedstrijd van Feyenoord kijkt en daarna doordeweeks op het Disney-kanaal de documentaire volgt, lijkt het alsof je midden de film *Back To The Future* zit.

Wat nu één grote jubeltocht is, was een jaar geleden de teloorgang van een grote club. Natuurlijk speelde de corona-crisis een grote rol. Er werd voor lege tribunes gespeeld, er waren blessures en er was geen geld, maar wat vooral schrijnend duidelijk wordt in de documentaire: er stond geen team.

Dick Advocaat was een jaar geleden de verkeerde coach op het verkeerde moment. Ik begrijp heel goed dat Dick lang heeft geprotesteerd tegen camera's in de kleedkamer, het volgen van de spelers, de medische staf en Frank Arnesen. Hij moet hebben gevoeld wat er zou gebeuren als het materiaal zou worden uitgezonden. Iedereen ziet nu wekelijks dat hij coacht als een trainer uit de zeventiende eeuw.

De wedstrijdbesprekingen en de momenten in de kleedkamer zijn ontluisterend. Dick klapt veel in zijn handen en zegt dingen als: 'Jongens, energiek beginnen! Dit is een belangrijke wedstrijd, jongens! Lekker fel erop. Help elkaar. Hou het breed. Kom op hè, zorg dat je er meteen staat.'

Dick Advocaat is in de docu nu al drie afleveringen lang de coach die ik als vijftienjarig jongetje had bij NFC in Amstelveen. Dat was de vader van onze spits. Die speelde altijd. De rest van het team werd op de meest onverwachte momenten gewisseld. We kregen tijdens de wedstrijden eigenlijk maar één aanwijzing: alle ballen Antoine. Zo heette zijn zoon.

In de rust ging de vader van Antoine midden in kleedkamer staan. Hij leek een vrachtwagenwiel onder zijn jasje te dragen. Nogmaals legde hij ons uit wat we moesten doen. 'Openstaan, zorgen dat je openstaat, bal aannemen, om je heen kijken, mijn zoon zoeken en dan die bal naar mijn zoon. Zorg dat je plezier hebt jongens.'

Daarna viel er meestal een beker kokend hete thee in iemands schoot en wandelden we, met Antoine voorop, weer naar veld 7. In de drie seizoenen dat ik daar speelde, heeft Antoine twee keer gescoord. Eén keer met zijn voet en één keer met zijn achterhoofd terwijl hij naar zijn vader stond te kijken.

Op dat niveau werd er een jaar geleden gecoacht bij Feyenoord. Geen enkele beleving, chagrijnige koppen, hondstrouwe assistenten die het gewoon niet kunnen geloven dat Dick hen bij Feyenoord heeft gehaald, en broodmagere wedstrijdbesprekingen. Een trainer die persconferenties ziet als een noodzakelijk kwaad en een technisch directeur die ondertussen juichend op zoek gaat naar een andere trainer.

Het is niet alleen de schokkend eenvoudige manier van coachen die een vernietigende indruk maakt, het zijn ook de spelers die vanaf de eerste minuut in de documentaire helemaal niets met elkaar lijken te hebben.

Ze kijken elkaar aan alsof ze samen op een kruisraket zitten. *No way back*. Er staat een coach voor hun neus die met oefenstof uit de vorige eeuw komt aanzetten en er is geen plan. Er zijn veel blessures. De groep lijkt uit twee verschillende groepen te bestaan. Vooral Leroy Fer is storend aanwezig in de groep. De verkeerde leider op het verkeerde moment.

Veelzeggend is het gezicht van Jens Toornstra als Leroy Fer op orkaankracht aan het woord is. Veel hard gelach, veel onbegrijpelijke straattaal, veel harde kutmuziek met rare stemmetjes midden in de kleedkamer en heel veel bravoure. Dit seizoen had Arne Slot genoeg aan twee wedstrijden om te zien waar het probleem zat: er stond geen team en het zou nooit een team worden met Fer in de ploeg. Met hem speelde Feyenoord de eerste wedstrijden dramatisch slecht.

Wie de documentaire kijkt, begint zich vanzelf de volgende vraag te stellen: hoe is het mogelijk dat een club, die zo diep in het hart van alle Rotterdammers zit, een jaar geleden zo ongelofelijk knullig werd gecoacht? Als neutrale kijker kreeg ik steeds meer medelijden met de hardcore fans.

Je ziet ze 's avonds, na alweer een verloren wedstrijd, met een trap onder hun arm naar buiten lopen. De Feyenoord-vlag kan weer in de elektriciteitskast worden geduwd. Al die prachtige supporters, ze hadden – toen ze werden gefilmd – nog geen idee wat er daar binnen in dat stadion allemaal gebeurde. Dat Dick Advocaat, samen met wat trouwe vrienden, maar wat aanrommelde en de schuld aan iedereen gaf, behalve aan zichzelf.

Het komt ook door ons. Televisiemakers en bladenmakers. Wij hebben van Dick een Dickie gemaakt. Iemand waar je wel van moet houden. De man van de woeste gebaartjes en de man die walgt van de VAR. Wij hebben Dick te veel gezien als een heerlijke coach die zo lekker de taal van de spelers spreekt.

Nu, na deze documentaire weet iedereen dat het anders zit. Dick snapt de jeugd niet meer. Dick denkt dat het genoeg is om een paar keer in je handen te klappen. Dick geloofde ooit echt dat hij Giovanni kon helpen.

Arne Slot, een moderne, jonge coach, laat nu zien waar Feyenoord toe in staat is als je er een team van kunt maken. Dat is Dick met zijn simplistische manier van coachen niet gelukt.

Het Scherm

Ik zou ook zo graag eens iets willen uitleggen voor Het Scherm, net als elke zondag bij *Studio Voetbal*. Ik heb inmiddels begrepen dat ex-voetballers en trainers dat als het hoogst bereikbare zien: opstaan uit je stoel, drie meter lopen en dan voor Het Scherm gaan staan wachten tot het begint te bewegen.

Ik heb nu al honderden keren mensen voor Het Scherm zien staan treuzelen. Ik verdenk de redactie ervan dat ze expres wachten tot de ex-voetballer zegt: 'Ja, laat maar lopen hoor.' Dat maakt hem iets hulpelozer, iets lulliger.

Daarna volgt het bekende werk. De presentator zegt: 'Theo, jij keek voor ons naar Ajax-Vitesse en jou viel iets op.' Daarna wijst hij naar Het Scherm. 'Kijk, hier staan zeven man van Vitesse op een rij (cirkels om spelers) tegenover drie Ajacieden. Die hebben 15 meter in hun rug (dubbele pijl met daar onder '15'). De centrumverdediger had hier moeten staan, dan krijg je veel meer druk op de hangende spits (verdediger wordt door onzichtbaar handje opgetild en op de goede plek gezet). Als ze dan niet naar binnen knijpen, zoals hier – jongens zet hem even stil – (cirkels om de naar binnen knijpende spelers) dan heb je een heel ander verhaal, nou ja, deze bak ging uiteindelijk net naast, maar als hij erin gaat dan is het een doelpunt.'

Ik kijk nooit naar Het Scherm tijdens zo een praatje. Ik kijk naar de broek van Theo Janssen. En naar zijn handen. De beroemde handen waarmee hij zoveel frikandellen naar vrouwen heeft gegooid. Dat ontroert mij steeds weer. Dat ruige stuk vreten, voor Het Scherm, die met een blocnote op schoot naar Ajax-Vitesse heeft zitten kijken en daarna overleg heeft gehad met de technische redactie ('Ja, graag ook een rode cirkel om de rechtsbuiten en dan een soort kromme pijl naar het doel.')

Het loopje terug naar de tafel is ook fantastisch. Weinig mensen kunnen lopen zoals ze normaal ook lopen. In een televisiestudio word je je hyperbewust van je eigen lichaam. Zittend aan tafel is dat al heel erg. Ik heb bij *DWDD* ooit drie kwartier zitten zweten omdat ik dacht dat er een stuk peterselie tussen mijn voortanden zat.

Door een studio lopen is nog erger. Dat zie je het duidelijkst bij het *Journaal*. Daar heeft enkele jaren geleden iemand verzonnen dat het geinig is als de presentator een ingewikkelde route door de studio loopt. Het ziet er in de meeste gevallen uit alsof een doodsbang hertje naar de drinkplaats loopt.

In een voetbalstudio is lopen nog veel erger. Iedereen ziet je dikke reet, je buikje, en dan kun je erop wachten: ze laten expres, op Het Scherm, beelden zien van vijftien jaar geleden, toen je lichaam nog niet voelde als een leeggelopen luchtbed.

Als de analyse erop zit en de analist terug moet lopen naar de tafel, is het genieten. Vergelijk het maar hiermee: een rare oom spreekt tijdens je huwelijksfeest bijna drie kwartier, laat pauzes vallen zodat mensen kunnen lachen en er lacht niemand, hij gaat stug door en daarna moet hij door een doodstille zaal weer naar zijn plaats lopen. Zo voelt analyseren voor Het Scherm.

Nog een prachtig element: Arno Vermeulen zou ook dolgraag eens voor Het Scherm staan, maar het mag niet. Ze zeggen hem niet waarom, maar hij voelt aan alles dat ze hem liever niet helemaal in beeld hebben. Zo zal dat ook zijn besproken. 'Nee, jongens, Vermeulen gaan we niet voor Het Scherm zetten. Dat wil niemand, een roodharige dunne student geitenmelk met de bril van zijn vader op zijn neus, die als Professor Rozenwater over voetbal staat te praten. Kees Jansma ook niet. Die kan al zeventien jaar niet meer staan. Een week geleden hebben we hem nog met twaalf man naar zijn auto getild. Alleen sexy motherfuckers voor Het Scherm.'

Ik denk dat er maar één ex-voetballer is die helemaal geen last heeft van het loopje naar een scherm. Dirk Kuijt zou er het liefst drie uur over doen. Ook als hij achter zijn tafel blijft zitten, klinken Dirks analyses als moeten kijken naar 42 kilometer snelwandelen. Er komt geen eind aan.

Daarom verbaasde het mij nogal dat Louis van Gaal juist Dirk Kuijt zag als een verlengstuk van de trainer. Daarom had hij hem meegenomen naar een groot toernooi. Dirk is een voetballer die de blik van een trainer heeft. Dirk zelf moet hebben gedacht: nu ook nog het uiterlijk. Dirk heeft ook opeens een trainers-neus. Niet dezelfde als Louis, wat wel eens helemaal verkeerd zou kunnen gaan vallen.

Wat mij wel goed doet, is dat tot nu toe nog geen enkele club heeft gedacht: Dirk Kuijt, is dat niet een goeie voor onze club? Dat is dan die laatste gram gezond verstand in het betaald voetbal.

Maar let er maar eens op, hoe voetballers die kort geleden nog schitterend over het veld dwarrelden, opeens veranderen in schokkerige parodieën op lopende quizmasters als ze naar Het Scherm moeten lopen. Die aandoenlijke trots wanneer het hun lukt om meer dan zes woorden foutloos achter elkaar te zeggen. Hoe ze precies op het goede moment goedkeurend knikken na het filmpje van Frank Heinen. Die glunderende koppen als ze zonder al te veel gehakkel hebben uitgelegd waarom díé en díé juist daar en daar had moeten staan. Zo lief!

Schaduwspringen

Ik probeer nu al enkele maanden over mijn eigen schaduw heen te stappen. Dat valt niet mee. Steeds als ik 'wij' moet denken, dan denk ik toch weer 'ik'. Ik ben te haatdragend. Ik heb het eigenlijk over Reus Kadoelen, die mij in februari, midden op het voetbalveld helemaal verrot schold. Daar is een bandopname van. Ik wilde een bal met de borst controleren, dat ging niet helemaal zoals ik het van tevoren had bedacht en toen stond Reus mij meteen midden in mijn gezicht te schreeuwen.

Ik heb de bandopname uitgetikt en dit is wat hij zei: 'Hoezo op die dikke vrouwentietjes van je, Dijkshoorn? Hoe heet deze sport? Dikkemannentietbal? Heb jij nou helemaal niet door dat [onverstaanbaar] … jou schamen. Met je pennetje. Man, ik zou je zo voor je smoel willen stampen, weet je dat, met mijn hak op die domme hangende ogen van je, ja, want je staat met je balletbewegingen wel mijn hele dag te verkloten en [onverstaanbaar] … ramen ingooien, net zo makkelijk, kale schrijver met je zogenaamd geinige kijk op voetbal.'

Van mij wordt nu verwacht dat ik over mijn eigen schaduw heen stap en dat ik Reus mijn excuses aanbied. Er is door de club gevraagd of ik Reus' auto wil wassen, omdat hij anders naar een andere club gaat. Ik weigerde. En toen kwam die zin: 'Stap over je eigen schaduw heen, Nico.'

Als ze in het amateurvoetbal opeens rare zinnen gaan zeggen, dan weet je zeker dat een of andere coach of speler uit de eredivisie dat heeft gezegd. Zo werkt dat. Als Dirk Kuijt zegt dat je de brasem niet moet koken voordat hij kukelt, dan staan drie dagen later 260.000 wilsonbekwamen met een trainingspak aan dat na te kwekken.

Zo is het en het is ook nooit anders geweest. Beperkte voetballers en trainers lopen als hun voorbeeld, praten als hun voorbeeld, lachen als hun voorbeeld en dragen het haar zoals hun voorbeeld. Daar is niets mis mee. Meisjes zonder fantasie willen Taylor Swift zijn, jongens zonder fantasie willen de gitarist van Green Day zijn. Zo gaat dat met rolmodellen en mensen zonder stijl. Je draagt wat Ronaldo draagt en dan ben je hem een beetje.

Een week geleden kreeg ik, niet geheel onverwacht, een stoomcursus 'over je eigen schaduw heen stappen'. Waar Dick Advocaat en Ruud Gullit verschijnen, worden wereldrecords schaduwspringen gevestigd. Dick en Ruud hebben allebei zo ongeveer iedereen in de steek gelaten. Altijd hebben ze gekozen wat goed voor hen was, en niet voor een ander. Ruud Gullit is theatraal weggelopen uit het Nederlands elftal en Dick Advocaat is midden in een essentiële kwalificatiereeks weggelopen bij het Nederlands elftal.

Als in Moskou iemand een muntstuk op straat laat vallen, zit Dick al in het vliegtuig. Als Ruud Gullit een nieuw huis kan kopen voor dertien weken werk, dan wil hij desnoods Noord-Korea coachen. Vorige week zaten Dick en Ruud twee wedstrijden lang naast elkaar op de bank en om hen heen zat een heel stadion dat 'over zijn eigen schaduw heen moest stappen'.

Dit is de situatie. Dick Advocaat liet het Nederlands elftal vallen voor een clubteam in Turkije. Hij koos niet voor zijn land, maar hij koos voor zichzelf. Heel begrijpelijk vind ik zelf. Dick heeft ons alleen opgezadeld met Danny Blind. Met een hysterische Hans van Breukelen. Nu het Turkse geld binnen is, komt hij ons redden. Samen met wegloper Ruud Gullit.

Ik heb stomverbaasd zitten kijken hoe dit weekend heel het land over zijn eigen schaduw heen is gesprongen. In elke andere bedrijfstak zou het gedrag van Advocaat en Gullit commerciële zelfmoord zijn. In de primitieve voetbalwereld blijkt het als een kwaliteit te worden gezien. Honderden voorbeelden kan ik noemen. Elftalbegeleider Hans Jorritsma is aan alle kanten vernederd en zit nog steeds op de bank.

Hans van Breukelen is door Dick Advocaat en door Ruud Gullit vernederd en hij zit trots op het ere-terras. Hans Kraay jr. wordt elke maandagavond bij *Voetbal Inside* tot op het bot gekleineerd en hij incasseert lachend zijn geld. Schadowboksers eerste klas.

Het gemak waarmee binnen de voetballerij judassen en linkmichels weer worden omarmd, duidt op stuitende domheid en achterlijk opportunisme. Alleen als je, zoals Benzema, een clubgenoot chanteert, volgen er sancties. Als je bij een middelmatige club voetbalt en een keer niet komt trainen, dan kun je vertrekken. Als je veel scoort en punten pakt, heet het overslaan van een training opeens 'een aangepaste training'.

Dick Advocaat op de bank bij het Nederlands elftal doet mij denken aan Don Corleone, uit *The Godfather*. Ze weten allemaal dat hij lachend mensen in tweeën breekt en nooit iets doet zonder dat er iets voor hem aan de strijkstok blijft hangen, en toch buigen ze en lachen ze net te hard om zijn grappen.

Precies de man die het Nederlands elftal, door zijn financiële vlucht naar Turkije, aan de rand van de afgrond heeft gebracht mag ons nu gaan redden. Iedereen noemt Advocaat een topcoach, maar ik herinner mij vooral de krankzinnige wissel tijdens het EK in 2004. Ik zou zo uit mijn hoofd ook niet weten welke grote prijs Dick Advocaat ooit heeft gewonnen.

Zo keutelt dat maar door hier. Ik verlang intens naar een coach of een speler die nu eens niet over zijn eigen schaduw heen springt en tegen Dick zegt: 'Nee, ik speel niet voor je. Je liet ons zitten. Je koos voor jezelf en niet voor ons.' Dat zo iemand nog niet is opgestaan, laat nog eens zien hoe ruggengraatloos moderne voetballers zijn.

Willem van Hanegem en Jan van Beveren, jullie worden zo gemist.

De ultieme cultheld

Ik ben trots. Mijn lijfblad, *Voetbal International*, redt het moderne voetbal uit een dodelijke wurggreep. Die wurggreep heet: saai. Precies in een tijd dat elke club zijn voetballers leert om keurig in de pas te lopen, kwam dit tijdschrift de afgelopen twee nummers met de verkiezing Ultieme Culthelden. Ik heb alle interviews met de culthelden geëmotioneerd zitten lezen. Het voelde alsof ik in een tijdmachine was gestapt.

Een verademing. Eindelijk weer eens verhalen lezen over voetballers die naast het voetbal een sociaal leven hebben. Niemand lijdt aan de ziekte van de broertje De Boer: met netjes gekamd haar, al dan niet ergens in Turkije in het hoofd genaaid, met de handen boven de dekens de volgende wedstrijd proberen te visualiseren.

Culthelden doen daar niet aan. Die hebben negen van de tien keer haar tot op hun kont en masturberen zes keer op een avond op een foto van Sabrina die uit het zwembad klimt.

Eigenlijk alles wat moderne spelers nu doen is wat culthelden juist niet deden. Niks mediatraining met een elektronisch vest aan om te kijken hoe je reageert op een kritische vraag van een journalist. Culthelden luisterden naar de vraag van een journalist en lieten dan het gevoel spreken. Dat leverde spannende interviews op.

‘Rob, je zit hier met een gescheurde wenkbrauw voor me en nu hoor ik dat jij zojuist in de kleedkamer de trainer een kopstoot hebt gegeven. Klopt dat?’ Een willekeurige speler uit de eredivisie zou daar nu het volgende op antwoorden: ‘Nee, dat is een misverstand. Ik zag een ontharingspleister liggen van onze spits, die iedere week met gladde benen wil spelen en toen wilde ik wel eens weten of zo'n pleister erg plakt en toen heb ik in een soort van reflex mijn eigen wenkbrauw eraf getrokken. Dus niets aan de hand. Prima relatie met trainer Raoul. Wat? Heet hij Theo? Sorry. Prima relatie met trainer Theo.'

Culthelden gingen daar anders mee om. Daarom zijn het nu ook culthelden. Die gaven gewoon eerlijk antwoord. 'Ja. Een kopstoot, vol op zijn bakkes. Hij zei iets over verdedigen vanuit een intrinsieke verdediging, en dat heb ik nou eenmaal, als mensen woorden gebruiken die ik niet begrijp geef ik ze een kopstoot. Verder even goede vrienden.'

Precies dit soort verhalen, daar sterft het van in de interviews met de culthelden. Boven het gesprek met John Linford staat: 'Seks, drank en Rock & Roll'. Ik heb het gelezen en de titel dekt de lading. In het kort kun je de carrière van Linford als volgt samenvatten: zuipen, zuipen, knokken, zuipen, neuken, neuken, zuipen, zes keer in een weekend naar Engeland vliegen om te zuipen, wedstrijd spelen in Sittard, zuipen, neuken en daarna geen boek lezen.

Vertaald naar de Moderne Helden zou dat nu zijn: trainen, computeruitdraai doornemen met club-IT'er, slapen in speciale rustcabine, Spaans leren voor een eventuele overstap naar Real Madrid, Instagramfoto posten van nieuwe eettafel, naar bed.

Als deze voetbalarme periode één ding heeft aangetoond, dan is het wel dat er in heel Nederland supporters leven die diep verlangen naar ouderwetse losbandigheid, naar wilde taferelen, krankzinnige verhalen en heroïsche historie. *VI* heeft zich onder mijn ogen opnieuw uitgevonden, juist in een periode waarin er even niet meer werd gevoetbald.

Ik heb prachtige reportages over het Nederlands elftal gelezen, lange stukken over bijna vergeten wedstrijden, diepgravende stukken over Nederlandse voetballers die het voetbal definitief een andere kant op hebben geduwd. Het is, hoop ik, niet meer verboden om ongegeneerd nostalgisch te zijn en om tegelijk kritisch naar het heden te kijken. Er hoeft niet te worden gekozen. Het kan allemaal naast elkaar bestaan.

Ondertussen heb ik uit de twee specials over Ultieme Culthelden de definitieve ideale voetballers weten te destilleren. Als je alle eigenschappen die iemand tot een cultheld maken handig mixt, dan krijg je een voetballer waar we nog 140 jaar lang over mijmeren.

De Ultieme Cultheld slaapt naakt. Dat vertelt hij overal, ook als er niet naar wordt gevraagd. 'Ha, Sjonnie, wat zal het zijn vandaag?' 'Doe maar twee kilo boerenkool, want ik slaap naakt.' Hij draagt een spijkerbroek met iets te korte pijpen en het is een broek die geen aanwijsbare voor- of achterkant heeft. Eventueel draagt de Ultieme Cultheld een spijkerjasje, maar veel beter is het mouwloze T-shirt waar ooit wel gewoon mouwen aan zaten. In een dronken bui slordig afgeknipt.

Zoals gezegd: er moet worden gezopen en gewipt. Het liefst allebei tegelijk. Het helpt enorm als daar foto's van uitlekken. De Ultieme Clubheld ontkent niets, maar bestelt de foto's na. Leuk voor zijn kind later, om te zien op welke vrouw hij is verwekt.

Ultieme Culthelden moeten minimaal zes keer per seizoen vechten in een kroeg. Die kroeg kopen ze, wanneer ze klaar zijn met voetbal. Zo'n kroeg moet een slechte naam hebben. De Verlenging, Dikke Ballen of De Kopstoot. Het helpt ook enorm als de Ultieme Culthelden in eigen land met vakantie gaan. Dat vinden mensen mooi, in de rij staan bij de kampwinkel achter de spits van FC Groningen.

Het is allemaal heel eenvoudig eigenlijk. Doe wat je supporters doen. Word wakker in een weiland en vraag aan een boer in welke provincie je bent. Zorg ervoor dat ze later verhalen over je kunnen schrijven.

Beste Buitenlandse Schreeuwhuilende Voetballer

Ik ben gisteren een stiltecentrum in gelopen en heb daar de eerste de beste man die ik tegenkwam tegen zijn enkel getrapt. Niet hard, niet zacht. Hij stond er echt zo bij van: mensen kijk eens hoe ik geniet van de stilte. Hij stond het mij echt in te wrijven, hoe goed hij vier minuten zijn snavel kon houden, en toen dat schopje tegen zijn enkel.

Die man zei heel zacht 'au'. Daarna keek hij me verbaasd aan en vroeg: 'Wat doe je nou, gek?' Dat was het. Experiment voor *Voetbal International* geslaagd. Het bewijs ligt er: voetballers hebben óf de pijngrens van een porseleinen poesje óf ze maken allemaal kans op een Oscar in de categorie Beste Buitenlandse Schreeuwhuilende Voetballer.

Ik denk dat Dušan Tadić die Oscar gaat winnen en zijn prijs gaat opdragen aan Neymar. Maar het kunnen ook zomaar honderden andere voetballers zijn. Iedere prof beheerst de gebroken-enkel-schreeuw en de daarbij horende gebaren tot in de perfectie.

Dat viel twee jaar geleden minder op, omdat het stadionpubliek zoveel geluid maakte, maar nu er wordt gevoetbald in een crematorium met gekleurde stoeltjes, hoor je alles. Dat vond ik eerst heerlijk. Je hoort nu zelfs of iemand de bal op het ventiel raakt. Zo maakte ik grote indruk op mijn zoon. Ik zei een paar maanden geleden, na een mislukte breedtepass van Daley Blind: 'Op het ventiel.'

Mijn zoon had geen idee waar ik het over had. Die is gewend dat andere mensen zijn bal opblazen. Ik pakte een leren bal uit de schuur en liet hem het ventiel zien. Totale verbijstering. Er zat een gaatje in zijn bal!

De ventieltrap heeft een fijn geluid. Alsof je heel hard met je blote hand op een hamlap slaat en dat je er net half naast zit. Het beviel mij wel, die genadeloze stilte in de stadions. Fijn dat je de aanwijzingen van de trainer nu goed kunt horen. Zelfs als ze achter hun hand praten.

Ik vermoedde het al, maar het was goed om het nu ook eens zelf te horen: trainers zijn tijdens een wedstrijd volkomen zinloos. Machteloze mannetjes die af en toe, na wat zorgelijk kinwrijven, de voornaam roepen van iemand die iets verkeerd doet. Meer doen ze niet. 'Robbie, Robbie. Kort. Robbie. Pas op Robbie. Kort. Goed Robbie. Nee, Robbie, korter! Ja zo, Robbie. Sneller kort Robbie.'

Meestal zit er een assistent-trainer naast die hetzelfde roept, maar dan wel pas nadat de hoofdtrainer het heeft geroepen. 'Lekker Robbie. Houd kort!' En daarna even kort naar de trainer kijken, of ze het goed hebben gezegd. Die slaafse dynamiek is nu veel duidelijker waarneembaar.

Je ziet niet alleen wat voetballers zeggen, je hoort het nu ook. Redacties van voetbalprogramma's hoeven geen slow motion liplezer meer in te schakelen. Dat had altijd iets treurigs 'Kijk, hier staat hij op en hier zegt hij: Je moeder jongen. Je moeder. Ze schreeuwde, jongen. Ze vond het lekker jongen. Ja toch. Ik zeg het je, jongen je moeder.'

Dat hoor je nu gewoon dolby surround door het stadion galmen. Allemaal positieve dingen. Voetbal zonder publiek heeft zijn voordelen. Je hoeft niet bang te zijn voor sissende gasgeluiden, er worden geen poppen opgehangen die sterk op Kenneth Vermeer lijken en er staat niemand op een trommel uit Senegal te beuken. Toch is er ook een nadeel. Vandaar mijn experiment in het stiltecentrum.

Dat gegil en geschreeuw bij elke valpartij. U kunt die proef zelf thuis doen. Schop een willekeurig gezinslid tegen de schenen en kijk wat er gebeurt.

Ze worden boos, ze zullen een week niet meer met je praten of ze wrijven huilend over de zere plek en je ziet opeens een traan over hun wang rollen. Nooit zullen ze op de vloerbedekking vallen, heel hard met hun hand op de grond slaan en gillen als een varken dat levend verbrandt in een vleesschuur.

Voetballers doen dat wel. Allemaal. Daar is echt iets veranderd de laatste jaren. Ik kan mij niet herinneren dat ik ooit een voetballer uit de jaren zeventig schreeuwend met zijn vuisten op het gras heb zien slaan. Johan Cruijff kreeg dertig doodschoppen per wedstrijd. Nooit heb ik die zien kronkelen als een stervende regenworm.

Daar moet op worden getraind. Dat kan niet anders. Precies wat in Nederland altijd diep werd gehaat – de Duitse Schwalbe – wordt nu door trainers getolereerd en waarschijnlijk geoefend. Iedere trainer die ik de afgelopen veertig jaar heb gezien zou die schreeuwende B-acteur voetballers hebben vervloekt, maar blijkbaar staan er nu trainers langs de kant die het allemaal wel prima vinden.

Het gaat als volgt: de voetballer wordt heel zachtjes aangeraakt, bij voorkeur in het strafschopgebied. Daarna moet hij zo natuurlijk mogelijk vallen. Dat is belangrijk. Doe niet alsof je in je rug wordt geschoten, maar val proportioneel.

Kijk niet naar de scheidsrechter. Dat is verdacht. Voel aan de plek waar je zou zijn geraakt. Nadat je je hand op de zere plek hebt gelegd doe je alsof je pas net begrijpt dat je bijna invalide bent. Schreeuw een paar keer. Daarna – en dat is heel belangrijk – voel je nog een keer aan de zere au-plek en daarna sla je met je vlakke hand heel hard op de grond. Alsof je mollen lokt.

Doe dat zestien keer. Daarna nog een keer schreeuwen. Geniet ondertussen intens van je bedrog.

De VAR

Het voelt al weken lang alsof iemand mijn rechterarm op de rug draait en in mijn oor sist: 'Kom op, columnistje, zeg op, je weet het allemaal zo goed hè, met je vingers op die lettertjes tikken, maar nu houdt meneer opeens weken lang zijn bek. Kom op mannetje, zeg het, anders breek ik je arm. Wat vind je van de VAR?'

Dus daar gaan we. Het is onmogelijk om niets van de VAR te vinden. Iedereen vindt iets van de VAR. Als je met een cameraploeg een markt op loopt en je vraagt mensen naar de VAR, dan heb je een programma van zes uur lang. Oude vrouwen met hun bovengebit onder in hun mond vinden ook iets van de VAR. ('De VAR is erger dan de moffen. Ze haalden ons uit ons huis en we moesten oud karton eten, want er was niks, je wist niet beter, maar dat was allemaal niks vergeleken bij de VAR!)

Als Ome Bea van Tante Dien iets van de VAR vindt, dan weet je als columnist dat je er ook iets over moet zeggen. Dus daar gaan we. Ik kan hier, in dit keurige blad, wel heel netjes gaan zeggen wat de voors en tegens zijn, maar als ik eerlijk ben dan vat de volgende zin precies samen hoe ik over de VAR denk: VAR In Je Reet.

Beter kan ik het niet zeggen. Iedereen is op zijn eigen manier tegen de VAR. De mannen van *Veronica Inside* zouden het weer heel anders formuleren. René van der Gijp: 'Dat Varretje. Hahahahahaha. Mooi toch, man. Lekker toch, Varretje. Laat gaan. Al die scheidsrechtertjes met hun fluitjes, mooi toch. Niks mis mee. Laat die mannetjes lekker, met hun Varretje.' Johan Derksen: 'Jawellll, maar dit komt allemaal door een paar mensen die nooit in de voetballerij hebben gewerkt, die directeur zijn van een stroopwafelfabriek en die de voetballerij wel geil vinden, daar krijgen ze ZO'n lul van.'

Wilfried Genee: 'Hahahaha, jij en geil wat dat betreft is wat dat betreft dus weer iets wat de mensen wat dat betreft niet willen weten, tot zo na de reclame, wat dat betreft.'

Als ik er, met mijn arm op mijn rug, toch iets over moet zeggen: de VAR past precies in deze tijd. Het is de ziekte van de moderne mens, die eist dat alles rechtvaardig is. De VAR past precies in het huidige Nederland. Mensen eisen geluk en een ander moet daar voor zorgen. Families vechten dertig jaar lang vanuit hun achtertuin om een boom die schaduw geeft en hangen hijgend om rijdende rechters heen. Ze zoeken een schuldige. Iemand waar ze naar kunnen wijzen.

Dat vind ik van de VAR. Het geloer op schermpjes midden in een voetbalwedstrijd staat symbool voor onze regelziekte. De enige plek in Nederland waar nog geen loket stond – het voetbalveld – heeft nu een speciaal hokje naast het veld waar de scheidsrechter, midden in de wedstrijd, op zijn gemak even wat televisiebeelden terug kan kijken. Ook in de voetballerij, het laatste anarchistische bolwerk in Nederland, waar een totale wetteloosheid heerst, doen ze nu opeens alsof rechtvaardigheid bestaat.

Dat is een misvatting. Voetbal bestaat bij de gratie van oneerlijkheid, foute beslissingen, beginnersgeluk en een bal die wel of niet over de doellijn is gerold. De VAR is een bijna aandoenlijke poging van de moderne mens om elk toeval uit te sluiten, maar juist toeval en willekeur maken van voetbal zo'n prachtig spektakel. Als je alle legendarische voetbalmomenten op een rij zet, dan zitten daar minimaal 30 misverstanden tussen.

We lullen nu – op de kop af – al 52 jaar over de bal op de doellijn tijdens de WK-finale in 1966. En ik wil het helemaal niet weten. Ik wil niet weten, door middel van geavanceerde spraakanalyse, wat Marco Materazzi vlak voor de fatale kopstoot tegen Zinedine Zidane zei. Ik wil niet weten – door backward videoanalyse – wie ooit de ijsbal op Wim Jansen zijn oog gooide. Daar moet voor altijd over kunnen worden gedroomd.

Zo beleef ik de VAR. Als de vernietiging van het mysterie. Als een hardnekkige poging van de moderne mens om alles waar verwarring over ontstaat op te willen lossen. Dat is wat mensen willen: dat er naar iemand kan worden gewezen en dat er kan worden gezegd: daar staat hij, de dader.

Antoine Griezmann zette enkele maanden geleden de finale van het WK naar zijn hand. Hij acteerde een valpartij, kreeg onterecht een vrije trap mee en uit die vrije trap werd gescoord. De scheidsrechter keek niet naar de beelden. Doelpunt. Ik loop mij daar nu al maanden over op te winden. Dat de smerigheid het wint van schoonheid. Som alle clichés maar op. Nu, na een paar maanden eredivisie-VAR, begrijp ik dat juist die kwaadheid voetbal zo prachtig maakt.

Voetbal is volks. Voetbal dat is eindeloos met elkaar lullen over buitenspel. Voetbal is met je hand in de koektrommel hangen en hopen dat je niet wordt betrapt. Voetbal is als het leven zelf: onrechtvaardig. De verkeerde mensen sterven, de goede mensen kopen een long.

Langs het voetbalveld verzamelen zich al die mensen, arm en rijk, lelijk of mooi, slim of dom en ze zijn het over maar een ding eens: dat je het nooit met elkaar eens wordt. En dat is heerlijk. Mokken, zeuren, schelden, en dan toch weer elke zaterdag naar het stadion om een ongeldig buitenspeldoelpunt te incasseren. De VAR maakt dat allemaal kapot.

Omgaan met verlies

Gerd Müller is dood. De voetballer die mijn vader het bos in stuurde. Letterlijk. Ik was veertien jaar oud en we keken de wedstrijd in een caravan. Ik zag voor het eerst hoe teleurstelling en onmacht eruitzag. Ik kende mijn vader als een man die het allemaal wel wist. Niemand bestelde mooier een gezinszak friet.

Een man met een honkbalpet op zijn hoofd. Ongenaakbaar. Tot de finale in 1974. Ik wil Gerd Müller, net te laat, daarvoor bedanken. Hij heeft veel jongens behoed voor een rampzalige jeugd. Als Nederland de finale in 1974 had gewonnen, dan zouden honderdduizenden vaders nog harder hebben geschreeuwd tegen hun voetballende zonen.

Zo herinner ik mij het verlies. Het laatste fluitsignaal, mijn vader die opstond, zijn hoofd stootte tegen de lamp boven de tafel, een vaag verhaal over Jan Jongbloed waar ik alleen de woorden 'had mijn moeder' van verstond, en daarna zijn vertrek. We zagen hem weglopen. Vier uur later was hij terug. Van mijn vrienden hoorde ik later dat hij met zijn wang tegen een boom had gehangen.

Ik was het allang vergeten, maar door de dood van Gerd Müller moest ik weer denken aan de zwarte deken die hij toen over onze vakantie heen legde. Een prettige deken. Gerd had wat nederigheid in die chauvinistische campingkoppen geblazen. Ik kon het toen niet goed duiden, maar ik herinner mij wel het gevoel: fijn dat Nederland eens op zijn flikker had gekregen. Fijn dat een heel lelijk doelpunt ons had behoed voor zwelgen.

Ik begrijp dat Gerd Müller de laatste jaren Alzheimer had. Ik hoop dat hij, midden in zijn kamer, het doelpunt af en toe aan zijn vrouw of aan wildvreemde mensen, midden in een winkelcentrum, heeft voorgedaan. 'Niks rommeldoelpunt. Ik zag de keeper op zijn verkeerde been leunen en alle Nederlanders om mij heen dachten alleen maar aan aanvallen. Het was een van de makkelijkste doelpunten die ik ooit maakte. Kijk, zo deed ik het.' En daarna nog een keer voordoen.

Het kan geen toeval zijn dat Gerd Müller overleed in het weekend dat FC Barcelona het voor het eerst moest doen zonder Lionel Messi. Wat Gerd Müller de Nederlanders heeft geleerd – jullie zijn de eeuwige tweede – dat heeft Messi nu aan alle Barcelona-fans geleerd. Hoe je moet omgaan met verlies. Hoe je in een shirt moet lopen van iemand die bij de concurrent voetbalt. Dat het nooit goed is om te verafgoden.

Gerd zette ons weer met de voetjes op de vloer en Messi heeft eindelijk de hand losgelaten van al zijn kinderen in Barcelona. Ze mogen het zelf gaan doen. Zo moet het voelen in Barcelona. Alsof je moeder zegt: nu ga je je veters zelf maar strikken. Mama gaat iets leuks doen. Het is altijd goed als er iets helemaal verkeerd gaat. Wie midden in zijn huis tot aan de heupen in het water heeft gestaan, waardeert voorgoed een droge vloer. Wie een dierbare verliest, omhelst daarna nog steviger andere geliefden.

Zo voelde het doelpunt van Gerd Müller en zo voelt het vertrek van Messi: als een beslissend leermoment. Clubliefde bestaat niet. Johan Cruijff was gewoon een mens. Steven Berghuis kan worden gemist, John de Wolf hoeft niet naast Arno Slot te zitten. Een hysterische volksmenner langs de kant laat je niet van FC Groningen winnen.

Verlies is goed. Verandering helpt. Daarom zat ik nogal teleurgesteld voor de buis toen ik zondag naar de verschillende voetbalprogramma's keek. Ik was benieuwd of corona, voetballen zonder publiek en de vernedering van het Nederlands elftal invloed had gehad op de programmering.

Het antwoord is nee. Weer precies dezelfde koppen aan tafel. Rafael van der Vaart, die tijdens het EK minimaal vier keer lachwekkend slechte voorspellingen deed – de Spanjaarden kunnen er helemaal niets van en de Belgen spelen slecht – zat gewoon, alsof er niets aan de hand was, weer heel hard te lachen over een item waar hij zelf in voorkwam.

Rondo, de ons-kent-ons talkshow, nam afscheid van Jack van Gelder en wordt nu gepresenteerd door Wytse van der Goot. Je kunt op twee manieren naar dat programma kijken. Je kunt zeggen: 'Ha, wat leuk dat vier voetballers uit de vorige eeuw het voetbal duiden en wat ontzettend leuk om Ruud Gullit te horen vertellen dat hij na een blessure beter terugkwam, omdat hij een prothese achter zijn voortanden kreeg, waardoor hij zijn energie beter kon verdelen, en wat leuk dat Marco van Basten nog steeds, nu met een moderne scheiding in zijn haar, probeert de spelregels te veranderen en wat heerlijk dat Ronald de Boer meldde dat Frank de Boer alles gewoon weer hetzelfde zou doen tijdens een EK en dat hij zijn pols had gebroken en wat prettig dat Jan van Halst door alle drie die ex-profs nog steeds niet serieus wordt genomen omdat hij een kale verdediger was bij Ajax.' Maar je kunt ook zeggen: 'Waarom komt in 2021 nog steeds Sierd de Vos met zijn volgevreten waterbuffelhoofd in beeld om 9 minuten lang over geld, geld, geld en Messi te vertellen?'

Ik ben voor verandering. Verliezen en opnieuw bouwen. Op één uitzondering na: Glenn Helder. Die moet voor eeuwig in een hoek van de studio op een elektronisch drumstel Phil Collins op medicijnen blijven acteren.

Voetballers ontmoeten

Toen ik nog elke woensdagavond bij *DWDD* een gedicht voorlas, ontmoette ik de mensen over wie ik schreef: voetballers. Ik zag daar altijd tegenop. Ik vind dat een columnist niet met zijn onderwerpen op de foto moet gaan. Op de een of andere manier voelde het verkeerd, samen met Ruud van Nistelrooij een bordje gebakken zalm leegeten.

Ik posteerde me heel laf in een hoekje van de artiestenruimte en deed alsof ik aantekeningen maakte in een boekje. Ondertussen miste ik geen beweging. Uit mijn blote hoofd heb ik daar onder anderen Marco van Basten, Ronald Koeman, Ruud van Nistelrooij, Rafael van der Vaart en Luc Nilis heel onzeker door de studio zien scharrelen.

Het was fijn om hen nu eens zonder trainingspak te zien. Marco van Basten die, op gehoorsafstand, heel vriendelijk vroeg of hij ergens een kopje koffie kon krijgen, dat was toch weer eens heel andere koek dan de wat stuurs kijkende ex-voetballer die als analist tegenwoordig dwars door iedereen heen lult in het programma *Rondo*.

Het waren opeens net mensen. Ronald Koeman, die ik in De Meer als een polderjongen over het gras zag denderen: hij leek breekbaar in deze omgeving. Ik mocht daar graag naar kijken, Koeman die zich netjes voorstelde aan een schrijfster, aan iemand die kwam uitleggen hoe de planeten om elkaar draaien en aan de tafeldame van die avond.

Ze waren zo netjes allemaal. Zo beleefd. Het leken mensen die jaren lang tussen de wolven hadden geleefd en nu moesten wennen aan omgang met soortgenoten. Wat hen overeind hield was het warme bad, luisterend naar de naam Matthijs van Nieuwkerk.

Matthijs brak live PvdA'ers doormidden, vroeg door als hij iemand niet vertrouwde, riep Theo Maassen ter verantwoording maar hij was weerloos als er een sporter aan tafel schoof. Een labrador, snuffelend aan een sportbroekje, zo zag hij eruit, Matthijs, vlak naast bekende voetballers.

Slechts één voetballer heb ik in al die jaren durven aanspreken. Ruud van Nistelrooij stond alleen, naast een kapstok, en knikte naar mij. Ik liep naar hem toe, ex-genie, ex-rebel, ex- ruziemaker met Marco van Basten, en in mijn zenuwen begon ik een hortende en stotende vraag, veel te lang en veel te onduidelijk.

Ik wilde weten wat Ruud vond van het overstapje. Daar kwam het op neer. Waarom zag je die zo weinig? Ik hoorde mijzelf, tegen een van de beste spitsen ooit, zeggen dat 'een overstapje niet was te verdedigen'. Ik wilde weten of hij daar als spitsentrainer van PSV op trainde? Ik zei nog zes keer het woord 'overstapje' en Ruud luisterde geduldig.

Daarna gebeurde er een wonder. Hij gaf uitgebreid antwoord. Ik heb geen woord gehoord. Ruud nam mij blijkbaar serieus als voetbalgesprekspartner. Het is de enige keer in mijn leven dat ik dacht: had mijn vader dit nog maar meegemaakt.

Ronald Koeman knikte alleen even. Ik zag zijn nek, vlak voor me, een minuut voordat ik een gedicht over hem voorlas. Een milde tekst. Langzaam zag ik de nek van vuurrood in gematigd wit veranderen.

Maar wat ik wil zeggen: ze kwamen allemaal zo verpletterend gewoon de studio binnenwandelen. Ze hadden net een handtekening gegeven aan de taxichauffeur die hen bij *DWDD* had afgezet, ze bestelden hun eten en daarna lieten ze Matthijs de slingers ophangen.

Op één na. Memphis Depay. Hij kwam pas enkele minuten voor de uitzending aan. Ik stond met alle andere gasten in een lange gang te wachten tot onze naam werd omgeroepen. En daar was hij. Memphis. Hij gaf iedereen netjes een hand. 'Dag meneer,' zei hij tegen mij, waarmee hij mij meteen op 12-0-achterstand zette.

'Dag meneer,' voelde alsof hij me daar, met iedereen erbij, drie keer door de benen speelde. Daar stond ik met mijn lullige notitieblok. Meneer Dijkshoorn. Daarna werd zijn naam geschreeuwd en maakte Memphis een glorieuze entree in de studio. Hij kwam vertellen over een goed doel waar hij zich voor inzette.

Daar moest ik aan denken toen ik Memphis dit weekend weer allerlei ergerlijke gebaartjes zag maken tijdens Nederland - Bosnië-Herzegovina. Zijn doelpunt en meteen daarna het hoofd theatraal in de nek en twee vingers in zijn oren.

Ik heb opgezocht waarom hij dat doet. Volgens Memphis zelf: 'Het is mijn manier om God te bedanken en te laten zien dat ik blind en doof ben voor de wereld, voor de mening van mensen. Ik weet dat ik goed doe als ik de Bijbel lees en bid. Het heeft een diepe, krachtige betekenis voor mij. Dat weten veel mensen niet.'

Ik wil hier nu zeggen wat ik al in die gang tegen hem had willen zeggen. Niet alleen God houdt van je, maar wij ook, Memphis. Waarom ben je nog steeds zo boos op ons? Waarom nog steeds die vingers? Als je geblesseerd raakt, zullen we allemaal met je meeleven. Wat jij doet met een bal, dat is alsof Jezus zelf even heel kort laat zien hoe je over water loopt. Jongen, doe het niet, die vingers in je oren. Luister juist wél naar wat we van je vinden. We zijn dolblij als je goed speelt. We vergeven je alles, zelfs die rare rapvideo's. Niet zo boos lieverd. We zijn geen Fransen. Toch?'

Daarna had hij nog één keer 'ja meneer' mogen zeggen.

Wie gaat het Wesley zeggen?

Wesley Sneijder wil trainer worden. Omdat hij veel heeft gevoetbald. Ik wil graag trapezeartiest worden omdat ik veel naar het circus ging. Zo hebben we allemaal onze fantasietjes. Kogelronde mannen die dromen van een carrière als kunstzwemmer. Vrouwen die graag gevierd kunstschilder willen worden omdat de buren zeggen dat ze haar deur zo mooi heeft geverfd.

Het geruststellende is: dat gaat die mensen niet lukken. Er gaat al heel snel een professioneel iemand tegen ze zeggen: 'Zo schilder je geen vogels. U kunt geen vleugels schilderen. Hou er mee op. Ga garnalen pellen.' Het slechte nieuws is echter dat er in de voetballerij andere wetten gelden. Wesley Sneijder maakt een goede kans om ergens trainer te worden. Wegens zijn verdiensten.

Dat hebben we, naast heel veel moois, aan Johan Cruijff te danken. Hij was geobsedeerd door oud-spelers. Maakt niet uit of je een groep toe kunt spreken, je kunt bij Ajax gewoon algemeen directeur worden als je vroeger heel goed kon keepen. Edwin van de Sar heeft de woordenschat van een kind van zes en leidt een beursgenoteerde club. Marc Overmars verandert tijdens elke interview-situatie in een blozende Poolse champignonplukker die er stamelend wat Nederlandse woorden uit gooit.

Door Johan Cruijff is het idee ontstaan dat voetballers goede trainers zijn. Ze hebben het allemaal zelf al een keer meegemaakt en begrijpen waar de jongens in het veld mee te maken hebben. Ruud Gullit dacht bijvoorbeeld ook een goede trainer te zijn. Daar ga je dus al. Die is nu coach van elektrische voetbalbestuurders. Lager kun je niet zakken.

En nu dus Wesley Sneijder die vanuit een canapé ergens in een oliestaat zit te klagen dat hij een afscheidswedstrijd wil en trainer wil worden. Dat lijkt me geen goed idee. Wesley wil wel meer. Witte appartementen met een witte piano erin. Gouden slippers. De vrouw van een schlagerzanger. Dat zegt dus allemaal niet zo veel.

Toch houd ik mijn hart vast. Het kan zo maar zijn dat een paar Nederlandse clubs dit een geweldig idee vinden, Wesley als trainer voor de groep. In Nederland kan alles. Gertjan Verbeek heeft tot nu alleen bewezen dat hij in een kniebroek houten huizen in elkaar kan knutselen, maar toch mag hij dit seizoen FC Twente laten voetballen als een op hol geslagen draaimolen.

Ik ben niet eens bang voor de effecten op de Nederlandse competitie als Wesley Sneijder een club gaat trainen. Er gebeurt eens wat. Eindelijk een trainer die niet zijn hoofd stoot als hij de dug-out uit stormt. Ik verheug me ook wel op zijn stemmetje. Daar gaan we veel plezier van hebben, Wesley Sneijder voor een zaal vol journalisten. Heel mijn columnistenhart schreeuwt: doen!

Maar ik vind het zo zielig voor Wesley zelf. Die weet blijkbaar helemaal niet dat heel Nederland zich gek heeft gelachen om de laatste acht jaar van zijn carrière. Ik kijk wekelijks naar de trouwerij van Wesley en dan kan ik er weer even tegen. Hij trouwde in een lichtblauw pak. De kleur van de schoenen weet ik niet. Durf ik niet naar te kijken. Tijdens de plechtigheid worden er duiven losgelaten.

Dat kun je als speler nog wel hebben. Je laat een vrije trap van 40 meter in het net ploffen en dan kun je weer een paar maanden vooruit, maar als trainer is dat dodelijk. Ikzelf zou daar last van hebben. Als Wesley voor me zou staan en hij zou me proberen uit te leggen hoe ik aan de binnenkant moet verdedigen, dan zou ik toch steeds denken: 'Ja, kabouter kandelaar, jij stond met een veel te mooie vrouw ergens in Italië, in een smurfenpak, de bruiloft van een echte Italiaan na te doen.'

Dat werkt niet. Ik denk dat een trainer intellectueel boven de groep moet staan. Ik heb het ook bij Frank de Boer. Meerdere malen kampioen geworden met vreselijk lelijk voetbal, maar ook jammerlijk mislukt als het er echt om ging. Bij Frank zou ik als voetballer ook denken: ja, lekker lullen, maar jij loopt in het weekend meubels van je vrouw achter in een bedrijfswagen te tillen.

De grote vraag is nu: wie gaat Wesley dat zeggen? Heeft hij genoeg mensen om zich heen die hem de waarheid durven te vertellen? Zijn er vrienden in zijn omgeving die niet alleen maar de vlag uithangen als Wesley een kamer binnenkomt, maar die ook tegen hun vriend durven te zeggen dat hij geen trainer is?

Zo'n vriend zou John Stegeman kunnen zijn. Hij was zondag te gast in het programma *Studio Voetbal* en zijn gezicht sprak boekdelen toen hij de smeekbede van Wesley hoorde. Alsof er iemand een pan hete soep in zijn schoot leegde. Daarna deed hij, heel voorzichtig, een poging om Wesley uit te leggen wat er allemaal bij kwam kijken, het trainerschap.

Hij vertelde dat je conflicten in een groep moest kunnen oplossen. Dat je op heel veel verschillende vlakken mensen moet aansturen. Dat het niet alleen het voetbal is, maar ook alles eromheen. Om Stegeman maar even vrij te vertalen: 'Als nu ook al figuren als Wesley Sneijder trainer willen worden, omdat ze tweebenig zijn en hun kinderen willen laten opgroeien in Nederland, laten we dan meteen John de Wolf als de nieuwe trainer van Feyenoord aanstellen.'

We weten het allemaal. Wesley wil lekker terug naar Nederland zodat zijn vrouw hier weer eens een televisieprogramma kan presenteren en omdat hij wel is uitgereisd. Maar welke gezaghebbende voetballer of trainer gaat hem dat midden in zijn gezicht zeggen? Ik denk niemand.

Vintage Willem

Mocht Willem van Hanegem ooit overlijden, waar ik niet van uitga, dan weet ik welk beeld we zien als het twee seconden stil is, aan het eind van het *NOS Journaal*. Willem, in een leeg stadion, diep in zijn jas gedoken en met een rare muts op zijn hoofd. Vlak daarvoor hebben we een compilatie gezien van alle betoverende voetbalmomenten, maar daar komt dus het volgende beeld achteraan: Willem, in zijn geliefde stadion, De Kuip, tevreden aan een koek knabbelend, wanneer Feyenoord op 3-0-voorsprong komt tegen PSV.

Het ontroerde mij. Tot nu toe voelde ik niet heel veel bij de lege tribunes. Alles is er inmiddels wel over gezegd. Dat rare kant-en-klaargeluid en dat je ziet wie er een publieksspeler is en wie niet. De duidelijk verstaanbare aanwijzingen die toch steeds hetzelfde klinken – 'dkiiee breed breed in je ruggg, hier, hier, hier HIER, lamaweer' en na de wedstrijd het interview met de aanvoerder, waar eigenlijk ook elk woord al van vastligt.

'We konden niet vroeg druk zetten en we kwamen slecht uit de rust, dus ja, dan kan je ergens tegen aanlopen, maar de linies stonden wel goed vond ik, dus dat zijn jouw woorden dat de linies niet goed stonden, maar je mist net dat stuk scherpte, dus ja het is niet anders, een paar jongens zijn nu aan het terugkomen en dan heb je dus een heel andere wedstrijd als je die er weer bij hebt, dankjewel.'

En dat allemaal voor een lege tribune met een wachtende perschef vlak naast het interview.

Dat was zondag allemaal opeens heel anders door de aanwezigheid van Willem van Hanegem. Zijn verschijning inspireerde de spelers. Ze moeten hem ook duidelijk hebben zien zitten. Willem zat nu eens niet tussen 120 mensen die met hem op de foto wilden, maar hij zat pontificaal alleen zijn eigenzinnige zelf te zijn.

Ik zou de ene voet niet meer voor de andere krijgen. Willem van Hanegem die kijkt terwijl je voetbalt, dat moet voelen als Carlos Santana die vlak voor je op een krukje gaat zitten en zegt: 'Nou, speel maar eens wat.' Mijn gitaar zou meteen voelen als het kunstbeen van mijn oma.

Dat Feyenoord juist nu een nagenoeg perfecte wedstrijd speelde, komt door Willem. Met Dick Advocaat heeft dat weinig te maken. Die was twee dagen voor de wedstrijd door zijn eigen spelersgroep gecorrigeerd. Nooit een goed teken als je denkt dat je lekker modern bezig bent.

Het schijnt dat de spelers meer wedstrijdbeelden willen terugkijken. Dat doet Advocaat niet. Waarschijnlijk komt dat doordat Dick zelf nog steeds een zwart-wittelevisie met antenne heeft, omdat 'hij het nog prima doet, dus dat zou zonde zijn van mijn geld'.

Dat moet voor Dick een lastig moment zijn geweest. Die heeft moeten luisteren naar spelers met de leeftijd van zijn kleinkinderen. 'Trainer, allemaal leuk en aardig, tien kilometer lopen met een zak potaarde op onze rug, maar dat kan nu echt niet meer. We willen zo'n bh aan met elektronica. En trainer, we willen niet klaverjassen om een echte voetbalsfeer te creëren. Het moet echt moderner. We willen een assistent-coach die niet steeds over de Tweede Wereldoorlog begint.'

Het was dus Willem, die alleen door met een rare muts op zijn hoofd duidelijk zichtbaar op de tribune te gaan zitten, Feyenoord vleugels gaf. En dat vond ik dus heel lief van Willem. Dat hij er op het goede moment was, net als Robin van Persie.

Robin zat ook in het stadion. Niet naast Willem. De aanwezigheid van Robin van Persie had vooral invloed op Steven Berghuis. Die voelde zich, vlak na zijn prachtige doelpunt, zo sterk door het bemoedigende lachje van Robin, dat hij op een Robin van Persie-manier het interview met Hans Kraay jr. in liep. Tot de tanden toe gewapend.

Dezelfde vibe als Robin. Iedereen is tegen me, niemand houdt van me, mensen zien niet hoeveel ik ervoor opgeef. Hans Kraay jr. kreeg niet eens de kans om er een interview van te maken. Berghuis ontplofte na het woord 'werken'. Dodelijke blik. 'Hoezo werken? Ik werk altijd. Werken dit, werken dat, werken, werken, werken. Ik word er zo moe van, dat ik niet zou werken, want dat zeg jij nu, ik werk niet hard genoeg, maar ik werk altijd Hans, met je werken.'

Er gebeurde zondag dus van alles tegelijk in De Kuip. We zagen het definitieve einde van Dick Advocaats loopbaan, de succesvolle muiterij van zijn spelers en twee legendarische oud-Feyenoorders die – na de berichten over de vrijdag-coupe – pontificaal plaatsnamen op de tribune, om zo te laten zien dat ze er nog in geloofden.

Het verschil tussen Robin van Persie en Willem van Hanegem was prachtig. Robin droeg een zonnebril van nu, een jas van ongeveer een maandsalaris, hij droeg zijn haar helemaal gangsta-style en lachte een lach die van alles kon betekenen.

Willem had een wollen muts van zijn vrouw op. Die lag nog in het handschoenenkastje van de bescheiden gezinsauto. De jas droeg Willem en niet andersom. Dat hoofdje midden in al dat opgepompte schuim. Willem zat erbij alsof hij daar door iemand was neergezet. 'Wat doen we met Van Hanegem?'

Toch maakte hij de meeste indruk. Het was vintage Willem-gedoe: verpletterend gewoon precies op het goede moment op de goede plek zijn. Op een plek waar de spelers hem goed konden zien. Willem verrichte zondag een wonder, alleen door er te zijn.

Bij Dick thuis

Ik moet steeds aan Dick Advocaat denken. In zijn televisiestoel, na alweer een gewonnen wedstrijd van Feyenoord. Zijn vrouw vanuit de keuken: 'Dick, lieverd, wil je je koffie in je Feyenoord-mok of misschien eens een andere proberen?' Daarna probeert ze hem moed in te praten.

'Maar lieverd, luister nou, dat is toch óók hartstikke leuk, bondscoach zijn van Irak. Veel mensen in Nederland hebben een verkeerd beeld van Irak, maar ze gaan daar ook gewoon naar het toilet hoor, net als ieder ander mens. Kijk me eens aan, lieverd. Zeg me eens na. 'Ik heb het heel goed gedaan bij Feyenoord.' Nee, niet gaan zitten zwijgen. Kijk me eens aan. Zeg me na. 'Ik heb het best wel een beetje een soort van goed gedaan bij Feyenoord en ik vind het helemaal niet erg dat iedereen over een week op de televisie kan zien hoe ik het heb verkloot.'

Die documentaire over Feyenoord is op het Disney-kanaal, schat. Daar kijkt niemand naar. Alleen maar kinderen van twaalf met jouw lengte. Is dat Arne Slot die nu wordt geïnterviewd? Leuke vent, zeg. Kaal, maar toch aantrekkelijk. Kees Jansma heeft dat bijvoorbeeld niet. Kees Jansma naakt, dat zou bijvoorbeeld weer geen serie zijn voor Disney.

Kijk, ik heb de reisgids Irak binnen en dat valt ontzettend mee. Vlak bij ons appartement zit een heel leuk restaurant waar ze, aan je tafel, een heel klein geitje kort op de huid bakken. Dat schijnt maar heel even pijn te doen, dus niet zoals bij jou, aan het eind bij Feyenoord. Dat voelde meer heel alsof je langzaam gaar werd gesudderd op 110 °C. Die hele Feyenoord-selectie van jou, een kapotgekookte oude riblap.

Ja, dat mag ik toch gewoon zeggen, Dick? Dat vind ik nou zo ongelofelijk kinderachtig, dat jij net tijdens FC Twente - Ajax steeds heel hard zat te juichen wanneer de verkeerd gespelde naam van Steven Berghuis in beeld kwam. Dat was je beste speler! Die trok zich geen moer van jou aan, maar zonder hem had je nu helemaal geen werk meer. Die *Berg Hu Is* heeft je gered.

Heb jij wel eens over je eigen naam nagedacht? Weet je nog dat we in de VS waren. Liep ik in de rondte met een man die Lul heette. Dat heb je helemaal niet doorgehad, maar jij heette daar Lul Advocaat. Dan zou ik nu iets minder hard om *Berg Hu Is* lachen, schat.

Zeg nou eens eerlijk tegen mij. Heb jij vanmiddag zitten hopen dat Feyenoord verloor? Ja, hè. Ik zag het wel, hoe je je beentjes steeds een beetje in de lucht gooide wanneer Go Ahead Eagles op doel schoot. Dat is toch heel klein Dick, dat is toch kinderachtig. Neem een voorbeeld aan Mario Been. Die is voor eeuwig de coach die met 10-0 verloor van PSV en die staat nog steeds te doen alsof hij er verstand van heeft. Zo kan het ook.

Ja, je kunt gaan zitten mokken, maar ik zie dus gewoon dezelfde spelers in het veld staan. Nou ja, er is één verschil: Arne Slot wint en al die jongens lijken plezier te hebben in hun werk. Onder jou zagen ze eruit alsof ze zonder beschermende kleding tegen FC Tsjernobyl moesten spelen.

Je moet het los laten, lieverd. Natuurlijk trainde jij ook op vrije trappen. Natuurlijk verzon jij ook variaties bij spelhervattingen, het waren alleen hele slechte. Arne Slot overdrijft het een beetje, dat ben ik met je eens. Elke vrije trap van Feyenoord lijkt op een Siciliaanse opening van Kasparov, maar je ziet wel dat die jongens er plezier in hebben.

Toornstra, dat vind ik opeens ook een hele leuke jongen om te zien. Onder jouw coaching leek hij op iemand die denkt dat hij 1200 km het Pieterpad heeft gelopen en dan hoort dat hij helaas de verkeerde kant op is gelopen.

Je moet mensen ook iets gunnen, Dick. Zelfs Pierre van Hooijdonk. Dat is een menselijke reactie. Hij heeft een heel seizoen gezegd dat je te verdedigend speelde en dat je van De Kuip een graftombe met een belazerde akoestiek maakte en die ziet nu een kolkend stadion waarin wordt gescoord door mensen die jij niet opstelde. Gun hem dat nou gewoon.

Niemand kan jou toch raken, lieverd. Kijk me nou eens aan. Zeg het hardop: 'Ik ben de bondscoach van Irak en daar hoef ik me niet voor te schamen. Irak is in het buitenland, dus ben ik een internationale coach.' Nee, niet fluisteren. Ik versta je niet. Harder. Goedzo. Zit je nou weer te huilen? Schei eens uit Dick.

Oh kijk, het interview met Arne Slot. Leuke man hoor, als je van kaal houdt. Kijk hem lachen. Leuke lach heeft hij. Luister nou even mee, Dick. Ga nou niet heel hard met een asbak tegen de verwarmingspijp zitten slaan. Luister nou gewoon even naar wat Arne zegt. Misschien steek je er iets van op.

Oh kijk, dat ben jij! Reclame voor die Feyenoord-documentaire. Zie je dat televisie kleiner maakt? Kijk nou hoe druk je doet. Haha. Kijk, je doet alsof je boos bent. Zo lief. Kom eens bij me op schoot zitten. Ik vind je een hele goede coach hoor, schat, die waardig afscheid heeft genomen. Kijk, daar heb je Arne Slot weer. Mooie man. Lang vooral.'

Muisstil kampioen worden

Ik verheug mij enorm op het kampioenschap van Vitesse. Of dat in Arnhem ook zo is, weet ik niet. Ik denk het niet, eigenlijk. Dat komt door Marcel van Roosmalen. Maanden geleden, toen je nog gewoon door een stad mocht lopen en daar hardop bij kon lachen, wandelde ik, samen met Tim Knol, een paar uur lang door Arnhem. Marcel was onze gids. Het was voor onze podcast 'Woeste Meuk'.

Marcel van Roosmalen wees naar vier vlaggen. 'Vitesse-vlaggen. Zo denken ze voorbijgangers enthousiast te maken voor een voetbalwedstrijd.' We liepen braaf achter de steeds harder pratende Van Roosmalen aan. Hij wees naar een raam, met daar vlak achter een gehaakt kussen vol met typisch Arnhemse zaken. Een molen waar porno werd verkocht, een Duitse pet, een oneetbare droge worst en een haring.

Het ging nauwelijks over voetbal. Dat verbaasde me. Marcel schreef meerdere klassieke boeken over Vitesse. Jarenlang stond hij er langs het veld. Hij werd gedoogd, daar kwam het op neer. In Arnhem is kankeren op alles een tweede natuur.

Vitesse kwam heel even zijdelings ter sprake toen Marcel midden in een boekwinkel uitlegde hoe Theo Janssen zijn eerste contact met bladzijden vol letters verliep. Verbijsterd was hij, dat mensen daar zin in hadden. Het boek dat Marcel schreef, dat was nou niet, wat je noemde, een grondig onderzoek. Theo vertelde tijdens een paar sessies onbeperkt bitterballen vreten wat hij nou allemaal op zo'n dag deed (niks en scheten laten) en Marcel schreef dat op.

Kortom, ook na die wandeling door Vitesse-stad had ik niet het idee dat de club erg leefde onder de Arnhemmers. De competitie was nog nauwelijks begonnen en het zou wel weer ellende worden, met een krankzinnige trainer of weglopende spelers.

Maar Vitesse gaat als een speer. Heel sneaky, in de luwte. Ik lees geen dagelijks nieuws van een Vitesse-watcher. Het lijkt sterk op tactiek. Je stil houden, geen gezeik met journalisten, wedstrijdjes winnen, doodstil naar huis, niemand die de spelersbus opwacht, lekker trainen, patronen erin slijpen en genieten van opbloeiende voetballers. Allemaal veilig ergens aan de rand van Nederland.

In het programma *Studio Voetbal* werd die medialuwte, onder aanvoering van Theo Janssen, even kort doorbroken. Hij klaagde half lachend dat er nooit langer dan 10 seconden over Vitesse werd gesproken. Elke okselscheet van Ajax en Feyenoord wordt breed uitgemeten, elk laconiek antwoord van Dick Advocaat wordt van alle kanten bekeken en de oerlelijke wedstrijd tussen de nummer 1 en nummer 5 werd uitgebreid besproken. In alle voetbalprogramma's die ik de afgelopen weken heb gekeken, gaat het nauwelijks over Vitesse. Alleen clubs die dicht bij de zee spelen zijn in beeld. Ajax, Feyenoord en AZ. Nou ja vooruit, en PSV.

Ik voel me ook schuldig. Vaak gaat het hier over Ajax, Feyenoord en AZ. Daarom verheug ik mij op het kampioenschap van Vitesse. Ik wil dat zien, een lusteloos feest. Hier en daar een pluk supporters. Iemand gooit een pan bami in de lucht. Dwars door die onwillige Arnhemse koppen – een stad waar de doodstraf staat op al te uitbundig gedrag – zal iets verschijnen wat sterk lijkt op trots en geluk.

Vooralsnog proef ik een heel andere emotie. Ontkenning. Ik merk het aan de tweets van Marcel van Roosmalen. Geen uitbundige wedstrijdverslagen, maar sobere constateringen. 'Emmen doet zijn best' of 'Haha. 3-0'. Theo Janssen vindt die 10 seconden aandacht per week eigenlijk prima. Niet bewegen, dan voelen ze ons pas als we hen op de rug springen.

Geen enkele Arnhemmer leest *VI* dus ik kan hier wel een geheim met u delen. Lang geleden nam ik samen met Marcel van Roosmalen een item op voor de lokale televisie. Marcel bezocht Vitesse-fans, dat was het idee. We hebben toen net gedaan alsof ik, midden in Leiden, leefde en werkte voor Vitesse.

Marcel had een Vitesse-shirt voort mij meegenomen en een foto van de roofvogel die vlak voor elke wedstrijd door het stadion vliegt. Ik deed het shirt aan, deed de ingelijste foto onder mijn arm en daarna deden we alsof Marcel onverwacht bij mij aanbelde.

Ik deed open in een strak Vitesse-shirt. Daarna vertelde ik heel woest ter plekke verzonnen verhalen over mijn Vitesse-liefde. Ik liet een spons zien waarmee ik die ochtend nog mijn kont had staan wassen en zei: 'Deze is nog gebruikt door die ene keeper, kom, hoe heet hij?' Daarna zei Marcel de naam, omdat ik geen enkele Vitesse-speler kende.

Marcel zag midden in mijn woonkamer een keyboard staan en zei: 'Nico, klopt het dat jij een Vitesse-lied hebt gecomponeerd?' Ik bevestigde dat. Of ik er een stukje van kon laten horen. Natuurlijk kon ik dat. Ik vertelde dat het nog wel een ruwe schets was, maar dat het lied langzaam vorm kreeg. Ik drukte een akkoord in en zong: 'Vitesse, met je straten en je pleinen.'

Die beelden zijn uitgezonden. Meerdere keren. Nooit heeft er ook maar één iemand gereageerd. Als die Dijkshoorn met een spons van een Vitesse-keeper in bed wilde liggen, dan moest hij dat zelf weten. En het ging wéér over die kloterige vogel.

Ik waardeer die houding. Gewoon muisstil kampioen worden en de rest van het land keihard blijven negeren. Ik begin Marcel van Roosmalen steeds beter te begrijpen.

Methode Van Gaal

Louis van Gaal is een groot tacticus. Dan heb ik het niet alleen over zijn voetbalinzicht, maar ook vooral over de manier waarop hij Het Gezonde Volksgevoel bespeelt. Niemand weet beter hoe je de spelers en de oranje massa achter je moet scharen.

Ik durf Louis van Gaal zelfs de grootste mediastrateeg van de laatste dertig jaar te noemen. Een waardig opvolger van Rinus Michels, die tijdens het WK '74, via interviewer Kees Jansma, op de valreep liet zien dat er een ironische Amsterdammer in hem schuilging.

Voor veel televisiekijkers was dat een openbaring. De knorrige Michels, met bijnamen als *De Sfinx* en *De Generaal*, bleek opeens, aan het eind van zijn carrière, een grinnikende liefhebber die per interview Kees Jansma drie keer op het verkeerde been zette. Het televisiepubliek zag warmte, weemoed, het laatste kunstje en passie.

Louis van Gaal doet de laatste weken ook een bijna ontroerende poging tot kwetsbaarheid, alleen wil het nog niet helemaal lukken. Dat maakt het wel fantastisch om naar te kijken. Louis is nu de opa met het rock-'n-rollkapsel die aan Frenkie de Jong vraagt wat hij in godsnaam aan Formule 1-races vindt én de man die ouderwets een gelouterde journalist de les leest.

Vooral in dat laatste voorval zag ik de kern van Methode Van Gaal. Memphis Depay, de voetballer die Louis van Gaal volgens *Telegraaf*-journalist Valentijn Driessen maar niet aan het voetballen krijgt en de voetballer die door Louis van Gaal heel slecht werd behandeld bij Manchester United, zat tijdens de persconferentie vlak naast Louis van Gaal. Valentijn Driessen stelde een stevige vraag.

Hoe kwam het dat Louis zo verdedigend speelde? Louis veerde op. Ik heb het fragment talloze keren teruggekeken en dit is wat je ziet: Louis verandert in een roofdier. Hij zoekt tijdens de persconferentie al naar een zwak exemplaar in een groep gazellen en hij heeft hem gevonden. Het is Valentijn. Leeuwen schudden met hun kont vlak voordat ze aanvallen en een dier aan stukken scheuren. Bij Louis zit het veel meer in de ogen. De pupillen worden iets groter. Daarna de aanval, meteen in de nek.

Louis zegt dat Valentijn Driessen, chef voetbal van *De Telegraaf*, geen verstand heeft van voetbal. Besmuikt gelach uit de zaal, maar ook achter de tafel wordt er gelachen. Memphis doet een hand voor zijn mond, maar zijn ogen spreken boekdelen. Hij zit op de eerste rij wanneer zijn trainer old-skool een journalist vernedert. Hij is erbij. Hij komt zo terug in de kleedkamer bij de andere jongens en gaat vertellen hoe Louis van Gaal die gek van *De Telegraaf* voor lul zette.

Precies dát is het grote geheim van Louis van Gaal. Hij heeft, zoals hij dat op alle plekken waar hij de baas was heeft gedaan, een gezamenlijke vijand geschapen. Hij weet precies wie hij moet aanpakken. *De Telegraaf* wordt door de spelers gezien als een krant waar ze zeuren en kankeren over het Nederlands elftal. Heerlijk dat hun coach die gast eens hard aanpakt.

Louis weet ook dat precies dit fragment uit de persconferentie talloze keren zal worden uitgezonden. Hij kent het Oranje-legioen. Ook zij haten kritische journalisten. Alles wat maar een beetje in de weg kan gaan zitten van een nationale klompendans, moet worden geneutraliseerd.

In één zin zette Louis van Gaal iedereen buitenspel. Geliefd door de spelers, geliefd door het grote publiek en geliefd door een groot deel van het volk, maar nog steeds iemand die heel hard schreeuwend een fles wijn terugstuurt in een vol restaurant.

In Brazilië maakte Louis ook gebruik van deze tactiek. Hij was daar de ongenaakbare coach die diep neerkeek op de rommelaars van de pers. En ook daar koos hij één iemand uit die het moest ontgelden: Pierre van Hooijdonk. Pr-chef Kees Jansma was zijn buffertje. Good old Kees, oud-journalist, mocht zijn arm om de schouders van beledigde journalist leggen.

Toch is er iets veranderd. Er is iets meer lucht, iets meer poging tot gezelligheid. Een klein beetje meer Louis in zijn badjas thuis. Nog wel steeds met zijn eigen naam op zijn rug, maar half opengeslagen zodat je zijn oudemannenbeen ziet.

Het is een klein beetje meer Louis die ook gewoon zo blij is als een kind omdat ze hem weer hebben gevraagd, met precies op het goede moment een flinter van de arrogante Louis, die precies doet wat hij van zijn eigen spelers nooit zou tolereren: een collega in de rug steken. Op een andere manier kan zijn uitspraak over de werkwijze van voorganger Frank de Boer niet worden uitgelegd.

Het mooie is: hij spreekt de waarheid en eindelijk werkt die schaamteloze eerlijkheid eens in zijn voordeel. Tegen Turkije speelde het Nederlands elftal alsof het zojuist uit een dwangbuis was geknipt. Aangemeten door Frank de Boer en door Louis van Gaal vervangen door een lekker zittend, goed passend pak.

Tegen de Turken speelde een ontketend Nederland. In de ploeg, en dat is een groot compliment waard, waren de hand en het karakter van Louis van Gaal terug te zien. Trots, een tikje overmoedig en zwelgend in eigen kunnen.

Alles is weer als ooit. De interviews met Louis zijn voorzichtig. De nabespreking euforisch. Alleen Louis van Gaal weet hoe goed dit team werkelijk is als het moet aantreden tegen een tegenstander die niet gelijkspeelde tegen Montenegro.

Perr Schuurs

Vlak nadat Perr Schuurs op een aandoenlijk onhandige manier, midden in een lege kleedkamer van Ajax, aan alle instagrammers had gemeld dat hij veel zin had in zijn nieuwe club, las ik op deze website een tekst van Henk ten Cate over Perr.

Henk zegt: 'Hij is wel een Limburger, maar op het veld lijkt hij geen Limburger. Hij straalt bluf en flair uit. Het voorzichtige dat Limburgers doorgaans hebben, wat overigens geen waardeoordeel is maar een constatering, dat heeft hij niet. Daarom denk ik ook dat-ie zich elders makkelijk zal aanpassen.'

Arme Perr. Die zal jaren moeten knokken tegen dit soort vooroordelen van zelfvoldane Amsterdammers die sowieso vinden dat de hele aardkloot om de Jordaan draait. Het is me nogal een bewering van Henk ten Cate die, en ik herhaal dat nog maar eens, iedereen bij Ajax twee jaar lang in een zwart pak met zwart overhemd liet lopen. Als de selectie van Ajax een restaurant binnenkwam, dacht de eigenaar dat Luciano Conti en de maffia uit Napels een pasta kwamen eten.

Henk ten Cate praat over Limburgers alsof het sociale experimenten zijn. En raad eens wie heel veel verstand heeft van Limburgers: Henk ten Cate. Als ik hier schrijf dat Henk ten Cate een lachwekkende parodie is op een Amsterdammer, iemand die door vakgenoten wordt gezien als een geweldige trainer maar die door zijn proletengedrag veroordeeld is tot een trainerschap in de marge van het voetbal, dan zal hij dat zelf ervaren als vervelend; maar als Henk in een paar zinnen weer die eeuwenoude mythe van de Verlegen Limburger nieuw leven inblaast, dan hoor je niemand.

Het is namelijk onzin. Niet Limburgers zijn voorzichtig, maar Amsterdammers zijn overmoedig. Limburgers snappen dat er rond hun provincie nog een andere wereld bestaat. Amsterdammers staan in Brazilië aan vissers te vertellen dat Ronde Tonnie de beste haring ter wereld heeft. Limburgers worden alleen door Amsterdammers als voorzichtig gezien.

Hoe fnuikend dat kan zijn, weten Jan van Beveren (inmiddels overleden) en Willy van der Kuijlen die als voetballers uit het zuiden door de Amsterdamse kliek in het Nederlands elftal vlak voor het EK in '74 uit de selectie werden gewipt.

Ik hoop dat Perr Schuurs voor altijd en eeuwig dat Amsterdamse superioriteitsgevoel aan flarden gaat spelen. Dat kan al beginnen in de kleedkamer. Leer ze een lesje Perr. Niet meegaan in die rare stammenstrijd. Geen domme discussies op het veld wie er een vrije trap mag nemen. Leer ze verdedigen daar in Amsterdam. En dolgraag dan in het eerste interview de volgende tekst: 'Ja, het gaat wel lekker. Het zijn hier wel Amsterdammers, maar op het veld lijken het geen Amsterdammers. Ze lijken soms angstig en bang. Dat is een geen waardeoordeel maar een constatering. Ik denk dat Ajax zich heel makkelijk aan mij zal aanpassen.'

Plastic bekertjes

Je mag in het Philips-stadion alles doen. Met 4-0 winnen, spelers wisselen zoals een 96-jarige Alzheimerpatiënt dat zou doen in Huize De Dood, 90 minuten plus een kwartier op trommels slaan alsof de Derde Wereldoorlog begint en eindelijk eens de goede naam noemen van een jubilerende speler, maar kom niet aan hun cornervlag. Dan worden ze gek.

Zondagmiddag scoorde Cyriel Dessers het vierde doelpunt, holde naar de dichtstbijzijnde hoek van het veld en trok daar de cornervlag uit de grond. Hij zwaaide ermee naar zijn medespelers. Vlak achter hem veranderden PSV-supporters in wilde dieren.

Mijn oom deed zoiets in dierentuin Artis, roofdieren uit hun lethargische eeuwige winterslaap schudden. Hij nam een zakje gesneden biefstuk mee naar binnen en wierp zo achteloos mogelijk een stuk vlees tussen de krokodillen of de leeuwen. Ze werden gek.

Ik heb de beelden zojuist nog eens teruggekeken, maar ik kan er niets anders van maken. Het gaat om die vlag. Dessens roert iets doodengs los in de supporter vlak achter de boarding. De supporter wil iemand verscheuren. Vergeleken bij het lullige gegooi met plastic bekers leek dit op een nucleaire ramp.

Laten we, na zaterdag en zondag, dát in elk geval vaststellen: supporters die plastic bekertjes naar een speler gooien zijn figuren op niveautje kinderdagverblijf. Je weet precies hoe ze 's middags thuiskomen na een potje voetbal. Vrouw in de keuken. Ze roept: 'En, hoe was het? Geen stadionverbod dit keer?'

Dan het trotse antwoord. 'Nee, joh. Ze kunnen me niks maken. Ik gooi met plastic. Eerst zuipen, weetjewel, mezelf helemaal vol gooien met bier en ondertussen scherp blijven, dus al die bekers verzamelen, dan wachten tot je weet dat de keeper wordt gefilmd en dan pang, al mijn plastic bekers naar zijn kop gooien. Schitterend. Moet hij ze oprapen. Aanstekers zul je mij niet zien gooien. Dat is meer iets voor vandalen. Nee, man, plastic naar een keeper gooien, dat is psychologische oorlogsvoering! Wat eten we? Toch wel iets uit plastic hè, anders kan je een aansteker naar je hoofd krijgen.'

Vooral tijdens de wedstrijd Heracles - AZ zag het er allemaal erg treurig uit, dat gooien met plastic bekertjes. Als keeper kom je daar altijd sterker uit. Mij zou dat motiveren, als een wilsonbekwame Telstar-supporter me wil raken met iets dat 0,22 gram weegt. Telstar-supporters bereiden voor volgende week een nog hardere actie voor: veertjes van een geplukte kip op het veld gooien en als dat geen indruk maakt met honderd man tegelijk badsponsjes op het veld gooien.

Over badspons gesproken: zou Roger Schmidt, de trainer van PSV, zich na een wedstrijd douchen? Als dat zo is, dan moet dat bijna wel op een heel bijzonder manier gaan. Als hij net zo doucht als dat hij wisselt, dan staat hij onafgebroken aan de mengkraan te draaien. Twee minuten lekker warm en dan – omdat het veel te prettig voelt – zes minuten een ijskoude straal op zijn rug. Dan opeens weer een minuutje, totaal onverwacht, 59 °C op zijn knar en daarna veertien verschillende handdoeken gebruiken om het lichaam te drogen.

Roger Schmidt fascineert mij. Niet alleen door zijn wissels, maar vooral door zijn lichaamshouding en gezichtsuitdrukking. Tijdens de wedstrijd tegen Real Sociedad zag Schmidt eruit alsof hij de verkeerde film binnen was gewandeld. Ik kan het eigenlijk maar op één manier uitleggen: Roger Schmidt kijkt altijd alsof hij elk moment ergens op kan worden betrapt.

Hij kijkt als een man die bij de groenteafdeling van een supermarkt zojuist stiekem in de mango's heeft staan knijpen, om te voelen of ze wel rijp zijn. Als iemand die bij een marktkraam met ondergoed zojuist zijn hand in een broekje met open kruis heeft laten glijden. Als iemand die in een drogisterij aan een opengedraaide shampoofles heeft staan ruiken.

Zo staat hij erbij, Schmidt, alsof hij altijd net iets heel raars heeft gedaan en elk moment kan worden betrapt. Ik noem hem voortaan Blackie, naar de ex-hond van mijn oma. Die moest onder de kapstok gaan zitten als hij iets stouts had gedaan. Als mijn oma thuiskwam en Blackie onder de kapstok zag zitten wist ze: die heeft een plant opgevreten.

Zo doet Schmidt ook. Je kijkt naar hem en je weet: die heeft net besloten om Cody Gakpo te wisselen voor de materiaalman van PSV. Na de wedstrijd legt hij het lachend uit: 'Onze materiaalman moet nog een heel seizoen mee. Hij heeft nu al, zo vroeg in het seizoen, 379 ballen opgepompt en we willen in november nog steeds met goed opgepompte ballen spelen, dus heb ik hem wat rust gegund en hem op de plek van Gakpo gezet. Natuurlijk wil je winnen van Feyenoord en natuurlijk wil je niet nu al achter Ajax aan hobbelen, maar dat is meer iets voor supporters. Ik ben er om ervoor te zorgen dat we een goede, uitgeruste materiaalman hebben.'

Ik denk dan ook dat Roger Schmidt het juist heel verstandig vond dat Cyriel Dessers de cornervlag uit de grond trok. Dat ding stond daar al veel te lang en werkte veel te goed. Als iets goed gaat, moet je het durven te veranderen. En daarna kijken alsof je je van geen kwaad bewust bent.

Knaubi Weisskugel

Maar eerst: hoe het allemaal zo is gekomen. Het moet 1998 zijn geweest. Ik was op weg naar Rückersdorf, een stadje in Duitsland. Niet dat dat er veel toe deed. Al was het Polen geweest. Ik moest weg, even weg uit Nederland. De kust benauwde me, dat was het eigenlijk. Het hele idee dat je in een boot kon stappen en dat je ergens aan de overkant een ander leven kon opbouwen, dat verlamde mij. Elk weekend stond ik op het strand, vlak bij IJmuiden, en voelde ik al dat land in mijn rug. Het was zo veel. Alles was zo veel, toen, in mijn leven. Op dat soort momenten besluiten mensen blijkbaar naar Duitsland te rijden. Dat Vera mij had verlaten voor onze slager, hielp ook niet erg.

Ik zou in die tijd heel graag aan andere dingen hebben gedacht, maar dit is de waarheid: 's nachts in bed lag ik, met mijn ogen wijd open, te denken aan Vera en aan hoe er nu gretige slagershanden onrustig over haar vlees gleden. Overdag zat ik in haar verlaten hobbykamer en zag ik haar bureau. Daar had ze op gezeten, met de slager vlak voor haar, tussen haar benen, terwijl hij haar uitlegde hoe je een lam uitbeende. Ik moest weg. Even weg uit dit huis.

Ik had Rückersdorf uitgezocht als bestemming. Ik wil nu wel toegeven dat de naam van dit stadje een rol speelde. Rukkersdorp, dat was nu net iets voor mij. Ik had daar meteen een beeld bij. Een dorp, diep in de voormalige DDR, waar alle mannen na zonsondergang bij elkaar kwamen op het dorpsplein, in een iets te wijde broek. Er werd niet gesproken. Zwijgend stonden honderden trotse Rückers-mannen schouder aan schouder. Thuis wachtte hun vrouw met Spattelkuch in de oven. Het leven was overzichtelijk. Dat zocht ik. Een overzichtelijk Duits stadje met een voetbalveld, kokende vrouwen en lachende mannen. En dan waren het ook nog eens Duitsers.

Dat voetbalveld was niet onbelangrijk. Ik wilde weten hoe ze in Rückersdorf naar het voetbalveld liepen. Zo leer je een stad snel kennen. Je kunt in een café gaan zitten, maar je leert de autochtonen pas echt kennen als je ziet hoe ze naar een voetbalveld lopen. Voordeuren zwaaien open en daarna lopen mannen, vrouwen en kinderen, maar toch vooral mannen, zwijgend naar het voetbalveld. Dat zou in Rückersdorf niet veel anders zijn. Als ik 's ochtends vroeg vertrok en flink doorreed, dan stond ik om twee uur 's middags bij het veld en kon ik de stroom Duitse mannen op mij af zien komen lopen.

Het waren er drie. Met mij erbij vier. Voetbal leefde niet erg in Rückersdorf. Knaubi vertelde mij later dat er in het dorp vooral erg werd genoten van Rauschmichel Strubbenmittel, een balspel dat voornamelijk binnen werd gespeeld. In het kort de spelregels: wie met een ijzeren bal de meeste ramen kapot gooit, heeft gewonnen.

Ik keek samen met de drie andere mannen naar de wedstrijd. Het was Duits voetbal waar ik naar keek. Verzorgd, met geblondeerd haar. Negen van de veldspelers hadden een snor. Vier speelden met hoofdbescherming – een soort gekleurde bijenkorf – op het hoofd. Dat fascineerde mij. Waarom droegen er vier spelers groen schuimrubber om het hoofd? Op dat moment zag ik Knaubi voor het eerst. Hij zat op de reservebank en droeg ook een stuk schuimrubber om het hoofd.

Ik zag meteen dat hij anders was. Hoe hij aan een klein korstje op zijn knie zat te pulken. Het was alsof ik naar mijzelf keek. Zo zou ik ook aan een korstje hebben gepulkt met een beschermde schuimrubberen hoofdbedekking op mijn hoofd. Heel nonchalant. Als een keiharde Mutti-Ficker. Ik zag meteen dat Knaubi een Duitser met stijl was. Hij merkte dat ik naar hem keek en bijna als vanzelf stak ik mijn hand op. Hij zwaaide terug. Twee uur later reed hij met mij terug naar Nederland.

Ik had hem gekocht. We hebben het nu over de tijd dat een Duitser nog bijna niets kostte. Veel mensen namen er vier mee en keken dan welke het beste beviel. Om het geld hoefde je het niet te laten. Met Knaubi had ik een lot uit de loterij. Zijn achternaam was Weisskugel, maar ik mocht hem gewoon Knaubi noemen. In de auto vertelde hij zijn verhaal. Ze moesten hem niet in Rückersdorf. Altijd had hij zich een Schnickenklapper gevoeld, een dorp dicht in de buurt. Hij had zich, dwars door alle ellende omhoog weten te knokken. Niemand wilde met hem praten. Hij was die vreemde, van de familie Weisskugel, maar ze konden niet om hem heen. Knaubi kon koppen.

Dat had hem gered. Koppen. Tegen een bal. Zo makkelijk en wreed kon het leven zijn. Van zulke kleine dingen hing het af. Knaubi kon uit alle standen koppen. Een aangeboren talent. Hij vroeg mij een aansteker in de lucht te werpen. Hij kopte die perfect terug in mijn rechterhand. Er volgde een aangrijpend verhaal. Hoe hij samen met zijn moeder, Maria Weiskugel-Lutzenrimmer, bij de rivier de broek van zijn vader moest wassen, hoe zij hem kleine voorwerpen had toegeworpen en hoe hij alles netjes terug had gekopt.

Hoe hij eindelijk, na jarenlang gejammer en gesmeek, tien minuten mee had mogen trainen met het eerste elftal van Rückersdorf en hoe hij veertien keer had gescoord met het hoofd. Ze konden hem niet langer negeren. Dacht hij. Steeds maar weer stond hij naast het elftal, omdat hij een Weisskugel was. En toen stond ik opeens langs het veld. En ik zag hem. En hij zag mij.

Thuis liet ik hem zijn kamer zien. Ik zei tegen hem dat hij posters mocht ophangen, maar hij hoorde mij niet. Hij raakte niet uitgepraat over zijn bed. Met een matras! In Duitsland slaapt niemand op een matras. Als marmotten liggen ze op een houten vloer tegen elkaar aan te trillen. Daar hebben wij geen idee van. Wij denken: die muur is weg, nu zijn ze allemaal gelukkig, maar er is zoveel armoe in Duitsland. Ik legde mijn arm om hem heen en we zaten samen op het bed.

Ik legde hem uit dat ik mij wilde verdiepen in zijn cultuur. Dat ik wilde weten wat dat nu eigenlijk was, dat Wurstrauschen waar iedereen het over had. Het ging mij vooral om zijn gezondheid, om zijn welbehagen. Ik legde hem uit dat ik eigenlijk voor anderen leefde. Ik kon zo intens genieten als anderen gelukkig waren. Het ging niet om mij, het ging om hem. Dat hij een Duitser was, dat maakte mij niet uit.

Ondertussen schatte ik zijn lengte. Die leek mij ideaal. De volgende ochtend ging ik meteen aan de slag met het project Weisskugel. Want zo zat het. Iedereen gelukkig en hopsasa, prima, maar die Duitse heikneuter met zijn wonderhoofd ging mij vooral financieel onafhankelijk maken. Ik had een kopsterke Duitser in huis. Ik had geen Vera meer die als vakkenvulster in de supermarkt onze huur betaalde. Naast mij op bed zat mijn gasrekening.

De volgende dag liep ik met Knaubi naar een basketbalveldje in de buurt. Dit werd de lakmoesproef. Kijken of ik niet precies het verkeerde Duitsertje mee naar huis had genomen. Ik ging voor een Marokkaan van 1,53 m staan. Muki was de naam. Een beruchte straatvoetballer. Hij had tijdens een proces verbaal drie agenten twaalf keer door de benen gespeeld. Uit verveling schoot hij, door het open raam, twee keer per week de papegaai van Tante Rini van zijn stok. Een virtuoos. Knaubi wilde Muki een hand geven. Die werd geweigerd. Ik gooide een bal tussen hen in. Lang verhaal kort. Knaubi kopte die Marokkaanse dwerg binnen een minuut drie keer door zijn stokken. Muki werkt nu als pizzabezorger in Geleen.

Ik wist genoeg. We gingen naar Zeeburgia, daar waar sinds mensenheugenis op dinsdag- en donderdagmiddag werd gevoetbald door een fameus gezelschap oud-voetballers en komieken. Freek de Jonge speelde vaak mee. Guus Hiddink, als hij geen liesbreuk had. Knaubi en ik keken langs de kant van het veld naar dit oudemannengedoe en het mooie was dat Knaubi deze mannen respecteerde. Hij zag waarschijnlijk dat diep in het lichaam van Sjaak Swart, die ook meehobbelde met twee houten kunstheupen, een weemoedige ex-voetballer woonde. Achteraf denk ik dat Knaubi dat heeft herkend in Sjaak. De eenzaamheid.

Sjaak zelf voelde dat zelf heel anders. Opeens stond hij naast ons, in zijn trainingspak. Ik zei, omdat ik niets anders wist te zeggen: 'Dit is een Duitser. Hij is van mij en niet van u. U bent Joods. Dat zou allemaal niets uit moeten maken want het gaat om de sport.' Vanaf het woord Duitser was ik Sjaak al kwijt. Hij begon meteen een enorm verhaal. Over suikerbieten en fietsen met houten banden en dat je Duitsers nooit moest uitnodigen voor een afscheidswedstrijd. Sjaak zei wel steeds dat hij niets tegen Duitsers had, maar echt geloven deed ik hem niet. Hij dribbelde inmiddels uitdagend om Knaubi heen.

We hoorden de heup van Sjaak steeds losschieten als hij een korte draai probeerde te maken. Sjaak bleef maar prevelen dat dit de Hollandse School was en dat het nu op techniek aankwam in plaats van op werklust en wedstrijdmentaliteit. Als ze hem morgen zouden opstellen bij Ajax, dan legde hij er zo dertig in. Gek werd hij van Younes, dat was ook een Duitser. Een voetballende vlo met een afwijking naar binnen. Sjaak zette opeens aan voor een schaar, viel half opzij, wipte de bal iets omhoog en daarna kopte Knaubi de bal heel lief, heel zachtjes, alsof hij een perzik beroerde, over het paniekhoofd van Sjaak. Freek de Jonge zei toen nog iets heel grappigs, over Simon Wiesenthal, maar ik weet niet meer precies wat. Niemand lachte.

Ik had Knaubi die middag al kunnen verkopen, maar ik heb hem gehouden, om hem te laten rijpen. Dat is een verkeerde beslissing geweest. Ik ben te zelfzuchtig geweest. Ik had Knaubi moeten laten gaan, maar ik verzorgde hem als mijn eigen kind. Zoals dat nu gaat met Kasper Dolberg. Mensen vergeten dan hij een Deen is. Dat komt door zijn jongensachtige uiterlijk en die grenzeloze bescheidenheid. Die roept vaderlijke en moederlijke gevoelens op. In Dolberg zien wij allemaal onszelf: heel goed, heel veel kwaliteiten, maar het komt er even niet uit.

Ik heb Knaubi te lang bij me gehouden. Ik heb zijn gedrag niet herkend als alarmerend. Ik dacht dat dat typisch Duits was, steeds maar weer de trap op en af lopen en ondertussen heel hard lachen, met het hoofd in je nek. Dat Ministecken, ik begrijp nu pas wat dat betekende. Het was een schreeuw om liefde. Al die hondjes en die poesjes stonden voor geborgenheid. Het intense verlangen om te worden geaaid en dat het niets kostte.

Na vier jaar zaten wij samen televisie te kijken. Ik verliet de kamer, sneed wat stukjes kaas, en liep weer terug. Daar zat hij. Knaubi. Mijn Duitser. Ik pakte een blokje kaas, riep zijn naam en gooide het naar zijn hoofd. Ik hield mijn hand vooruit om het stukje kaas weer op te vangen. Maar hij kopte niet. Hij bewoog niet eens. Het stukje kaas stuiterde van zijn wenkbrauw naar links. Hij keek mij aan. Het was weg. Op dat moment – en ik huil als ik het opschrijf – wist ik dat ik 3000 euro te veel had betaald.

Knaubi danst nu naakt op het Leidseplein, met een bal onder zijn arm. Wanneer ik langsloop, doet hij alsof hij mij niet kent. Want zo zijn Duitsers. Uit het oog, uit het hart.

De Mislukte Omhaal

Sinds kort is live te zien hoe twee oud-voetballers omgaan met vergane glorie. Ze vertellen op televisie over vroeger, toen ze er nog werkelijk toe deden, leggen uit waarom ze eigenlijk nog steeds niemand zien die in hun voetsporen kan treden en ze leveren commentaar bij beelden van de nieuwe generatie voetballers. Het programma heet *Ruudje en Bassie*, maar het zit voorlopig nog als los onderdeel in een ander voetbalprogramma.

Ruud Gullit en Marco van Basten hebben opeens een hekel aan frivool voetbal. Het moet allemaal functioneel. Achter het standbeen om een bal uit de lucht plukken mag niet. Je moet, terwijl de bal onderweg is, al weten wat je er een kwartier later mee gaat doen.

Het vreemde is dat Gullit en Van Basten juist legendarische voetballers waren doordat ze volkomen vertrouwden op hun techniek en voetbalintelligentie. Met name Van Basten. Hij kan tot aan zijn dood aanschuiven aan welke tafel dan ook en er wordt geapplaudisseerd. Marco voetbalde alsof hij het spelletje ter plekke uitvond. Voeten, een bal, en eens kijken wat je daar allemaal voor geinige dingen mee kon doen. Ik zag ooit, vlak voor mijn neus, zijn legendarische omhaal tegen FC Den Bosch. Het was gekkenwerk. Alleen iemand met hoogmoedswaanzin probeert op zo'n manier te scoren. Het lukte en we hebben het er nóg over.

Marco van Basten was een voetballer die midden in een EK-finale in één keer een voorzet uit de lucht lepelde en de bal achter de beste keeper ter wereld ramde. In beide gevallen, de omhaal en het dodemansschot tegen de Russen, had alles net de verkeerde kant op kunnen vallen. Niets lelijker en gênanter dan een omhaal die mislukt. Je bent kwetsbaar. Daar lig je, op je rug in het gras en je hebt de bal op een meter na gemist.

Dat is het ergste. Omhoog zweven, de voet richting bal, het missen en dan de kansloze val naar het gras. Midden in een vol stadion. Schijt hebben aan functionaliteit en aan de woedeaanval van je trainer, maar vertrouwen op je onderbuik die zegt: de lucht in, omhaal, Marco. Precies dat, het durven op onverwachte momenten, maakte Marco van Basten zo bijzonder. Hij was iemand voor wie je naar het stadion ging. Niet voor een degelijk opbouwende middenvelder. Ik wilde dominant, frivool voetbal zien. Johan Cruijff, Dennis Bergkamp, Jesper Olsen, Robbie de Wit, Luc Nilis, Luis Suárez. Dat wilde ik: thuiskomen en vervolgens midden in de kamer een passeerbeweging van Gerald Vanenburg nadoen.

Zo'n speler loopt er nu weer bij Ajax. Hij heet Antony en voetbalt alsof hij nog steeds in Brazilië met zijn vrienden tegen een met rijst gevulde plastic zak trapt. Alsof hij achter het huisje van zijn ouders duizend keer oefent op zijn favoriete trucje: een pass aannemen met zijn voet achter het standbeen.

Marco oefende ook op trucjes. Dat is letterlijk na te lezen in het Ajaxmuseum. In een schriftje noteerde hij beroemde passeerbewegingen, maar er is blijkbaar iets veranderd. Marco vindt Antony een kermisvoetballer. Iemand die niet de goede, functionele oplossing zoekt, maar vooral bezig is het publiek te vermaken. Dit zei hij in het programma *Rondo*: '(...) Hij moet een voorzet of een schot op doel geven. Als je ziet hoe vaak dat mislukt... Al die mooie praat over hem, maar vaak begint hij een dribbel en dan denk je: waar ga je eindigen? (...) Je moet richting de goal spelen en kunnen inschatten: oké, wat ik nu ga doen, dat heeft zin of niet? En als het geen zin heeft, dan moet je de andere kant op spelen. Die intelligentie zie ik bij hem niet. Bij Antony wordt het zo overdreven, dat het allemaal zo goed gaat, maar dat vind ik wel meevallen.'

Een week eerder liep Ruud Gullit, in hetzelfde programma, helemaal leeg op de functionaliteit van Frenkie de Jong. Hij noemde hem een postbode. Tijdens het EK vond Marco van Basten dat Matthijs de Ligt weinig had geleerd in Italië. Uitgerekend de twee spelers die deden wat ze wilden, en die juist vanwege die onvoorspelbaarheid werden bewonderd en vereerd, zitten nu als rekenmeesters op een middelbare school uit te leggen dat frivool voetballen een doodzonde is. Marco, die keepers vernederde met stiftballetjes, vindt nu dat je de bal strak in de hoek moet schieten. Ruud, die zijn hele carrière niets anders deed dan het middenveld oversteken, wil nu opeens dat Frenkie de Jong dat afleert.

Antony is binnen ruim een jaar publiekslieveling geworden. In alles doet hij mij denken aan een andere legendarische Ajacied: Tscheu La Ling. Hij was van het publiek en het publiek was van hem. Wanneer de bal zijn kant op rolde, trok er een rillend verlangen door het stadion. Net als dat je uit je stoel opstond wanneer Marco aanzette voor een dribbel.

Marco en Ruud zijn opeens coaches geworden die aandringen op functionaliteit. Ik kan eigenlijk maar één reden bedenken: jaloezie. Ze verlangen intens naar de tijd dat zij deden wat Antony nu doet: de bal aannemen en geen idee hebben wat je er nu weer voor leuks mee gaat doen.